徐訏 (1908—1980)

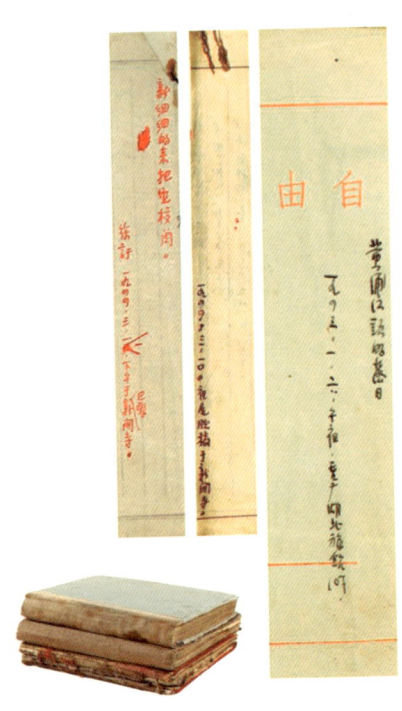

《风萧萧》完整手稿及未刊写作笔记

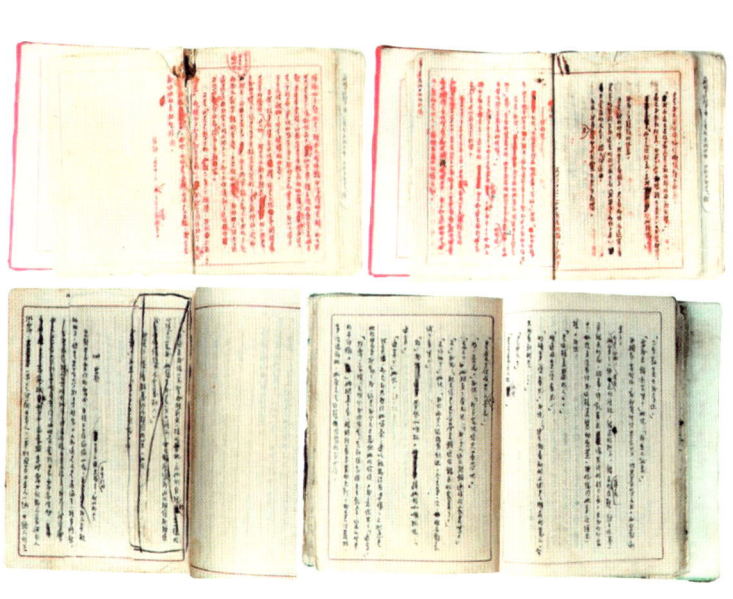

《风萧萧》手稿

《风萧萧》(1946年,怀正文化社)

新文学丛刊 陈子善 主编

徐訏 著

风萧萧

北京燕山出版社

出版说明

一、本丛书名"新文学丛刊",源自巴金先生上个世纪三十年代主编的"文学丛刊"。如此命名,一是向巴金先生及其主编的"文学丛刊"致敬,二是继承"文学丛刊"的文学精神,接续中国现代文学的文脉。

二、本丛书收录一九一七年新文学发轫至二〇〇〇年中国现当代文学之经典作品(含港澳台地区)。

三、入选作品以原始单行本为主,个别篇幅较小者,则以合集形式出版。

四、入选作品均以初版本为底本,为保留作品的原始文字风格和时代特点,不依现代汉语规范其字词、标点、语法、人名、地名、术语、译名等。初版本中的作者笔误、排印错误、外文拼写错误等,则予以改正。

五、本书系设置前插与附录,前插展示与作者、作品相关的资料性图片,如作者肖像、作者手迹、初版本书影等;附录收入与作品创作、修订、解读、版本研究相关的文章。入选作品如有经典的、具有艺术影响力的插图作品,也予以收入。

目录
CONTENTS

总序 / 001

一 / 001

二 / 001

三 / 005

四 / 008

五 / 015

六 / 021

七 / 025

八 / 037

九 / 046

十 / 054

十一 / 061

十二 / 067

十三 / 074

十四 / 085

十五 / 094

十六 / 115

十七 / 121

十八 / 131

十九 / 149

二十 / 158

二十一 / 171

二十二 / 179

二十三 / 188

二十四 / 202

二十五 / 213

二十六 / 222

二十七 / 232

二十八 / 241

二十九 / 248

三十 / 256

三十一 / 264

三十二 / 271

三十三 / 279

三十四 / 288

三十五 / 295

三十六 / 303

三十七 / 310

三十八 / 319

三十九 / 326

四十 / 333

四十一 / 341

四十二 / 349

四十三 / 359

四十四 / 367

四十五 / 373

四十六 / 384

四十七 / 401

四十八 / 411

四十九 / 421

五十 / 433

五十一 / 441

五十二 / 450

五十三 / 458

五十四 / 472

五十五 / 479

五十六 / 489

五十七 / 498

五十八 / 505

后记 / 518

附录

重读徐訏的《风萧萧》/ 527

总　序

陈子善

早在六十年前,新文学收藏家、翻译家周煦良先生写过一篇有名的《读初版书》。他认为:

> 一般说来,收藏初版书的动机不外两种:以书重和以人重。一本书受到广大读者的欢迎,印过许多版子,被公认为名著,于是这本书的初版便受到重视了;一个成名的作家拥有许多读者,有些读者专门收集这位作家的作品,于是他的一些早年不出名的著作也就在搜罗之列了,甚至具有更高的收藏价值,因为印行较少的缘故。①

---

① 周煦良:《谈初版书》,上海:《文汇报·笔会》,一九五六年十一月十三日、十四日。转引自《周煦良文集(一)·舟斋集》,上海译文出版社,二〇〇七年,第三百五十页。

他甚至用诗一般的语言来形容文学作品的初版本:

> 初版书所以受到藏书家的珍爱,除了上述理由之外,还因为它是最初和世人见面的本子;在书迷的眼中,仿佛只有它含有作者的灵魂,而其他重版本只能看作是影子。①

当然,周煦良先生主要是从收藏的角度来讨论文学作品的初版本。然而,如果从鉴赏的角度、从研究中国现当代文学史的角度来看待初版本,其至关重要的不可替代的学术价值也是不言而喻的。

一部文学创作的初版本,无论小说集、诗集、散文集、剧本还是评论集,都是这部作品最初与读者见面的文本,也即这部作品得以行世的初始面貌。此后如果重印,二版、三版、四版……由于各种各样的甚至极为复杂的原因,作者很可能对初版本进行修改、增删、调整,除了正文的修订,还包括序跋的增删、书名的更换、装帧的变动等。这就在这部作品的初始文本与以后的各种文本之间形成一种张力,一种可供进一步阐释的甚至是完全不同理解的张力。对之进行系统研究,从手稿到初版本到以后各种不同版本的系统研究,即西方文学理论所谓"文本发生学"

---

① 周煦良:《谈初版书》,上海:《文汇报·笔会》,一九五六年十一月十三日、十四日。转引自《周煦良文集(一)·舟斋集》,上海译文出版社,二〇〇七年,第三百五十一页。

的研究。① 又因为二版以后的版本随着印数的提高容易流传开来，许多新文学作品的初版本，虽然极为重要，却往往反而湮没不彰。

由此可见，要研究中国现当代文学史，探讨文学史上的一部重要作品，就不能不关注该作品的版本变迁，而要关注该作品的版本变迁，就不能不特别注重其初版本。"五四"新文学勃兴以来的名著，如鲁迅《呐喊》、胡适《尝试集》、郭沫若《女神》、郁达夫《沉沦》、徐志摩《志摩的诗》、巴金《家》、茅盾《子夜》、沈从文《边城》、曹禺《雷雨》、老舍《骆驼祥子》、张爱玲《传奇》、钱锺书《围城》等的初版本，近年来就越来越受到学界和许多现代文学作品爱好者的关注。以初版本为底本，对这些名著进行比勘、汇校和释读的工作，即现当代文学的版本学研究，也比以往任何时候都得到重视。

鉴于此，为了给中国现当代文学研究者提供已经不易见到的重要作品的初版本，也为了使一般读者特别是青年读者增加阅读现当代文学作品的兴趣，我们策划编选了这套"新文学丛刊"。丛书包括中国现当代文学史上已有定评的小说、散文集、诗集、剧本乃至评论集的初版本，也注意发掘尚未被文学史家注意但确实具有艺术特色的作品的初版本。

---

① 英国文学理论家拉曼·塞尔登认为："版本目录学考察一个文本从手稿到成书的演化过程，从而探寻种种事实证据，了解作者创作意图、审核形式、创作中的合作与修订等问题，从二十世纪八十年代出现的这种考察程序一般被称作'发生学研究'（Genetic Criticism）。"参见《结论：后理论》《当代文学理论导读》，刘象愚译，北京大学出版社，二〇〇六年，第三百三十二页。

我们希望这套丛书的陆续出版,将形成一个独特的系列,有利于中国现当代文学的教学和研究,从而对深入梳理丰富而又复杂的中国现当代文学史有所推动,对中国现当代文学经典作品更好地传播有所助益。

期待海内外广大读者的批评指教。

长篇小说《风萧萧》最初连载于一九四三年三月重庆《扫荡报》,一九四六年九月由上海怀正文化社初版。一说一九四四年成都东方书店出版过《风萧萧》,但一直没有实证。

本书据上海怀正文化社初版本重排。

一

C.L.史蒂芬先生与C.L.史蒂芬太太有莫大的光荣请××先生与太太参加一九四〇年三月十八日史蒂芬太太生日的宴舞会,在辣斐德路四一三〇八号本宅举行。

R.S.V.P.

史蒂芬同他的太太?我开始惊奇起来。史蒂芬会有太太!这不是奇怪的事么?

那么是另外一个史蒂芬了。

但是我只认识这个C.L.史蒂芬。

可是C.L.史蒂芬怎么会不知道我是没有太太的人呢!

那么一定另外还有一个C.L.史蒂芬了。

而我不认识他。

但是他竟寄我这隆重的请客单。

莫非就是这个C.L.史蒂芬同我开玩笑么?

二

是太平洋战争爆发以前,上海虽然很早就沦陷了,但租界还保持着特殊的地位。那时维持租界秩序的有英美法意的驻兵,这些驻兵虽都有他们的防区,但在休息的假期,在酒吧与舞场中不免碰到,而因国际战事与政治的态度,常有冲突与争斗的事情发生。

记得是一九三九年初夏,夜里一点钟的时候,我从一个朋友地方出来,那时马路已经很静,行人不见一个,但当我经过马路的时候,有一个人就叫住了我:

"对不起,先生。"

是一个美国军官,好像走不动似的。

"怎么?"我停步了。

"可以为我叫一辆汽车么?"

我猛然看到他小腿部的血痕,我吃惊了:

"是受伤了么?"

"是的。"他说着就靠在墙上。

"你就这样等着。"我说着就跑到附近的维纳丝舞厅,本想到里面去打个电话,但因为里面美国兵与意国兵正在冲突起哄,许多武装的巡捕拥在门内门外,叫我不能进去,于是我只得到别处去借,那时街上的店,大都关着门,再没有别的地方可有电话,最后我终于跑到了车行,坐了一辆车子到那个美国军官等我的地方。

我扶他上车时,他非常感激我同我握手;当时我一半为同情一半为好奇,我说:

"要我陪你到医院吗?"

"假如这不是太麻烦你的话。"

于是我就陪他上车,我说:

"到仁济医院么?"

"不,"他对车夫说:"到静安寺路麦特赫司脱路。"

虽然也算中国话,但不够纯粹,于是我又为他重说了一遍,但是我心里很奇怪,难道那面也有一个医院么?

不过我没有发问,因为有更加好奇的问题在我心中跳跃,我问:

"可是在维纳丝受伤的?"

"是,"他说:"是同伴中自己人的手枪走火的。"

"没有人伴你走来吗?"

"没有,"他说:"我们的人手已经太少了。"

"那么也没有人知道你受伤?"

"当时我自己也以为是微伤,谁知也不很轻。"

他痛苦似乎更加重起来,我为他放下前面的小座位,让他搁脚。

到静安寺路的时候,他指挥车夫停在一个大公寓的前面,又叫我扶他下去。我付了车钱,伴他进了公寓,走进电梯,他指挥在三层楼的地方停下来,我以为这一定是他的家了,但是出电梯,到一个门口,他拿钥匙开门时,我才看到"外科神经科专家费利普医师诊所"的铜牌。

他带我进去,开亮了电灯,是一个宽旷整洁外科医生的诊所,外面是候诊室,但里面没有一个人,我们走进里面,正想发问的时候,他说:

"现在我要自己做这个手术。你可以帮我忙么?"笑得不像是带伤的人。

"你以为我可以帮你么?"

"只要你愿意。"他说着坐在椅上,拿出纸烟,并且递给我一根,接着说:"你可以今夜不回去么?"

"自然可以。"我把烟放在桌上,没有吸。

"真的? 那么我不去叫费利普医生了。"

"你以为我胜任么?"我说。

"当然我只请你做助手,"他笑:"我是一个很能干的外科医生呢。"他吸起了烟:"你不吸么?"

"我想先为你做点事情吧。"

"你没有太太?"

"我是独身主义者。"

"好极了,我们正是同志。"他说着站起来,又带我走进去,那是一间洁净无比的手术室。叫我帮他脱去了军装,换上了一件挂在壁上的白衣,接着叫我也换上一件,于是一同洗手,又转到消毒的水中浸洗,他又叫我插上了消毒的电炉,由他自己在玻璃柜中检点外科的用具,递给我去消毒。我看他有序地在银盘中布置应用的药品,放在手术的榻旁,于是指导我再到消毒水中洗手,又指导我将消毒纱布放在另一个银盘上,又指导我用钳子将外科用具从消毒锅中钳出,再放在纱布上面,最后叫我把银盘拿去。

那时他已经脱去了鞋与袜子,用火酒揩洗受弹的创口,又用火酒烧灸创口的四周,于是开始在那里打麻药针。

血从他创口中流出来,他叫我拿桌上的台灯过去,用灯光探照着他的创口,他检查了一回以后,说:

"还好。"

"怎么?"

"子弹斜着进去,不深。"

"在里面么?"

"我想是的。"

于是我看他用刀用钳,用纱布,大概一刻钟的工夫,他钳出了子弹,于是他叫我把台灯放好;我看他用药膏敷在纱布上,最后就开始包扎。

事情总算完毕了，他休息在手术榻上，叫我把外科用具消毒收拾，又叫我把药物纱布等一同放回原处，他说：

"万分感激你，明天费利普医师来时，可以不让他知道有这么一回事。"

大概二十分钟以后，我已经收拾了一切，拿刚才他给我的纸烟，坐在沙发上抽起来。我说：

"原来你是一个军官还兼外科医生。"

"这叫做军医。"他说着坐了起来，开始吸烟，露出满足的笑容说："好朋友，现在我们可以谈谈了。"

……

这是我与史蒂芬交友的开始。

三

自从这次以后，没有多久，我与史蒂芬几乎三天两头在一起了。他是美国N舰的医官，今年三十二岁，非常活泼会玩。只要是玩，他永远有很好的兴致。我那时候同所有孤岛里的人民一样，在惊慌不安的生活中，有时候总不能沉心工作，而我的工作，是需要非常平静的心境，这是关于道德学与美学的一种研究，想把美与善的渊源作一个根据写一部哲学上的书，于是不得不用金钱去求暂时的刺激与麻醉，这就与史蒂芬做了密切的游玩的伴侣。据他说，自从同我一起游玩以后，他方才踏进了中国的土地，接触中国的社会，开始吃到各类的中国菜，走进了中国的舞场，交际到中国的女性。

过去，他走的总是几家霞飞路上酒吧与静安寺路愚园路上几家为外国兵士而设的舞场,他偶而吃中国菜,也永远是专营洋人的广东馆。但是现在,他已常同我到四马路小饭馆去,也常爱找不会说洋泾浜的中国舞女跳舞,而且也学会了把友谊给他所欢喜的舞女。

过去,他出门终是穿着军服,现在他爱穿便服出来,他由好奇于中国式的生活,慢慢到习惯于中国式的生活,后来则已到爱上了中国式的生活。

过去,他爱同我说英文,现在,他同我说中文,他有很幽默的态度,接受我们身边的舞女对他勉强的中文发笑。

他是一个好奇的健康的直爽的好动的孩子,对一切新奇的事物很容易发生兴趣,对他所讨厌的事物常常爱去寻开心。他谈话豪放,但并不俗气,化钱糊涂,一有就化,从不想到将来。这样一个性格的人做了我的朋友,对于我的心境自然也有很大的影响。我过去也常常爱放荡游玩,但更爱的是在比较深沉的艺术与大自然里面陶醉。对于千篇一律所谓都市的声色之乐,只当作逢场作戏,偶而与几个朋友热闹热闹,从未发生过过浓的兴趣。如今第一因为孤岛圈中,再不能做游山玩水的旅行,第二因为心境的苦闷使我无法工作,而艺术的享受机会不多,而又常限于固定的时间,所以我也很愿同他在一起。但每当我游玩过度,发生厌倦,开始想静下来安心读书或写作的时候,只要有几天不会见史蒂芬,他一定来找我,常常是深更半夜,哼着歌,敲我亮着的玻窗,除了我电灯灭了的时候,他不会去用电铃,等我亲自出去为他开门,他总是一进来就拍我的肩膀,活泼而愉快地说:

"乱世的时候读书么?"

他于是用各种方法打动我,使我的思考完全消失,使我的思想完全离题,于是我终于听从了他。有时候我要结束一封信,他就在旁边等我,开着无线电,一个人哼哼,一直等我写完了,起来换衣服,他在旁边为我挑领带,于是拿起电话叫汽车,我们一玩就是到天亮。

自然我也有找他的时候,但总是打电话,他住的地方也没有一定,我所知道的电话,一个是C. R. 俱乐部,一个是费利普医师的诊所,这是他常到的地方,找到他的时候他总是有很好的兴趣,从来没有不来赴约的日子。

一直过着这样的友谊,——热诚,浪漫而有趣,彼此好像都不知道对方是否有冷静痛苦与现实的生活,也好像彼此对于那方面了解得太清楚了,所以反而不提起,从来不问彼此的事业与工作,也从来没有想到彼此间的利用与互助。我不了解他的经济情形,我则时时陷于窘境,但从未问他借钱,只是在一起游玩的场合中,所有的帐单都让他去付,就是他也从来不计较这些,遇到我在付钱的时候,他也从不客气。

偶而也宿在我的地方,但从不吃饭,目的只是预备醒来时,再同我一道出去继续过纸醉金迷的生活。如果我的游兴还浓,他一住常常四五天。

这样的孩子就是有太太,到底有谁肯相信他呢?所以尽管明明写着C. L. 史蒂芬,我还疑心是别人。

那么会不会是他的哥哥?

虽然我并不认识他的哥哥。

但是他可以叫他哥哥来请我。

怎么他哥哥也会是C. L. 史蒂芬呢?

也许他因为是军官的关系,所以平常就用他哥哥的名字来同社会作普通的交际。

我当时就打电话找他,但没有找着,一直令我怀疑不安,到傍晚才有一封信告诉了我秘密的一半,这封信是这样写着:

亲爱的朋友:

使你惊奇了吧?我竟有一位太太,美而贤,可爱而可敬,我怕你因奇怪疑虑而不来,所以写这封信给你,并且希望你也有一位我从来不知道的太太,在那个宴舞会上使我吃惊,否则,我希望你带白苹同来。

C.L.史蒂芬

我所谓秘密的一半,是说这帖子确是史蒂芬发的,但很可能是他的玩笑——随便找一个有生日的舞女,这舞女也许是我所认识的,借一个地方,作一宵的娱乐,而发这样荒谬的帖子。

我自然赴约,自然也没有太太可带;说到舞女,我当然有许多人可带。我也很想带一个他不认识的人去,使他惊奇,但又恐怕被他误会是我太太,并且既然是他太太的生日,理应带一个会说英文而比较会交际的人,他所以指定白苹,也一定是为这个关系,所以我就决定了她。

四

白苹是百乐门的舞女,自从大上海沦陷以后,日本人进出百乐门的很多,所以那是我很不喜欢的地方,但是史蒂芬却喜欢它,不知道是不是为满足一种争斗欲,时常爱同日本舞客作对,当时舞女们都不爱伴日人跳舞,一半是讨厌日本人,一半则因为日本人一跳,中国人的生意就会没有。而史蒂芬在看到日本人去跳某一个舞女时,总是同他们去抢,我当然也跟着参加,结果舞女都看我们是她们的解围救兵,而事实上除了我们以外,也没有别个人去解她们的围过。白苹的认识,也是史蒂芬在日人怀抱里抢来的,但是白苹可不像害怕或讨厌日人似的,她脸庞生得非常明朗,大眼长睫,丰满的双颊,薄唇白齿,一笑如百合初放,第一次见她我就很喜欢,不过因为一群日本人在包围她,她同他们说话说得很多,所以给我印象非常不好。是第二次,不知怎么,被史蒂芬发现了,他看见许多日本人在同她跳舞,他没有得我同意,就叫她坐台子,接着就带她到凯莎舞厅。

一坐下我就问白苹,我说:

"我很奇怪,别个女孩子都讨厌日本人同她们跳舞,你为什么同他们有说有笑的。"

"这有什么关系。"她挺直了眉毛说:"伴舞是我的职业。我赚他们的钱。"

"但是,"我说:"这使所有中国人都不敢同你跳了。"

"这是没有办法的事。"她眼睛望着自己的衣裳说:"而且很早就造成了这样的局面。"

"你是说第一次你同日本人跳舞就造成了这局面么?"

"是的,因为我会说点日语,几次以后,我原来一般熟客都不来了。"她忽然转变了话锋,用带刺的眼光钉住我说:"其实还是中国男人胆小,怕日本人。"

"你的意思是要中国男子同日本人抢你么?"我玩笑地说。

"不是这样说,"她说:"有一个很爱我的中国青年,他说我不该同日本人跳舞。我说这是我的职业,我为赚钱,我又不同他们好。假如你要我,可以带我出来,也可以同我跳舞。以后他就不跳我了,这不是他胆子小是什么?啊,要不,就是他并不真的喜欢我。"

史蒂芬在旁边抽香烟一直听着,这时候,才告诉我坐在西首的一个舞女似乎以前跳过的,叫我先去跳去。

我去跳舞,史蒂芬在那里与白苹谈得很起劲;史蒂芬的上海话听的程度不低,讲的程度很差;我很奇怪他们谈得这样畅快,等我一舞下来,才知道他们谈的是英文。我对于白苹开始发生兴趣,原来她会日文,又会英文,是多么聪敏的一个女孩子。

此后我们时常去和白苹玩,常常在下午四五时,坐在咖啡馆里没有事,打一个电话给她,她就出来等着我们,或者她说一时没有空,要等七点钟可以同我们一同吃饭,但从来没有说今天没有空而改到明天的,我相信她一定推却许多约会来陪我们,所以我对她也觉得可爱起来。

但每次游玩,总是我们三个人,或者三个以外,还带了其它的舞女,从来没有两个人的,而每次大半都是史蒂芬化钱,无形之中,他与白苹是主角,而我不过是一个不重要的配角。一直到有一天,我在愚园路一家旧书店买书,买书回来去静安寺路看一个朋友,没有看着,肚子有点饿,就在附近一家立体咖啡店吃点心,顺便翻翻买到的书,我记得很清楚,在几本书中,有一本 Hazlitt 的 *Table Talk*,里面有一篇谈到孤独的,好像是说到一个人如果把快乐寄在别人身上是非常痛苦的事。这种说法,很使我同情,因为我是一个永远把快乐寄托在别人身上的人,一个人常常无法安排生活,而因此有过许多痛苦,但是这篇文章对我的影响,则反而得到相反的效果。我举目一看四周座位上都是两个人,只有我一个人是孤独的。我骤然受到了寂寞的打击,同时就想到白苹,我就打了一个电话,白苹凑巧在家。

"白苹么?"我说:"你知道我是谁呢?"

"当然是我的爱人了。"

"不。"我说:"是你爱人的朋友。"

"我想是我朋友的爱人吧?"

"随便你说。"我说:"在立体咖啡馆。"

"还有别人么?"

"只有寂寞在我旁边。"

"要我来驱逐它吗?"她说:"我马上就来。"

我搁起电话后,就打电话给史蒂芬,但史蒂芬不在,而白苹倒来了。

那是初秋,她穿了一件淡灰色的旗袍,银色的扣子。银色的薄底皮鞋,头上还带了一朵银色的花,披着一件乳黄色像男式的短大衣。在我的印象中,她从来没有给我这样美丽的感觉。我好像同她第一次碰见一样。我说:

"是这样美丽的人么?"

"难道你第一次看见。"

"的确第一次看见。"我说:"过去我看到的不过是朋友的爱人,今天我看到的是……"

"是什么?"

"是不属于人的玫瑰。"

"是属于任何男子的茶花。"

"好,茶花,"我说:"打一个电话给史蒂芬吧。"

"怎么?"她挺直了眉毛说:"我一个人还不能够驱逐你的寂寞吗?不约他了,我们两个人还没玩过,今天第一次,你不愿意试试看吗?"

"好。"我举起咖啡杯,碰她的杯子说:"通宵。"

"通宵。"她说。

说实话,那天只想同她喝茶,连吃饭都没有准备;不知道她的装束打动了我,还是我今天才发现她的价值,我竟说出了"通宵"。

"狂舞,豪赌,天明时我同你走,走到徐家汇天主教堂,望七时半的早弥撒。"她挺直了眉毛,眼睛闪着异样的光彩。我第一次发现,第一次认识她,她原来是这样出众的一个女孩子。

"好孩子!"我说:"有计划的犯罪,有预谋的忏悔。"

"因为我们痛苦,寂寞,还有是心的空虚。"她突然消沉下来,像是花遇到火,手微微地晃摇桌上盛冷水的玻璃杯,眼睛望着它。

我当时的确迷糊,这究竟是什么样一个女孩子呢?我没有说什么,一种寥落的同感袭来,我开始吸烟。

白苹似乎站了起来,悄悄的拿起皮夹,走出门去,我没有问她,也没有理她,我的思维在空虚里,我的视线在空虚里。

不知隔了多少时候,白苹回来了。

"怎么,我终不能代替寂寞来伴你吗?"她活泼得像一条小龙,闪着两只大眼睛,一扫刚才的那种忧郁,笑得像百合花,她说。

"是你带来这份寂寞,你不知道么?"我看了她半天说。

"算账。"她对侍者说,没有坐下来,站在旁边从皮包里拿钱。

侍者把账拿来,她付了钱,说:

"走吧。"

"那里去?"

"跟我来。"

我跟她出门,跟她穿过马路,跟她进大华电影院;票门里买票的人很多,我刚要站进去的时候,她说:

"我早就买了。"

"原来她刚才出来是来买票的。"我想。我跟她上楼。

我记得那天的片子并不好,我同她看电影是常事,但是只有我们两个人则是第一次,往日她坐在我旁边我一点不感觉什么,今天我觉得有点异样,时时吸引我去体验她的存在。

八点钟的时候,我伴她在一家广东店吃饭,九点钟的时候,我伴她在丽都狂舞,十二点半的时候,我们在汽车里,她偎依着我,我说:

"白苹,你累了。"

"不,"她睁起大眼睛望着我说:"你还有寂寞吗?"

"没有,"我说:"但有一种说不出的感觉。"

"是的,"她说:"我好像在暖热的火炉旁摸到了雪。"

我没有回答,静望着前面与四周,街头很寥落,汽车开得分外快,车灯光芒射在路前,街树的影子不断的掠过,我说:

"在这样的夜里,我才看到秋。"

"在你的旁边,我永远觉得是秋天。"

"史蒂芬旁边呢?"

"他是春的代表。"

"你觉得你自己呢?"

"我代表了春夏秋冬。"

"好大的口气!"我说:"但是我过去只感到你是夏。"

"今天呢?"

"是初秋最好的伴侣。"

在光耀的电灯光前,车子停了。

我们走进轮盘的赌窟。

那天开了十四盘中红,没有一点钟工夫,我们赢了六千多元钱,但随即我们就大输,好像三点钟的时候,我们一度赢回了本钱,但接着又输了下去。起初我们两个人在赌,后来筹码都在我一个人手里,白苹在我旁边看着。在我快输尽的时候,白苹忽然不见了,我想她是到餐厅去吃东西去,没有问她。但在我最后一注的时候,我知道已经毫无希望,开始想到白苹的去处,忽然发现她在另外一端下注。我没有理她,看着我最后一注输去后,一个人站起来坐在旁边沙发上吸烟,她也并没有理我;一直到五点多钟的时候,她站了起来,手里捧着好几叠钞票,看过去总有七八千元之数;我忽然想到,即使这些钱都是赢来的,她的本钱是那里来的呢?她离开我的时候不是一个钱都没有了么?我正想问她,但是她说:

"去吃点东西吧?"我站起来,伴她到餐厅里,叫了一点鸡蛋麦片之类的东西,她精神似乎很好,同我谈些与赌毫无关系的事情。我的精神似乎也焕发起来,餐毕的时候,我吸起烟,她说:

"也给我一支吧。"

我递给她,这时候我突然发现她手上白金配镶的钻戒已经不在,我差不多已经快发问了,但不知怎么我猛然悟到她刚才手上的钞票同她单独赌钱时本钱的来源,我立刻抑制了问话,镇静地为她点火。她吐了一口烟,站了起来,说:

"现在我们可以到徐家汇去了。"

"真的走去吗?"我问。

"你等一等。"她没有回答我的话,跑到一个女侍的面前,我知道她要到盥洗室,于是准备等她。就在她走开的时候,我发现她皮包留在桌上,我猛然惊悟地打开了她的皮包。

不错,一点不出我所料,有一张当票,我没有仔细看,偷偷地拿出来放到我自己空的皮夹里,静候她的回来。

第二支香烟未尽时,白苹已经带着化妆过的焕发的面容站在我的面前了。

五

天色已经有点灰白,星星数点,尚寥落地散在天空,路上死寂无人,只有几家专为赌徒而设的通宵营业的当铺的门开着,路灯疲倦地闪着微光,街树萧条非凡,我们踏着凄迷的树影走着,秋晨轻风,寒气侵人,我说:

"你真的要走到徐家汇么?"

"怎么?"她说:"你没有这个兴致么?"

"我?"我说:"我是男人,你不知道么?"

"笑话,"她说:"我发现男人最怕在这个时候走路。"

"但是我的确怕你太累了,"我笑着说:"老实告诉你,我是一个乡下人,常常一清早走路的。"

"所以我才找你陪我走路呢。"她笑得很响。

天色比刚才亮了,亮得同白苹的打扮一样,银色的头花,银色的鞋,银灰色的衣裳。我对白苹发生了更大的兴趣,不觉用一只手围在她的身上,这时忽然有一阵风来,有几瓣树叶被它打落了,我感到白苹打了一个寒噤,我这时发现白苹衣裳的单薄,于是我脱下大衣披在她的身上。

"你自己不冷么?"

"我是男子。"我笑着说。

"又是男子。"她用手摸我的衣裳,继续着说:"但是衣裳比我穿得多。"

"所以我可以分一件给你了。"

她不再说什么,靠在我身边走着。

走进愚园路,穿过海格路,顺着善钟路走,我们沉默着,天色渐渐亮起来,风也没有刚才刺人,我的心已经耐不住这份沉默,我开始问:

"想什么呢?"她好像早已准备了,毫不犹豫地回答:

"想你也许还是第一次伴一个女人在这时候走这许多路吧?"

"是的。"

"那么我该觉非常光荣了。"

"我想你已经不是第一次了。"

"你怎么知道呢?"

"职业上的工作。"

"笑话,"她带着嗔意说:"我的职业难道就是陪人从赌场走到教堂吗?"

"怎么?"我说:"假如你的职业永远是陪人从赌场走到教堂,你难道不觉得光荣吗?"

"但是这也许是我灵魂的工作,"她说:"我的职业是陪人跳舞。"

我这时候才想到走在我身边是一个舞女,我不知道是不是我下意识中对她有点轻视,我不再说什么。

沉默,我听到我们的步伐,我听到我们呼吸,于是走进贝当路,我看见东方的阳光,白在路旁篱内树丛焦叶上的霜花开始溶了,闪耀着清晨的新鲜。在一所比较空旷的园前,白苹忽然遥指里面的洋枫,她说:

"原来已经有红叶了。"

"是的。"我说:"这是秋天。"

"你愿意为我采一瓣红叶吗?"

我没有回答,就在那园门前拐了进去。园中没有一个人,草上都是霜花,我踏着霜花过去,就在那株洋枫上采了两瓣完整的红叶。回来时,白苹站在门口,用意外可爱的笑容欢迎我,我把红叶交了她,她说:

"那么谢谢你。"她接过了两瓣,但随即分一瓣给我说:"这一瓣给你,保留着,纪念我们从赌窟到教堂的旅程。"

"谢谢你。"我仔细地把它夹在皮夹里,我问:"是诚心诚意的送我么?"

"自然。"但当我正要走的时候,白苹把我的大衣还我。她说:"谢谢你,现在我已经走的很暖和了。"

太阳已经出来,今天的天气似乎特别好,我也已走得很热,所以没有把大衣穿上,只是挂在我的臂上,伴她前走。

在教堂的门口,她的态度忽然虔诚起来,好像没有我在旁边一样,到里面,她用圣水在身上划了一个十字,眼睛注视着神龛,安详而庄严地一步步前进,我跟在她的后面,轻步地走着。四周的信徒已到了不少,有人跪在地下祈祷,有人坐在那里诵经,我的心开始净化,安详,想到昨夜赌窟里的兴奋紧张,感到莫名的惭愧与空虚。

白苹在近神龛的地方跪下去,我跟着跪下,她的手放在前座,把头埋在里面,我学着她,不由自主的闭起了眼睛,她忽然低声地说:

"祈祷你最真的愿望。"

于是我祈祷,我没有思索,我在心里自语:

"愿抗战早日胜利,愿有情人都成眷属,愿我永久有这样庄严与透明的心灵。"

我抬起头来,望着神龛前的烛光,我的思想在飘渺之中沉浮,我体验到宇宙的奇伟与我自己的渺小,我感到生命的渺茫与世界的无常。

我不知道白苹是什么时候抬起头的,她凝视着神龛,像是有深沉的幽思似的。我从侧面望她,大圆的眼睛,浓长的睫毛,这时候发着异样天真的光芒。她的大衣已像落叶般撒在椅上,那淡灰的旗袍闪着银色的扣子,紧裹在健美的肉体上,这以前不过使我感到雅致,如今则使我感到纯洁。我没有扰乱她,像她凝视神龛一样的凝视着她。

最后,弥撒开始了,白苹用白色的围巾蒙了头,俯在手上。我才把视线移到祭台上的神父。

我静听弥撒的进行,心里有说不出的情感,迷茫,寥落,清醒与悔恼。

弥撒完毕时,我与白苹从教堂出来,她一直没有说话,只是静静地在我身边走着,到转湾的地方,我再也忍耐不住,我说:

"原来你是虔诚的天主教徒。"

"不见得。"她说:"但是我爱这天主教堂的空气。"

我们在附近汽车行坐上了车,我送她到她的家门口,就一直回家睡觉。

醒来已是下午两时,四点钟我有一个约会,就在我吃了一点东西出门的时候,我发现大衣袋里竟有三叠钞票,是四千元的数目,这正是我昨天赌输的钱。但怎会在我的袋里,这当然是白苹。可是在一切我与白苹同伴的时间,有什么机会允许她把钞票从她的皮包里拿出,放在我大衣口袋里呢?在我出门的途中,我手插在大衣里一直想着,我从看她拿着钞票离开赌窟,同我一道到餐厅时想起,想到她把钞票放进皮夹里,再想到她去盥洗室,我从她皮夹里取出了钻戒的当票,又想到同她一同走路,一直到徐家汇教堂望弥撒,弥撒完毕后坐汽车回来,我竟想不出她有这样一个我看不见的机会。

我想着想着,在公共汽车站上了车。就在我要买票的时候,我在我皮夹里发现了红叶,我顿悟到当我采红叶的时候,我大衣正披在她的身上,而就在我采了红叶出来的时候,她把大衣还了我,而此后我一直没有探手到大衣袋里去过,那么这无疑是她计划好叫我去采红叶的。

我回来大概是晚饭的时候,夜里预备不出去,读读昨天旧书店买来的书,但是史蒂芬来了。

我把昨夜的经过告诉了他,可是我瞒去了钻戒当票与钞票的事情,这是我刚才回来的途中就想好了的。

史蒂芬对于昨天没有被我找到非常懊恼,但并不颓伤,马上兴高采烈的说:

"去,我们今天再去找白苹。"

"不,"我说:"今天应当你一个人去了。"

"怎么?"

"我实在太累了。"我说,但这是一句偶然的谎话。实际上我对于白苹给我美丽的印象,不愿意作再度的绘描,则是实情。

史蒂芬虽然还鼓励我的兴趣,但是我始终只鼓励他一个人去。最后他终于听从了我,这是我们交友来我第一次没有被他邀去,也是交友来的最后一次。

我为史蒂芬叫车,就在等车时候,我灵机一动的,忽然说:

"有钱吗?留我五千元可能吗?"

"怎么?就是为这个不出去吗?"

"不,"我说:"这是另外一件事。"

"支票可好?"

"一样。"我说。

他拿出了支票与笔,签字的时候,外面的汽车响了,他把支票交给我,就匆匆的去了。

十二点的时候,有人敲我玻璃窗,是史蒂芬。

"怎么?"我出去开门,一见他就问:"这样早就回来了?"

"幸运的孩子,"他笑着说:"白苹在爱你。"

"胡说。"我伴着他走进房间。

"她说你没有去,一点也不高兴。"

"我想她同我一样是疲倦了。"

"不,"他抽起烟,说:"我要带她出来,她拒绝了。"

"她可是有别的约会?"

"没有。"他说:"她只是说她不想出去了。"

"你可曾同她提起我与她昨夜的事。"

"没有,我只装着我们刚才没有见过面。"

"很好。"

"怎么?"他问:"可是你也在爱她了。"

"笑话。"我说:"同一个舞女?"

"不对的。"他严肃地说:"难道不能同舞女恋爱么?"

"我不是这意思。"我说:"我只是表明我没有爱过就是,你不用吃醋。"

"这才是笑话!"他笑着说:"她希望你会爱她,因为她的确在爱你了。"

人们对于独身主义者爱说这样的玩笑是常事,我没有惊异,所以我也没有回答,他又说了:

"她是非常可爱的人呀。"

"是的,"我说:"那么你爱她么?"

"那不是爱。"他笑得有点带羞:"我的爱是另有所属的。"

我没有问下去,我把桌上的书理好,我说:

"想吃点东西么?"

"好的。"

于是我插上电炉烧咖啡,烘面包,把这份谈话打断了。

六

第二天,史蒂芬早点后就去了,我约他五点钟在立体咖啡馆相会。我就到银行取那张他借我的支票,拿了钱根据白苹的当票上地名,到那家当铺里,取钻戒,中饭后,我又到南京路配购一只合于这钻戒的盒子,我选中一只白绸银边的。三点半的时候,我在立体咖啡馆里打电话给白苹。

"是谁呢?"白苹的声音。

"是从赌窟到教堂的绅士。"

"又是立体咖啡馆。"

"一点不差。"

"又是寂寞在你身边么?"

"不,"我说:"有四千元在我身边。"

"要还我那四千元吗?"

"并不。"

"想化去它么?"

"不想。"

"那么是要我为你付茶账了?"

"你高兴吗?"

"自然。"她说:"我马上来。"

电话搁上后,不到半点钟,银色汽车已经停在立体咖啡馆门前。

果然又是银色的女郎,她竟打扮得同前天一样。

她坐下后,我说:

"今天是不是允许我有光荣送你一件礼物呢?"

"还有比你红叶还光荣的礼物吗?"

"是的,"我说:"仅次于你给我的红叶。"

"一杯咖啡,"她对侍者说了,又用低迷的笑容说:"我先谢谢你。"

于是我把白绸银边的盒子拿出来,我说:

"不要惊奇,……"话未完,就被她抢走:

"啊!原来是四千元的赌注赢回了我的本钱。"

她的聪敏把我压倒,我高兴的情绪骤消,我说:

"原来你四千元与红叶,是当做赌注押在我'红心'上面的。"我半笑半刺地说。

"是的。"她说:"假如你因此生气的话,我感谢你,因为你还没有当我是一个舞女……"

侍者把咖啡拿上来,话因此打断,但接着她说:

"现在我把钻戒送你,"她手幌着咖啡的杯子,眼睛注视着杯中的波纹说:"一个舞女的心有时候可以同它一样的纯洁。"

"……"我沉默了,抽起烟,我吐在我眼睛的前面,让我与她的当中,多有一点迷蒙的距离。

但是她吹开了这烟雾,说:

"你不愿意接受这个礼物么?"

"真的把别人送你的东西这样轻易送掉么?"我笑,但不很自然。

"假如你以为我是这样,那么我真为你可惜送我光荣的红叶,你怎么没有想到我不会把它送给别人呢?"

"……"我没有说什么,但我的心可震动了,难道史蒂芬对我说的话这样可靠么?

"收我这份礼。"她用圆大的眼睛注视着我:"让我们谈其他的事情。"

不知道是不是受了她眼光威胁,还是我自己有意识不到的情绪在支配我,我伸手拿这只白绸银边的盒子,禁不住说:

"谢谢你。"

"这才是好孩子。"她笑得像百合初放。

"好孩子,"这声音使我悟到我面部的表情是多么幼稚与天真了。

我立刻吐烟在我的面前,让我与她中间永远有这样的阻隔。

但就在这短短的阻隔中,我开始悔悟我对于这礼物接受的荒唐,但这已成无法挽回的事实。

最后,史蒂芬来了。我们开始有轻松的谈话与快乐的笑,这一天一夜,除了我时时后悔这份袋中的礼物外,我们大家都是快乐的。

此后我总怕一个人去会见白苹,在第三天,我筹了一笔款购买了一只与白苹送我的相仿的钻戒,装在我那天购得的白绸银边的盒子里,本来想再到立体咖啡馆去约白苹,但终因我心里的畏缩而不果,同时我也不愿意在我交给她的时候让史蒂芬看见,所以我只好同史蒂芬到百乐门去,就在我同白苹跳舞的时候,我说:

"现在可轮到我有光荣送你比较永久的礼物了。"

"没有把送给你的礼物当作我的赌注吧!"

"没有。"我说。

"那么谢谢你。"

我乃把我袋里的礼物交了给她,在我回到居处的时候,我一方面好像还清了一笔债一样的轻松,另外一方面则好像我允诺了一笔更大的借款。

以后我始终没有一个人去会白苹,但是今天我要约她于三月十八日去参加史蒂芬的宴舞会。

那么白苹会不会就是史蒂芬现实中的史蒂芬太太呢?

我想不会,至少比别人可能性要少,最要紧的还是白苹在这点上不会同我撒谎,于是我拿起了电话:

"请白苹小姐说话。"

"谁?"白苹来了。

"当然是你的爱人了。"

"是的。我知道你也该来个电话了。"

"你可是已经做了史蒂芬的太太了?"

"是别人的谣言还是史蒂芬酒后的疯话?"

"是我的神经过敏。"我说。

"不想同我当面谈谈么?"

"想的。"我说:"但日子是十八日下午三点半。"

"是你一个人么?"

"自然。"

"奇怪了!"

"不要奇怪。"我说:"但是你可不可以把那天整个的时间都让我们一同消耗呢?"

"干什么呢?"

"参加一个很正式的宴舞会。"

"可以。"

"那么我谢谢你。"我说:"还有,会见史蒂芬不要提起这件事。"

"当然。"

"那么再见了。记住三月十八日下午。在立体咖啡馆。"

"遵命。"

我听见她搁上了电话。

七

"好,你晚到了!"白苹带着百合花的笑容招呼我,立体咖啡

馆的钟已经三点五十分。我说:

"对不起,你可是来了很久了?"

"今天我像男人等候情人般的来得特别早。"

"那么我是故意在模仿小姐们了。"

"一杯咖啡。"我对侍者说。我一面脱去了大衣。

"原来你打扮得这么漂亮。"她望着我的衣服说。

"啊,"我说:"可是因为我忘记说这句话了。"

真的,今天白苹显得异样光彩,她穿了一件白缎绣花的旗袍,发髻上戴了一朵白绢制成的茶花,右臂一只白金的手表,左臂一只洁白的玉镯;我送给她的一只钻戒在她右手上发光,指甲似乎刚搽过白色的蔻丹,桌上放着白色的皮包,同一块纯白麻纱的手帕。好像四周的人们都在羡慕我似的,我骤然感到一种说不出的光荣。我说:

"是专门为我打扮的么?"

"为你要参加的宴舞会。"

"怎么?"我忽然想到会不会是史蒂芬知道我会去约她,故意来举行这样的宴舞会呢?我说:

"是史蒂芬告诉你了?"

"怎么?"她说:"不是你要我伴你去参加正式的宴舞会吗?"

"是的。"

"是史蒂芬的宴舞会吗?"

"是的。"我把那张请帖交给了她。

"史蒂芬有太太吗?"她看了就问。

"我也第一次听见。"

"怎么?"她说:"你也有太太吗?"

"我要有太太还来请你吗?"我笑着说。

"那么要我冒充你的太太了?"

"不,"我说:"没有太太,所以请一个好朋友同去。"

"这都是礼貌上的事,"她说:"你应当预先关照我的,免得临时出岔。"

"谢谢你,"我说:"一切看那时的情形吧,这事情我也莫明其妙。"

过完了愉快的下午,我们就去过惊奇的夜晚。

辣斐德路四一三〇八号是一所沿马路的小洋房,花园不大,但花木茏葱,蔷薇与月季这时候开的正忙,外面围着木栅,好像油漆不久,碧绿如春,我就在那里按了电铃。内门开处,我一望就知道是史蒂芬,史蒂芬全副军装,精神焕发,一面轻步下阶,一面带着笑说:

"是多么出色的宾客呀!"

他同我们握手,一面挽着白苹,一面挽着我从外门走到内门。他说:

"可是出你意料的? 是我太太的生日。"他把太太两个字说得特别响。

就在这走廊上衣架旁,我脱去了衣服,我伴着白苹走在史蒂芬的后面,走进一间精美的厅堂。

厅堂已经有不少的男女,史蒂芬先介绍我们会见他的太太,他半真半玩笑似的说:

"徐先生与徐太太。"

白苹露着百合初放的笑容看我一眼,我心里虽窘,但也不便否认。

史蒂芬太太伸出可爱的手同我们交际,面上浮起一个浅甜的笑容,说:

"徐先生,你肯驾降真是非常光荣。史蒂芬时常同我谈起你,希望你今夜会像在自己家里一样。"

接着她一一为我介绍他们的宾客,但总是以"白苹小姐"的名义来介绍白苹,似乎她早已知道太太是一个开玩笑的名义了。宾客中半数是美国海军与陆军军官,大都带着女伴,此外是领事馆,大使馆里的人物,几个银行界与商界的朋友,还有一些律师与医生,其中我也认识了费利普医师,个子很高,是四十几岁的模样,上唇蓄着胡髭,态度非常庄严文雅,他的太太也大方可亲。中国人,除我以外,只有一个高先生,是魏白饭店的经理,他的太太是一个秀美的美国人,很会交际,以前我们曾经在许多地方碰见过。今天她还带着她的小姐来,已经是二十岁美丽的少女了,长得很高,要不经过介绍,我几乎以为是她母亲的妹妹。女宾中有几个很年青美丽的,似乎同高小姐很熟,我想一定是美国学校里的同学,在这些女宾中,最令我注意的是梅瀛子小姐,她竟具有西方人与东方人所有的美丽,对于今夜的来宾,大部像是早已认识,但她似乎特别与新认识的人在交际,而在这新的交际之中,她总是立刻突破了对方的距离。在主人将我向她介绍时,她说:

"是徐先生么?好像我们早应当认识了。"

"非常光荣。"我说着已被介绍到别人地方。

但我看到梅瀛子的交际始终没有停,在樱桃宴前酒上来的时候,她正同白苹在一起谈话。我当时站在高小姐的旁边,我说:

"你以前认识梅瀛子吗?"

"见过几次。"

"是在你的家里吗?"

"不。"她说:"在魏白饭店的交际场合中。"

这时,旁边的高先生说:

"她是在日本长大的。"

"父母是美国人吗?"我说。

"不。"高先生露着笑:"母亲是美国人。"

"那么父亲是日本人?"

"不。"他说:"你都猜错了。父亲是中国人,但一直在日本。"

"今天她的父母都没有来吗?"

"父亲死在日本,母亲死在中国,她现在只有一个人。"

这时高小姐同另外一位小姐去谈话了,高先生望着她的背影,用俏皮的口吻对我说:

"似乎对梅瀛子小姐很有兴趣。"

"我似乎对任何女性都有点兴趣,但只是这一点点兴趣而已。"我说。

"你知道她现在已是上海国际间的小姐,成为英美法日青年们追逐的对象了。"他说。

我用浅隐的笑容回答他,开始把话说到别处去。

最后仆人来叫我们用饭,我们就走到饭厅里去。

今夜我似乎是最生疏的客人,所以就坐在史蒂芬太太的右手,白苹则坐在另一端史蒂芬的右手。我的旁边是一位粉色头发的太太,梅瀛子小姐坐在我斜对面,右手是费利普医师,左手是一位很漂亮的美国军官。

我的前面是一瓶鲜花,但并不妨碍我对于梅瀛子的观察,她有东方的眼珠,与西方的睫毛,有东方的嘴与西方的下颊,挺直的鼻子但并不粗高,柔和的面颊,秀美的眉毛,开朗的额角,上面配着乌黑柔腻的头发;用各种不同的笑容与语调同左右的人谈话。她穿一件纯白色缎子的短袖旗袍,钻石的钮子,四围镶着巧小碧绿的翡翠,白皙的皮肤我看不见粉痕,嘴唇似乎抹过淡淡的口红。有一种说不出的风韵,从她的颈项流到她的胸脯。使座中西洋女子的晚礼服,在她的面前都逊色了,但假如她穿西洋的晚礼服,我相信还会比她今夜的打扮要出色,最后我开始发觉许多男子的视线都在偷看她,我骤然意识到一种奇怪的羞惭,我避开了偷视,照料我自己的菜肴。

于是我开始同史蒂芬太太谈话,她声音轻妙低微,面部的表情浅淡温文,与梅瀛子的性格似乎完全不同,我想她该有二十六岁,有很美的身材,长长的脖子,配着挺秀的面庞,非常沉静庄严,不笑的时候好像不容易亲近,看起来与史蒂芬活泼天真的明朗轻松的态度完全不很调和,但在她眉梢与眼角,我看不出一点心里的哀怨与痛苦,而谈话中间,对于史蒂芬的情爱尤显弥笃。

但是史蒂芬为什么总爱一个人找我去玩呢?这是我的疑问。自然我不会对史蒂芬太太谈到我与史蒂芬的宴乐,可是她好像知道我们常玩的故事,因此在她知道范围内,我没有否认,最后她说:

"听说你是一个独身主义者?"

"是的。"

"这是说对于任何女孩子都不发生兴趣了?"

"也许对于任何女孩子都有兴趣呢?"

"那么是浪漫的玩世的别名。"她讽刺似的对我笑。

"不。"但是我严肃地说:"兴趣只限于有距离的欣赏。"

"没有爱个人吗?"

"过去自然有过。"

"失恋过?"

"也曾经有过。"

"那么是酸葡萄的反应。"她又讽刺地笑。

"也许。"

"但是总也受过人的爱?"

"好像有过。"

"但是你不相信这些?"

"因为有一天我忽然发觉自己没有爱过一个人,爱的只是我自己的想像;而也没有一个人爱过我,她们爱的也只是自己的想像。"

"你以为人们都像'纳虚仙子'恋爱自己的影子般的永远只爱着自己的想像?"

"都是单恋!"我说。

"于是你失望了?"她说:"你从此不再为爱祈祷?"

"我只有忏悔。"我说:"于是我抱独身主义。"

"很有趣。"她说,忽然她望着在我们面前走过的白苹,她把声音放得很低,微笑着对我说:

"然则白苹小姐也是在单恋自己的想像。"

这句话非常使我感到突兀,我立刻意识到这是史蒂芬玩笑的广播。我说:

"你永远这样相信你丈夫的玩笑么?"

"你没有注意我刚才同白苹谈话么?"

"……………"我用微笑代替了困难的回答。

"但是我想,"她说:"今夜你可被新奇的光芒炫惑了。"

"……?"我用沉默的视线问她,但是我立刻感到梅瀛子的光芒在我心里闪动。

"那当然是梅瀛子了。"她说:"她永远像太阳一样的光亮。"

"但是我永远喜欢灯,因为我喜欢我自己灯光下的影子。"

"可是阳光在夜里就是灯,灯光在白天就是太阳。"

"……"我开始发觉史蒂芬太太灵魂的美丽,她的体念,她的感觉,是多么细腻与敏锐?这是与史蒂芬完全不同的性格,那么他们是幸福的一对么?

我注意史蒂芬站起来去开无线电,是很好的音乐。大家都静下来,我想是 Debussy 的曲子,但听下去又好像不是,可是史蒂芬太太忽然低声的问:

"你喜欢 Debussy 么?"

"是聪敏的作曲家,"我说:"但可惜没有深刻与重量。"

"那么你对音乐是很有修养了。"

"不敢说,"我说:"但是我爱音乐,正如我爱大自然一样。"

"……"她不响,皱一皱眉,沉思了一回,接着好像被音乐吸引了似的,眼梢间有一种不令人接近的庄严,我沉默了。

饭后我们到会客室,那里现在已经布置得像一个小小的舞厅,史蒂芬在无线电中收到了音乐,几个军官先跳起舞来。我就近请史蒂芬太太跳舞。

"原谅我,"在舞圈中,我说:"史蒂芬太太,你可是不喜欢这爵士音乐?"

"不很喜欢,"她说:"但偶而同朋友们跳舞,也是我高兴的事。"

我在人丛中舞过去时,我看见梅瀛子正在那位漂亮军官的臂上,脸上浮着甜蜜的笑容,我避开她的视线,转了过去,接着又碰见了白苹与史蒂芬。今天的白苹显得分外光彩,与史蒂芬有很亲蜜的谈话,场中的舞伴,以他们的一对为最漂亮了。

曲终的时候,史蒂芬太太对我说:

"今天你应当同梅瀛子多跳一点舞。"

"为什么呢?"我说。

"因为我相信你会喜欢她的。"

"……"我没有说什么,但在第二只音乐响的时候,我伴了一位很年青的小姐跳舞,她很含羞,舞步也生疏得很,但是她有一种特别的温柔是我所交接的女性所没有的,于是我说:

"可以请教小姐的名字么?"

"海伦·曼斐儿。"

"非常光荣,今夜可以同你跳舞。"

"……"她沉默着,我没有看见她的表情,但我的下颏感到她含羞的偎依,是柔和的发丝触到了我的皮肤,我好像有一样意外的责任似的,非常谨慎的把舞步正确地押着音乐的节拍,从人丛里过去,我忽然想到刚才介绍时的曼斐儿太太。我说:

"我想,你该是曼斐儿太太的小姐了。"

"是的,先生。"

"那么我希望我以后可以常常见到你。"

"…………"

于是接着的音乐,我就请曼斐儿太太同舞,我说:

"只有你,可以是曼斐儿小姐的母亲。"

"她还是很害羞的孩子。"

"但是具有一颗难企及的灵魂。"

"希望你时常指导她。"

"我希望有光荣做你们的朋友。"

"那是我们的光荣。"她说。

"我可以来拜访你么?"

"随时都欢迎。"她说:"我的家就在芭口公寓三百四十一号。"

在这短短的一曲音乐中,我发现曼斐儿太太有非常和蔼可亲的性格,据她说,她的丈夫与两个儿子已经回国从军去了,只有这个女儿陪着她,所以非常寂寞,很希望一个中国人常常去看她,她是一个很胖的中年妇人,有很丰富的笑容,我从她女儿推论,我想她青年时一定也是很美丽的。

不知道第几只音乐,我伴同白苹起舞。她说:

"你还没有同梅瀛子跳舞过呢?"

"怎么?你这样注意着我。"

"我发现你今天对她有特别的兴趣。"

"……"我寻不出话回答,怎么她会同史蒂芬太太有一样的视察呢?难道我的表情上有什么特别的显示?

"我可是说对了?"

"我想不见得。"

"但是你并不否认。"

"我只是在想,"我说:"你是根据什么来说这句话的?我连一只舞都没有同她跳,一句话都没有同她讲。"

"就根据这个。"

"但是其他人中,"我说:"我也有……"

"我们对着太强的光线看不见东西,对着黑暗也看不见东西。"她笑了,带着可爱的诙谐,也带着讽刺的甜蜜。

"……"我开始沉默,我反省自己,觉得史蒂芬太太在席上说我被新奇的光芒炫惑,是我不同梅瀛子跳舞谈话的主因,现在使我感到我不同梅瀛子跳舞与谈话,也就是使白苹说这话的主因了。究竟梅瀛子的光芒有否把我炫惑?我对她是否有特别的兴趣?我自己都不知道,但是当我心里决定下一只音乐去请梅瀛子跳舞时,我的心不宁起来。

就在这不宁之中,我在一只华尔滋音乐开始时,去请梅瀛子跳舞了。这真是一件令我吃惊的感觉,在我带她起舞后,当我正惊奇她所用的香水时,她说:

"我说今天有一个出色的男子还没有请我跳舞呢,原来是你。"

"是我?"我低声的说。

"我倒以为今夜你要矜持到最后都不来请我跳舞了。"

"但是我终于请你了。"我说。

"是别人警告你不使同我接近么?"

"为什么别人要这样警告我呢?"

"好像别人说过接近我的男人都免不了成为我的卫星的。"

"似乎没有人怕我做你的卫星。"

"那么你可曾同谁打赌,"她用一种金声微笑:"不请我跳舞就是你的胜利么?"

"也许,"我说:"同我自己打赌。"

"是情感与理智打赌么?"她柔和得像撒娇般说。

"不,"我说:"我情感与意志打赌。"

"但是你情感胜利了。"

"胜利的是我意志。"

"是你的情感不想同我跳舞么?"她带着疑问的问。

"我情感往往停顿在美感的距离上。"

"我倒觉得没有法子解释了。"

"在我,"我说:"当我喜欢一只橘子的色彩时,我不想吃它,这是我的情感。"

"那么你情感不想多接近一点光亮么?"

"太强的光亮,自然不想接近。正如我不愿正眼注视太阳。"

"于是你用意志来注视太阳。"

音乐停了,我送她到座位时,她说:

"下只音乐,我还等你。"

"好的,谢谢你。"

此后三只音乐,我都与梅瀛子同舞。我始终没有问她的住址,也没有表示要她做我的朋友。但我发现她好像要多吸引一颗卫星来征服我。

后来我和史蒂芬太太在一起,她问我:

"在太阳旁边你还想念灯光么?"

"是的,"我说:"我爱灯光下自己的影子。"

"我想海伦·曼斐儿小姐像灯光。"她看了海伦·曼斐儿一眼说:"现在我放心你不会为梅瀛子倾倒了。"她笑着说。

....

史蒂芬太太好像完全受史蒂芬的教唆,整个的谈话,似乎都是在探究我独身主义的心理,给予我独身主义以种种打击,威胁与讥讽,我后悔我有太多的谈话。

八

汽车先到白苹的家,她在关车门时约我明天在立体咖啡馆相会,脸上带着无比的光彩,对我扬手。

夜已深,阴沉的天空似乎很低,我的车子从昏黯的街灯下过去,这时候我才感到白苹在我身边地位的重要。

料峭的春寒与沉重的寂寞在我重新关上车门时从四周袭来,我像逃犯似的奔进了家,奔进了自己的房间,关上门,开亮灯,吸起一支烟,抽出一本书,我倒在沙发上,逃避那一种说不出的凄凉与压迫,于是夜像水流般过去。窗外的天色冉冉的亮了。我开始宽衣,滑进了疲懒的被铺。

好像我落在云怀的中心,我看见了光,看见星星的光芒,看见月亮的光芒,还看见层层叠叠的光层,光幻成了曲折的线条,光幻成了整齐的圆圈,光幻成了灿烂的五彩,我炫惑而晕倒,我开始祈祷,我祈祷黑暗,黑暗……那么我的灯呢?

"灯在这里。"我听见这样的声音,于是我看见微弱温和的光彩,我跟它走,跟它走,走出云,走过雾,走到绿色的树丛,我窃喜人间已经在面前,这是我们的世界,是我们祖先几千年来惨淡经营的世界,那里有多少人造的光在欢迎我降世,于是我看见万开的灯火,在四周亮起来,我笑,我开始笑,但我在笑声中发现了我已经跨入了坟墓,我开始悟到四周的灯光都是鬼火,我想飞,我想逃,但是多少的泥土在压迫我,压迫我,我在挣扎之中喘气。

"太阳来了。"有人嚷。

于是我看见了炫目的阳光。

"太阳来了。"窗外是家人的声音,她们正把衣服在院中挂晒。

看表是下午一时,我披衣起来,正在盥洗的时候,史蒂芬来了。

"刚刚起来么?"他说。

"是的。"

"到底是昨夜那一位女孩有这样的光彩,使我们独身主义的哲学家昨夜失眠了。"

"是 Schelling。"我说,指我昨夜从书架抽出阅后抛身在床上的 Schelling 著作。

"别撒谎了,好朋友。"

"……"我没有回答他话,只用庄严的语气说:

"'好朋友'?而你一直不告我你是结了婚的人。"

"因为你说你是独身主义者,我想你会讨厌结了婚的男子的。"

"为什么呢?"我说:"这是各人的自由。"

"天下哪有肯定了主义的人,不希望把他的主义概括众生吗?"

"不,"我说:"我希望人人都有你一样的美丽而可敬爱的太太,让我时时过昨夜般快乐的夜晚。"

"恐怕还是昨夜的小姐使你感到那夜晚是快乐的。"

"我不想再说这些。"我说:"你是有太太的人,怎么总是找我同你去玩呢?"

"这是向你证明有太太的人也可以有独身的自由。"

"那么我断定你不够爱你的太太。"

"自然我是十二分的爱她。"他说:"她有她的世界,有她美丽的世界,她爱古典音乐与诗,我尊敬她。"

"那么同你是多么不同呢?"

"为什么要相同?"他诧异地说:"我尊敬她的娱乐,她也尊敬我的娱乐,我们相爱,我们结合,我们互相尊敬,我们过着最幸福的日子。"

"在我是一个谜。"我说。

"这不是你读了一书架哲学书所能知道的。除了你有结婚的经验时,你方才有资格来谈。"

"……"我没有回答。

"我太太非常称赞你。"他说:"她希望你肯时常到我家去。星期六夜晚,有几个朋友去喝茶,希望你一定可以参加。"

"当然非常高兴。"当我想起昨夜曾约白苹在今天相见,于是当我换好衣裳以后,我说:

"愿意同我到立体咖啡馆去吗?"

"是与梅瀛子第一次的 Rendezvous 吗?"

"是的。"我撒了谎,笑着说。

"真的?"他说:"那么是我猜着了。"

"你猜着了?"我笑。

"我猜你昨天起已做了梅瀛子的卫星。"他说:"但是我太太一定说你已做了一颗我所不知道的恒星的卫星。"

"那是谁呢?"我问。

"她不告诉我,只说:'将来我一定会知道的。'"他说:"但是今天证明我的猜测是对了。"

史蒂芬异常的高兴,使我的情绪高涨起来,我们登上了汽车,直驶到立体咖啡馆。

那时大概三点多,我还没有吃饭,所以就多叫了点东西,史蒂芬抽着烟喝着咖啡陪我,时时望着窗,忽然他说:

"你约她是几点钟呢?"

"只说下午。"我忽想起当时的确没有同白苹约好时间,但我相信不久她就会来的。

但是等我吃好许多东西后,还不见白苹到来,我也开始有点焦躁,再没有心意与史蒂芬闲谈了,史蒂芬的兴奋也已经稍低,经过了许久的沉默,大概是四点半的时候,他忽然露出高兴的笑容说:

"梅瀛子给你一个很好的波折。"

"这是任何女子都会玩的手法。"

"我想她不会来了。"他说:"还是打电话给白苹吧。"

"不。"我说:"我不愿这样做,当我期待一个女子失望时,我找谁来代替就是对谁的侮辱。"

"但是算我找她好了。"

"不。"我说:"你同我是一样的。而且从今以后,我没有得到你太太的允许,我不再同你一同去玩。"

"这是不成问题的。"他说。

一部黑色的汽车在窗外停下来,史蒂芬说:

"她来了。"

我回头看时,果然是一个银色的女孩从车门出来,我知道这是白苹来了,所以就回过头镇静地抽烟。可是史蒂芬则注意着店门。

我始终镇静着,我想让史蒂芬看到是白苹而惊奇。

然史蒂芬站了起来,跑出去说:

"哈罗。"

于是我也站起来了,满以为史蒂芬被我开足了玩笑,我高兴地准备把这个欺骗告诉白苹。

"他已经等你多时了。"我听见史蒂芬的声音,我抬头看去,是梅瀛子!

再望过去,还是梅瀛子。

那么真的是梅瀛子了。怎么会是梅瀛子呢?是史蒂芬开我的玩笑么?

梅瀛子已到我不得不招呼的距离。我走出座位,我说:

"非常意外,能够在这里见到你。"

她竟好像是预约似的坐进了史蒂芬的座位。我闻到昨夜所闻到稀有的香味。她笑着说:

"是你预料我会来这里,还是你们来这里被我预料到了?"

"是一个人吗,梅瀛子小姐?"我说。

"你没有看见我是一个人么?"她笑。

"有太阳的存在没有卫星么?"

"那么你难道不想到我到的地方都有卫星先在么。"梅瀛子笑了,从艳丽的唇中露出鲜杏仁色的前齿。

史蒂芬跟着她笑。

"……"我没有话说,附和着对他们浅笑。

我有点窘,想抽烟,但桌上的纸烟已经没有了,我走到柜上去。柜台离门口很近,我买好纸烟,正想拿一根抽的时候,一辆银色的汽车在窗外停下来,我期望是白苹,我故意迟缓地点火凝视着门外,车门开时,果然没有使我失望,出来的正是白苹,我迎到门口为她开门,我说:

"白苹!"

我伴着进来,她坐在我座位的里面,史蒂芬高兴地说:

"今天让我们好好玩一宵吧。"

"不赞成,"我说:"除非你请到你的太太。"

"只要你能够请得到她。"史蒂芬笑着说。但是白苹不理会我们,她说:

"想不到你们这许多人。"

"你们是预先约好的么?"史蒂芬问。

我用膝踝碰了白苹一下,白苹意会地撒谎说:

"我刚才去买东西,看见你们从这里进来;东西买不着,所以就来找你们了。"她转眼看着梅瀛子又说:"梅小姐在这里,今天可以让我请你吃饭么?"

"让我请你们。"梅瀛子笑了,眼光从三个人面上滑过,她说:"是我有光荣碰见了你们,我知道你们是常常在一起的。"

"这是男孩子的光荣。"我说:"我不希望你们夺去这份光荣。"

"但在我,"白苹说:"能够请梅小姐吃饭就是光荣,难道你们男孩子不能让我么?"

"不能,"史蒂芬说:"你要请就正式的来约梅瀛子,不要在我们请到的场合来抢。"

"那么,"白苹笑得同百合初放:"亲爱的,能不能允许我在我专程请你时,你出席呢?"

"自然。"梅瀛子说:"但请你允许我让我先请你。"

"不要说了。"史蒂芬突兀地说:"从今天起,让我们计划四天的狂欢,轮流的做四天的主人。"

"赞成。"大家都说,可是白苹接下去说:"今天可让我先做主人。"

"是我。"史蒂芬说。

"不,让命运决定我们做主人的次序。"梅瀛子露着杏仁色美丽的前齿,拿出四根洋火,她用笔在洋火杆端写了数号,混乱了平放在桌上。她用一只手按住它,叫我们抽认。

现在我被这只美丽的手所吸引了,指甲剪得很净,没有一丝斑污,淡红的寇丹染着,细长的手指像水仙的枝叶,没有戴一只戒指,像是印度古典雕刻家的象牙作品,我从匀柔的手背看上去,在手腕上是一只素净的黄镯,于是我发现它与浅蓝的衣服有说不出的调和,闪耀着一种带魅力的光辉。

我无意识的拈了一根,但是我发现右边白苹的膝踝在碰我,我注意到白苹的一根要同我交换,于是我就把我的交在她手中,白苹一面注视着史蒂芬与梅瀛子,他们都在看自己洋火上数号,我看白苹交我的是"三",白苹看着我交她的数号说:

"谁要是主人,谁主持本夜整个的节目。"

"很好。"史蒂芬说。

大家拿出来。白苹是"一",梅瀛子是"二",我是"三",史蒂芬自然是最后了,于是白苹露着百合初放的笑容说:

"那么今天的主人是我。"

"我主张把史蒂芬太太请来。"梅瀛子忽然笑着对白苹说:"你主张也请史蒂芬太太吗?"

"自然。"白苹说:"但是这只好请梅小姐为我们打电话了,似乎只有你比较有资格去请她。"

"可惜今天我没有资格。"梅瀛子开玩笑似的说。

"为什么呢?"史蒂芬问。

"因为今天的主人被白苹小姐抢去了。"她扬着天然秀泽的眉毛说。

"那么史蒂芬,"我说:"你去请去。"

"自然可以,"他说:"但是我的电话永远是不发生效力的。"

"那么我自己去打电话。"白苹忽然兴奋地站起。从座位里挤出来。

"让我去打。"我说着,站起来,问史蒂芬:"电话几号?"

"七三八二二。"史蒂芬说。

"不,"白苹跳出座位说:"我不要你打。"

白苹抢着到柜上去,我站着,梅瀛子与史蒂芬坐在那里注意她。

我们看见白苹在柜上拿起了电话,我们没有听见她头几句话,后来她忽然放重声音说:

"静安寺路立体咖啡馆,……就在麦特赫斯脱路口。"于是她又说:"好……好,那么马上就来。"

她放上电话轻快地走过来,走进座位去,说:

"现在让我们等吧。"

"真的你把她约出来了?"史蒂芬惊奇地问。

"为什么不呢?"白苹说。

"今天我要看我们的主人预备怎么样招待她的客人呢?"我问。

我先要请你吃饭,饭后我要你们听 Concert, Concert 散后,我请你到舞场,夜阑的时候,到我家去吃茶点。"

我忽然想到今夜工部局乐队的交响乐,工部局乐队现在还是中国最好的乐队,平常的演奏期是每星期六下午,那天的节目因为有 Beethoven 的第九交响曲,里面庞大的合唱队,有许多乐队以外的人参加,白天自然不能人人有空,所以改在夜里。我意识到白苹就是为这个音乐会去约史蒂芬太太的,我惊奇白苹的聪敏。

但就在这时候,外面有汽车来。白苹站起来付钱,一面又说:

"现在让我们坐这车子接史蒂芬太太去。"

"…………"梅瀛子笑了,站起来;我也笑了,我为她穿大衣,在她耳边低声地说:

"可确是一个聪敏的孩子?"

"…………"梅瀛子微笑。但是史蒂芬则兴奋地对白苹说:

"原来你电话是给汽车行的?"

"…………"白苹没有说什么,拿着皮包就往外走。史蒂芬跟在她旁边。

于是我走在梅瀛子的旁边,梅瀛子说:

"有这样一个爱人是光荣的。"

"你以为她会做一个男子的爱人么?"

"你难道不爱么?"

"不,"我说:"我是独身主义者。"

"我倒已经爱她了。"

九

汽车在辣斐德路史蒂芬家停下来,一进大门我就听见钢琴的声音,穿过走廊,史蒂芬直奔楼梯,我们就跟着上去,他推进楼上一间房门,说:

"我招来许多美丽的客人。"

我们也就随进去,我看见史蒂芬太太穿一件黄色的常衣从钢琴座位站起来,两只红棕色的英国狗跟随着她。

四周是书,顶上的天花板是乳白色,钢琴上一束庞大的月季,似乎刚刚在音乐声中醒过来,一只小圆桌在房间当中,嫩黄色台布四角绣着绿色的叶子,还有嫩黄色的窗帘,半掀的挂在窗上,上面很自然的缀着布制的绿叶。四周的沙发都蒙着嫩黄的套子。一色浅绿的靠垫,四分之一绣着黄花。于是我注意到嫩黄色的地毯,是这样的干净,是这样的美,我坐在一个沙发上,旁边是一只花盆架,浓茸的淡竹叶草直垂到我的发际,现在我发现这周围的家具都是乳色的,与女主人的肤色相仿,而这些黄色的装饰正好像模仿着女主人服装。我坐在沙发上,感到一种说不出的舒适,骤觉得这整个的房间与布置,好像是有机体的生物,是一个人,是一个聪敏沉静幽雅愉快的伴侣,我沉默着,我有一种欲望,找一本书,但是到底读什么书是最适宜呢?我想起 Schelling,想起 Ficht,想起 Bergson,想起庄子,想起东坡,想起许多的哲学家与诗人,还想起许多的传记,我觉得这样环境里,读无论什么书都是适宜的,于是我就在附近写字台上拿到一本书;是 Virginia Woolf 的散文。我看到史蒂芬太太正与梅瀛子,白苹三个人在说话,好像她与这房间的空气已经把她们二个都融化了。史蒂芬这时候已出去,我好像忘去来此的目的似的,开始翻开手头的书。但是史蒂芬太太过来了,她为我开亮我身后的台灯说:

"这样可是比较舒适些?"

灯光从浓茸碧绿的淡竹叶滑过,直照在我的书页。

"谢谢你。"我说,史蒂芬太太又走开去。

史蒂芬太太又开亮了房灯,灯上淡绿色的灯罩使我感觉到整个的房间像浴在洁亮的月色下了。

不知隔多少辰光,白苹忽然站起来。

"现在,"她说:"史蒂芬太太,让我们吃饭去。"

"那么,对不起,"史蒂芬太太说:"让我去换衣裳。"

史蒂芬太太出去后,史蒂芬就进来了,白苹说:

"电话打过去了么?"

"是的。"他说:"我定了很好的座位。"接着他走过来对我说:"怎么,亲爱的,你坐在那里看书了?"

"在这样的房间里,"我说:"我已经不想吃饭,也不想出去了。"

"那么希望你以后时常来玩。"

"…………"我没有回答,我在羡慕这空气,这光,这颜色。

"这是家。"梅瀛子说:"独身主义者也羡慕家吗?"

"我只是羡慕这美丽的光与色。"

"你不羡慕有这样美丽的太太。"白苹笑了。

史蒂芬太太换了白色的晚礼服出来,手上拿一件深紫绒的短套,露着庄严的笑容,我开始对自己询问,有这样一个太太我是否肯放弃独身主义呢？

"不；"我自己回答："也许，假如不需要经过恋爱。"

梅瀛子出去了，白苹出去了，接着史蒂芬去打电话叫车子；房间中只有我与史蒂芬太太，我说：

"今天我开始知道你的世界是存在于地球以外的。"

"这不过是我自己的园地。"

"你不常出去么？"

"希望这样。"她说："但并不常常可能。"

"那么今天找你是很扰乱你了。"

"偶而一次也怪有趣的。"

"原谅我。"我说："今天完全是我的唆使。"

"真的么？"她露出和蔼庄严的笑容说："那么以后也请你像史蒂芬一样原谅我才好。"

"自然，我已经完全明了。"我说："连我到此地都不想出去了。"

"那么你有空就常常一个人来玩。"

"不太扰乱你么？"

"不。"她说："假如你只想坐在沙发上看书，啊，星期六，史蒂芬没有同你说过么？"

"说过了。"我说："我一定来。"

梅瀛子重整了面容出来。在这月色下，她活像是一个山林里飞出来的仙子，接着白苹也进来了，焕发着无限的光彩，也是仙子么？是的，但像是湖里浮出来的仙子。

我们一同下楼，史蒂芬在客厅里听无线电。梅瀛子忽然拿起电话，她说的是流利的日语，我一点不懂，后来白苹告诉我，说她是在婉辞一个饭约。

汽车来了,我们一同开始这一夜的盛欢。

我们在一家镇江馆子里吃饭,九点钟的时候,我们去听音乐会。

工部局乐队在质与量上还不够表演 Beethoven 的交响曲,但今天已尽了它最大的努力。合唱队中有几个中国女孩子,我是认识的,但有一个西洋女孩子,站在最后一排,好像也面熟,但我怎么也想不起是谁。

从戏院出来,史蒂芬太太问我:

"还满意么?"

"终算很努力了。"

"让我们到百乐门去。"白苹说。

"不。"我说:"我的耳朵已不适宜于噪杂的爵士音乐了。"

"那么到阿卡第亚?"

"史蒂芬太太赞成么?"

"好的。"她说。

在途中,史蒂芬太太问我:

"今天你没有发现灯光么?"

"啊……"我沉吟了一回,忽然悟到合唱队中的那个西洋女孩子就是昨夜的海伦·曼斐儿,我笑了,我说:"海伦·曼斐儿!但是我几乎认不出来,今夜同昨夜多么不同呀!"

"是的,她的头发改了样子。我说你怎么会没有问我呢?"

"她学唱的?"

"是梅百器教授的学生,很有天分的。"

"…………"我没有回答,是昨夜我身上所感觉的一种寻不到的温柔在我心里浮起来。

"可是你所需要的灯光?"史蒂芬太太说。

"你的意思是…………。"

"是溶化独身主义的灯光。"

"我没有想到。"我笑着说。

…………

阿卡第亚这时候很热闹,门外停满了汽车,我们进去已寻不到很好的位子,坐在一个角落里。

当史蒂芬夫妇起舞时,我不知道我应同谁去舞,而无论同谁去舞,总需让一个小姐孤坐在那里的。所以我索性不跳了。

第二只音乐我请梅瀛子去舞,史蒂芬同白苹也走下来。在这样场合中,时常有一个女孩子孤坐的机会的。不知道隔了几个音乐,我与史蒂芬太太,史蒂芬与白苹舞终时,有两个穿西装的日本男子同一个女子坐在我们位子与梅瀛子谈话,看见我们回座时都站了起来,女的原来是仙宫的舞女莎菲,她同我很亲切的招呼,两个日人好像同白苹很熟,用日语在交谈,梅瀛子开始同我们介绍:

"这位铃木次郎先生,这位是山尾本原先生。"但是白苹顽皮地笑着说:

"为什么不说铃木次郎少将与山尾本原大佐呢?"但当梅瀛子介绍"史蒂芬医师"时,白苹则同莎菲在谈别的。好像他们寻不到位子,史蒂芬就招呼他们同我们坐在一起。我很不赞成史蒂芬这种做法,于是当这两个日人去跳舞时,我说:

"我们走吧,到别处去。"

"同他们交际交际不是也很好玩么?"

"也许。"我说:"但是你瞧这许多中国人将把我看做什么样的人呢?"

"你是哲学家。"他说:"整个的世界应当都是你思考的材料。"

我没有回答,觉得这样贸然走掉也显得我的懦怯,但坐在那里也觉得无聊,跳舞兴趣也少,只是间而跳一二次,大部分我还同史蒂芬太太谈话,这两个日本人似乎很高兴,他们不断的同我交际,说一口很好的国语,但同梅瀛子与白苹交谈,总是操着日语。梅瀛子尤其同他们谈得熟稔,但每次畅笑的时候,总是望望我。我同他们说话很少;白苹注意到我的沉默,当有一只音乐开始时,她说:

"陪我跳这曲华尔滋吧。"

我同她跳舞时,她问:

"你喜欢梅瀛子么?"

"自然。"我笑着说:"有这样的女孩子不为男子所喜欢么?"

"那么真的你爱她了?"

"不。不。"我说。

"那么你真的不爱她?"

"但是我倒先要知道你所说的爱是什么意义?"

"你不想占据她?"

"不想。"

"你不想牺牲你自己去追求她?"

"牺牲什么呢?"

"牺牲你的青春与时间。"

"也许会拿我的同她交换。"我玩笑似的说。

"牺牲你的名誉呢?"

"为什么要名誉?"

"我只问你,"她说:"假如要牺牲名誉,你才可在一个短时期占有她,你愿意么?"

白苹的态度很严肃,我沉吟了一回说:

"名誉? 名誉是什么呢?"

"是第二生命。"她沉着地说。

"不,我很轻视它,"我说:"是商品;是机会加钱。"

"谢谢你。"她冷笑着说:"那么假如要牺牲你的信仰呢?"

"你为什么这样问我?"我被逼得不舒服起来。

"请原谅我,"她冷静地说:"我自认是你的朋友。"

"你到底是什么用意呢?"

"假如你当我是你的朋友,请忠实的回答我。"

"假如你当我是你的朋友,"我说:"这样的问我对我是侮辱。"

"不,"她说:"我们的交情中已经没有侮辱这个字的存在了。"

"那末……"

"似乎你是很清楚的分析过了?"

"是的。"

"希望你意识到的都是正确。"

"我想假如不正确的话,"我说:"我也会很快的发现。"

"那时候再告诉我吗?"

"自然。"我说。

…………

三点钟的时候,史蒂芬太太要回去了,我们就一同出来,铃木少将有汽车,但坐不开这许多人。

铃木似乎请求梅瀛子让他送回去。白苹对梅瀛子说:

"不到我的地方去么?"

"不。"梅瀛子笑笑睨着我。

"但是我还是有全权的主人呢。"

"已经不是昨天了。"梅瀛子笑得自然而美,鲜杏仁色的前齿闪着光说:"我做主人将在三点半开始,在立体咖啡馆我等你们。"

两个日本人同我们握手,莎菲先上车,接着是梅瀛子,她上去时对我娇笑着,于是两个日本人胜利地同我们握手。史蒂芬招呼白苹与史蒂芬太太上一辆街车,我带着梅瀛子的笑容也跟着上去。史蒂芬说:

"先送白苹回去么?"

"自然。霞飞路。"我的声音里有渺茫的粗糙。我感到说不出的落寞。

"大家到我那里去坐一回。"白苹故意高兴地说。

"不了,白苹。"史蒂芬太太像对小妹妹似的说:"你也应当早点睡。"

"那么明天你还肯一同来么?"白苹靠着史蒂芬太太,像撒娇似的说:"明天晚上到我的地方去。"

"明天我不出去了。"史蒂芬太太说:"我已经没有这样玩的年龄与心境了。"她把手臂围了白苹的身子。

白苹没有说什么,像体验那一种难得的温柔似的沉默着,大家都沉默,我开始感到疲倦,是因为沉默而疲倦,还是因为疲倦而沉默呢?

汽车朝前驶着,驶着,我听见轮子与大地摩擦的声音,变动的街光浮着梅瀛子的笑容。

十

不过少一个梅瀛子,而我竟感到说不出的空虚,我从白苹的脸望到梅瀛子的脸,但我还是看得见梅瀛子似骄傲非骄傲,似得意非得意的笑容。

"怎么,徐,你也不到我的地方坐一回么?"

我意识到车子慢下来,白苹准备着下车对我说。

"不了。"我说:"明天我三点钟到立体咖啡馆。"

我的意思是如果白苹有什么话同我说,也希望她三点钟到。接着车子在一个公寓前停下来,白苹打开车门对史蒂芬太太与史蒂芬道别。

我看她下车。车子重开的时候,我还注视着她,但是她竟没有走进公寓的大门,只在门口停了一停,似乎又往前走了。但是车子的行进,使我无法看到她。我开始关念她,好几次冲动想下来,但不知因为疲倦还是因为怕麻烦,还是因为怕史蒂芬太太奇怪而没有实行,我也没有告诉他们白苹没有回家,我心里浮起来是跳舞时白苹同我关于梅瀛子的对话,是不是因此伤了白苹的心呢?难道真的如史蒂芬夫妇所说,白苹对我有爱呢?

街上的灯昏黯,只有一二家酒排间还亮着电灯,响着音乐与歌声,路上没有一个行人,汽车疾驶而过。车内沉默得很凄凉,我开始打破这静寂,我说:

"史蒂芬太太,今天实在太对不起你。"

"偶而一次我也很有兴趣。"她雍容地说。

"平常你一定睡得很早的。"

"总也要到十一点钟。"她说。

"那么太对不起你了。"

"不要这样说。"她说:"你是不是很爱这样玩呢?"

"并不。"我说:"不过现在的环境和心境,使我没有法再过很有秩序的生活。"

"我希望你能在一切动乱的环境与心境中,还能够好好地做你爱做的工作。"

"谢谢你。"

"结婚吧。"她说:"我常常同史蒂芬说:结婚于他有害,于你则是有益的。"

"你以为吗?"

"因为他爱冒险,爱新奇,爱动;而你,你的个性是需要安详恬静的环境。"

"也许是的。"史蒂芬说:"但是我的结婚使我的爱与信仰有个固定,使我太偏的个性有个均衡。"

"可是有了这个均衡,你的事业将没有什么成就了。"

"一个人为什么一定要求事业的成就呢?"我感慨地说:"能够把生活摆布得很调和,就够幸福了。"

"我如果从爱冒险方面发展,也许会成探险家,但也许早就因此丢了性命。"史蒂芬说。

"但是他,"史蒂芬太太又对我说:"你如果好好结婚,于你事业与工作有帮助,于你生活一定也增进幸福。"

"我是独身主义者。"

"没有理想的对象?"史蒂芬太太说。

"如今我觉得梅瀛子已经使你倾倒了。"史蒂芬说。

"我不爱太阳下的生命。"我说。

"我觉得白苹是海底的星光。"史蒂芬说。

"可是,"史蒂芬太太笑:"她是需要灯光的。"

"我还是独身主义者。"

"这只是一种反动。"史蒂芬否定我。

"我没有否认这个。"我说:"女人给我的想像是很可笑的,有的像是一块奶油蛋糕,只是觉得在饥饿时需要点吧了;有的像是口香糖,在空闲无味,随口嚼嚼就是;有的像是一朵鲜花,我想着看她一眼,留恋片刻而已。"

"你要的可是一只猫?安详而忠心,解语而温柔的伴着你。"史蒂芬说:"这也不是难找的对象。"

"你需要的可是神,是一个宗教,可以让你崇拜,可以让你信仰。她美,她真,她善,她慈爱,她安详,她聪敏,她……"

"她有一切的美德。"史蒂芬抢着说。

"这只活在你想像里面。"史蒂芬太太说。

"所以他的恋爱史就是他的信仰史,失望一个换一个。"

"所以我现在是独身主义者。"

"但还是爱同女孩子在一起。"史蒂芬说。

我略一注意,发现汽车已经开过许多路,于是我叫他开回去。一进房间,我又想到梅瀛子与日人的行踪,接着我想到白苹的去处,我负着这两种不安就寝。

我在枕边拿一本书,但读不到两页,我就关灯待睡,但是我怎么也睡不着,忽然我听见窗外像有声音,仔细听时,果然是敲窗的声音,我开亮电灯,觉得清楚地是有人敲窗。于是我披衣起来,外黑内亮,看不清是谁,我一面跑过去,一面问:

"是谁?"

"我。"

"谁?"

"我。"

——是白苹?

"白苹?"

"你睡了?"

我出去开门,她已经换了衣装,全身黑色穿着软鞋没有大衣,也一点没有装饰。

"怎么? 有什么事吗?"

"怎么? 一定要有事才来么?"她安详地笑,大方地进来。

她看看我房间的周围,看看我的写字台,又看看我的床,一声不响的坐在沙发上。我开始有点不耐烦,我说:

"你怎么知道我的住址的。"

"你记得你没有告诉过我么?"

"好像没有。"我说:"因为我记得你没有问过。"

"真的我没有问过你么?"她说:"难道今夜在阿卡第亚我也没有问过你么?"

"没有。"

"那么我一定问过史蒂芬了,在跳舞的时候。"

"你是存心要在今夜来看我吗?"

"是的。"她说:"解决我们未终的谈话。"

"是关于梅瀛子么?"我说。

"自然。"她说:"假如你爱她的话,我愿意全力把她从星云中摘下,放在你写字台上做你的灯火。"

"我不想用太阳做我的台灯,因为我的灯已经够亮了。"我在房中闲走着,幽默地说。但白苹似乎不理会我的话,她继续地说:

"假如你不爱她,那么不要太接近她了,我警告你。"

"怕被太阳炙伤么?"

"那么你不喜欢我的忠告?"

我拿出烟,我说:

"抽一支玩玩么?"

她从我手上拿了一根,我碰到她手,啊,是这样的冷!我看她面颊有点红燥,我怕她是病了。我蹲下去,握紧了她的双手说:

"怎么,白苹,你觉得不舒服么?"

"没有。"她立刻收敛了刚才的庄严,露出百合初放的笑容。

有一种异样的感觉从我手心袭来,我分辨不出什么。突然她的手缩回去了,我也骤然感到一种羞涩,我站起来,拿洋火为她点烟,轻快而幽默地,低声点说:

"白苹,说实话,你是不是也爱梅瀛子呢?"

"是的。那么会不会因为是这个缘故而对我嫉妒呢?"

"妒嫉你,笑话!"她笑:"我为什么不嫉妒那两个幸运的日本人呢?"

"你可是说我?"

"那么你也妒嫉了?"

"是的。"

"只妒嫉梅瀛子跟他们同车吗?"她问。

"还有什么别的呢?"

"我可不妒嫉这个,我只以为这是普通应用的一种手段。谁知……"她喷着烟没有说下去。

"谁知什么?"

她望着烟在空中散扬,迟缓地说:

"我还碰见了他们。"

"你说…………?"

"我没有回家,想在附近酒排里喝一杯,我看见他们四个人在那里。"

"他们看见你呢?"

"自然,而且招呼了。他们叫我一同玩一回,但是我说我有点不舒服,就回家了。可是睡到床上后,心中总是不安,所以决定起来找你。"

"找我一同到酒排间看他们去吗?"

"不,我只想告诉你除了你真正爱她以外,如果为好胜心与虚荣心而追逐梅瀛子的话,于你是毫无价值的牺牲。"她诚恳地说。

"谢谢你。我决不会。我固然不爱她,也不会为好胜心虚荣心而牺牲什么,假如我有对她偶而的追逐,那不过是最无聊的时候的下棋,同我们敌人比赛足球,比同我们朋友赌钱还有趣味的。"

"你不怕敌人暗地下毒手吗?"

"当然不怕,假如胜利是属于我的。"

"用你的生命换梅瀛子几滴眼泪么?"

"你不相信梅瀛子是一个肯为爱者复仇的女子吗?"

"也许,"她说:"但爱她的是她的光芒。"

"我也是。"我说。

"假如你的光芒现在要这样用的时候,"她说:"我不希望你再否认你在爱她。"

"不。"我说:"我爱谁的时候,我永远有最大的勇气来承认的。"

"但是你已有爱她的倾向,这是事实。"她说:"现在我对于这问题不想谈了,我的目的只是两种,一种是希望你看重自己,另一种希望在这一切都有政治色彩的国际上海中,你不会做里面的道具。"

"……"我沉默了。歇一回她说:

"有什么东西给我吃点么?"

我开始插上电炉烧咖啡,烤面包,白苹一声不响的坐在那面,我拿白台布铺好桌子,放好杯碟,当中安顿了一瓶今天家里为我插好的玫瑰花,我拉下绿罩的电灯,让白光刚刚笼盖圆台的桌面,最后我选了一张 Schumann 的 Reverie 放在留声机上,我斟上咖啡,在白苹的杯上我放了较多的牛奶。我说:

"吃一点东西,我想你该休息了。"

她不响,站起来,走到桌旁,我为她整椅子,她沉思地坐下,我开开音乐,悄悄地坐在她的对面。

我们沉默着听着音乐,喝着咖啡,吃了一片面包,彼此没有一句话,听凭音乐贯穿了夜,夜贯穿了我们的心胸,我们深深地体验到夜的美丽。

四只 Serenade 以后,我抽起纸烟,拿了一本书,在她的身边低声地说:

"早点休息吧,白苹,我下午一点钟的时候叫醒你。"

"谢谢你。"她说。

带她到后面我自己的寝室,自己走到楼上亭子间去,我很快的就寝,很快的入睡,我有一个平静的心境使我在睡梦里非常恬静。

十一

下午三点半的时候,我同白苹到立体咖啡馆,史蒂芬已经先在,他高兴地来接我们,他问我:

"是你去找她的么?"

"是的。"我说:"你来了一回了?"

"是的。"他说。

"你没有找梅瀛子么?"

"没有。"他说:"我想她也许会先来的。"

"但是到现在还不来。"

"你自己才到!"史蒂芬笑了。

"好像我也觉得她会早来似的。"我说。

"昨天你的确是失败了。"史蒂芬笑着说。

"什么失败?"

"我说梅瀛子已经支配了你的情感。"

"你以为么?"

"连我太太也这样觉得。"他说:"这样下去,四天以后你一定要依赖她来支持你的生活。"

"你等着瞧吧。"我笑了。

白苹一句话都没有说,微笑着坐在那里,今天显得分外的安详与恬静。

我与史蒂芬开始谈到别的,时间悄悄的过去。

四点钟的时候梅瀛子还没有来。我开始有点期待,我说:

"怎么还不来呢?"

"你问梅瀛子么?"史蒂芬说,他顽皮地笑:"她将在你从焦虑到失望的时候才来。"

白苹还是安详地在旁边微笑。

但是四点半到了,还没有梅瀛子的影子,我的确有点焦虑了,是不是梅瀛子会失信呢? 我说:

"她恐怕不会来了。"

"也许。"史蒂芬说:"但是这与我们有什么关系,我们还是照常的生活。"

但白苹始终在期待,她望望窗外,对我们笑笑;就在这时候,我看见一辆汽车在窗外停下来。

"可是梅瀛子?"我问史蒂芬。

史蒂芬注意了一下,他站起来:

"正是她!"

梅瀛子匆忙地推门进来,穿着淡灰色的短旗袍,纯白色的羊毛短褂,一件宽大的黄色驼绒大衣,披在身上,手提着一只小巧玲珑的皮箱,轻快地走着,脚上是深灰色橡底旅行鞋。史蒂芬迎了上去,为她提着皮箱过来,她同我们招呼,满面笑容的过来对我们说:

"对不起,我主人来晚了。"

"这小皮箱是拿回家去么?"史蒂芬问。

"让我们饭后搭夜车到杭州去。"

"杭州去?"我问。

"我已经买好了五张车票。"她说:"今天我是主人。"

她说着从大衣袋里摸出一把东西,是零星的钞票,杂物信件等,她从一只信封里拿出五张车票与五张日本司令部的特别通行证,明快地笑着对史蒂芬说:

"怎么?你太太呢?"

"她不来了。"

"那么你去请她去。"

"你难道还不知道么?"史蒂芬说:"她对这样的游玩不感什么兴趣的。"

"你以为我们要去邀请她么?"梅瀛子接着问白苹与我。

"这不是我的事情,"白苹说着露出浅浅的笑容:"我的事情是遵命一同到杭州去吧了。"

"就我们四个人去也好。"我说。

"也好。"白苹说:"那么我要回去一趟带一点东西。"

"我所带的东西已够我们两个人用了。"梅瀛子说。

"辰光还早。"白苹说:"我也要回去关照一声,你们回头到那里吃饭,我到那面来看你就是。"

"那么就在金门怎么样!"梅瀛子说。

"金门,好的。"白苹说:"七点半钟的时候我一定到。"

"要我陪你一同去吗?"我说。

"不。"白苹说:"我一个人去一定快些。"

于是我打电话为她叫了一辆车子。

白苹走后,梅瀛子说:

"白苹今天为什么这样落寞?"

"我也觉得。"史蒂芬说。

"是不是因为她今天穿了一件黑色的衣裳。"

"也许,但是……"

"可是因为妒嫉的情感?"史蒂芬说。

"也许,"我说:"昨夜梅瀛子不应当就同别人离开她。"

"你怎么不说因为你自己太关念梅瀛子呢?"史蒂芬笑了。

梅瀛子也笑了,笑声里带着胜利与讽刺。

"她昨夜后来在酒排间还碰见你同那两个日本人在一起。"

"……?"史蒂芬有点奇怪了。

"是的。"梅瀛子换了一种沉静的笑容。

"当她的宾客被别人抢了去,"我说:"像她这样的好胜的性格怎么会不妒嫉呢?"

"那么是她今天对梅瀛子生气了。"

"那么她可是会一去不来了呢?"梅瀛子问。

梅瀛子的话提醒了我,我觉得刚才白苹不要我陪她同去,也许就是不再来的打算。于是我说:

"让我们早点到金门去等她,如果八点半还不来,让我们分头去找她去。"

这个意思得到了他们两人的同意,六点半的时候我们离开了立体咖啡馆,步行到金门去。

到金门还不到七点,我们坐在吸烟室中,等白苹,大概七点一刻的时候,我忽然想到打一个电话给白苹去,我走到电话室,但两间电话室都有人占用着,我等在外面,但偶而在左面的电话室玻窗上发现,那个在里面打电话的女子,打扮得完全同梅瀛子一样,纯白的羊毛短裇,配着灰呢旗袍,我正在惊疑的时候,电话间的门开了,这个女子弯身下去,我看她挽起大衣,也竟是黄色驼绒的。看她提起小皮箱,于是我注意到她的鞋,不也是灰色的橡底旅行鞋吗?

一点不错。于是我在她转身出来的时候,迎上去说:

"对不起,小姐,我可以为你提这只箱子吗?"

"……"她先是觉得奇特,但接着笑了:"谢谢你。"

她轻快地走在我的身边,似乎比刚才新鲜许多,我说:

"他们都以为你也许会不来的。"

"为什么呢?"白苹笑了:"我也许有这样的事情,但决不在梅瀛子做主人的时候。"

白苹的服装使史蒂芬与梅瀛子都惊奇了。我说:

"让别人都把他们看作姊妹吧。"

"我怎么会有这样的光荣。"白苹接着对梅瀛子说:"梅瀛子,原谅我对你作有意的模仿。"梅瀛子似乎特别亲切地笑,挽了白苹的手臂说:

"那么今天起,你就做我的妹妹吧。"

她伴白苹走到餐厅,我们跟在后面,史蒂芬对我说:"她们俩竟是一般的高矮。"

但是这句话提醒我白苹的风度不如梅瀛子的地方,同时使我想到平常我觉得梅瀛子高于白苹的原因,我说:

"但是梅瀛子有比较好的比例。"

"是不是白苹有更年青的感觉?"

"但是腿的长度是尊严的象征,鹤与鸡的分别就在腿的长短。"

史蒂芬笑了。

在饭桌上,我注意梅瀛子与白苹的脸,这是多么不同的典型。梅瀛子的脸是属于椭圆形的,这类脸型最忌死板,但她含蓄着一切活泼的意义,而又有特殊的高贵的威仪;白萍的脸是属于圆形的,大眼长睫,似乎比梅瀛子要活泼与伶俐,但少较挺高的鼻子,使她缺乏一种尊严与高贵。她在笑,像百合初放,有孩子一样的甜蜜,浮动着隐约的笑涡,这就是永远留给人一种年青的感觉,很容易使人对她有亲切的倾向,我顿悟到昨夜史蒂芬太太在汽车里对她的抚慰,与今天梅瀛子对她的亲昵,这些都不是虚伪的礼貌。

是酒,酒使白苹的两颊红了,她活泼的谈话,更使她面容像秋天的皓月,今夜她发挥了所有内蓄的美丽,她没有一点矜持与做作,她的性格与外表有很美丽的调和。但是我始终觉得梅瀛子在她的旁边,掩去了她所有的光芒,梅瀛子的脸简直是夏天的晚霞,有千万种的变化,有千万的美丽,不知有多少光芒在背后衬托,也不知有多少色彩在四周陪衬?酒增加了她眉宇眼晕的妩媚,灵活地运用她每一口呼吸与每一缕肌理,说她随时都在运用矜持与做作也好,但矜持与做作在她都是美丽的闪耀。

史蒂芬似乎发现我是太注意梅瀛子的面孔了,他笑着低声地对我说:

"才第二天呢?"

我没有回答,举起了杯子,朗声地说:

"最后一杯,让我祝福史蒂芬太太。"

大家举起了杯子,把空杯放下。

今天是最痛快的宴会。

十二

经过北四川路到车站,这是自从大上海沦陷以后我一直没有到过的地方。我看到仇货的广告,敌人的哨兵,以及残垣断墙的阴灰。民族的愤恨与哀悲,一时都浮到了我的心头,我有沉重的内疚,忏悔我近来生活的荒唐。这使我在头等车里开始有消沉的静默。

窗外是我熟识的田野,多年前,我有多少次在光亮的天日下,坐在同样的车上,伏在窗口望蔚蓝的天空与碧绿的原野,我想起那里的人民,其中有我的亲戚与朋友;他们平静地耕种,农夫们哼着歌,农妇提着饭篮,牧童骑在牛背上对着火车欢呼,还有那悄悄的河流,夏天里有多少孩子在游泳与捕鱼,河旁是水车,人们踏着车轴在灌溉田地。远处的林中有静静的村落,火车过时,村口农作中的妇女,用手遮盖眼上的天光远望着,次次像是对我招呼。如今,铁轨与火车已是田地以外的世界,铁丝网拦着火车行进,车上有敌人的枪手随时提防农民的袭击,而我们对坐在这样的火车里到杭州去消磨苦闷的心情,这是可以原谅的事情么?

我正在这样想的时候,有敌宪来检查通行证了,我心中浮起更多的羞惭与愤恨,我一直怪到梅瀛子荒唐的旅行计划。

但是杭州终于到了。我们下车后,径赴西冷饭店,我望见了久别的湖山,我曾经在那里寄存爱与梦,有多少友情与诗歌在那面沉浮,月儿今夜将满,星星也很灿烂,是多少同样的情境值得我回忆?当年的亲戚与朋友如今大都流离,有的死了,有的去后方工作,有的在前线杀敌,他们的房子烧了,寝室做了敌人的马房,此中有多少变化值得我关念留恋凭吊。

旅店中,梅瀛子与白苹睡在一室,我与史蒂芬各睡一间,夜已经很深,我们很早就各自就寝了。

是旅行的疲倦,是心境的萧瑟,也是晚饭的醉意,使我很快就入睡。醒来已是八时,窗外的阳光直照进我的房间,有一种春天的快感使我感到一种说不出的舒适,关念那湖山的风光,我不再留恋睡梦,起来盥洗后,喝了一杯茶,看大家还睡着,我就一个人步出旅馆,悄悄的向葛岭的方向走去。

多少年都市生活的苦闷,这时才感到舒畅的呼吸,草上春霜正溶,有一种特别的滋润与温柔偎依着我,我真想把我鞋袜脱去,来体验我童年的感觉。树上已有绿意悬挂着春讯,麻雀在枝上乱叫,它们在阳光中体验春天的欢悦。山道中没有一个人,我陶醉地在那面漫走,不知不觉中路已经走了很多。我从树丛中出去,望见了右面的湖山,使我有一种到山顶畅览旧日胜景的欲望。我不觉加速了脚步,一直向上面走去。但转了两个湾后,我忽然发现前面也有人缓步地在上山,但是即被树林所掩,我好像被童年的竞争心所鼓励。更快的赶上去。

我终于又发现那人,是女子,也穿着宽大的黄色驼绒大衣,服装是多么与梅瀛子白苹相仿呢?那么难道就是梅瀛子或白苹吗?我更快的走上去。我已经可以断定一定是她们两人之一了,我于是放慢了脚步,我凭我昨夜在金门对她们身材比例的判断,来观察这到底是白苹还是梅瀛子?但是这观察是不可靠了,我几乎一步换一个猜测,最后我还是不能够确定,我需要更近的来看。于是我加速了脚步,大概相隔半丈路的时候,我看到她手上的那个指环,我确定了她是白苹无疑,她好像在四面流览,似乎有回过头来的意思,我立刻蹲在一株树后,偷窥她一直前进时,我才出来,迅速地赶上前去,我希望我能偷偷地赶到她的面前,使她上山时有一个惊奇,但是四周似无其他的路可走,于是我一闪一躲的奔上去。希望到可以碰到她时让她发现,最后我终于在左面斜坡上攀着树干前进,在她远瞩着右面的湖山时候,我飞般的奔上山路,站在她的右面,用手绕过她的身躯,握住她的手臂,眼睛望着湖山,低声地说:

"白苹。"

"……"她有点吃惊,但回过头来,于是淡漠地说:"是你!"

是一个我不熟识的富于延展性的声音,我倒有点奇怪了,回头看时,啊,是梅瀛子。

"是你!"我说,我骤感到一种局促,因为用这样的姿态来招待梅瀛子,是的确超越了我们间的距离,我把我的左手放轻,非常的勉强想从她身上放下,但是她转一个身,背着我向前面了走,于是我跟着她,在她的左面上去。

"你这么早就起来?"我问。

"你也不算晚。"她庄严地说,眼睛望着前面。

"昨夜睡得好么?"

"托你福,很好。"她冷静而庄严,眼睛望望地下,又抬头望在前面。

我似乎寻不到话说了,我们沉默地,脚步押着脚步,迟缓地走着。太阳晒得我很舒服,空旷的四周使我的眼睛有爽快的感觉,新鲜的空气好像荡浮了我肺部的污浊,但有一种迷人的香气使我感到一种说不出的感觉,我似乎非打破沉默不可。我说:

"你以前可常来杭州?"

"是的。"

"很久不曾来了?"

"是的。"

"你喜欢这样的湖山?"

她忽然用她异常锋利的目光瞟我一眼,露出讽刺的笑声说:

"我喜欢她同我喜欢白苹一样。"

"……"我低头许久,想出一句比较合宜的话:"是我刚才叫错的失礼?"

"笑话。"她说着笑了,带着更浓的讽刺。

"我并不觉得可笑,"我说:"当你们两个人穿完全一样的服装时,我的看错也是很普通的事情。"

"但是这有什么失礼呢?"她说。

"那么你没有讽刺我的必要。"我说。

"就因我喜欢白苹。"她说:"你假如因为我而不爱白苹的话,这是很可笑的事情。"

"我并没有爱你,"我说:"但不爱你不一定就必须爱白苹。"

"假如你未曾爱白苹,那么你不应当同她越过了你我般距离。"

我知道她所指的是我刚才招呼她的姿态,但是她接着柔和地,伸出手指来问:

"这只戒指是你送她的吗?"

梅瀛子水仙一般的手的确增加了我这只戒指的价值,我甚至有吻它的欲望,我说:

"是的,它怎么在你手上?"

"我说这只戒指镶得有趣,想把我一只较大的同白苹换,她不肯,但答应交换戴几天。"她闪着戒指伸着手自己看看又说:"她不肯,说因为这是你送他的。但是你不爱她,你有资格送她戒指吗?"

"不过,"我说:"你以为送舞女一只戒指一定要有特别的意义吗?"

"我倒没有想到你也是这样的男子,"她说:"原来玩弄女子是你独身主义的理论基础。"

"我不希望你这样侮辱我。"

"但无论如何,"她好像没有听见我话似的,用比较温和的语气说:"我希望你不要以看平常舞女一般的眼光看待白苹。"

"我对白苹怎么样,这不是你所能知道的。"

"可是,"她说:"问题只有一点,你如果爱她的,爱她,放弃你的独身主义,带她到内地去,过比较切实的生活;你如果不爱她的,少同她这样亲密的来往。"

"我不知道你有那一种的权利与义务来交涉我与白苹的关系。"

"这因为我关心你们,"她的态度很柔和了:"我尤其关心白苹,她是非常年青而聪明的孩子,对你很有点爱,认识日本人很多,假如加浓了她感情而最后给她一个刺激的话,她走的路是什么呢?"她歇了一回,忽然又改变了声调,高朗而郑重地说:"你有没有想到她的经济生活? 她的收入,可供她同我们一般耗费吗?"

"……"我好像有话想说,但是说不出什么,我沉默了。许久许久,我感到一种无可填补的空虚,我叹了一口深沉的气。梅瀛

子的态度这时突然柔和下来,她挽着我的手臂,温和而亲切地说:

"徐,我知道你是一个很聪敏的人,那么把我的话,好好记在心里,时常想想吧。现在让我们结束了这次谈话。"

她好像若无其事恢复了平常的态度,挽紧我的手臂,加速的向山顶走去。

我的思想虽还在她刚才的话里盘旋,但是我的情绪开始有余裕注意到开朗的天空,融融的阳光,以及四周新鲜的景色。

"你没有同白苹作过这样郊游吗?"梅瀛子突然问。

"没有。"我淡淡地回答。

"如今我知道恋爱的因素是包括了整个的人生。"她自己对自己感慨地说,把脚步放慢了。

"难道说这样的郊游能使不相爱的人相爱吗?"

"至少能使不相爱的人有相爱的机会。"她说。

"这是每个追求异性的人都会去寻的。"

"但是有的人容易寻到,"她轻笑着说:"有人就难了。"

"这是关联着金钱的事情。"

"而且还关联着政治。"她把步伐放到更慢。

"可是今天的郊游是你政治的力量了?"我笑完了又说:"为什么不说是你爱情的力量呢?"

"在白苹身上爱情的力量,虽然可使她自己很容易来这里,但是这样容易可以请你来这里,则是不可能的。"

"你的意思是说……"

"是说替我办这些通行证的人一月前曾经带白苹来此地游过。"她笑着向前走。

"这使你妒嫉了?"我比她笑得更深。

"妒嫉的该是你。"她说。

"我已经告诉你我并不爱她。"

"那么你昨天对我的妒嫉是爱我么?"

"我的意思是说,"我没有理她的话,继续的说:"我倒觉得白苹之同我所讨厌的人来旅行是为金钱,同我来旅行是为兴趣,反而使我感到舒服。"

"可是事实上,白苹对你的感情也是因你的钱而发生。"

"钱,钱,政治,你说什么都好。"我说:"但这一切只能帮助爱,帮助幸福;并不能购买爱,也不能购买幸福。"

"也不能购买名誉与学问。"她说。

"也不能购买心与智慧。"我说。

"但是能够购买钻戒。"

"……"我不响。

"叫人家相信你在爱她,而以与你同游为兴趣的事。"

"还有呢?"我问。

"这虽不是政治的力量,而是政治的手腕。"

"你说下去。"我看她停顿了一回,但好像还有话似的,我说。

"但是,"她把语气放得柔和了:"灵敏的政治的手腕既然战胜了政治的力量,那么为什么只用在恋爱的争斗,而不用在政治的争斗上面呢?"

"徐!"

"梅瀛子!"

后面有人在叫,我们的谈话中断了,我与梅瀛子回过头去。是白苹与史蒂芬,白苹手里拿着史蒂芬的手杖,走得很快的出来。

我们站定了等他们,太阳已经很高,四周景色非常灿烂,我感到舒畅与暖和,我脱去大衣,在附近找到一块石岩,我把大衣铺在石岩上面,招呼梅瀛子坐下。我坐在她旁边望着白苹们上来。

天空碧蓝,一二朵白云悠然在飘游,灰绿色的四周忽左忽右的包围着他们,是这一对美丽的青春,提早了大自然的春色,他们是自然的点缀,自然是他们的点缀。

我盘算着今天的游程,因为今天是我做主人的日子。

十三

> 是一个孤独的人,
> 从湖上飘去,
> 难道山色已非,
> 使你不能合居。
> 是一个孤独的人,
> ……

梅瀛子低声地哼着日本味的歌,用手中的短桨弄着水;白苹看着天空。

湖上游艇很少,更使我感到倦游归来的落寞。绿色的水非常清澈,青山的影子有万种自怜的情绪,苏堤看来很荒芜。白堤也萧条得可怕,有寥落的人民与敌军在那里走着,我忽然想到当年艺术院里的朋友,怎么样在那里欢笑奔驰与闲步?远方孤山如梦,多少的梅花在自开自落?牛公墩黯淡,印月的三潭凄凉,旧梦都碎,旧人已散,斜阳中,我看到水面人影的萧索。

这些是谁？是新交的美国朋友，是初聚的放诞的小姐，是萍水的神秘舞女。那么我为何同他们在一起，到这个沦亡的风景中凭吊过去诗人的遗迹？昨日亲友的旧情呢？他们中谁能了解我这一份悲哀与梦？谁能体验我现在的心境？我有悄悄的苦痛与杞忧在水中点点金波中起伏。

大家沉默着，听凭舟子驾船前驶。有风，我感到料峭，原来初春的黄昏也有残秋的寒意，白苹像打了一个寒噤，我拿她放在我前面的大衣披在她的身上，我说：

"萧条吗？"

"…………"她点点头。

船终于靠岸，我们到旅馆休息。饭后一杯咖啡，一支香烟才提起了我的精神。

我们有一个钟头的谈话，有两个钟头的"桥"戏。十点钟的时候我回到我的房间就寝，手头没有一本书，四周没有一点声音，我关了灯，月光从窗下进来，我体验到夜从野外逼近，逼近。我感到到处是夜，到处是夜，我缩在被层里，缩在被角里，但是夜侵入我床，侵入了我被，浸透了我肉体，浸透了我的心，最后我灵魂就在这夜里溶化。

醒来我看见满屋月光，辗转再不能入眠，我心头浮起白天湖上的情绪，想到人影，想起梅瀛子，想到白苹，想到白苹在我家里关于梅瀛子的话，又想到梅瀛子在山上关于白苹的话，我开始发觉她们的神秘，开始发觉我与她们交友的荒唐与无聊。于是我分析自己，到底是她们有特殊的吸力还是我自己生活的苦闷，叫我沉醉在这种浪漫的风趣里？史蒂芬生成是浪漫的冒险的性格，那么我呢？我想到史蒂芬太太，她的恬静美丽的生活，艺术的爱好与美的追求,以及她对我说的话。我觉得我应当放弃现在这样的生活,放弃与梅瀛子白苹的交游,我可以到内地去做抗战工作,我也可以埋头做学术工作。但是我立刻想到史蒂芬太太劝我结婚的话。难道我生活矛盾,就起因于我的独身主义吗?难道我真是需要异性的伴侣吗?于是我开始想到山上的晨曦,想到海底的星月,我想到灯,想到灯光下我自己的影子,想到 Schumann 的 Reverie,我想念我自己的房间,像是乡愁,像是相思,我又想到史蒂芬太太的客室,猛然我想到她的茶会——星期六,呵,星期六,明天不就是星期六吗?不,现在已是星期六,我一定要回去。就从今天起我改变我的生活……

胡思乱想中我睡着。醒来已是八点半,窗外阳光灿烂,鸟声喈喈,树丛中我看见梅瀛子站着,两手在攀折一朵新开的月季,手指上闪着我熟悉的钻戒,啊,那么是白苹了;不,是梅瀛子,白苹的指环就在她的指上。

我盥洗后,几度的彷徨决定了我昨夜的念头,我问明茶房火车的时刻,留了一封信,我说:

"今天是史蒂芬的主人,但四点钟的时候史蒂芬太太也是我的主人。第一那个茶约在先,第二当然太太的约会重要,第三我恋念那面客厅的空气。但是我怕摇动你们的游兴,因此不告而别,恕我无礼。在灿烂的湖山中,春天因你们的探问而早降,我祝福你们畅游。"

我的袋里有两张通行证与车票,一份是白苹的,我也留在封信里,写好名字,放在桌上,我偷偷地溜出来,跳上车子,一直到车站,在小面馆里吃面,等十点钟的火车。

十点一刻的时候,我坐在头等火车里。车座空极,一个人坐一厢,还有许多空厢,我打开我刚买的一罐黄锡包,拿一根放在嘴里吸着,用最舒服的姿态,望着车窗外阳光下的野景,似乎是久别的游子旋里,觉得家乡就在面前,有淡淡的期望与安详的愉快。我想到史蒂芬他们现在一定发现我的偷跑,没有办法,三个人去游山了,不时还在骂我……忽然,从我头上飞来一朵红色的鲜花,径落在桌上,我以为是别人偶而抛错的,检起来预备归还给这朵花的主人。但我前面既没有人站起来期待,后面也没有人站着在探望,我站起来又坐下,不安地拿着花等待人来问,就在这时候,我头上又飞来了一朵白花,径落在桌上黄锡包旁边,我又抬起头来,但看看前后又没有人,我只得坐下,细看这花里有什么古怪的可凭的参考,让我知道这花的来源与用意!可是我没有什么获得,仅觉得摘花的人是懂得花美的人,花枝较长,留着两三瓣叶子,攀折的地方也很适宜。我猛然想起梅瀛子,在我起床时不正在我窗外园中摘花么?那么是他们三个人赶来了。我站起来后望,但是后厢的座位上竟看不见人,于是我手里摇着花朵,转身出去,看到我反面的座角里斜坐着白苹,她凝视着我淡笑,我轻轻地在她的对面座上坐下,低声地说:

"他们呢?"

"谁?"

"梅瀛子与史蒂芬。"

她坐整了,浮出百合初放的笑容,悄悄的说:

"假如当你一个人上车时,有人这样问你,你将怎么样回答呢?"

"我当然说他们大概在山中玩吧。"

"我也这样回答你。"

"那么他们没有来?"

"我不知道。"她说。

"你怎么不知道?"

"当你在以为我在游山的时候,你知道我坐在你后面吗?"

"……"我说不出什么,微笑着,玩弄着花朵,于是我想到熟识的钻戒,又看看白苹的手指,我发现现在它又在她的手上了,那么早晨采花的人一定是白苹,而她们的戒指是在昨夜换回来的,我说:

"那么早晨在园中采花的是你?"

"是的,"她说:"你以为是梅瀛子么?"

"我在窗口看见你,但后来一想,这戒指昨天在梅瀛子的手上的,所以我以为是梅瀛子了。"

"但是戒指随时可以换回来的。"

"你什么时候发现我的信呢?"

"我采了花,在园中散步,穿过走道,看见一个茶房从你的房间出来,我问,你可是起来了,他说,起来了刚出去。我想进去等你回来的,可是我发现了你的信,于是我拿了通行证与车票,留了一个字条就追来了,在月台上,等你走上车,等你坐下了,于是我才上车。"

"但是你为什么要赶着来呢?"

"那么你呢?"

"我的理由不是留在信里么?"

"我的理由也在留着的信上。"

"可惜我没有看见。"

"好在信上的理由都是浮面的。"她微笑着。

"你以为我的理由也是浮面的吗?"

"自然。"

"那么真正的原因是什么呢?"

"这就是我要问你的。"她说:"是不是忽然感到寂寞了?"

"我感到……"我嗫嚅着。

"同梅瀛子在一起还会寂寞么?"她说:"是多么丰富的灵魂值得你探索呢。"

"我觉得我必需离开你们才有我的世界。"我坚强的说:"我很欢喜你,也欢喜梅瀛子与史蒂芬,但是你们的世界同我的是多么不同。你们有万种光芒叫我贪恋与探索,但结果我离开了自己的世界,向着你们的光芒迈进。我在你们的世界里探索,最后我相信我会迷途,于是我再也摸不回来,我就只好流落在你们的世界中做你们良善的人民。"

"这是说梅瀛子的光芒动摇了你的独身主义,你害怕了。"白苹笑着,这笑容,似乎补充了她话中所缺的自己的名字。

"我说的是整个的生活。"我庄严地说:"连你与史蒂芬也一样,我想今天起不再同你们老在一起了。你愿意尊敬我这个意思,而帮助我么?"

"好的,"白苹沉着地说:"我希望我真能帮助你。"

"那么,"我感激得兴奋起来:"你可以把我这份意思让史蒂芬了解与同情么?"

"自然可以,而且一定办得到。史蒂芬已经同我谈过,说你同他做朋友,还不如同他太太做朋友会更融洽。"

"也许是的,"我说:"所以我要赴史蒂芬太太的茶会,慢慢的我的心会沉静下来,我先要写完一部哲学上的书。"

"还有什么事我可以帮助你呢?"白苹低着头玩弄着戒指,诚恳地说:"我总是你的朋友。"

"是的。白苹,让我们做个朋友,我在你家中无人的时候,偶而会来看你,你也随时可以来看我。但是我将不再进舞场,赌场,不再贪玩。"

"是的,你这样做是对的。"白苹说。

我们开始有平和安详的沉默,突然,白苹发问了:

"假如梅瀛子来找你呢?"

"我招待她,但不同她出来玩,一样的。"我说:"而且她的交际很广,马上就会忘记我,也不再来找我了。"

"但是她很喜欢你。"

"她同你讲过?"

"是的,我们足足谈了两夜。"白苹笑了:"而且她断定你有点迷恋她。"

"你相信么?"

"我不能不相信。"

"你以为值得迷恋么?"

"自然值得,"她说:"但是这是冒险的事情。"

"你是说被她愚弄?"

"甚至被她陷害。"她说:"她太神秘,这样的性格,我不相信她有爱。"

"但是她非常喜欢你。"

"同你说过?"

"是的,就在那天葛岭上。"我说。

"我也非常敬爱她。"白苹甜蜜地微笑。

"我想你们可以做很好的朋友。"

"也许，"她说："但也最可能做敌手。"

车子的速度很快，窗外的远山近河在转旋，我与白苹的谈话，使我的心境有说不出的欣慰与愉快，我起来，到我原来的位子去取那罐黄锡包，回来时我抽起烟，我问：

"梅瀛子没有同你谈起她自己的感情吗？"

"当她说她很喜欢你时，我就问她，可是有点爱呢？她大笑，她说她的爱还没有给过任何人；她准备随时给一个男子，但始终没有男子值得她爱。"白苹低下头微笑着说："她还说她对于男子有特别的理解与观察；她说史蒂芬是一个好朋友，好的丈夫，但是一个乏味的情人，你是一个最可爱的朋友，最理想的情人，但是最难投洽的丈夫，她说关于你的独身主义，史蒂芬太太以为是你寻不到理想的对象，在她以为只是怕尽丈夫的责任，是逃避的心理。"

"你以为这些对么？"

"自然有一部分道理。"

"但是我的独身主义也许就会放弃的。"

"这是说为梅瀛子么？"

"不，实在说我并没有爱她。"我说："我只觉得史蒂芬太太对我的劝告很对。"

我们沉默了一回，茶房报告饭已经开了，我偕白苹到餐车去。饭贵而坏，但是我们还是过得很舒服的辰光，因为今天白苹给我更愉快的印象，我们谈到过去，谈到将来，谈到都市，谈到乡村。最后我说：

"白苹，你是不是永远留恋这样的生活呢？"

"不见得。"她说:"但没有爱的时候,我将用我的青春享受这样的生活。"

"但是青春是不久的。"我说。

"人生是什么呢?青春享受尽也可以死了。"

"是这样简单么?"我说:"死也不是容易的。"

"那么找一个朴实诚笃简单年长的人嫁嫁。"她似笑非笑的说:"嫁定了等死。"

白苹的话,使我无法回答,我意识到空气的灰色,有一种难以呼吸的沉闷。很久很久,车子在小站上停了,我们回到了客车,我说:

"一到上海先送你到家,再同你去参加史蒂芬太太的茶会,出来我们吃饭,饭后大家回家。"

"不。"她说:"茶会我不去了。"

"为什么?"我问:"她没有邀你么?"

"她同我说过,说有兴趣同你一同去。"

"但是你没有兴趣。"

"不知怎么,"她说:"今天我很想休息。"

"那么你现在休息一会,打一瞌盹可好。"

"我试试看。"她笑着说,调整了她的姿态,靠在里角,闭上眼睛,两排茸长的睫毛合在一起,有一种说不出的风韵。

我把半开的窗子拉上,抽起烟坐在她的对面。

一支烟将尽的时候,我看她已经入睡了,我拿她的大衣为她盖上,闻到她微微的呼吸。薄薄的嘴唇闭着,同她茸黑的睫毛有很调和的配置,今天似乎没有敷胭脂,但有天然红润透在面上,倍增了这脸庞可爱。是一种甜美的典型,使我不得不注视着她,我从袋里寻出记事簿,用铅笔想为她画一张素描,但一连几张都画不像,到第六张总算得到了一点趣味,后来我把握到她的特点,画了一张却觉得很好。

车快到的时候,我叫醒了白苹,白苹似乎还贪睡,但随即振足了一下,笑着说:

"我怎么啦?"

"你太乏了。"

"昨天同梅瀛子谈得太晚了。"她说着手摸摸额角淡笑着说:"我别是病了。"

我开始发觉她脸色的红润是发热的象征,我握她手,她的手指很冷,但手心发着焦热,她拿我的手到她的额上。真的,白苹病了。

下车后我一直送她到寓所,一个年青伶俐的穿着白衣的女仆来应门,我到过她公寓门口有许多次,但从未进过她房间。今天是第一次,我非常奇怪我自己在过去会没有想到进来,是这样一个幽美的公寓,她的房间不大,但非常精致。我开始发现她对于银色的爱好,被单是银色的,沙发是银色的,窗帘是银色的,淡灰色的墙,一半裱糊着银色的锦绸,地上铺着银色的地毡,一条白灰色的皮毯,铺在床前,上面有一对银色的睡鞋。

"坐。"白苹在一张沙发前说,她自己就走进了浴室。

那个活泼健康的女仆拿茶进来,并且拿了一支烟给我就出去了。我抽起烟,坐在一张矮小的沙发上,我很闲适地觉察这间房间的布置,一张小小的书桌配着椅子放在窗下,一面是抽屉,一面是两层书架,上面挤满了书,桌上也有一叠书籍等东西,有一匣非常讲究的装信纸信封的匣子。床旁边是一只矮的灯柜。

一面是一架衣橱,有四只同我坐着一样的沙发,床上是一张矮脚的铜盘,盘里铺着白色的麻布,上面是一只日本货精巧的烟匣,烟灰盘与打火机,还有洋火。我在烟灰盘上弄灭了烟尾,在烟匣中又拿了一支烟,试用那只白亮的打火机。

白苹已经换去了刚才的衣服,洗去了所有的脂粉,穿一件灰色的宽大的旗袍,她一出来就说:

"那么我不去茶会了。"

"自然,"我说:"你快睡吧。"

"我可以坐一回。"她笑着坐在我的旁边,又说:"你觉得我的房间好么?"

"的确是白苹的房间。"

"谢谢你。"她说着似乎有点乏,看了看表,说:"你该去茶会了,我也要睡了。"

"好的,"我说着站起来:"明天我来看你。"

当我出门的时候,她站起来似乎就向床边走去。我一个人到街上,走向电车站;经过了一家药房,我想起白苹在睡前似乎可以吃点阿司匹灵,于是我买了药,顺便买点水果又回到白苹寓所去。

白苹已经躺在床上,我叫那位女仆倒点开水,拿药片叫她吞下,我说:

"夜里想吃什么呢?"

"什么都不想吃。"

"很好,"我说:"饿了也千万少吃。"

女仆拉拢了窗帘,白苹伸手开亮了台上的灯,我说:

"睡好吧。"她把手伸进去,我为她盖紧了被,我说:

"现在我去了。"

"叫阿美,叫一辆汽车去。"她似乎在对女仆说。

"好的。"我说。

阿美在走道打电话,白苹说:

"明天什么时候来看我呢?"

"上午。"

"在我地方吃饭。"她说着打了一个呵欠。

"好的。"我说着为她灭了灯,她对我笑笑,翻了一个身。我站起来,心里突然浮起了一种异常的感觉,像是银色的空气沁入了我的心胸,我矜持了一下。是银色的女孩病在银色的房间里,是什么样一个生命在时间中与青春争胜呢?我不知道是悲剧还是喜剧?但是我今天开始认识了银色竟象征着潜在的凄凉与淡淡的悲哀。

我心中荡漾着潜在的凄凉与淡淡的哀愁跳上了汽车。

十四

电灯亮着,钢琴响着,是幽雅恬美的空气扫尽了我心底的凄凉哀愁。我说:

"是不是我晚到了?"

"啊,人都散了,你才来。"史蒂芬太太在钢琴座上站起来说。

"我是从杭州赶来的呢!"于是我告诉她我们杭州旅行的经过。

座中的人的确已经零落了,但是费利普医师夫妇,高太太,高小姐,还有曼斐儿夫人与小姐都还在。其他还有几个我不认

识的,史蒂芬太太为我介绍后。我问高太太说:

"高先生呢?"

"他有事先走了。"

海伦·曼斐儿正看着我,但当我看她的时候,她避开了我的视线,我说:

"曼斐儿小姐,上次在音乐会里,我会笨得没有认识你。"

"……"她羞笑着,没有说话。

"史蒂芬太太,可是因为我进来,打断了你们音乐的空气?"我说着走到史蒂芬太太附近,又说:

"现在我要请求你为曼斐儿小姐奏一只曲子,让我有缘重听她美丽歌声么?"

"你应当先请求曼斐儿小姐。"

于是我说:

"曼斐儿小姐,假如我的请求不太冒昧的话。"

曼斐儿小姐有点局促,看看她的母亲,但是母亲鼓励了她,她走向钢琴边去,我鼓掌,大家都鼓掌了。我们屏息坐下,史蒂芬太太与曼斐儿小姐选定了曲子,是 Schubert 的作品吧,曼斐儿小姐背着我们,她的歌声填满了这个客厅,也填满了我的心房。她并非十分完美的歌手,但她有非常甜厚的声音,使我对于她天才有万分的惊讶,在训练上,她也有余裕在歌中表现她的自己,是幽静恬淡的性格闪耀着灰色的微波,它在我心头唤起了一种旧识的感觉,是什么样的感觉呢? 我绘描不出。

曲终,大家鼓掌了,我方才从那个古怪的旧识的感觉中醒过来,我跟着鼓掌。

…………

人们开始陆续散去,高太太的汽车,现在已经送了高先生回来,费利普医生自己也有车子,来客大都有男子相伴,最后我说:

"曼斐儿太太,是否我可以有光荣送你回家呢?"

"不太麻烦你么?"

"非常光荣。"我说。

我叫了车子,上车后,不知怎么谈到了中国的饭菜,她们竟只到过一家中国菜馆,于是我说:

"假如回去不太晚的话,现在让我请两位去吃饭好么?"

得到她们的首肯,我叫车子驶到了锦湘。在那里,我充分感到曼斐儿太太的和蔼可亲,曼斐儿小姐的恬静温柔,我好像发现了另外一个美丽的世界,有一种自然单纯,没有激撞,没有波浪的空气,使我的烦杂的心境平静下来,像混浊的水沉静到清澈一样,是温暖和平的舒适叫我对她们母女羡慕。所以,在席终我送她们回去的途中,曼斐儿太太约我第二天晚上到她们家里去吃便饭,我也就高兴地答应下来。

我看她们走进芭口公寓,一个人吸着烟,闲步从辣斐德路转马斯南路穿到霞飞路去。时候还早,但马斯南路竟已十分静寂,街树的叶子在路灯下更显得娇嫩,天上的下弦月分外清澈,配着我平静的心境,觉得世界也许还有可歌颂的角落,随时在点缀我们的人生。

但是,饭约,明天又是饭约。这是不是远离我世界的生活呢?我在白天所决定的,我要回到自己的世界去,所以我离开了梅瀛子白苹与史蒂芬的世界,那么难道我又要跨进另一个别人的世界么?但是,这究竟是另一个世界,是平静和平温柔清澈的世界,难道这样的空气也会扰乱我应过的生活么?

于是我想到海伦,她的低迷的笑容,她的含情的歌声,她的温柔的迟缓的举动,这使我想到灯,想到史蒂芬太太在宴舞会的谈话……那时,大概因为我走到路灯光线不及的地方了,月光从树上洒下,我看到我自己零乱的影子,我猛看到那间银色的房间中银色的姑娘,我灭了她台上的灯光,幽幽地从她房中出来,那种沁我心胸的银色空气正是刚才海伦的歌声所唤起我的旧识的感觉。这感觉如今又在我心头浮起,我仰望太空,蓝黑色的天,淡淡的白云,寥落的星星与明亮的月,是潜在的凄凉与淡淡的哀愁,一瞬间凝成了寂寞与孤独。我加速了我的脚步,穿到霞飞路,登上了电车。

大概我是倦了,回家没有读三页书就睡着,经过了好久未曾有过的良好的睡眠,醒来洗澡后,我开始有焕发的精神,做我应做的事情,十点钟出来,访一个朋友,十一点钟我去看白苹。

白苹已经起来,淡妆黑衣,坐在我昨天坐过的沙发上,嘴里吃着巧克力糖在看书。脚边睡着一只纯白的波斯猫,她知道我进去了,把书放在膝上,抬起头微笑着说:

"你真的是赶来吃午饭么?"

"我以为你应当多睡一回才对。"我说:"你什么时候起来的?"

"倒是起来不久。"她说。

"病全好了么?"

"好像没有热了。"

我过去摸她的额角,热似乎已退,我说:

"可有温度表?"

她叫阿美,阿美从抽屉里拿出温度表与酒精给我,我用酒精

揩温度表时,我说:

"怎么不多睡一回呢?"

"有电话。"阿美说:"我被它叫醒的。"

"说不在家不就完了么?"

"是史蒂芬,"白苹说:"我以为你们已经聚在一起呢。"

我把温度表放在白苹的唇内,拿着白苹的手看她的手表,白苹低下头,右手拿起膝上的书,似乎继续读刚才放下的地方。

白苹的确没有热度了,我说:

"很好,但是你还应当休息。"

"可是史蒂芬约我下午到舞场来看我呢。"

"今天还要去舞场?"

"是的。"她笑着说:"你不是要我对他讲你生活的变更么?我想我会替你办得很好。"

"他们是昨夜坐夜车回来的么?"

"是的。他说打电话给你,你出去了。"她又换了口气问我:"你上哪里去了?"

"看一个朋友,他前天昨天来看我都没有碰见。"我说:"怎么,你没有约史蒂芬来一同吃饭么?"

"不。"她笑着说:"以后我在家里不约别人,你随时可以来玩,但不许到舞场来看我。"

"好的。"

"但是如果你让我在舞场碰见你,我就当你不过是我的一个舞客。"

"好的,不过假如我偶而一次呢?"

"除非你有正式的应酬。"

"好的。我一定遵守。"

"那么你可以常常来,带着你的书稿来也可以。"她说:"我还可以在隔壁客厅里设一个铺位,晚了你也可以宿在这里。"

"你太期望我了。"

"也许。"她说:"但是我不许你在这里招待你朋友。"

"只许我一个人来。"

"只许你一个人来工作。"她严肃地说:"我的意思是假如你家里有太多朋友来看你,你可以来这里。"

"你也可以不出去么?"我说。

"我有我的世界,我为什么不出去?"她骄傲而深沉地说:"但是我不在你也可以随便进出,用不着管我。偶而碰着,我们就一同在这里吃一顿饭,喝一杯茶,谈谈。"

"假如我偶而要陪你出去走走呢?"

"除了看一场戏一场电影。"她说:"别的都不许。"

"你太好了,白苹。"我心中有说不出的感激。

"你不要以为我好,"白苹自信而骄傲地说:"我只是作一种试验,有人说,许多人都被我带得只知道玩,不务正业了,我倒要看看我是否也会让一个人在我身边做他应做的事情。"

我刚要说什么的时候,阿美进来问是否可以开饭了?白苹问我:

"饿么?"

"问你自己吧。"我说。

"开吧。"白苹沉吟了一回对阿美说。

我到盥洗室去,洗好手出来,白苹已经站起,她说:

"你还没有到过我的客厅吧。"

她走在前面,那只波斯种的猫跟着,我也跟着,我们走进隔壁的房间,门外是衣架,架上挂着一件雨衣,里面有两间她寝室的大小的房间,中间挂着银灰色的绒幔,一面是客厅,一面是饭厅。客厅四壁有几幅齐白石吴昌硕等字画,落地放着好几盆花,一架日本式小围屏,四只软矮凳围着寝室里一样的圆铜盆,上面是洋火,烟灰缸与烟盒,几只灰色的沙发,地上是灰色的地毯,沙发旁边都放着矮几,独独没有一张正式的桌子。饭厅里是一架酒柜,一张方桌,铺着四角有黄花的灰台布,上面一个玻璃的水果缸,装满了橘子。四把灰布坐垫的椅子,角落上有二个花架,都是倒挂淡竹叶,家俱都是无漆的白木,地上是银色的地毯。墙上有一幅画,是任伯年的山水,一面是一只荷兰乡村里常用的钟。我说:

"你是这样喜欢银色么?"

"你不喜欢么?"她在酒柜上放整了几只玻璃杯子。

"我很爱银色,但不喜欢。"

"这是什么意思呢?"

"我爱银色的情调,但它总像有潜在的凄凉似的,常唤起我淡淡的哀愁。"

"那么你喜欢什么呢?"

"白色,纯白色。"

"我爱白色,但不喜欢。"

"你是说……"

"我爱它纯洁,但觉得不深刻。"她说:"你不觉得银色比白色深刻么?"

"是的。白色好像里面是空的,银色好像里面有点东西,"我说:"可是里面有什么呢,是一种令人起淡淡的哀愁的潜在的凄凉。"

"也许。"她望着酒柜上的酒瓶,好像不很注意我谈话似的说:"你喝点酒么?"

"好的,但是你不许喝。"

"我也喝一点点。"她说:"什么酒?"

"葡萄酒。"我说。

"我喝薄荷酒。"

她为我斟了一杯红葡萄酒,她自斟了一杯薄荷酒,冲了苏打水。她把两杯酒放在桌上,一杯是深红,一杯是碧绿,中间是一缸金黄的美国橘子,是多么诱人的颜色叫我注视着它,白苹开始坐下。

阿美捧起筷匙饭菜,筷是银的,碗碟素平无花,都是白色,并不是上好的磁器,但都非常可爱,菜肴是三菜一汤,非常简单,白苹也没有对我说一句客气话,她吩咐阿美去烧点咖啡,于是举起酒杯说:

"我用这杯酒,祝你新定的生活永远像这样碧绿长春。"

"我用这杯酒,祝你永远光明美丽与灿烂。"

我们喝了一口酒,大家都笑了。

菜很可口,我饭吃得很多。我说:

"这是我平生最美丽的饭餐了。"

"真的么?"她说。

"我是第一个一个人伴你这样吃饭么?"

"这难道于你的美感有关系么?"

"不,"我说:"假如要我在美感以外还有点光荣的话。"

"没有光荣。"她说。

"但是我不希望是同你去杭州的日本人。"

"梅瀛子告诉你的?"她说。

"是的。"

"那么你妒嫉我们同行的十一个日本男女中的哪一个呢?"她说。

"你在这里全数招待过他们。"

"你以为这间房间可以招待十一个客人么?"

"总之,日本人走进你房间,同他们军队走进我们的国土一样的使我不快。"

"你真以为我的地址,是随便哪一国人都可以告诉的?"她皱着眉说。

"是谎话又是怎么呢?"

"那么我的美感以外的感觉是侮辱。"

"我不撒谎,"她正经地说:"但在你也许还是侮辱。"

"你是说……"

"我是说当我一个人在家吃饭时候,天天倒有一位波斯人坐在你的座位陪着我。"

"是谁呢?"我笑着,我不知我笑容中是否有妒嫉的色彩,我说:"白苹,告诉我。"

"现在就在我们的旁边。"她没有望我,用筷子夹一块鱼放在匙碟里推过去,叫:"吉迷。"

"渺乎……"我看到那只波斯种的白猫从椅上爬上来。

我笑了,白苹还是守着猫在吃鱼。

阿美进来,从酒柜抽屉里拿两把刀,一把给白苹一把给我,

我开始切橘子,白苹还是守着猫,头也没有抬起来对阿美说:

"咖啡拿到我房间去。"

"吃水果么?"我说。

"不。"她抬起头,微笑着说:"谢谢你。"

阿美给我们手巾,白苹站起来,她说:

"那面去坐吧。"

吉迷跟着她,我也跟着她,我听见时钟正敲一点,是一种非常单纯短促的声音,我不很喜欢它。

十五

白苹的性格与趣味,像是山谷里的溪泉,寂寞孤独,涓涓自流,见水藻而漪涟,遇险岰而曲折,逢石岩而激湍,临悬崖而挂冲,她永远引人入胜,使你忘去你生命的目的,跟她迈进;梅瀛子则如变幻的波涛,忽而上升,忽然下降,新奇突兀,永远使你目炫心幌不能自主,但是如今,在我的前面是这样一个女孩,她像稳定平直匀整的河流,没有意外的曲折,没有奇突的变幻,她自由自在的存在,你可以泊在水中,也可以在那里驶行。

她有开朗的前额,秀长的眼梢,非常活泼的脸庞,配着挺美的鼻子;眼珠碧蓝,娇稚含羞的视线永远避开人们的注视,嘴唇具有婉转柔和明显的曲线,时时用低迷的笑容代替她的谈话,偶而透露细纤的前齿,象征着天真与娇憨,娇白的面颊上似有隐约的几点雀斑,这常常是恬静温文性格的特征。

这就是海伦·曼斐儿,现在她坐在我对面,是明亮的灯光照耀着爽朗高雅的房子。她母亲在忙饭菜了,我开始同她谈学校,谈音乐，谈美洲，谈中国，她告诉我她外祖母家在加拿大，她就生在那面，音乐似乎是外祖母一系性情最近的艺术，她学唱已经五年，现在好像进步很慢，据教师说，越过这个过程，可以又有很快的进步，叫她不要有一点灰心。我告诉她这是学什么东西都会有的，是学习心理学上所谓高原，多少人都常到了这个高原而后退。这是非常可惜的事。房角有很大的钢琴，我问她可曾学钢琴，她说程度很浅，我请她奏一只，她怎么也不肯。

她告诉我她很喜欢中国，只是没有交到很多中国家庭里的朋友，现在过往较密切的是高小姐，但她似乎同欧美人没有什么两样。

谈到电影，她喜欢的竟少得使我惊奇，像她这样的年龄，应当是电影艺术的热诚观众；但是她说，看电影的故事不如读小说，演技不如观舞台剧，音乐不如听音乐会，她对于三样都喜欢，独独不很喜欢电影。她又说上海没有戏剧，使她很少出去的兴致，家里听听无线电，读读小说是她最好的娱乐。

吃饭的时间到了，曼斐儿太太换了黑色晚服出来，海伦进去，回来时也换上白色晚服，缓步低浅，有万种婀娜的风致使人倾折。我很奇怪这个美国家庭在上海会泥守这英国的习惯，后来方才知道她外祖母是英国人，移居到加拿大去的，她母亲一直受着英国式家庭的教养。

饭菜是曼斐儿太太亲自烧的，的确不是上海普通西菜馆所能吃到的滋味，海伦开了无线电，我们就在美丽的音乐中，享受英国式家庭的夜趣。我们大家很少谈话，但我时时体验到海伦低迷的笑容下所流露的意义，她精神始终在音乐里舒展与收敛。

当咖啡上来的时候，曼斐儿太太关了无线电，她开始问我家,问我故乡,问我兴趣与爱好。她告诉我,她的丈夫在空军里为国效劳,她的两个儿子,也都在美国军队里服务。她说她的第二个儿子与海伦有较高音乐天赋,她非常期望海伦。告诉我她现在在梅百器教授那里学唱,梅百器夫妇都是她的好友,对海伦期望尤殷,希望战争结束后,可以送她到意大利去。她说她自己的音乐成就完全因为恋爱结婚生孩子而牺牲了,希望她女儿会完成她可有的成就,她非常相信她女儿的前途,说只要不会恋爱结婚生孩子所围,海伦一定会有了不得的收获。她又说史蒂芬太太与梅百器教授一家总是鼓励着海伦,希望我也常常给她指导与鼓励。她又说一个艺术家应当为艺术牺牲,一个女性艺术家,她的真正的丈夫应当是艺术……曼斐儿太太的和蔼诚恳与对于女儿的期望令我非常同情。

后来海伦同我谈到小说,有许多我们大家看过的,她的意见虽常常有偏,但许多地方也很有见解,对于我的见解她都非常爱听,觉得许多都是她以前没有想到的;有许多书我没有读过的,她到里面捧了出来,说等我读过后给她意见;有许多她没有读过的,她总说假如我地方有这书的话,叫我借给她读。

我于十点钟离开曼斐儿家,海伦为我包了一包书叫我带走,并且叮咛我把我所有的她没有看过的书为她送去。

我回家后第二天派人送书给海伦,但当我还未翻阅她借我的书时,她已经把书送还我,还给我长长的信同我讨论她读后的意见,并且问我读了她借给我的书后的感想。这逼我赶紧为这份感想读她借给我的书,我们的通信就这样开始,以后偶而她到我家来看我,我也常常到她家去。

这份友谊帮助了我肯定地实行了我新定的生活,也点缀了我新定的生活。

现在,我的生活已经安定下来,我每天早晨能够很有效地读书,中午后也很纪律地午睡,傍晚我常常出去散步喝茶,有时候也访访白苹,访访史蒂芬太太,访访海伦,常常在她们三处吃饭,饭后回家,我工作天天得深夜,海伦来访我总在我午睡醒来的时刻,有时候我没有醒,她总在书房中等我;白苹偶而来访我,可是很少,来则总在深夜,常常一谈到五更。夜里当我写作告一段落,精神尚好的时候,我也会偶而去访白苹。几个月中,我精神非常均衡,工作的成就也很多。史蒂芬现在再不来看我,那当然是白苹的功绩,我们只有在黄昏时咖啡馆中偶而约着谈谈,梅瀛子碰见的机会更少,见面时我们还是有高兴的谈笑。一切朋友的关系现在似乎调整得很好,使我对于我独身主义似乎有更多的信仰与安适了。只是海伦对我的友谊好像渐渐在那里增长,在她同我借书的过程中,范围似乎慢慢地广大,现在已经是进展到哲学的范围。这在我始终没有想到,一直到残夏的一个夜里。

那天下午海伦来看我,我们一直谈到黄昏,同她到附近散步,在汶林路霞飞路口的一家犹太饭馆吃饭,饭后我送她上电车一个人缓步归来。坐在案头,开始做我想做的事情,但还没有一点钟的工夫,有电话来叫我去听。我猜想是白苹,所以我拿起电话,就说:

"是白苹么?"

但是对方是一个说英语的女性,声音是这样的陌生。

"是徐先生么?"

"是的。"

"我是曼斐儿太太。"

"啊！曼斐儿太太,你好么?"我说:"海伦可是到家了?"

但是她似乎不关心我这些话,她说:

"你现在有工夫么？我想马上来看你。"

"好的,我等你。"我说。她声音好像很焦急,所以我说:"有什么事?"

"我马上来看你。"她说着就挂上了电话。

那么这究竟是什么事情呢？难道海伦在归途中出了岔？要不是……,是什么呢？会不会是母女发生了口角？其他还有什么缘故使曼斐儿太太要马上来看我呢？我再也想不出理由,于是抽着烟焦待,一直到我抽尽第二支烟,外面有汽车声,我赶快迎出去看,它已飞掠过去,于是我就在弄口闲步,我等过了四辆汽车,第五辆是簇新红色的 Ford,很快的从远处驶来,我看到里面在驾驶的是一个红衣女郎,到我面前,似乎慢了,好像是梅瀛子,我看她停下车,不错,是梅瀛子,她笑着开开车门:

"徐先生等着我吗?"我又闻到她馥郁的甜香。

梅瀛子专访我次数很少,有几次还是同史蒂芬一同来的,所以我满以为她是路过这里,看见我在门口才停下招呼的,我说:

"这么漂亮,上哪儿去?"

"当我穿得漂亮的时候,第一自然先来看你。"好久没有看见她透露杏仁色的润白整齐的前齿了。

"美丽呀!"我拉着她手看她的衣裳,她穿着白绸的衬衫,红色的上衣,乳白色小蓝花红心的裙子,赤脚穿一双软底白帆布蓝边半高跟鞋。从她的鼻子,嘴唇,颈项,胸脯下来所有的起伏竟是大自然最美的曲线。我惊讶的称赞:"你真是可以享受天下任何的打扮。"

"谢谢你。"她身上总是发挥着她特有的香味,我不知道她用的是什么香水。"真的是专诚来看我么?"

"自然。"她说。

"谢谢你。"我伴着她走进弄堂,又说:"我似乎没有看到一个人可以像你一样的合式于各种衣饰的打扮。"

"我第一次听到男子这样赞美我。"她说:"你也同样用这句话赞美一个天真纯洁年青的少女么?"她庄严地靠着我。

"也许会,"我说:"但到现在还没有用过。"

"不要撒谎,"她说:"我今天就为这个故事来同你谈谈。"

走进房间,我开亮电灯又开了电扇,她坐在近电扇的地方说:"你可是认识我们公认的一位有歌唱天才的少女?"

"可是海伦·曼斐儿?"

"是的。"她说:"但是她近来对于音乐竟不热心起来。"

"怎么?"我说:"我想不会的。"

"今天梅百器教授的茶会,他非常惋惜地说海伦近来想放弃音乐了。"

"想放弃歌唱?"我奇怪极,怎么海伦一直不同我谈起呢?——我想。

"是的。"她说。

"啊……"

"什么?"

"刚才曼斐儿太太打电话给我,说要来看我,我想一定也是为这件事情。"我说。

"我想是的。"她站起来,走了几步,坐到我的附近,她说:"她母亲为这件事太伤心了,你大概也知道她对于她女儿的期望。"

"自然，"我说："当我们对于海伦都有十分期望的时候，她母亲一定是在一百分以上了。"

"不但这样。"她说："你可知道她母亲的过去。"

"对于歌唱天赋也很高。"

"她家里对她的期望极大。"她说："但是她爱了一个美国飞行家。当时她们音乐的家庭极力反对，结果她同爱人偷跑到别处结了婚。"

"这就是曼斐儿先生。"

"这就是海伦·曼斐儿的父亲。"她说："从此她就放弃音乐，所以她对于她天才的女儿有比普通父母更多一百分的期望。"她说着又站起来，站到桌边，拿一支香烟。

"你也抽烟了？"我问。

"偶而玩玩。"她拿着烟看看："这烟我到没有抽过。"

"Era，"我为她点火："我怕你不会喜欢。"

她吸着烟，走到书桌边靠着，喷一口烟在空间，望着它散开去，沉着，肯定，迟缓地说：

"可是如今，曼斐儿太太的女儿又为恋爱要辜负上帝给她的天才，与人类给她的期望。"

"为恋爱？"我问。

"这只有我一个人知道，我也没有告诉别人，她在爱一个男人。"她说："而我觉得告诉你是会妥当的。"

门忽然开了，仆人带进曼斐儿太太。她的胖面，露着淡淡的笑容，笑容中蕴蓄一些颓伤，见了我像是得到点安慰似的：

"徐！"她同我亲密的握手，又同梅瀛子握手："你真好，为我的事情比我还早来。"

我招呼她坐下。她胖得难以喘气,外加走了点路,所以没有说话。梅瀛子问:

"坐电车来的么?"

"是的。"

于是,她喝了一口我倒给她的汽水,她说:

"我想梅瀛子已经同你讲过,我女儿忽然要放弃音乐了。"

我一面听着她,一面不自觉的有万种的不安,心跳着,眼睛想避开她的视线,我没有说一句话,听她吐一口气说:

"你待她太好,借书给她,指教她,开导她。"她歇了一回又说:"但是她是一个太爱用思想的孩子,现在,她已经沉湎于你借她的书中,她没有兴趣练唱,天天读书摘札记,最近时时说要研究哲学。"忽然她转了语气:"徐,你千万不要误会,我并不是怪你,但是她对你很相信,你会给她影响,所以我来同你商量,请你想法子劝劝她,叫她不要放弃音乐。"她忽然问我:"你觉得她是不是在音乐方面有特殊天才?"

"自然。"我说。

"我相信她不适宜于研究哲学。"

"自然。"我说。

梅瀛子偷偷地望我,带着顽皮的笑容,我说:

"这真是出我意料以外,我同她谈谈艺术,牵联到哲学上的问题,她问我借书,我自然借给她,我满以为思想上哲学上的书可以充实一个艺术家的灵魂,怎么想到她会改变了兴趣。"

"我一点没有怪你的意思。"曼斐儿太太诚恳地说:"我现在希望你肯好好地劝劝她,使她的兴趣回到歌唱上来。"

"我一定劝她,而且我相信我会使她放弃哲学,"我说:"这决不是严重的问题,曼斐儿太太,请你放心。"

"我也觉得这是很简单的问题,"梅瀛子俏皮地对我笑笑说:"我想我一定可以帮你,使海伦继续不辜负她的天赋。"

"我想在学习心理上,我们到了学习的高原,因为进步的迟缓常常会对于别的学科发生兴趣,而到另一科学的高原时,又会觉得厌倦的。"我说:"总之,一切都在我身上,我一定使她回到歌唱的前途上去。"

曼斐儿太太眉心似乎减去了焦忧,润湿的眼睛透露感激的光芒,她点点头,双叠的下颚有柔和的蠕动。

"曼斐儿太太,这件事情你交给我们,现在不要谈了。"梅瀛子说:"我们出去乘乘凉,怎么样?"

曼斐儿太太没有异议,我自然只好赞成,我陪着她们两位出来,那辆红色的汽车实在诱人,我说:

"让我驾车好么?"

"好的。"梅瀛子说。但当我让曼斐儿太太坐上后面的车座时,梅瀛子已坐在驾驶座的旁边。我为曼斐儿太太关上车门,坐到驾驶座去,梅瀛子说:

"我还第一次看你驾车呢。"

"恐怕很生疏了。"我说:"到哪儿去呢?"

"兆丰公园。"她说。

街上行人不少,路景很繁华,远处月色皎洁,繁星明耀,我用一小时三十五里的速度向西驶去。我心里骤然感到一种说不出的光荣,这当然是因为梅瀛子坐在我的旁边,她的美,她的漂亮,她的特有的甜香。这是我第一次感到香味对于一个人精神的关系。记得过去我曾经写过一篇小文讲到现代的文化,只是靠眼睛与耳朵传播,教育只是向眼睛与耳朵灌输,艺术也是向眼睛和耳朵表演;政治也是向眼睛与耳朵宣传……这是一种很奇怪的发展,好像人类竟忘了自己还有鼻子似的。假如我们靠嗅觉可以有文化的享受,这一定是一个有趣的境界,我们也许可以发明嗅觉的书报,那里的观念与意义只是一组一组的气味,我们用鼻子闻闻就可以了解;我们也许有严密组织的丰富美丽忽断忽续的气味,像音乐里的 Symphony 一样,叫我们鼻子来鉴赏,政治家也可以造特殊的气味叫人们闻到就相信他的主义,像现在这样只有耳朵眼睛可以享受文化,这是非常辜负鼻子的事情。但是今天,梅瀛子的甜香在我身边,随着车窗的风,断续浓淡的向我发扬,使我感到一种特殊的魔力,这虽然没有画家的画幅,音乐家的乐曲一般的给我一个肯定的意义,但似乎也是一种离开了视觉与听觉的独立的诱惑。梅瀛子正视窗外,我斜看到她的侧面,一瞬间我的确不能相信我是在人世上。她忽然带着笑说:

"哎……哎……哎……怎么啦?"

我煞车,回过头去,车子已经斜在路上。

"怎么啦?"梅瀛子回过头来,笑。

"你来驾驶肯么?"我有点窘,但随即矜持下来,开门下车,绕到左手,我上车时,她已经套上白手套坐在右面;我坐在她的旁边,拿出纸烟,我用打火机抽烟。我说:

"好久没有驾车,生疏了。"

"我怕是阳光炫耀了你的眼睛。"她笑着两脚一按,车子直驶前去,用老练的驾车者姿态,舒适而美丽地坐着,以一点钟四十二三里的速度在马路上疾驰。我开始感到一种自由,我的烟味已经驱逐了她的甜香,像是收到了反宣传的效果,使我能够有一种较好的距离去欣赏她美丽的风韵。有风,她的头发像是云片云丝的婆娑,她的衣领与衣袖,像是太阳将升时的光芒。这一种红色的波浪,使我想到火,想到满野的红玫瑰,想到西班牙斗牛士对牛掀动的红绸,我不得不避开它,但我终于又看她侧面从额角到双膝的曲线,是柔和与力量的调和,是动与静的融合,她两手把住车盘,速度针始终在四十二四十三上,两个湾一转,她突然停下来,原来已经到了。

公园里人不大挤,我们看到了更鲜明的月色,更美丽的星光,在灯光照耀的范围外,月色与星光已将草地点化得像水一般的柔和,有几个孩子们奔跑得像山林里的小鹿和小兔,好像黑绿的树丛中就是他们的住家。我们伴曼斐儿太太闲步,她经过了疾驰中凉风的洗涤,精神上的忧郁似已解脱;空旷的景色更开拓了她的胸怀,她脸上已有笑容。我们走着,闲谈着,我相信曼斐儿太太已不牵虑刚才的问题了。

我们伴曼斐儿太太在冰座上坐下,吃了一点冰以后,精神都很焕发,心境都很愉快,我们没有谈生活上的烦恼,只是零星的谈点社交上的人物与故事,沉默时候很多,好像我们都在呼吸月光。就在一段沉默的时间上,我想一个人去走一回,我抽着烟,站起来,我说:

"我那面去一趟就来。"

我踏着柔和湿润的草地,闲步地走向池边,池边的椅上都坐着人,有几对似乎是初恋的情侣,池中的月色分外明亮,水面零落地点缀着水莲,稍远的地方有几朵花开得惨白奇丽,有一种飘逸的美感。我站在池旁,开始注意到身后的灯光把我的人影淡淡地伸投到池心,与几个其他的人影在水面交错蠕动,其中有一个正在慢慢地长起来,慢慢地淡下去,我忽然发现好像有点认识它似的,抬头看时,是一个穿着白色衣裙,腰际束黑色漆皮带,腋下夹着黑色的书与浅色纸包的女子的背影,正冉冉地向着树丛中走去,月色把草地点化成水,没有一个别人,她在上面走着活像是一朵水莲,我看过去,觉得实在有点像海伦,再细望时,又觉得不像,但是我终于绕池追随过去。

她走进树丛,我离开一丈路尾随着她,看她漫步踏着月影,低头徘徊,我时而觉得她是海伦,时而觉得不是,一直到她缓缓地走出树丛。那里是一片草地。穿过草地是小河,她仰天望望,又安闲地踢踢浅草。现在我已经断定她是海伦无疑。那么她是同谁一同来的呢?是一个人来的?还是同我一样,离开了同来的伴侣,一个人来散步的呢?我想叫她,但我忽而觉得要看看她究竟到哪儿去,所以还是尾随着她,那时天上的月色清绝,草地上没有行人,我觉得我是一个很容易被她发现的对象,因此我站于树丛的边缘,等她同我保住了二丈距离时再走,但我看她并不向有人的地方去,只是一直走向小河,我用另外一个同她成四十五度的方向,朝着小河右端的小木桥走来,但不时还是注意着她,她到小河边站了一回,靠在一株树上,凝视着河心。那时我已走到木桥旁边,看她始终不动地站在那里,我于是从木桥走到对岸,吸起一支烟,走到她的对面,斜依着一枝小树偷看她,她一直注视着河心,不知是看河底的星月,还是看水面的水莲,眉宇间有淡淡的感伤,嘴角有似笑非笑的漪涟,她的衣裳同水莲一样白,月光之下她像是一个白石的塑像,一点不动的站着。等到我吸尽了一枝烟,看她还是不动,于是我把烟尾抛到她注视的地

方,水上发出了"嗤"的一声,打破了这宇宙的寂静,她似乎微微的一惊,抬起头来。我低声地说:

"小姐,可是有一颗星星跌下水里了?"

"果然是你,徐。"海伦嘴角浮起低迷的笑容。

"果然是我?"我想:"怎么知道是我呢? 难道她早已发现我在看她么?"我正想着。她在对岸又说:

"我正奇怪河底那一颗星星像你的时候,你果然出现了。"

"我发现你的时候,还以为河中的水莲偷着上岸在嬉戏呢。"

她笑了,想寻渡河的路,最后她看到小桥,她舞蹈似的奔过去,我也奔到桥边,我们在桥顶相遇,我握着她手说:

"现在我不许你再变成水莲了。"

她手有点冷,我放开她的手又说:

"冷么?"

"不。"她说着用手帕揩揩手,走在我旁边,手挽着我的臂说:

"你一个人来的么?"

"不,"我说:"你呢?"

"一个人。"

"你骗我。"我说:"我明明看见你母亲坐在冰座上。"

"胡说。"她半笑半嗔的说。

"我倒看看谁是胡说呢。"我说着,伴着她一直向冰座方面走去,我问:"是艺术家来寻情感的旧迹? 还是哲学家在找思考的对象?"

"我现在觉得哲学才是一种最高的艺术。"

"我听见过哲学是知识的总汇,我听见过哲学是宗教的婢女,我还听见过哲学是科学的科学。"我说:"如今我又听到哲学是一种艺术了。"

"那么你以为我的话可以说得通么?"她问,像我们平时谈论书本问题一样的严肃。

"也许,"我也比较严肃地说:"但这只是一个臆说,要证明这个臆说,就要有严格的方法,用广博的材料来锻练。这就是科学的工作。"

"那么你以为写小说也是科学的工作了。"

"严格地说一切艺术的根基都是科学的,音乐的训练难道不是科学么?"

"是的,一切技巧的训练都是科学的。"她说:"所以哲学这个艺术,在基本训练上也是科学的。"

"那么所有哲学家都是艺术家了?"我抗议地问。

"是的。"她说:"只有这种艺术家,他的创造是整个的,他的一生只有一件艺术作品,而作品永远是赖着他的想像在补充与修改。"

"而你也想做这样的艺术家了!"

"我只能说有兴趣。"

"但是人人以为你对于歌唱有特殊天才。"

"这就是说我对于哲学没有天才。"

"我相信天才是难得的,一个人有一种天才已经是了不得了。"

"……"她微笑着不响,我也开始沉默,我们闲静地走着。在一个树丛边转湾,前面就是冰座,但就在转湾的地方,我看见梅瀛子,她一个人在树边站着,好像没有看见我们,我叫她说:

"你怎么一个人在这儿?"

"我痴听星星与水莲在谈话。"她的话很使我吃惊,难道她听到了我们所有的谈话？但是我半试探半玩笑的说：

"可是在谈情话？这是在讲太阳月亮的故事。"

"我没有听懂。"她笑着说："因为我不是艺术家，也不是哲学家。"

这句话决不是讽刺，也不是妒嫉，她的明朗的语气，只是表明她听见我们的谈话罢了，但是我可觉得很奇怪。

"……"我很想问她什么时候过来的，但是我没有说。

"即使是艺术家哲学家也是凡人，而你是仙子。"海伦对梅瀛子笑着，走在她的左面，我走到梅瀛子的右面说：

"太阳的光芒虽是普照白天，但我今天才知道它也普照着夜晚。"

我们已经可以看到冰座，我也已经望到曼斐儿太太，梅瀛子对我说：

"我们等得很不耐烦，我们猜你碰到熟人，曼斐儿太太猜你碰到了白苹或者史蒂芬，我猜你碰见了海伦，于是我就来寻你，果然我是胜利了。"

"你们原来同我母亲一同来的！"海伦说："那么你怎么猜到他是碰见我呢？"

"我想碰见别人一定马上一同回来了，只有碰见你可以有这许多工夫的耽搁。"梅瀛子说。

"……"海伦似乎以为她指的是我待她特殊的感情，所以不说话了。可是我知道她指的是我在单独地劝告海伦。海伦放开梅瀛子，舞蹈般奔向她母亲。

"你一直跟着我们？"我问梅瀛子。

"……"她点头笑笑。

"有什么发现么?"

"河底的星星伴着洁白的水莲。"她得意地微喟着。

归途中,因为我约定海伦于第二天下午四点钟来看我,梅瀛子说她将于夜里十点钟听取我的成就,所以回家后,我一夜没有睡好,我思量我应当怎么样措辞,使她的兴趣与意志重回到歌唱上面去,从昨夜浅探的谈话中,我已经发现这件事并不是为我所想的容易了。但是为我对于曼斐儿太太与梅瀛子的尊严起见,我似乎非把它办成不可,而事实上,在海伦的前途上着想,她放弃歌唱而研究哲学,实在也是非常失策的事。

第二天。

早晨我一早起来!去花市上买花,我买尽市上一切白花的种类,其中有四盆是水莲,回来我布置房间,我用白台布铺好了所有的桌子,我以白色做我房间的主色。饭后我有很好的午睡,醒来是二点钟,我在房中看书,但时时想到我今天谈话的步骤,四点钟的时候,海伦到,她穿一件纯白色短袖的麻纱长衣,我从她袖领间可以看出她里面米色的绸衬衣,她捧了一大束鲜红的玫瑰,进来了就找我台上的花瓶,平时她常常买花来换去我瓶中的残枝,但是今天,瓶中早已有我上午配置的白花了。她四周看看,不知所措地笑了。

我拿出瓶里的白花,交给佣人到楼上找花瓶去,让海伦的红花放在空瓶里。我说:

"今天这里可有点昨夜月下的气氛了?"

"唔……"海伦四周看看说:"不错。"又把红花放在白台布的中间。说:"让它象征着梅瀛子的光彩。"

"你母亲可还为你在伤心?"

"这是没有办法的事情。"

"她太期望你了。"

"是的,太期望我了。"她加重这个"太"字。

"昨天你母亲到我的地方来。"我说:"是不是你们母女昨天有点争执?"

"近来常常为我多读书少练唱而不高兴。"

"于是你就一个人到兆丰公园去。"我说。

"我很奇怪,她为什么总是以为我只有她遗传的才能。"

"不,我不知道她是怎么样想法。"我说:"但是在所有我们的环境中,比如梅百器教授一家,史蒂芬太太梅瀛子们都以为你放弃歌唱使我们有太大的损失。"

"你也以为是这样么?"

"自然,"我说:"我的意思:在你,音乐至少比哲学可以充实你自己的生命。"

"不尽然。"

"是不是你发现最近对于歌唱的进步太少。"

"……"她在沉思中。

"这是学习中高原的阶段。"我说:"每种学习都有这个阶段,常常到那个阶段,使我们学习的兴趣减少。将来你在哲学范围内,也会到那个阶段。那么你难道再改变。"

"也很可能。"她说:"我总觉得你们太期望我。为什么我学一点唱你们就期望我成歌唱家,读点哲学书就期望我成哲学家?这真是可怕的事。"

"这因为你所表现的是一个天才。"

"我不知道是恭维我的话还是侮辱我?"她说:"在人类社会

里,父母,家庭,朋友,社会,永远把人绑在许多责任,许多名义上,叫人为它牺牲。"她说:"我不爱这些。我爱歌唱,因为我心灵有一种陶醉与升华的快乐,我爱哲学,因为它引导我想一点比较永久的存在,想到比较广远,比较细微与根本的问题。"

"但是天才是一个事实,并不是一个名义。"我说。

"这事实假如是存在,那么也不过因为我的嗓子比别人深厚甜美,这同一个人有较大的膂力有什么不同?"她今天有奇怪的兴奋,一口气连下去说:"这个你叫我不辜负这份天才,学习,学习,学习!将来在音乐会伺候一群人,同你们尽量叫一个有膂力的人整天为你们做苦力让你享受有什么不同?"

"也许,"我说:"但是我们活在世上,就是尽量使这世界完美,我们在社会享受,所以我们也要贡献社会。这是爱。有许多人爱我们,我们也爱人;过去的祖先给我们美丽的创造,我们也创造给我们的后裔。"

"但是我不是机器,制定了叫我生产牙膏,我永远得制造牙膏。我为什么不能想制造牙刷?"她很气愤的说。

"自然,我怎么能够干涉你的兴趣? 海伦。"我忽然发现我的态度太侵犯她的个性了,我的声音变成非常低柔,我说:"我所以同你谈这些,实在因为你母亲为你太伤心了,而朋友们为你太可惜了。而我另外还有一个内疚,就是你对于哲学的兴趣是我诱发的。假如因此破坏你音乐的前途,我的罪愆是多少呢?"

"那么你也不相信我别方面的才能?"

"我只感到我们对于哲学的研究,路还太远,那里面,还有许多许多艰难与困苦的路径。而你在歌唱上是已下过了苦功。"我平静地说:"假如说你过去下苦功的是哲学,现在你母亲叫你学歌唱,我一定也是反对你母亲的意思。"

咖啡与点心拿进来,海伦沉默地坐到桌边去,我也站起来,我说:

"这因为人生有限,而我们总希望我们有点成就。"

海伦不响,也不望我,她为我斟咖啡又加糖,我沉默地望着她,我意识到我的眼光里是充满着哀求与期待,她搅着自己的咖啡杯,望着牛奶与咖啡的混合,杯里旋转着黄色的圆圈,从深黄淡成了金色。慢慢地抬起头来,看我一下,望着桌上的红花,用手抚弄着说:

"这因为歌唱已经填不满我心灵的空虚,我时时感到说不出的寂寞;只有当我读完一本哲学书,而我思索其中所读到的问题时我才充实。"

"是真的么,海伦?"

"……"她点点头,眼睛注意着我,眼眶里似乎有点润湿。

"……"我避开她的视线沉默了。

半晌半晌,大家沉默着,于是我说:

"用一点点心么?"我说着把点心递给她。

"谢谢你。"她拿了一点又沉默了。于是隔一回我说:

"我很奇怪,一个会唱歌的人不愿意用她的歌唱发泄她心头的郁闷。"

"我现在没有郁闷,只是空虚。"她说:"郁闷是一瞬间的,空虚是长期的。"

"也许。"我低声地说着,我在寻话,但竟寻不出一句。我没有话可以安慰她,因为我没有话可以安慰我自己。听凭沉重沉重的静默,压在我们的嘴唇与耳朵。天色冉冉地灰暗下来了。

快七点钟的时候,海伦说要回去,我送她出来,一路上都是沉默。平常我总是送她到公共汽车站,等她上车后,我才回家,今天她走到公共汽车站,并不停下,只是往前走去。我一言不发的跟着她,快到第二个车站时,她说:

"你回去吧。"

"不想在外面同我一起吃饭么?"

"我想早点回家。"

"那么就在这里等车吧。"

"我走一回。"

"那么我陪你走一回。"

"不,"她说:"你回去。"

"不。"

"那么我就在这里上车。"她说着停了下来。

最后车又来了,我目送她上去坐下,我一个人从原路走回来,我想到梅瀛子的约会,于是我后悔刚才没有再对海伦作更深更重的劝告。

但是这些劝告有什么用呢?一切论理的理论现在似乎都是空的,她是心理的空虚与寂寞,我们需要帮助她充实。天色已经很暗,有一种说不出的寂寞侵袭我心,我猛省到梅瀛子的话,难道真的是她对我有友谊以上的感情了?我害怕,有一种说不出的害怕。这害怕证实我自己对她感情的深奥。这在以往的交友中,我们都没有发现,而一瞬间摆在我目前的似乎是事实。是灯,把我的影子照在地上,从我的身后转到我侧首,又转到我的前面,是灯,我想到史蒂芬太太的话,是灯,是灯!

回到家里,说史蒂芬太太有电话来过,我打个电话去,她问我夜里可是有工夫,希望我到她那里去谈谈,我告诉梅瀛子要来,她约我明天上午去吃便饭。我知道她要谈的也是海伦的事情,我就答应下来。

十点钟的时候,梅瀛子来了,她穿一件嫩黄色银纹的西装,进来看见四周的白花与房中白色的主调,她说:

"你的劝告可是失败了?"

"我没有劝告。"

"那么我的臆说是证实了。"

"也不确。"我说。

"那么为什么不劝告呢?"

"我发现这不是理论的劝告问题,而是心理问题,应当从生活改变,她太沉静,太抽象,太没有青年人嗜好。"我说:"我想现在只有你可以帮她,你带她过一些热闹的日子。她需要运动,她需要交际,你可以带她打网球,游泳,带她有热闹的交际。"

"是的,"梅瀛子笑了:"假如你舍得把她交给我。"

"为什么说我舍得。"

"我的意思是说,假如你肯放弃哲学的诱惑。"

"我不懂你的话。"

她沉默了,两手放在袋里,四周走着,突然转过身来,她说:

"我觉得你布置这样的情调招待她,就是一种诱惑。"

"这于她爱哲学与歌唱有什么关系?"

"这是一种下意识的事情,"她说:"在意识下,她只是爱你而已,而研究哲学是她的武器。"

"你不要这样说她。"我说。

"那末从今天起你不再找她,不再看她可以么?"

"也许……"我说。

"不是'也许'的问题。"

"也许我真爱着她呢?"

"你将毁灭她一切的前途。"

"笑话。"我说:"我会创造她的前途。"

"那么你是爱她了?"她把声音放得很低,微喟而诚恳地问。

我沉默着,站起来,越过她的视线,背着她,我说:

"好的,三个月期内我不同她单独来往,如果你的工作没有成就,那么你把她再交给我;如果你调整了她的情绪,你让我们恢复友谊。"

"好的。"她伸出水仙一般的手,同我紧握一回,笑得非常甜美,接着她就告别,临行时吻吻桌上的红花。我说:

"这是海伦送来的,她说象征你无比的光彩。"

"我倒以为你布置它来象征我昨夜红色的衣裳,扰乱你们白色的情调呢?"她说着摘下来一朵,过来插在我衣襟上说:

"我祝福你。"

我送她跳上红色的汽车,飞也似的去了。

十六

第二天,我到史蒂芬太太地方,史蒂芬太太果然是为海伦的问题,她说她对海伦放弃歌唱是因为对于哲学发生兴趣,还是对于我发生兴趣,她不知道;不过假如发生兴趣的是哲学,她觉得我应当设法使她改过来,但她反对曼斐儿太太,要把她女儿嫁给歌唱一样的态度,并且深以为爱情的事情不能够阻止,如果真是因为爱的关系,她希望我放弃独身主义,建设一个好好的家庭,互相鼓励着在工作上面努力。

史蒂芬太太的好意很令我感激,她不断的探察我是否在爱海伦,可是说实话,这在我自己也一直没有想到,没有觉得,我同海伦的交往,纯粹是一种上好的友谊,要是变成了一件麻烦的事情,我不想考虑也不想思索,我的生活方式是独身主义,非常自由美丽,我还没有决心想放弃。

我告诉她我与海伦感情的实情,在友谊上讲当然很好,但是并没有明确的爱情。像她这样的年龄也许很敏感的以为在爱一个男人,实际上她同任何男人接近,都可以有这种感觉的。所以我已与梅瀛子商定,我暂时不同海伦交往。

"很好。"史蒂芬太太听了我忠实的自白以后,她露出安慰的笑容:"但是假如她来找你呢?"

"……"我说不出什么,我开始发觉昨天匆忙中我会没有想到这个。史蒂芬太太悠闲地坐着,她说:

"你只要避免同她两个人在一起的场合。她来找你的时候,你很可以多约几个朋友一同玩玩。"

"这是很容易办到的事情。"我说。

饭后我回来,我决定明天起照这个决议去做。

但是一切事情竟不能像理想一样的容易,海伦似乎是一个非常向内的女孩,她不愿会见生人,结果是我又同梅瀛子,后来也同史蒂芬,白苹当然在一起了。

这一种生活,恢复了我过去的隐痛与忏悔,但的确增加了海伦的笑容,起初她在会叙时时常沉默,后来也谈笑自若起来;起初总是梅瀛子召集我们,后来海伦也会自动地来约我们了;起初海伦总是最先想回家,后来她也常常要把叙会延长;她习惯于一切狂欢的浪漫的场合,学会了长时间在咖啡店闲坐,学会了疯狂的跳舞,也学会了小聪敏的嬉谑,座上对于哲学书籍,深究的谈话已减少到完全没有,可是也没有谈到她对于歌唱的努力,日子就在没有目的,没有打算,没有理想中消耗。

梅瀛子同海伦似乎有特殊的关系,我想不到她竟有这样的热诚与耐心做我们的中心,凡是我们去电话她总是准时而到,而且常常她同海伦先在一起,打电话来把我找去,又找史蒂芬与白苹。

史蒂芬似乎无所谓。好像一样的享受人生,同我们在一起反而见得有趣。

白苹当然也高兴有这样的热闹。但是我相信我们对于她的收入是很有影响,虽然在某种场合上,梅瀛子史蒂芬同我都常常设法在暗地帮助她。

只有我,我一方面在经济上有很大的亏空,第二方面在精神上有说不出的苦痛,我的精神与时间虽然不是完全耗在这个叙会之中,但是剩下的时间再不能使我集中心力做我的学术研究工作。我原来的目的是使海伦回到歌唱上去,但这个并没有十分成效,而我自己的生活倒完全破坏了。我几乎在床上夜夜忏悔我白天的生活,但一到白天我又依旧生活下去。过去,白苹疑心我爱梅瀛子,叫我与梅瀛子少来往;过去,梅瀛子曾疑心我爱白苹,叫我与白苹少来往。不久的过去,她们又疑心我爱海伦。叫我与海伦不要单独来往,如今大家都不提这些事情,只是天天过着荒唐的生活。

这样大概过了一个多月,我明显地发现海伦剧烈变化,她低迷的笑容变成明朗,她温柔的态度变成显豁,她迟缓的态度变成迅速,她的头发烫成时髦,她的服装日趋鲜艳,本来是沉默的孩子,如今很爱说话,开始的时候,在团体中常常冷落自己,爱一个人同我提到她对于人生的感想与思想上的问题,如今则爱在团体中发表她在哲学上文艺上的意见,使座中每个人都去注意她。这在九月初史蒂芬太太举行的一个宴舞会中,表现得更加明显,我觉得她完全换了一个人了。

这因为我认识她就在上一次史蒂芬太太家里的宴舞会中。那时她还是一个害羞的孩子,穿着斯文的衣服。敷着很少的脂粉,沉静的态度,看人都不敢正眼注视,有脉脉含情的温柔,在当时的场合中,她不过是没有人注意的小姑娘,但是今天,在同一地方。在同一空气之中,当她与她母亲进来时,已引起全场的注意。

她穿一件微微带着红色的晚服,胸背露出很多,颈项上挂着珠圈,头发烫得非常漂亮,脂粉搽得很浓,十足发挥她少女的美丽,眼睛闪着灵活的光芒,一进来就四面一看,介绍时也不再依附着母亲,最后她同梅瀛子白苹作姊妹的亲切,同史蒂芬与我作平等熟稔的交际,临末了发出一种社交上常用的笑声,刚刚引起附近男性们的注意就停止,我还是第一次听见她用这样的笑声,不知道她在什么时候学的,她笑完了,就用一种非常美妙的姿态走近史蒂芬太太面前去谈话,谈话时有万种的仪态使我不得不注意她。

她是美丽的,除梅瀛子以外,就是她,但梅瀛子没有她年青。饭桌上她谈笑大方,偶而把谈话拉到思想上来。她用歌唱的天才,对我朗诵几句 Plato 的对话,都恰到好处,看我没有回答,她又同别人去谈Wagner,应付得非常美妙。饭后,音乐一开始,许多青年围着去请她跳舞,她的舞步早已由我与史蒂芬带成圆熟,今天尤有意外的媚态,点染成特殊的风韵。

曼斐儿太太,似乎非常高兴,精神焕发,时时注意着她美丽的女儿,她舌下压着满满的称赞。当我过去请她跳舞时,她还是望着海伦。我同她起舞后,我说:

"今天海伦真是太美丽了。"

"啊,"她胖胖的面庞笑得非常天真地说:"那全是你们,徐,你们,你们把她人生观完全改过来了。她再不苦闷;也不沉寂;她再不每天贪看哲学,每天想空虚的问题。你看,她已经变得这样的美丽。"她说完了,向着海伦的方向松一点手,似乎一定要我去看,我当然侧过头去看一下。

"真是美丽极了!"我说:"但是歌唱呢?"

"啊,"曼斐儿太太胖胖的脸蛋儿笑得更天真了:"一星期前她已经天天在练,为今天史蒂芬太太要她唱歌呢。"

"……"我再寻不出话,但是曼斐儿太太接下去说:

"梅瀛子已经同梅百器教授商量好,圣诞节的时候,要为她筹备一个音乐会。"

"……"我还是寻不出话。曼斐儿太太又说:

"但是你现在不要告诉她,恐怕她不愿意,我想等今天表演了回去以后,再同她谨慎地商量,叫她每天去练习。"

"是,是。"

我虽然说着"是",但我并没有照曼斐儿太太做。因为现在的海伦,早非她母亲所担忧的对象,她的确已没有空虚与寂寞,但填满她空虚,解除她寂寞的并不是哲学的迷恋,也不是歌唱的鸩溺,她已不再为思想为艺术而生活,她将以最便利与取巧的办法,采取思想与艺术的光芒,点缀她自己生活上的丰彩了。所以当第二只音乐我伴海伦跳舞时,我就说了:

"海伦,听你母亲说。有人已经同梅百器教授商量好,圣诞节时候,要为你开一个音乐会。我预祝你成功。"

"真的么?怎么她不早告诉我,也好让我赶紧练习。"

她的愿意竟超出我预料以外,她兴奋得如初放的玫瑰说。

"……"我寻不出话说,因为我想到水莲的影子,我想到那天我劝她时我房中白花的布置,我突然想到她带来的鲜红的玫瑰。

十几只音乐以后,海伦小姐歌唱了,大家热烈的鼓掌,海伦略一矜持,就大方而婀娜地走到钢琴的旁边,面对着听众,微笑一下,两手握一个歌唱家的姿态,跟着钢琴唱起来,这使我想到那天在这里我晚到的茶会中,她歌唱的姿态,是多么羞涩,多么胆小,这二者的距离是多么远啊!

她的声音深厚甜美,她的确是一个歌唱的天才,但是今天最成功还在她的姿态与美丽,大家一齐鼓掌,曼斐儿太太尤其热烈,当海伦表现一个三十度的鞠躬与甜美的微笑,用流利的眼光瞟着四座,美妙地拖着晚礼服下来,走到她母亲身边时,大家的眼睛都看着她,我看到曼斐儿太太的眼泪都快乐得流下来了。

大家都围过去与海伦拉手,祝贺她的成功。我是最后同她握手的人,我低声地说:

"好极了,海伦。"

"太生疏了,"她客气地说:"我以后要好好的练习。"

"我祝你无限的前程。"我说。

梅瀛子在旁边笑,是一种胜利的笑容;我骤然感到她的魔

力,她的确已经创造了海伦。我觉得她的笑对我是一种侮辱与讽刺,后来,当我与梅瀛子跳舞时,她说:

"怎么样,徐?海伦已经完全恢复了。"

"是你的魔力。"我说。

"不也是你的成功么?"

"不。"我说:"是我的失败。"

"可是因为她放弃了哲学?"

"但是她并未回到艺术地方去。"

"你还不相信她以后将在歌唱方面努力么?"

"不。"我说:"她以后将永远为虚荣而努力。"

"悲哀了,朋友?"她说:"是的,她以后永不受你哲学的诱惑了。"

"永远受虚荣的诱惑。"

"也许这才是女性的世界呢。"她甜蜜地笑:"但是你的情感不过是一种妒忌。"

十七

从那时开始,海伦的确天天在练唱。但练唱出来总是找我们,我们还是过着热闹而欢乐的生活,一定要说出什么不同的话,那是海伦因为唱歌的关系,在饮食起居上略略有点节制,她本来学会了喝点酒,现在她已一点不喝,本来学会了偶而抽一根烟,现在她也绝对不抽,本来她常常要欢叙到天亮,现在则总在一点钟左右一定要回家。梅瀛子似乎是她的保护人一样,时时提醒她许多禁条,而要她遵守。有时候她在舞场里留恋,不想回家,但是梅瀛子一提醒她,她也就很自然的听从了。

我还是陪着她们;但一回到家里我终有说不出的哀苦与忏悔,有时候我在电话里拒绝她们,但梅瀛子会驾着车子来接我,告诉我海伦没有我就会寂寞。其实这寂寞只是在团体里少一个配角,并不是我在她生命里有什么重要了。我当初所以听从梅瀛子天天同她们一起,完全为要海伦从苦闷中浮起来,把兴趣转到歌唱上去。现在的海伦既已有另外的力量带她到歌唱上的努力,我底牺牲变成毫无意义,我极力设法去摆脱她们,终于我想出敷衍办法,布置好一切,在有一天会聚中,我就说:

"三天后我就要回乡去一趟。"

"回乡去?"海伦第一个问。

"家里有许多事要我去料理。"我说。

"我们一同去,"史蒂芬兴奋地说:"我们大家去玩几个月。"

这倒使我很吃惊,但是我终于矜持着,微笑着说:

"很好,只是我们乡下不是杭州,没有什么可玩的。"

"你不能晚一点,等海伦音乐会开过后再去吗?"梅瀛子说:"那时候我们可以一同去住几天。"

"不,"我说:"我早去可以早回,我想在海伦开音乐会时我一定可以回来了。"

"要这许多日子么?"海伦说。

"是的,"我说:"十年没有回家了,有许多事要我去料理。"

座中只有白苹微笑着没有说一句话,海伦似乎对我有一种说不出的留恋,想说什么又不说了,梅瀛子说:

"你不能不回去么?"

"这是没有办法的事,"我说:"你们不是一样过有趣的生活么?"

"你不能为海伦不去么?"史蒂芬说。

"我要为海伦早去早回,无论如何我要在她音乐会里占一席。"

"不行,"梅瀛子说:"音乐会筹备的外务方面事情,你要负大部份责任呢。"

"有你,"我笑着说:"我还担忧这些事情么?"

"等我开过音乐会。"海伦说:"我同你一同到乡下去。"

"我们都去,"史蒂芬说:"我们伴你去伴你来。"

"你们不知道我家里事情,"我说:"我自己何尝要去过,来回受日本人检查,多不方便,但是实在没有办法!"

我的话终于慢慢使他们谅解,但是一定要我于音乐会的一星期前回来。

白苹对于这问题始终没有说一句话,安详地微笑着。

夜里,我们在百乐门跳舞,当梅瀛子回家的时候,白苹对我说:

"你愿意为我多耽一回么?"

"你还不想回去么?"我笑着说。

"……"白苹对我笑笑,又对史蒂芬说:

"史蒂芬,你肯陪梅瀛子与海伦回去么?"

"你假如还有兴趣的话,"海伦说:"我也陪着你。"

"不。"白苹笑着说:"不好,你应当早回去,明天早晨你要到梅百器地方去练唱。"

"那么,你还要玩多少时候呢? 今天兴趣怎么这样浓?"梅瀛子问。

"我还到赌场去赌个通宵。"白苹说。

"到天亮走到徐家汇去望七点钟的弥撒。"史蒂芬笑着说。

"……"海伦不响了。

"这是你们两个人的节目。"梅瀛子说:"那么我们先回去。"她说着站起来,约好明天下午在弟弟咖啡店相会。

史蒂芬陪着梅瀛子与海伦出去,海伦临走时在我耳边说:

"你可以不回去还是不要回去。"

我对她笑笑。望着他们三个人的影子在门口消失,我说:

"真的又要从赌场到教堂了吗?"

"不愿意再重演一次吗?"

"我倒以为你早已忘掉这个趣味了。"

"这不是趣味。"她说:"这是自救。"她又站起来说:"你等我一回,我们马上就走。"

我付了账,伴白苹出来,坐上汽车,她告诉车夫地址,我说:

"怎么? 你要回家么?"

"是的。"她说:"我要回家一趟。"

"我还带着些钱,不要回家了。"

"今天我要大赌。"她笑着叫车子前开。

但到家的时候,她付了车钱,我说:

"怎么? 不叫他等么?"

"我想换衣服。"她说:"回头再叫好了。"

于是我伴她上楼,走进她银色的房间,她招呼我坐下,给我一支烟。她就走进浴室去。我坐在银色的沙发上,享受四周银色的温存,可是这时忽然有触目的鲜红,在银色的被单上扰乱了我的安宁的视觉,我想起了这是梅瀛子的衣服,但是怎么会跑到这里来呢？我思索了有两支烟的工夫,白苹出来了,洗去了所有的脂粉,换上了黑布的旗袍,穿着软底布鞋,我稍稍有点奇怪,我说：

"不预备出去了吗？"

"你还想到赌场去吗？"

"我想再从赌场到教堂。"

"于是再从教堂回到赌场。"

她说着走到外面,倒了两杯茶,拿了一点蛋糕来,她说：

"现在让我来同你静静谈谈。"

她微笑着,坐下,似乎有点怠倦,闭了闭眼睛；这使我想到杭州回来时她在火车上入睡的姿态,我想到我在那时为她画的像,这像我记得后来是夹在一本书里的,可是我正想不出是什么书。但是她随即振醒起来,面孔变成十分庄严,两只大眼放射着正直的光芒。她说：

"你愿意说白苹是你最好的朋友。"

"我自然愿意。"

"那么你说。"

"白苹是我最好的朋友。"

"那么你愿意说,你对她永远忠实,像她对你忠实一样么？"

"我愿意。"

"那么你说。"

"对她永远忠实。"

"好。"白苹于是用切实清楚低微的声音说："那么你什么时候回乡下呢？"

"……"我踌躇了,我说："后天。"

"是为家里的事情么?"

"……"我在喝茶,眼睛望着茶杯。

"我告诉你。"白苹说:"我所知道的你还是在撒谎。"

我抬头看她,她正用严肃的眼光逼迫着我,眼眶中包含湿润的诚意,她说:

"我不希望我朋友这样对我。"

"那么……"

"我不揭穿你,"她靠倒在沙发上说:"你自己说。"

"原谅我,白苹。"我说。

"你说下去。"她闭着眼睛,安详着靠在沙发上。

"我必须离开赌场到教堂去,"我说:"我不得不撒谎。"

"但对我又何必呢?"她说:"那么到底你预备怎么样?"

"我在姚主教路一家公寓里,租了一间房间。我想躲避。"

"预备什么时候搬进去呢?"

"后天。"

"那么同我一同搬进去么?"

"你是说……"

"我问你,"她笑得像百合初放:"你猜我是怎么样知道你回家是撒谎的?"

"凭你的聪敏。"

"你以为梅瀛子比我笨么?"

"也许有一部份。"

"不。"她摇摇头:"你可是一星期前就定了那间房间?"

"是的。"我奇怪了。

"房租可是三百四十元一月?"

"是的。"我说:"但是你怎么知道的呢?"

"你可是付了两百块钱定钱?"

"是的。"我真的奇怪了:"但是你怎么知道的呢?"

"那房子可是同这里一样组织?"她说:"只是比这里多一间。"

"是的。"我说:"可是你去过那边?"

"你知道房东是谁么?"

"一定是你的朋友了。"我笑了:"但是我那天没有会见房东,只同他们里面一个人接头的。"

她迟缓地站起来,走到书桌边,拉开抽屉,拿出一张名片,她用左手手指弹着,过来交给我。这名片就是我留给那面房主的,当面还写给付定洋两百元的字眼。白苹走到她原来位子去,她说:

"我就是你的房东。"

"你?"

"是的!"

"你是说那面的房子也是你租的?"

"你奇怪么?"

"自然,"我说:"那么是你的……"

"你是说我的外遇么?"

"是你的家属。"

"老实告诉你,"她说:"我也预备搬家。"

"搬到那里去?"

"是的。"她说:"我同我的朋友交换,那面比较大一点。"

"他已经答应了。"

"自然。"她说,但随即换了一种顽皮的语气:"但是她说已经于几天前租出一间。我说道只要把定洋加倍退还就是了。后来一看你的名片……"

"于是你就预备把那间房子租给我了。"

"我当时很奇怪,怎么你会要租房子。我想一定有什么蹊跷,或者是为朋友代租的,今天才知道你的用意。"

"我实在想摆脱这样的应酬与交际生活。"

"但是为海伦呢。"

"为海伦什么呢?"

"为她的天才。"

"她的天才已成了生活的点缀,她的生活已成了虚荣的点缀。"

"难道你不喜欢她成你生活的点缀。"

"而我的生活的点缀则是我的工作。"

"那么你就搬到我的地方来,但是条件是不许有人来看你。"

"好的,但是你呢?"

"我不但不让人来看我,连我的地址都不告诉任何人。"

"这又是为什么呢?"

"这因为这里来看我的人太多了。"

"太多么?"

"其实也不多,"她忽然皱皱眉说:"可是有几个人走惯了,常常来。"

"是不是我呢?"

"你来得多么?"

"可是讨厌的舞客?"

"难道你以为我连拒绝我不愿意会面的男人的技巧还没有么？"

"那么是女人？"我说："女人又有什么关系呢？"

"你还不知道我是一个红舞女么？"她顽皮的笑容堆得非常高。

"你何必又这样说呢？"

"因为我是舞女，"她带着反驳似的口吻说；"所有男子是我的主顾，女子就是我的敌人。"

"这是什么意思呢？"

"这是笑话。"她真的笑了。

我没有话说，大家沉默着喝茶，她的笑声溶化在银色的空气，变成了超凡的恬静，我的心境沉静透彻。我这时忽然想读读陶渊明的诗，好像在我自己的家里一样，想寻书似的四周望望，是一种刺目的红色破坏了我的心境，扰乱了银色的恬静，我忍不住的问。

"这是你的衣服么？"

"当然是光芒万丈梅瀛子的衣服了。"

"太阳永远普照着人类。"

"她常来么？"

"常常来。"她说："有时候还住在这里。"

"你也常去她那里么？"

"常去，"她说："而且我也住过她那里。"

"我倒不知道你们成了这样要好的朋友了。"

"也许，"她冷冷地笑；"也许是最好的敌人。"

"可是你们同时爱了同一个男子？"

"你以为……"

"那样,你们才成了最好的敌人——情敌。"

"并非,"她笑了:"但不瞒你说,我的搬家倒是要躲避她。"

"怎么?"我奇怪了:"那么你以后不同她来往了?"

"不让她到我这里来。"

我在吃蛋糕,但是心里始终想着这个奇怪的事情,可是我也寻不出进一步的问话,我只是说:

"我很奇怪,怎么这许多会面次数中,没有听见你们谈起你们往来的事情。"

"也许我们两个人都因为对方不提起而不愿先提起。"

"我不懂。"

"不懂很好。"她忽然站起来说:"现在你可要回去了。"

我一看表已过了三点,我站起来。她说:

"你真的已决定搬去么?"

"自然。"

"那么千万不要把地址告诉人。"

"自然。"

"那么你后天就把必须的书稿用具带去,"她说:"我相信我会有适合你用功的环境给你。"

她走到走道拿起电话为我叫车,我告别下楼,脑筋里还浮着她与梅瀛子的疑团,马路上一个人也没有,是一种寥落的感觉袭到我的心头,接着疲倦袭到我的头脑,我跳上车子,望着空旷的街道,我似乎不愿再被她们的疑团所困扰,我想到我搬到新居后的工作。

十八

三天后,我理了一点日用的书籍文具衣服与被铺搬到姚主教路的公寓里,白苹已比我早一天搬进去了,她欢迎着我。我的房间现在早经过白苹的布置,她为我配置一套杏黄色簇新的家俱,配着新裱的嫩黄色的墙纸,更显得新鲜触目。四壁是书架,家俱都悬放在房中,一个白纱的围屏后面是床,床后是贮衣室,有门微开着,我看了一看,里面已摆有白苹的两只小箱。床头有一盏落地的脚灯,床上已铺好的被铺,又是黄色的毯子盖在上面。书桌就在窗前矮书架前面,旁边是一只杏黄色式样很古怪的字纸篓。在进门的一首是一套大小的沙发与一只矮桌,书架在这里已变成了橱,配着推移的玻门,中间贮藏着茶壶,热水瓶与杯碟,是象牙色无花的厚磁。

白苹望望我的铺盖,她说:

"你真当我是精明的二房东呢。"

房间很大,书架占着四周,我想就是把我家里所有的书籍拿来,最多也只能填满它二分之一,而现在我是来暂住几月的,只带了二十几本书,白苹把我的书放在书架上的一角,她笑了,讽刺似的说:

"我想不到你是一个能干的旅行家。可惜我这里不是旅馆。"

"我想我的家不远,要用时不是随时可以去取么?"

"假如你真的这样不能安心,"她坐倒在沙发上说:"我不很希望你住在这里。"

"白苹,在这样的世界里,我怎么会不安心呢,"我说:"但是你待我太好了。"

"我不是早同你说过,我常常想做一种试验,要看看我是否也有力量使一个人在我身边做做他应做的事。"

"自然,"我说:"我一定不负你的期望。"

"那么你愿意把你铺盖带回去,把书籍带来么?"

我完全首肯,我的心已完全在她的意志下折服,下午,我就把书籍及更详琐的用具搬来。白苹整天没有出去,为我整理一切的东西。此后我就在她那里面住下来。虽然白苹是邻居,但是会面的时候比以前反而少得多了。阿美招待我非常周到,而长期陪伴我的是她那只波斯猫吉迷。白苹起来很晚,上午她从不到我房间来,十九是出去午饭,偶而在家午饭的时候,我到饭厅里很突兀的看见她已坐在那里,她就露出百合初放的笑容说:

"难得可以同你一同吃午饭。"

饭后也许有几句闲话,但我吸了一支烟,总是就去午睡,醒来时她一定早已出去。至于晚上同饭的机会则更少,平常我们会面总在夜里两点以后,那时候,如果我的灯亮着,她一定敲我的门,以后我就习惯地等她,她来时一定带着糖果点心,或者一本书,一只人家送她的花篮,于是她有很焕发的精神为我烧咖啡,装点花瓶;最后她换去衣服,脂粉不敷的来同我喝茶谈天,谈她白天的际遇,梅瀛子的近状,海伦的情形,史蒂芬的消息,以及社交上的种种感况,也常常谈到爱,谈到梦,谈到人生的无常,生命的落寞,于是大家沉默,静听钟声的滴搭,最后,是她也许是我,说:

"不早了,去睡吧。"

日子就这样的过去,我的心境很好,思考的工作很顺利的进行;偶而需要一本书,我常常于早上看报时写在报纸上。阿美总是在白苹醒来时,拿报纸给她,她看了就会在夜里回来时替我带来。我的情绪很平安,生活很愉快,我耽乐于独身主义的清净恬静,有时候,我就想,假如白苹是我的妻,我自然不能再让她做舞女,我自然会想知道她的交际,我也许会妒嫉,也许会干涉她底生活;她也不会再收我的房金,不会再不把家庭的杂务来扰乱我。我们间将失去距离,将没有美,生活就会陷于庸俗的泥污里,而现在我获得美,这美是我们宝贵的情感中节省下来蒸溜出来的东西。

在这样平静生活中,我与世界似乎已经完全隔绝,唯一不隔绝的是我与梅瀛子与史蒂芬夫妇与海伦甚至也与白苹通信,我的信寄到沦陷区的故乡,叫故乡的亲友把我的信在那面发出,而他们的回信,也是由在故乡的亲友附寄给我,这样的通信也很有意思,我谈乡下的趣味,谈对于上海的恋念,我谈及乡村里的人物,这都是在我记忆中的人物,我绘描他们的可爱、朴实与伟大,我还想像几个乡下的姑娘,我把她写得非常可爱,并且开玩笑似的说也许要为其中之一放弃独身主义。现在回想起来,觉得这些信札的写作,正像注定我现在写这本东西的伏线。她们的回信也非常有趣,史蒂芬太太写得最长最好,梅瀛子似乎杂乱一点,但有特别的警句,海伦也不坏,但已没有我们讨论书籍时的冗长与细腻,她也偶而提起思想与信仰,但大部份都是实际生活的事情,她总是提起她练唱的生活,也提起与白苹梅瀛子史蒂芬同游的盛况,总是叫我快点出来,并且叫我于出来时带着慈珊来参加她的音乐会,慈珊是我信中创造的一个乡下姑娘,这特别引起了史蒂芬的想像,起初他总是在别人的信上附几句,后来为了慈珊,他很兴趣写信谈到她,说是早知道我有这样一位可爱的姑娘在我的故乡,他一定同我一同回去,并且说下次一定不错过这个机会,要同她做做朋友。

白苹告诉我,我给她们的信,总是在立体咖啡馆或弟弟氏咖啡馆座上传观,所以我必须也常常附信给她,而她也必须由她们那里附信给我,这件事做得很有趣,虽然费了许多写信的时间,但对于我的生活有很好的调剂,同时也就做了我与白苹夜里谈笑的资料。

白苹的交际生活,我从不过问,她也从不告我,偶而谈起她白天的生活,大都是讽刺的有趣的材料。她虽然天天回来很晚,但总在两三点钟的时候,偶而在三点以后,临时一定有电话来,只有两次没有回来,但她头一夜就告诉我第二天要住在梅瀛子地方去,果然第二天打电话来说隔天下午才能回来。平常我总是习惯地在两三点钟的时候期待着她,我常常把我的书稿理好,把茶具桌具布置好,烧好咖啡,有时候还预备好点心,坐在沙发上拿一本比较轻松的书籍,抽着烟等她回来。她始终不曾给我失望,因为偶而有特别应酬,她也一定在一点左右有电话打来的。

可是有一天,一个例外的日子来了。

那是深秋的夜晚,外面刮着风,水汀旁是吉迷的鼾声,我于两点钟方才将工作告一个段落,我理清桌上的书稿,休息了一回,大概已有两点半了,我懒得动,有点疲倦有点饿,很想白苹回来了弄一杯柠檬茶同点心给我,可是白苹还未回来,于是我自己起来,布置好茶桌茶具,泡好了红茶,烧好了咖啡,已经有四点多钟了,但还不见白苹回来,也没有电话;于是我自己先喝了两杯茶,吃了两片面包,过去在我刚刚搬进来的时候也有过这样的情形,我当时就安心地自己先睡。可是那天,我比平常会特别焦虑,我虽然疲倦,但不想睡,我时时听启锁开门的声音,时时等电话的铃声,但是白苹竟毫无消息,我走到窗口,开开窗,窗外是凄凉的夜,街树只有少数的残叶在风中发抖,街灯落寞得可怕,两三秋星在天空上战栗,透露惨白的颜色,对街的屋影与天空镶着生硬残缺的线条,我俯视街道,没有一个行人,没有一辆车,有黑浊的碎块在蠕动,还有污白的破片在飘零,在昏黄的灯下,我辨得出是焦枯的落叶,是被弃的报纸;我想到我搬来的时候多么浓郁的树叶,使我在四层楼上望不见街上的碧绿,如今已在地上憔悴!我想到那报纸的破片昨夜也许还是一张洁白的纸张,从卷筒机里印出人类的文明与文化,而如今在可怕的夜里皱碎,秽污地在风中飘零!不知是那一种的情绪渗透了我的心,我有点冷,有点害怕,但是白苹还没有回来!她是从哪一面回来呢?在这样的街景中回来,跳出汽车,如果略一流览与沉思,应当怎么样感悟到酒绿灯红纸醉金迷生活的浅浊。但是为生活?让青春在市场中出卖,这是人生!让生活在迷信中消耗,这也是人生!我的同她的没有两样,哲学与歌唱没有两样,海伦的前后没有两样,前浪推着后浪,在无限的时间与空间中滚动……

但是白苹还没有回来,也没有电话,我关上窗,拉上厚呢的窗帘,开亮了我房中所有的电灯,我已经没有倦意,我在房中来回的走,为期待白苹,这是从来没有的焦虑与担忧!

五点钟;六点钟;六点半;……七点钟的时候,阿美起来;我告诉她白苹没有回来,也没有电话,她也有点奇怪,她开始打电话到百乐门去,但那时人都已散,没有人知道她的下落。

我想不出什么理由,除非昨夜这里电话坏了,使她无法通知,但现在又证明电话未坏,那么她是到哪里去了呢?去梅瀛子家?在赌场?在教堂?但无论那里,终应当有个电话。

平常我忽略着,今天证明了我对白苹的关念。我没有睡觉,洗了脸,去吃早点,阿美给我报纸,我也无心去看,但随时翻阅,看看标题,我看到一件惊人的消息:

百乐门红星
白苹遇刺受伤
凶手逃逸正缉拿中

我吃了一惊,但随即忍耐着读下去:

本报特讯 昨夜二时许百乐门红舞女白苹偕二日籍舞客自百乐门外出,正欲上汽车时,忽自车后飞来二枪,一枪未中,一枪中白苹右臂,二日籍客慌忙趋避无踪,时愚圆路邮政局前有美兵数名闻声赶来,但凶手早已逃逸。白苹受伤后,即由救护车载往仁济医院,闻伤势并不严重。至其被刺原因,或谓政治关系,或谓桃色纠纷,或谓凶手原意欲刺日人,而误中白苹云。

我读了好几遍,再找别的报纸,但都没有这条消息,我楞了许久,方才告诉阿美,阿美吃了一惊,我说我马上要去仁济医院看白苹,阿美也要去,我说很好,但想了一想,我觉得阿美应当先去买一点糖果之类,再理一点衣服,为白苹带去。于是我披上大衣,匆匆出门,到对面花店里买了一束白色的月季,预备到汽车行去坐车子,这不过二十几步的距离,但使我想到我去看她有许多不便的地方,第一医院里一定有昨夜同她在一起的日本人以及她舞场里所交的朋友;第二梅瀛子史蒂芬一看到报,一定会互相通知到医院里去看她,那么我去乡下的谎话就要拆穿。我考虑之下,拿了花回来,阿美告诉我医院里来过电话。我把花束交给了阿美,问:

"是白苹打来的么?"

"不。"阿美说:"是一个看护,她叫我马上就去。"

"好的,你马上就去。"我说着脱去我的大衣。

"你不去了么?"

"我不去了。"我说:"这花你带去,见了别人不要说起我。"

"我知道。"阿美说着走进白苹的房间,我跟了进去,我说:

"顺路买点巧克力同水果去。"

阿美很庄肃地点点头,把花束放在铜盘上,开始开厨,理白苹的衣服,我心境很乱,抚弄着花束,有一种说不出的感觉。这束花都未开足,白得非常可爱,在银色的空气中,显得过份的无邪,我猛然想到那花束上需要点银色的点缀,我想有一条银带来扎这束花,于是想到我一条银灰色的领带,我回到我房间里,检出那条银灰色领带,我过去把花扎好。

"你不写几句话么?"阿美问我。

"不。"我说。

阿美拿衣服与花束,对我说一声就匆匆出门。但我忽然想

到我还有一句话应当托她带去,我追出去叫住了她,我说:

"假如她伤势并不厉害,当没人在的时候,叫她打一个电话给我。"

于是阿美就匆匆走了。我一个人回来,关上门。平常我也常有一个人耽在这几间房的机会,但是今天我在关门的一瞬间才意识到这个特殊的空气,我从这间房走到那间房,从那间房走到这间房,我坐在沙发上,随便拿一本书抽起烟,有一种疲倦袭来,我才意识到我从昨夜到今天还没有睡觉,于是我开始拉上窗帘,宽衣就寝。

醒来已是下午五时,门外已有人声,我说:

"是阿美么?"

"不。"一种活泼顽皮的笑声:"是梅瀛子。"

"梅瀛子?"我沉着地问着,跳下床来。

"是的。"她说:"你快起来吧。我要烧东西给你吃。"

我听见履声走到厨房去。是梅瀛子?她是怎么来的?又是干什么来的?我惊疑中匆匆穿好了衣服。想了许多措辞镇静地开门出去,我碰见阿美,我问:

"梅瀛子,怎么?……"

"啊,好久不见了。"梅瀛子从厨房出来,围着一条阿美用的雪白的胸衣,露着杏仁色的前齿,亲密地笑,轻盈地过来同我握手。阿美匆匆地走进厨房去,我握着梅瀛子水仙般的手说:

"好久不见了,你永远同我梦里所见的一样的美丽。"

"在月宫里面的人会梦见太阳么?"

"我在黑暗的泥土中梦见所有的光亮。"

"今夜可以好好同你谈一宵。"她说:"白苹伤得很轻,你放心,现在我要代替白苹来烧点东西。"她说着留一层薄薄的笑容,与浓郁的奇香走向厨房,我走到盥洗室去。

在盥洗室中,我悟到梅瀛子的话,觉得她今夜有耽在这里的意思,这究竟是什么用意?我怎么也想不出。我只感到,我必需寻一个机会问一问阿美,到底梅瀛子来此是白苹的意思还是她自己的意思?她从白苹地方还是从阿美地方知道地址的?所以当我从盥洗室出来,我用平常从不用的命令的口气呼阿美。我叫:

"阿美!"

但是厨房里出来的则是梅瀛子,我故意装着没有见着她,带着怒意,大步地走向厨房。

"阿美!"我一面对阿美示意,一面装着发脾气,我说:"你怎么啦,叫你也不出来。"

"徐先生,什么事?"

"我要你去买点水果,买点巧克力。"我就拿出皮夹。

"啊!我第一次看见你发脾气,不像样。"梅瀛子笑着走过来:"水果,巧克力,我都已买来了,在白苹的房里。"

"那么去替我买点香烟。"

"Era 么?"梅瀛子问。

"就买 Era。"我说。

"我已买来了四听。"梅瀛子说。

"啊。"我只好笑了:"谢谢你。"但是仍以庄严的声气对阿美:

"晚报来了么?"

"在客厅里。"阿美说。

"有关于白苹消息的晚报我都已买来,在衣架隔上。"梅瀛子笑着,带着顽皮而讽刺地说。

我不再说什么,走到衣架隔上拿着报,走进客厅里。

我翻阅报纸,白苹的消息都刊在社会新闻第一栏上,多数的报纸还印着她的照相,关于消息的记载都大同小异,凶手还未缉获,原因猜度甚多,都未证明。

我放下报纸,听着滴搭滴搭的钟声,心中有说不出的紊乱,最使我关念不释,奇离不解的是梅瀛子的降临与她异常温柔的态度,我除了今夜谨慎地同她谈话来探听以外,似乎再没有第二种办法。

最后我看见梅瀛子在饭厅里布置刀叉,我就镇静地走过去,我说:

"是西菜么?"

"是的。"她愉快地笑着:"阿美告诉我白苹备了很讲究的刀叉盘碟,到这里来还没有用过。"

"我终以为你是漂亮的女孩,想不到你还是美丽的主妇。"

"只有漂亮的女孩才是美丽的主妇。"

我正想溜出去找阿美说话,但是她已经摆好刀叉杯碟,先我出去了。她似乎始终不让我同阿美有个别谈话的机会。终于吃饭的时候到了,梅瀛子坐在我的对面,她现在已经脱去了阿美的胸衣,是蓝灰色的旗袍,脸上没有过敷的脂粉,有我从来未见的素美与娟好,梅瀛子种种不同的打扮在我都是新的美丽的境界,这是多么可怕的事情!在红色的灯光下,她闪着万分妩媚的眼光,透露着灿烂的笑容,我被室压得透不过气来,没有正眼看她,也没有说话,为避免可怕的空气,我在阿美进来时说:

"阿美,愿意给一点威司忌么?"阿美去拿时,我说:"你呢,梅瀛子?"

"阿美,我想有一杯寇莉莎。"梅瀛子对阿美说了,用俯瞰的眼光对我笑。

阿美为我们斟好酒,把酒瓶放在桌上,她出去了,我举起杯子,我说:

"祝我们的梅瀛子永远光亮。"但是她举起了杯子甜笑,低声地说:

"先让我们祝美丽的女主人白苹健康。"

"是的。"我说:"祝白苹永远活泼美丽。"

我们对干了杯,我又为双方斟满了酒,我说:

"让我现在祝我们的梅瀛子光亮吧。"

"不。"她微笑,说:"先让我们祝海伦的音乐会成功吧。"

"是的,"我说:"祝海伦成功。"

我们干了杯,于是梅瀛子斟酒,我说:

"现在我一定要祝我们的梅瀛子光亮了。"我说了干杯。

"谢谢你。"她干了杯说,但接着就斟满酒,她站起来,高举着酒杯,她用嘹亮的声音说:

"我祝福你与白苹。"她干了杯。

"这是什么意思呢?"我说。

"今天还要再骗我们么?"

"你是说……"

"白苹已经告诉我。"她说:"这是不必对我守秘密的。"

"你是说我不告诉你搬到这里么?"

"我是说你们同居了很久没有让我祝福你们。"

"这是对我们侮辱!"

"这是爱你们。"她说。

"我不希望你这样……"

"我不希望你们没有勇气。"她严肃地说:"你占有着白苹,而用欺骗满足你的虚荣。"

"虚荣?"

"是不是因为怕'舞女'的名字没辱你的身份?"

"笑话。"我说:"我看白苹同看你一样尊贵。"

"那么,喝酒吧,朋友。"梅瀛子笑了:"希望你是我们女性眼中高贵的男子。"

"高贵是我自己的品性。"

"那么我祝福你。"她干了杯,阿美上菜来,我们开始沉默。在这上好的饭菜中,我对于梅瀛子不了解的地方似乎更多了。Pie 上来,梅瀛子温柔轻甜地说:

"我第一次请人吃我手制 Pie 呢!"

"是真的么?"

"撒谎决不是我的光荣。"她讽刺地浅笑。

"那么这 Pie 将是我最大的光荣。"我说,我的确惊奇了梅瀛子的手艺,这是一种难得尝到的滋味,我说:

"还要。"

后来我又吃了一块水果,我们在我的房间里喝咖啡,梅瀛子很舒服的坐下,平静镇定的缓慢地说:

"徐,现在是我们谈话的时间了。"她歇了一回,换了非常严肃的口吻:"你对于白苹被刺的原因有研究过么?"

"我想是她太出锋头的缘故。"

"是比我还出锋头吗?"

"社会宽容你,但并不允许她。"我感慨地说。

"你不想是为桃色的纠纷吗?"

"如果是桃色的纠纷,你相信我不在纠纷的里面么?"

"这要问你。"她视线沉下,非常低声的说:"你可有听见外面的传说?"

"没有。"

"不会是政治关系么?"

"因为她同日本人来往么?"

"自然。"

"但是有比你同日本人来往更亲密么?"

她不响,笑了,站起来抽一支烟,走到窗口去,突然回转来,靠在窗户上说:

"自然,报上的传说并不可靠,不过我想你一定比较了解她。"

"我了解她决不如你。"我说:"不过叫我住在这里正是她决无桃色纠纷与政治关系的反证。"

"希望是如此。"她说。

"而且她每次深夜回来,同我谈话时终是说到厌倦舞女生涯的。"

"于是你住在这里很舒服。"她走拢来。

"我不过是她暂时的房客。"

"暂时的房客?"她笑了:"我很奇怪你竟永远不承认你和她的关系。"

"什么关系呢?"

"一个独身的男子与一个舞女住在一起,应当说是什么关系呢?"

"我不希望这种侮辱人的话出于这样美丽的嘴唇。"

"我可以不说。"她说:"但是你怎样禁止别人不说呢?"

"我只是希望不出于我的朋友的嘴唇。"

她微笑地走开去。歇了半晌,又走拢来,问:

"是不是为躲避灯光的诱惑,而退隐在月宫里呢?"

"不是。"我说:"我只要自己的园地。"

"这里是你自己的园地?"她讽刺地说。

"这书,这静寂,这夜,就是我自己的园地。"

"那么你一离开我们就到这里来了。"

"是的。"

"阿美告诉我你一二星期前才从乡下出来的呢。"她说:"那么你同白苹把我们骗得太久了!"

"但是在你们是无害的。"

"你给我们这许多虚伪的信札?"

"不也是有趣的友谊么?"

"可是这是不应该的,"她说:"你知道海伦是怎么样关念你?"

"海伦?"我说:"她关念的现在只是唱歌了。"

"于是你不高兴了。"

"我对她早已没有理想。"我说:"她的唱歌天才已成了她虚荣的奴隶。"

"是怪我的引诱么?"

"怪她灵魂的粗糙。"

电话响,我跑出来,梅瀛子也跟出来,我拿起电话,说:

"可是白苹?"

"是的。"

"一切都很好?"

"谢谢你。"

"什么时候接见我呢?"

"明天早晨九点钟。"

"梅瀛子在这里。"我说着把听筒按紧了耳朵说:"就在我旁边。"

"梅瀛子?"她似乎吃惊了:"她怎么来的?"

"你要她听话么?"

"好,我同她说话。"

梅瀛子接过电话,她说:

"不痛苦了?"

"……"

"出乎你的意外吧。"梅瀛子笑:"今天允许我睡在你的床上?"

"……"

"谢谢你。"

"一切放心,"梅瀛子笑着说:"那么早点睡吧。"

梅瀛子挂上了电话,她说:

"白苹太使我喜欢了。"

说着她走进我的房间,我跟随着她,我说:

"你肯不肯为我做一点事情呢?"

"是什么?"

"我希望你不要把我没有回乡下而住在这里的事情告诉

别人。"

"谁?"

"任何人,"我说:"即使是海伦与史蒂芬。"

"为什么呢?"

"我怕他们有别种的误会,尤其对于白苹。"

"可以。"她说:"但是有一个条件。"

"你说。"

"你在最近搬出这里。"

"这是什么意思呢?"我说。

"没有什么。"她平静地说:"这只是,请你相信我,徐,这只是对你的关心。"

"因为白苹被刺的可怕,而我就因胆怯而搬走么?"

"不。"她诚恳地说:"因白苹被刺的原因不明。"

"……"我再说不出什么。我觉得我并没有理由可以相信白苹有什么桃色纠纷与政治关系,但是我更没有理由说我的生活要同她有什么纠葛,而我住在这里的消息如果传了开去,还有谁肯相信,我与白苹的关系只是限于友谊呢?这于我固然有害,于白苹又有什么益处? 于是我说:

"可以。但必须待白苹出院以后。"

"自然。"她说:"那么你以后对海伦史蒂芬就说你接到我的电报,知道白苹被刺的消息就赶来的好了。"

"谢谢你。"

我的心开始平静下来,我对梅瀛子有很大的感激,暗防的心理早已消散,我深深地体会到她的大度与温柔。夜气慢慢浓了,她的谈话更趋恬静与美丽,像一支香发着她的烟蕴,冲淡而深

沉,今夜的梅瀛子真的已完全两样,她谈到自己,又谈到海伦。她说:

"你总是把人生太看得严肃了,为哲学为艺术难道是人人的职责么?"她又说:

"人类童年的生命是属于社会的,人类中年以后的生命也是属于社会的,惟有青春是属于自己,它将从社会中采取灿烂的赞美与歌颂。"她又说:

"人生不过几十年,有什么了不得?女子的生命就是青春,虚荣就是人类点缀青春的锦花。那么为什么不让海伦好好享受青春呢?"她又说:

"我已经充份享受了青春,我希望每个比我年青的人都了解这个哲理。多少人为某种迷信而把生命整个消耗在牺牲之中,贻误了无可挽救的后悔。"她又说:

"把生命交给一种学问与一种艺术,这是修道士苦行僧的理想,一切大学中发这样议论的人有几个是做得到的呢?"她又说:

"曼斐儿太太对于女儿歌唱的理想就是现在的途径,并不是你书呆子的迷信。所以我所引导的是正常的人生,而你对于海伦的期望只是永生的镣铐。"

像溪流的夜唱,像夜莺的低吟,她用无限的澈悟与感慨把灯光点染成无救药的命运,到处闪着灿烂的光芒,像这样美丽女子的心中,竟埋藏着这样可怕而悲观的想法!我再无法可以点化这个透明的灵魂,我再无心与她作反面的争论,我再无情绪为她提供许多哲学家对于人生意义的理论。

我沉默着。

于是她谈到白苹:

"欲望是没有止境的,女子在青春时没有充分发扬她的光芒,中年以后不是贪财就是弄权,武则天是这样,西太后是这样,像白苹,在她的环境之中已经到了锋头的顶峰。自然她的才具与容貌并不止此,可是在这样环境之中,再上去是什么呢?不是征服男子,不是妒忌女孩,而是将冒险当作有趣,把政治当作玩具。"

于是她谈到史蒂芬太太:

"这是最平静的生涯,从社会的享受到家庭的享受,她是从海伦到我的前驱,是最正常与定命的路径。她现在需要的只是孩子。"

我没有话说,静听这个美丽的生命遥望她命定的前途;是一朵盛开的花朵,已看到自己凋谢的影子;有一种说不出的幻影,渗透了夜,渗透了我的情绪。

她沉默了,没有一丝表情,悄悄地出去。剩我一个人呆坐着,我陷于迷惘的思绪之中。

五分钟后,她托着热茶与晚饭时吃过的 Pie 进来,她说:

"饿么?"

我没有回答,帮她布置与分配。我喝到暖热的茶,美味的 Pie,我感觉难得的舒适,对面的梅瀛子,一瞬间似乎已不仅是鲜红的玫瑰而也是洁白的水莲,她眼睛闪着慈爱澈悟的光芒,英秀的眉梢笼罩着沉默的烟雾,我算是完全在她所创造的空气融化了。

"夜深了。"最后,她站起来,说:"晚安!"

"晚安。"我望着飘渺的曲线驶过门槛,她用水仙般的手,轻慵地带上了我的门。我不知是澈悟,是忏悔,是感激还是爱,我痴呆地倒在软椅背上,半响,我发现我眼泪爬痒了我的面颊。

十九

我宽衣就寝,拣了一本沉闷的书籍,我想借此解脱我烦闷的心情,半点钟后,我脑筋寻到了新的充实,有倦意袭来,我熄了灯,拥紧了被,正预备睡熟的时候,忽然有人敲门了。

"是梅瀛子吗?"

"是阿美。"

"进来。"我开亮了灯说。

阿美推进了门,走到围屏边,我问:

"有什么事么?"

"你没有事么?"阿美说。

"啊。"我坐起来问:"梅小姐今天是同你一同来的呢?"

"我先来。"

"可是你告诉她地址的?"

"没有。"

"那么,"我再问:"可是你进来后不久她就来了吗?"

"是的。"

"好。"我说:"我已经知道了。你们可是在医院会见的。"

"我先去,"她说:"接着她就来了。"

"你走时,她呢?"

"她还在。"

"不错。"我说:"她是尾随着你来的。"

"还有事么,徐先生。"

"白苹小姐对你说什么呢?"

"她说不碍事。"

"有没有告诉你她猜想的凶手是哪一方面的人呢？"

"没有。"阿美说："我问她许多，她似乎一点也不愿提起昨夜的事。"

"有谁在那面吗？"

"许多人，"她说："但我都不认识。"

"白苹小姐没有叫你带什么信么？"

"她只说夜里打电话给你。"

我沉吟了好一回，阿美说：

"没有什么事了么？"

"谢谢你。"我说。

阿美出去时，我说：

"阿美，明天七点半叫我。"

我听见阿美带上了门，我才熄灯就枕。

……

早晨七点半钟的时候，阿美来叫醒我，我起来盥洗，趁梅瀛子睡得正好，我就披上衣预备出门。

"不吃早点了么？"阿美问。

"外面随便吃一点好了。"

"就去看白苹小姐么？"

"是的。"我说着就走出来，但是阿美跟我到门外告诉我：

"昨夜我从我房间出来，我听见梅小姐在小姐房间，好像在翻什么似的。"

"……"我沉吟了一回，我无从解释，也无从补救，但是我下意识的折回了房间，拿好钥匙，锁上了门，我说：

"回头梅小姐问起来,你说我出门锁门是我的习惯好了。"

说着我就出来,在一家小咖啡店中就点,看了几份报纸,也都有点白苹无关重要的消息。九点半的时候,我抱一束鲜花到仁济医院去访白苹。一个看护问我姓名,她就带我到头等病房二〇号,我敲门。

"进来。"正是白苹的声音。

我进来,白苹就坐在斜对着门的沙发上,她穿着白缎的晨衣,银色白毛口的软鞋。晨衣内似穿着白布的病人衣服,散着头发,未敷脂粉,右手放在沙发边上,左手拿着报纸,似乎正等着我似的,露着浅笑,面上闪着愉快的光彩招呼我。

我把花束交给看护,走过去,我坐在她的对面,我说:

"是右臂的上部么?"

"是这里。"她说着用左手指给我看。我坐过去,轻抚着她放在沙发边上的右臂,我觉得里面包扎得很厚,我说:

"痛吗?"

"动的时候有点。"她笑着说:"不厉害,昨夜我已经没有热度。"

"这里好吗?"我看这房间不很宽畅,我说:"或者到中西疗养院,去住些日子。"

"不,"她说:"这里看护很好,我问过医生,他说再住一两天就可以出去了。"

"早点回家也很好,"我说:"我们可以叫史蒂芬来为你换纱布药膏。"

"史蒂芬昨天来过,也叫我明天出院,说他可以天天来看我,他同这里的医生都熟,所以他们也很周到。"她说:"我想住几天医院也很有意思。"

"你知道凶手是什么背景吗?"

"谁知道,"她说:"我也不想知道。"

"你以后不会有危险吗?"

"我想到天津去耽几时。"

"天津去?"

"也许香港。"

"是别人劝你吗?"

"我自己这样想。"

"暂时你还是休息几时。"

"自然。"

有一位看护拿进一束鲜白的玫瑰,片子上是一个古怪的日本名字;我现在也想不起来,似乎是"宫毅登水"吧。

"日本人么?"白苹问。

"我说你昨夜失眠,早晨服了安眠药才睡。"

"他去了?"

"他说下午再来。"

"很好。"白苹说着把视线转到我脸上,笑着说:

"不高兴吗?"

"……我想你还是去香港吧,省得这些日本人……"

"这不过一群猪,人说他们在玩弄我,我可相信我在玩弄他们。"她笑:"人说我是他们的傀儡,我可觉得他们是我的傀儡。"

"太自大了,白苹。危险不就在那里发生吗?"

"不。"白苹坚定的说,在沉思中沉默了。

"去香港吧,白苹,我陪你去。"我低缓地说。

"香港么?"她笑:"你以为太平洋战争不会发生吗?"

"不会。"我说:"日本还敢同美国宣战吗?"

"但假如有人说我是日本的间谍呢?"

"辩明。"

"当枪弹指定我是间谍时,我用什么辩明呢?"

我沉默了,我寻不出话可以回答。半晌,她拍拍我的肩膀说:

"朋友,放心。我的事情都是我的。相信我并且原谅我,你就是我最好的朋友。"

我还是沉默。

"告诉我,梅瀛子可是尾随阿美去的?"

"我想一定是这样。"

"睡在我的房间里?"

"是的。"我说:"阿美说夜里似乎在翻你的东西。"

"没有睡在你的房间里吗?"她玩笑地说。

"这是什么话呢?"

"我的意思是她也许会爱睡你的床,而叫你睡到我的房间去。"

"这是什么心理呢?"

"她不是永远有新奇的念头吗?"白苹笑。

我没有回答,我只觉得白苹今天的态度是出我意外的。她又说:

"梅瀛子发现你在我那里有奇怪么?"

"我像在睡梦中,没有看到她的惊愕。"

"你告她你没有回乡下去。"

"是的。"我说:"但是我叫她不要告诉别人,即使是史蒂芬与海伦。"

"她答应了?"

"是的,她将说我是听到你被刺而赶来的。"我说:"但是她叫我搬出你那里。"

"对的。"白苹说:"我搬回家,史蒂芬天天来看我,你住在我那里不是证明你不是听到我被刺而赶来的么?"她微微的叹了一口气:"所以我不想马上搬回家。"

"那么明后天我就搬出你那里。"

"很好。"她轻松地说。

我于十一时半出来,心里有许多不解的疑团,对于白苹,对于梅瀛子,一时都变成我的问题,我厌憎她们的神秘与诡谲,我决心明天搬回自己的家去,同她们少发生联系,但同时我又觉得白苹的前途实在黯淡,她虽然极力不想谈她的问题,但是我在友谊上似乎非帮她解决不可,可是她究竟有没有政治关系呢?我的思绪在迷惘之中忐忑。

我回到白苹寓所,梅瀛子已经出去。

当天夜里我理东西,第二天我就搬回家去。午后十时,我打电话给白苹,告诉她我已经搬回家,叫她有事情打电话给我,第三天我也没有去看白苹,也没有同梅瀛子会面,但在夜里九点钟的时候,我接到白苹的电话。她告诉我明天早晨就搬回家去,下午七点钟叫我去吃饭。

第二天下午七点钟,我去赴白苹的饭约,我抱着非常沉静的态度,预备在夜里与白苹研究研究她被刺的原因,与凶手的线索,以及她以后生活的途径。

那天我精神很好,心境非常安详,也有兴趣换一套比较整洁的衣服,挑选一条比较合式的领带,我吸一支烟,坐一辆汽车到

白苹那里。跳下车,我轻快地上楼。门外就听见里面嘈杂的人声,阿美开门时,我立刻听见梅瀛子的声音,我轻轻地对阿美说:

"梅瀛子么?"

阿美笑了。她说:

"人都来了,就少你。"

那么原来是请客,我把大衣帽子交给阿美,整一整领带走进了客厅。

"啊,徐,真是好久不见了。"梅瀛子像久别重逢似的,第一个同我握手,接着是史蒂芬夫妇与曼斐儿母女同我寒暄,海伦比以前更显得光耀夺目,在她笑容中我已寻不出兆丰公园河边低迷的风采,她的母亲比以前更胖了,史蒂芬夫妇改变很少。在大家坐下时,梅瀛子故意望着我说:

"人黑了,似乎胖了些,乡下的生活于你竟有补药的效力。"

"慈珊呢?"史蒂芬太太问:"你没有叫她到上海来玩玩么?"

"我来得太匆忙了,我一接到梅瀛子的电报就马上赶了来。"我望了望白苹,她穿了一件博大的黑布旗袍,像是专为创伤的手臂新作的。我走过去,轻握她右臂,我觉出包扎还是很厚,我说:

"还需要这样包扎么?"

"可以免得震动。"史蒂芬说。

"这是刚才史蒂芬为我包扎的。"白苹露着感谢的笑意。

"我们刚才正说白苹穿着这件衣服显得更美了。"梅瀛子说。

白苹今天的确有一种另外的风致,她没有涂脂,但似乎很仔细地敷过粉,我特别发现她的皮肤可以吸收较多的粉意;意态举动,不知是衣服使然呢,还是她有意变化? 好像不是都市姑娘一般的风度,自从美国影片广传中国以来,时髦的女孩子都学美国女明星的派头,开头的时候,似乎还新鲜,日子久了,就不觉得什么,白苹平常当然也是相仿的派头,今天则似乎完全两样,我忽然想到她像一个人,但怎么也想不起像谁,最后我方才悟到是像我想像的慈珊,我不觉发笑。

白苹在我面前对于梅瀛子总像有点芥蒂,梅瀛子在我面前对于白苹也似乎有点芥蒂,但当她们两个人同时在我面前,像今天这样的场合,总显得她们的感情超于别人,今天尤其明显,自从那天医院里会见白苹以后,不知道她们有过什么样的谈话。梅瀛子似乎处处关心白苹手臂似的,代替白苹作主人的事务,突然使我怀疑到梅瀛子那天晚上的来此,以及她劝我搬出此处,完全是白苹预先知道的,也许还是白苹的授意;甚至是因为不好意思自己叫我搬走,而叫梅瀛子来说的。我心中有说不出的不舒服。

阿美来请吃饭,我们走到饭厅去,我坐在海伦的旁边,海伦对我的态度虽比以前保住了较远的距离,但话还是谈得很多,她高兴地告诉我最近的歌唱很有进步,告诉我她感到我以前所说学习高原的理论是对的,她现在似乎已经越过了这个高原。她叫我到她家里去,她要唱给我听。她还自负地说在上海她的歌唱已经没有敌手,我提起几个中国女孩子,她们也是梅百器教授所喜欢的学生,她总是毫不客气的批评某人的声质太粗糙,某人的嗓子不够,某人的声音太无情感。自始至终她没有同我谈到思想与哲学。她现在已经完全不是以前的她了。

饭后我与史蒂芬夫妇谈话特多,史蒂芬太太总是劝我放弃独身主义。她说:"她并不是反对独身主义,等于她不反对蔬食主义,但如果独身主义者一直忘不了对于女孩的兴趣,就和蔬食主义永远想念荤腥一样,那是非常滑稽的,她说这种勉强的信仰都是罪恶,会留给将来痛苦的懊悔。"

九点钟的时候,大家走散,我心里有许多烦恼,我想到梅瀛子今天的作伪,假装着同我久别重逢,实在是逼真得漂亮,我想到白苹与她奇怪的关系,我想到今天的饭约与我去前想像的不同,但是在昨夜电话中白苹为什么不告诉我?总之,我归纳的结果,觉得白苹对我的感情有了变化是没有问题的,而梅瀛子叫我搬走是白苹的暗示,也成了我下意识的定案。

因此,自从那天以后,我对白苹有比较的疏远,我很少去看她,只是偶而打电话去问了她。但是她并没有去天津或去香港的音讯,也没有进舞场的决定,只是告诉我决定了再通知我。

海伦不再来找我,梅瀛子碰到更少,只有一二次在史蒂芬与海伦家里碰见她。我曾去海伦家里吃晚饭,她们很客气待我,我听海伦美丽的歌声,圣诞节的成功已经是没有异议的事。史蒂芬听他太太说很忙,不但不来看我,我每到他家去,总没有碰见过他,史蒂芬太太同我谈得更投机,她的思想情绪是正常而坚定,我成了她客厅里的常客,一谈就是很久,这一份感情是自然美丽而温暖,这是我第一次经历到所谓真正"淡如水"的友谊,有深切的了解,有相互的融洽,最宝贵还是黄金的距离,这种友谊的距离同美感的距离是一样,等于照相机上的距离,多一份就太过,少一份就不足,使我悟到了所谓友情的艺术,我很后悔当初与海伦过份的接近,也很后悔搬到白苹地方去住,是这些失去了我们适当的距离,破坏了我们最好的友谊。海伦的消息倒时时在史蒂芬太太处可以听到,白苹的消息越来越隔膜,一直到有一天,报上刊登了白苹重到百乐门伴舞的消息,我到她家去看她,她不在家,我同阿美谈了一回,阿美告诉我白苹被刺的原因已经打听明白,完全是为一个日商与一个日本军人争风,那位军人派人去刺那个日商而误中的,所以现在毫无问题,可以进舞场伴舞了。我出来买了一只花篮送去,夜里到舞场尽一点照例的捧场义务。但是白苹忙得非凡,最后坐在我的台子上,似乎很生气,言下说原来我的目光中她也还是一个舞女,我没有法子回答她,不到五分钟,我就回家,以后也曾去看过她,她既不在家又不在舞场,夜里我打电话到她家去,她不是没有回来,就是已经睡觉,我既没有什么事,所以也不叫醒她,只托阿美为我问候问候就是,在报纸的娱乐版上,我时时看着白苹的消息,她的舞客已不限于日人,而一切她的舞客都在尊重她的自由,在舞女中,这样的境界,已经像是超于政党的政客。像这样红忙的明星,我自然不能也不想常去找她了。

我的生活的确比较平静,我很安详地有主动的地位来支配我自己的生活。

可是这样的生活并没有多久,一件震动世界的大事发生了。它不但扰乱了我的生活。它也打断了海伦音乐会计划的实现,它还破坏了史蒂芬太太美丽的环境与心境,它波动了社会,还翻乱历史与地图,自从抗战以来,它从新估计了我们民族流血的意义。

二十

一九四一年十二月七日夜深时,当我正放下书,预备吃一点东西就寝的时候,我听见了炮声。

那么难道是太平洋战争爆发了？我想。

这许多日子中,太平洋风云飘到上海的已经不少,先是美国驻军的撤退,再是美国一再召回上海的侨民,最近又有许多船只的停驶,以至于已出发来上海的船只的折回,在这些风片云瓣中,我也偶而与史蒂芬夫妇谈到,他们始终无确定的判断,也没有发表过什么详细意见,史蒂芬是军人,他似乎除了听上面的命令外,不必预料一切的变化,史蒂芬太太是音乐家,对于政治很少兴趣,所以每次偶而谈到,始终未成我们谈话的中心。

然而如今是炮声！究竟来自什么地方呢？租界中已无英美驻军,那么自然是英美留此的军舰。可是这究竟是一个臆断,无从证明也无从打听。我开了无线电,方知太平洋战争确已爆发,黄浦江上,英舰与日军在开火。

有点冷,也已经很疲倦,我开始就寝,我想第二天的报纸总可以有更详尽的消息。

但是第二天的报纸,竟什么都没有；我出去看看,马路一切依旧,后来到报馆看一个朋友,才知道四更时的炮声果为日军与英舰的冲突,这只英舰因不愿缴械而被击沉,全体舰员都以身殉。还有一只美舰,则因众寡不敌,已被缴械,舰上人员,都成俘虏而进集中营了。

这使我想到了史蒂芬。我直觉地有点惊慌,是这样可爱的一个朋友,难道就此永远不见了。如今回忆起来,才意识到我同他近来会面的机会实在太少,我于是拿起了电话,满以为史蒂芬太太总可以在家,但是她竟一早就出去了。我留话请她回来时打个电话给我。

我从报馆出来,到钱庄去取点钱,钱庄上人挤得厉害,我等了半天方才拿到。匆匆出来,心境非常不安,没有雇车,也没有目的地,我一个人踱到了南京路,那时南京路上有许多日本的军用车来回的走,车上有日本人也有中国人,散发许多荒谬的传单与可怕的禁令,路旁都是人,有的站着观望,有的匆忙地奔走,市面非常混乱,我顺着南京路走到静安寺路,许多地方都已有日军在布岗,沿途忙着装军用电话线;墙上只有日军的布告,没有一点别的东西,我很想回家听点无线电里的消息,但从英租界到法租界的路都已封锁,后来听说有一条路可以走过,我于是绕着湾过去,这时候,我想到了白苹,在这样慌乱的情形中,白苹不知怎么在安排自己?我同她好久不见,也许她还可以告诉我史蒂芬的消息,于是我坐上一辆车,一直到白苹那里。阿美来开门,她说:

"怎么这许久不来呢?"

"所以我今天来了。"我说:"白苹在家吗?"

"在家。"

但是我还站在门口,她笑了,说:

"请进来吧。"

"有客人在么?"我问。

"没有。"她讽刺地笑:"专等着你来。"

我没有说什么,走了进去。白苹的房门关着,可以听到日语广播的无线电声音。我略一沉吟,我敲门。

"请进来。"

我推门进去,白苹穿着灰布的长袖旗袍,卷起袖子,露着两寸的白绸衬衫,非常安详地坐在矮小的沙发上,脚穿着软鞋,伸得很远,吉迷就睡在她的脚旁,右面开着电炉,左面茶几上是一

匣巧克力,她看我进来,没有动,眼睛望着我,反手关了无线电,露着百合初放的笑容说:

"是你么?"

"奇怪么?"

"没有。"她说:"我想你也该来了。"

我脱去大衣,坐在她的对面,她说:

"坐到这边来,比较暖和些。"

我坐过去,她拿了两块巧克力,抛了一块给我:

"吃一块巧克力吧。"

"谢谢你。"我说。

她半响不说什么,露着低浅的笑,端详着我。于是迟缓地说:

"更清瘦了。"

"你太悠闲了。"我说。

"怎么样呢?"

"外面这样混乱,你一个人这样安详在家里。"

"不这样有什么办法呢?"

"你有史蒂芬的消息么?"

"好久不见他了,他怎样啦?"

"好久不见他了?"

"他好久没有找我,"她说:"也没有打电话给我。"

"你知道他所属的那军舰昨天被缴械了?"

"自然知道。"

"他呢?"

"想来是进集中营了。"她微笑着说。

"白苹!"我歇了半响,抽起一支烟,眼睛低视着庄严地说:

"我很奇怪你这样,史蒂芬到底也是你的朋友。"

"自然。"

"那么你一点也不着急。"

"你怎么知道我不着急?"她顽皮地笑。

"你的态度。"

"你要我满街去叫么?"她还是顽皮地笑。

"我们是人,我们有情感,我们有爱。"我说,但是她顽皮地接我的话:

"我们应该着急。"

"而你安详地坐在这里!"

"你呢?"她顽皮地说:"你也安详地坐在这里。"

"你知道我上午跑了几个地方?"

"你知道我从有炮声时候起,跑了几个地方?"她始终顽皮地温和地说,但是忽然换了纯正的口吻:"我该着急的事情多了,我自己的处境,我自己的生活,我自己的前途,我还有更好的朋友在香港,我难道应当在你的面前披头散发,挥手顿足的号啕大哭吗?"

我低头不语。她又说:

"难得到这里一走,何苦绷着脸来同我吵架;朋友,你也有,我也有,各人去尽自己的责任,去尽自己的爱心。也许你为史蒂芬跑了一上午,也许我为史蒂芬哭一宵,但这些都是我们对史蒂芬的感情,你也不必表现给我看,我也无须对你装作慌张。"

"但是我们应当商量着想办法。"

"商量?"她说:"假如为营救史蒂芬,我同日本人商量,不是比同你商量来得有效。但是这是有效么?战争!朋友,战争!

你知道么?"

"……"我似乎有话,但是说不出什么。

"不要这样,给我一点笑容看,"她笑着,于是朝着外面叫"阿美!"

阿美在门口出现,白苹说:

"拿两杯葡萄酒来。"

阿美去拿葡萄酒时,白苹开了无线电,她似乎在寻什么,终于寻到了爵士音乐。

"是慢狐步。"她说:"很好,好久没有同我跳舞了,同我跳一只舞么?"

在银色的地毡上,我同她跳舞。

"我有什么改变吗?"她问。

"你更红了。"

"此外呢?"

"更深刻了。"我对她的确有另外一种了解。

音乐告终的时候,她举起葡萄酒感伤地说:

"为史蒂芬夫妇祝福吧。"

我们干了酒,她坐下,望着我,平静而严肃地说:

"我不是深刻,我是更老练。"

我没有说什么,望着她,等她说下去。

"我是舞女,我必须藏着一切可怕与着急,一切痛苦与焦虑露着愉快安详的笑容去应付外物,用镇静而沉着的态度处理自己的事务与情感。"她灰色而庄严地说:"那么请你原谅我。"最后,她叫:

"阿美,开饭。"

在饭桌上,她说:

"现在,你真该打算回到后方去了。"

"我刚才在路上也这样想过。"我说:"那么你呢?"

"我还值得提么?"她笑得颓伤而冰冷:"那么允许我活在你的心上吧。"

饭后,她说:

"史蒂芬也许可以出来,也许不能够,但这都是你能力以外的事。"

她又说:

"早点预备到内地去吧,需要钱,你不要客气,到我地方来拿。"

最后她说:

"现在你回去吧,以后不要常来看我,除了我约你。"

我没有问她理由,匆匆出来,白苹竟是越来越神秘了,我心里有七分不安与三分担忧。

我一直回到家里,知道史蒂芬太太没有来过电话。从二时到夜里十二时,我前前后后少说也打了二十个电话去,她都没有回家,第二天我又去看她,但她的女仆说她一直没有回来,我请她的女仆于她回来时打电话给我,另外我还留一个条子,我现在担忧的不仅是史蒂芬,而且还担忧史蒂芬太太,难道她也被日军掳去了么?——这也并非不可能的事。

十一日早晨,史蒂芬太太的音信,还是一点没有,但是我接到海伦的信,她说:

> 徐:打了好几个电话你都不在,只好写这封信给你。
>
> 炮声毁灭了我歌唱的计划,毁灭了我的前途,毁灭

我的光明与梦。人生到底是为什么？人类到底在干什么？我现在需要朋友，需要冷静的思想。

接到这封信请马上来看我，并请带我几本帮助思想的书，淡淡的月光中，我期望你一切的奔走忙碌都有灿烂的收获。我祝福你。

海伦·曼斐儿
十二月十日夜。

穿着深色的常服，金黄色头发松散地披在后面，素淡的脂粉，静肃的表情，这是写这封信前后的海伦·曼斐儿，在读信的两点钟以后，我就在她的面前。

她露着惨淡的浅笑说：

"你消瘦了。"

"怎么？"我说："你的身体不舒服么？"

"没有。"她低下眉梢与眼睫，轻微地说。

"你母亲呢？"

"她出去了。"

我把书交给她，她没有打开，接过去放在钢琴上，钢琴上放着花瓶，瓶里的花似已有几天不换，显得黯淡与憔悴。我四周望望，顿觉得房中的空气已完全改变，所有的活泼已变成杂乱，所有清静已变成寂寞，像一个人的病后，一张画的蚀后，像一株花受过风雨的打击，像一块园地挨过牛羊的践踏；为太平洋的风云掠过了这里的屋脊，为黄浦江的炮声震动了这里的墙头！我感到烦燥与郁闷，我过去打开了窗，深深的吸了一口气。

"可是这里什么都变了？"海伦低声地问。

"是怎么一回事?"我说,但是我立刻感到这句话激动了她的感触,她眉心起了薄颦,露出黯淡的浅笑,于是我振作了自己的声调,逼出轻快的语气,我一面跑过去,一面说:

"一定是你好久不歌唱了!你想,这间屋子,吸引过你多少的歌声?它靠你歌声而生存,靠你歌声而灿烂。你的歌声是这间屋子的粮食,是这间屋子的灵魂,但是如今它枯竭了,正如花失了水的培养,草失去了露的滋润。"

"……"她嘴唇微颤,但没有说出什么,痴呆地望着我微笑,在我的目光与她的目光相遇时,我亲切地问:

"是不是你好久不唱歌了,海伦?"

"我永远不再歌唱!"她含恨地说。

"那么,"我说:"这屋子就会憔悴,憔悴,以至于倒塌。"我走到钢琴边去,我说:

"你看钢琴上都是灰,是灰!"

我为她打开了钢琴。我过去请她:

"来,来,为我唱一只歌。唱一只你所喜爱的歌。"

"不,不。"她拒绝我。

"唱一支,为我,仅仅为我,我已经许久没有听你歌唱了。"

"不,不,"她眉头皱一皱,换了庄严的语气说:"不要这样勉强我。"

我看她心中好像有一种说不出的苦闷,又似乎要生气的样子,我没有法子再求,我沉默地坐下,无意识地微唱一声,抽起了一支烟。

但是她注视我一下,略一沉吟,好像用着许多力气似的,慢慢地从沙发上站起,迟缓地走到钢琴边去,她坐下,突然轻拨着琴,渐渐地高起来,她开始唱歌。

是这样深沉,是这样悠远,它招来了长空的雁声,又招来月下的夜莺,它在短促急迫的音符中跳跃,又从深长的调中远逸,像大风浪中的船只,一瞬间飞翔腾空,直扑云霄;一瞬间飘然下堕,不知所终;最后它在颤栗的声浪中浮沉,像一只猛禽的搏斗,受伤挣扎,由发奋向生,到精疲力尽,喘着可怜的呼吸,反复呻吟,最后一声长叫,戛然沉寂。

我起初愉快地望着她掀动的背项,后来慢慢难受,像看护守着难产的产妇,于是我闭起眼睛,靠在沙发上静听,我感到我心弦抽搐,神经颤栗,眼泪在眼眶中涌腾,最后潸然从我面颊上流下。我拿出手帕,揩我的眼睛。

她阖上钢琴,我没有鼓掌,举目望她。她庄严地站起,脸上没有一丝表情,眼眶含着泪珠,缓步出来,走到原来的沙发上坐下,脸埋在手上,她竟呜咽地哭了。我没有话可以安慰她,我跑过去,俯身在她的耳边,我用最低的声音说:

"你的确成功了,海伦。努力!我期望你努力。"

她还是伏在沙发边上啜泣。

"努力,海伦。"我说:"永远为你祈祷。"

她还是伏在沙发边上啜泣,我站起,心里有说不出的沉重,我不知道她为何啜泣,也没有话可以安慰她,也不想给她劝慰,她歌唱的成就已出我意外,我骤觉得我非常渺小,在一个天才的面前,同在一个威赫的伟人,四周站着闪亮武装兵士的面前一样,我感到自己的渺小,我想离开那里,我轻轻地拿起大衣与帽,偷偷地走出去。

但就在我出门的当儿,我碰见了曼斐儿太太回来,她神情很匆忙，丰胖依然，但面色非常灰黯，见了我，她露出浅郁的笑说：

"徐，怎么，预备走吗？"她拉住我，又说："在这里吃饭，我正要同你谈一谈。"

我只得同她进来，海伦闭着眼睛靠在沙发上，曼斐儿太太说："不舒服么？海伦！"

"没有，"她脸上露出苦笑，张开湿润的眼睛，对她母亲说："你回来了？"

海伦也许发觉我走过，也许没有，她似乎没有关心我的存在，但是曼斐儿太太对于这场合似乎觉得奇怪，她知道我走，又看到海伦哭过，于是她用疑问的目光望望我又望望海伦，她没有发言，于是我先说了：

"曼斐儿太太，海伦的确已成功了，她刚才的唱歌，几乎使我昏晕了。"

"你唱过歌？"曼斐儿太太问。

"是的。"海伦说："我发觉我第一次真的在歌唱。"

"你是说……"曼斐儿太太似问又似解释的没有说下去。

"过去我的歌唱只用我的嗓子，今天我似乎用到了我的灵魂。我已经忘去我的嗓子，我觉得我的每一丝神经每一粒细胞都在歌唱。"

"愿意再唱一支么？"曼斐儿太太问。

"不，不。"海伦说："只能有一次，偶然的碰到，偶然的碰到，奇怪，我自己也觉得奇怪。"

我沉默地坐在旁边，曼斐儿太太不再勉强她，悄然站起，对我们说：

"你们谈谈。"她留下黯淡的笑容出去。

海伦沉默着,但我注意到她刚才的情绪已经平复,我说:

"为什么又好久不唱歌呢?"

"算是为什么呢?"

"难道你的歌唱就为圣诞节的音乐么?"

"不。"她说:"但是我什么都没有兴趣。人生到底为什么?战争,金钱,我……"

"人生是一张白纸,随便你填。"

"必须填么?"

"事实上你每天在填,吃饭,睡觉,起来,坐下,头脑想,手动,活着就是在填人生的白纸。除非死去,你死了方才算是交卷。"

"那么什么是人生的意义呢?"

"就在白纸的填写。儿童拿到了白纸乱涂,商人在白纸上写账,画家在白纸上绘画,音乐家在白纸上画音符,建筑家在白纸上打样,工程师在白纸上画图。"

"于是你在白纸上写哲学。"

"好好坏坏在上帝交我的白纸上填写点意义上去。"

"那么我……"

"歌唱,歌唱,歌唱,这就是你的意义。"

"……"她不响,歇了一回,忽然问:

"你近来碰见梅瀛子么?"

"梅瀛子,你没有碰见她么?"

"长远了。"

"我比没有看见你们还久。"我说。

曼斐儿太太进来,她邀我们到饭厅去,席上我们又谈到梅瀛子,谈到白苹,大家都好久不见她们了,于是我谈到史蒂芬的被掳,大家都感到人事的寥落,与变化的可怕,最后我说到史蒂芬太太没有音讯,我担心她会出事。

"史蒂芬太太?"曼斐儿太太说:"我在外滩碰见她。"

"她怎么说?"

"没有招呼,她坐在汽车里,想来没有看见我。"

"一个人吗?"

"好像还有两个男人。"

这使我非常奇怪,但是假如真是史蒂芬太太,那么她没有被掳总已得到证明。我问:

"你没有看错是史蒂芬太太吗?"

"没有,绝对没有看错。"

我的心宽慰了不少,我马上打电话到史蒂芬太太家里,史蒂芬太太不在家,我想告诉她女仆叫她放心,但是她的女仆知道是我,先告诉我昨天史蒂芬太太曾经派人去拿衣服用品,只是没有说出地址。那么史蒂芬太太的平安已经没有疑问,我挂上了电话。

饭后在客厅里,海伦不在座,曼斐儿太太开始告诉我她家里的情形。我想到外商银行都已落于日人之手,外侨是否可以提款,办法似乎还没有公布。而她们是没有男人也没有十分亲密的亲友的家庭,而且现在外侨的情形都是相同的,也很难有什么照顾,那么她们的经济情形是怎么样呢?我顿悟到这间屋子空气黯淡的原因,我用最诚恳的语气低声地说:

"需要钱么?"

"但是……"她嗫嚅,不好意思的望着我。我当时袋里有七百多块钱,我把六百元给她。我说:

"先收着用,隔天我再送来。"

"不,不。"她不好意思似的不肯收。

"这有什么关系?曼斐儿太太。我们不是很好的朋友么?"

"……"她还不肯收。

"战争。"我说:"谁都有困难。我们应当互助,我情形比你稍微好一些,你尽管收着。"

曼斐儿太太用感激的眼光望着我,她收了钱握在手里。我说:"明后天我再为你送点来,以后不够请随时同我说。"

"谢谢你的尊贵的好意。"

"我们是朋友,患难中自然应当互助。"我说:"但是你千万不要告诉海伦。"

"为什么呢?"她说:"海伦会同样感激你。"

"不,不,你千万听我话。"我说:"我知道像她这样爱自强的尊贵的个性,决不愿让自己的困难给外人知道的。"

"你太好了!"她露出和蔼光亮感激的笑容说。

"把钱收起来吧。海伦进来看见不好。"

曼斐儿太太把钱收在皮包里,我听见海伦在外面叫她母亲的声音。

二十一

十二月十三日,我终于接到了史蒂芬太太的电话,她的声音还是平常一样的安详,那时上海电话里很难说话,日本人派人在电话公司里窃听,一有怀疑就会出事情。所以我什么都没有问,她也什么都没有说,只是闲雅恬静地说:

"可是徐?"

"是的。"我说:"好久不见了。"

"好久不见了,"她说:"今夜到我家里来吃饭好么?"

"好的。"我说。

六点半钟的时候,我到史蒂芬太太那里,她在那间乳白色,点缀着黄绿的房间招待我。她有点消瘦,但精神还是很好,没有一点不安与慌张,房间内空气,还是明朗而新鲜,瓶花非常艳丽,淡竹叶盆也碧绿青翠,叶上还有刚刚流水的痕迹。她站起来,两只红棕色的狗从她的脚前站起,过来嗅嗅我的衣履,史蒂芬太太挥它们出去,接待我坐在她的对面,她说:

"你来看过我好几趟了。"

"是的。"我说:"史蒂芬怎么样呢?"

"在集中营,"她说:"很好,谢谢你。"她眼睛垂视着,似乎不想谈这件事。

"这些天你忙些什么呢?"

"为打听史蒂芬的下落呀。"她微喟着。

"没有需要我帮忙的事情么?"

"现在已经打听出,"她说:"他在浦东那面一个集中营里。"

"可以接见人么?"

"一星期一次,但限于直接的眷属。"

"你去过么?"

"昨天去过。"她沉郁地说。

"怎么样呢?"

"送点东西给他就是了,"她愀然微喟。

"有出来希望么?"

"没有。"她说:"除了交换俘虏的时候。"

她愀然无言,似乎为避免面上的哀容,她站起来,悄然背着我走向圆桌。我心中虽有说不出的同情,但是寻不出话可以安慰,我燃起纸烟,默默地望着她庄严的背影,我头脑里并没有思索横在她心头的问题,也没有考虑我们在什么范围内去帮助史蒂芬,我只是空虚而模糊的幌着我的同情与焦虑。

天色暗下来,她开亮了电灯,走到窗户边,望着窗外,拉上了窗帘,于是回过头来说:

"是吃饭的时候了吧。"

她同我一同下楼,两只红棕的狗跟着我们,在饭厅里,我们对坐着,一瓶很大丛的雏菊隔在我们中间,使我们互相容易避免了对方的视线。好几次,她似乎有话要同我讲,但不知怎么,总没有讲出,我也像有许多话想谈,但竟不知要说什么话。非常沉静,除了刀叉的声音外,偶然是院外的汽车声音。这沉静的空气溶没了我们的话语,我们一直沉默着,沉默着。

饭后,我们都没有打破这沉默,也没有站起,只是默默坐在咖啡的残杯面前,最后我说:

"不早了,你需要早点休息。"

"不。"她说:"我还有话同你讲。"

于是她伴我随着两只红棕的狗上楼,走进乳白色的房间里把两只狗指使到门外,关上门,她坐下了,我无目的地到书架前面流览,她说:

"坐下谈谈好么?"

我回来坐在她的对面。她忽然用沉静严肃的眼光说:

"假如可以的话,"她站起来,走向书架,拿出一本《圣经》庄严地说:"我希望你肯对《圣经》发誓。"

"你的意思是守秘密?"我站起来问。

"是的。"她说:"假如你我的交情可以使你允许我不将我们今夜的谈话说出去,请你发誓。"

"可以。"我说着勇敢地把左手放在《圣经》上,举起右手,我说:"我发誓守秘密。"

"所有今夜史蒂芬太太同我的谈话,不同任何人去说。"史蒂芬太太说。

"我发誓不将今夜史蒂芬太太同我的谈话,对别人去说。"我继续发誓。

于是她收起了《圣经》,放到原来书架上面,她庄严地过来,用干净的声音说:

"我现在要问你一句话。"

"请随便问。"我微笑地靠倒在嫩黄色的沙发上。

"你愿意忠实地回答么?"

"凡是我肯回答的我一定忠实。"

"那么,"她笑了:"假如我问你,你可是重庆委派的特务工作人员?"

这真是我意料以外的问题,我很吃惊,像我这样喜爱抽象的哲学问题的人,怎么竟被史蒂芬太太有这样奇怪的猜想呢!我禁不住笑了。我说:

"你怎么想到这种地方去了?"

"你以为这是我一个人的猜想么?"她还是庄严地说:"现在只是回答我'是'或者是'否'?"

"否。"我说。

"真的?"

"我不是答应过你不撒谎么?"

"假如政府派你做点间谍的工作,"她眼光盯着我的眼睛,冷静得已经使我不相信是史蒂芬太太,她说:"你愿意担任么?"

"不会派我。"我轻快地说:"间谍人员我想一定是敏捷干练人才。"

"不。"她说:"假如有某一种工作,有人以为你最合式,你愿意担任这份工作么?"

"没有人会以为我是合宜于这类工作的。"我说:"我又不敏捷,又不干练。"

"但是你有冷静的头脑与敏捷的思想。"

"你过奖。"我说:"但即使是这样,这只是一个思想家的才干。"

"当全国动员赴救民族的时候,这类人材是征作间谍之用的。"她说:"我现在只问这句话,假如有人派定你,你愿意接受么?"

"如真是为爱与光明,我接受。"

她避开了我的目光,轻盈地站起,悄然走到我的附近坐下,她柔和地说:

"如今,当这太平洋战争已经开始的时候,我们是确切地站在一条战线上了。"

"自然。"我说:"也因此,除了友谊以外,我特别关念史蒂芬。"

"现在,"她放低了声音说:"我们的间谍工作已经展开起来,很希望你肯帮同我们工作。"

这真是使我吃了一惊,像史蒂芬太太这样雍容华贵的太太难道是一个间谍,我心中忽然浮起了奇怪的感觉,我惊异地问:

"你是……?"

"我们都是美国驻远东海军的工作人员。"她冷静地低下头。

"……"

"你需要钱?"

"我知道你们你们有钱。"我讽刺地微笑。

她装着没有听见的走开去,走到窗户口冷笑地说:

"因为太危险吗?"

"……"

她又悄然地走过来,冷淡而和气地说:

"我给你五分钟的考虑。"说着她悄然走了出去。我一个人在房间内,这时候心中涌起了说不出的迷惘,像史蒂芬太太这样的人会是间谍!那么我为什么不可能呢? 自从七七以来,我始终迷恋于我所研究的哲学问题,而收获远不如先初的理想,一次一次的因时局的变动,因心境的不安,使我不能耽于工作。几次三番都想到后方去找点实际切实有时效的工作,终因我的著作没有完成而搁下,现在我的心境既然不宜于哲学的研究,有这样一个机会,而照史蒂芬太太的态度,好像我对于她们的工作进行上是有点便利的。那么我为什么不能答应她呢?

门响,史蒂芬太太进来了,她用疑问的眼光看着我,一声不响的站在我的面前等待我的回答。我说:

"好的,我担任我能力所及的工作。"

她笑了,伸出她的手同我的亲切地握着。最后她坐下来。似乎要说什么,但是我先问了:

"我可以知道你们的详细的情形么?"

"这连我都不知道。"她说:"我们只知道我们的工作。"

仆人拿着红茶进来,尾随着那只红棕的大狗,于是史蒂芬太太为我斟茶,她叫仆人把狗带出去,开始说:

"奇怪,我们都以为你是中国的工作人员。"

"我的行为诡秘么?"

"许许多多论证。"她说:"我所见到的是你的生活与你的态度不一致。"

"这是怎么讲呢?"

"你一方面有很强的民族意识,一方面你似乎对于战事漠不关心。一方面很厌憎繁荣的都市,另一方面又沉溺于都市的繁华。"

"这都是间谍的特征么?"

"这是说,你相反方面的行为都是伪作,而一切的生活不过是你工作的手段。"

"这也许是史蒂芬,不是我。"我说:"我不过是苦闷与矛盾的集体。"

她微笑,不说什么,我问:

"你以为我能够胜任我的职务?"

"自然,"她说:"我想你的职务不会在你的胜任以外的。"

"那么什么是我的工作呢?"

"我也不知道,"她说:"明天下午五点钟的时候,叫你到费利普医师诊所去。"

"好的。"我说。

"进去,你可以说是神经衰弱。"

"好的。"我说:"那么我去了。"

我告辞出来,心中似乎都是兴奋,觉得在这灰色平凡的生活中,现在可以有一个新奇的转变,可以从烦琐沉郁的问题上,转到干脆明显的工作去。这是多么愉快的事。而几年来,我想担任一点直属于民族抗战的工作,现在居然一旦实现了。这是何等的生活。回到家里,我不能安睡,我想理理我在研究的文稿,但在整理之中,我发现许多正在参考的书籍与材料,如一经搁起,继续时又将重下一番工夫,必须再有一个月的工夫,才可以告一段落。但是这是不可能的,无可奈何之中,我只得放在一边,没有整理它,也没有管它。心境浮起了潦乱的烦虑。我打开窗子,站在窗口,呼吸着窗外寒冷的空气,天边有无数云瓣在推动,淡月忽隐忽显,终于被云层密密封住,于是下面的云层又聚拢来,像织布似的,很快很快又编成一层,这样一层一层的编织,天慢慢低下来,有风,于是雨点萧萧的下来,间隔着瑟瑟的雪子,偶而飘打在我的脸上,有一种凛冽的感觉,我不知道在想什么,但是这种感觉于我是好的,像是排除了过去种种的腻热,我吸收了新颖的水份。

两点钟的时候,我感到倦,我开始就寝。忆及傍晚史蒂芬太太所谈的使命,我兴奋起来,我有矛盾的想法,也有奇怪的感觉,对于新有的使命是否能够胜任,我自己毫无把握。但是我有学习的自信,我好像突然强壮起来,敏捷起来,也好像干练起来,我看到黑暗中的光明,一小点,到处闪着,闪着,蠕动,蠕动,凝成一块,拼成一片,融成一体,透露出光芒,亮起来,亮起来,照耀着玲珑的大千世界,圆的,方的,六角的,菱形的,各色各样的结晶,反射出五彩的光亮,我的肉体好像透明起来,有东西在我心头跳动,是光,它越跳越高,越跳越高,高出我的心胸。

我似乎失去了自己,我在发光,在许多发光体中发光,像是成群的流萤在原野中各自发光。

所有的光芒都是笑。

二十二

费利普医师的诊所,是我与史蒂芬第一次交友的地方,自从那天以后,我从未来过。现在是我第二次。

我在门口挂号,填病单进去的时候,大概是四点半,候诊室里还有六个人,两个男的,三个女的,还有一个十二三岁的白种小孩,依靠在一个近四十岁的妇女身旁。有两个人在翻阅杂志。我就坐在他们旁边的沙发上。大概半支烟工夫,里面有人出来。有一个看护,是穿白衣的中国女孩,拿着病历单叫下一个人进去。

我拿架上的杂志,随便翻翻,但心很不安,并未阅读。最后我又回到原处坐下静候。

大概诊到第三个的时候,外面又进来一个老年的病人。他坐在我的斜对面,面色很不好,还有点焦虑。我进来的时候,心里总好像是有重大的使命,但在这样期待之中,我好像觉得我也是病人一样。但是我忽然想及,可是这些病人都是海军的工作人员,到此听候工作的?或者其中有几个是与我同样的使命,我开始在他们的脸上举止上考察,但我看不出什么。这样等了许多时候,看着座中的人进去出来,出来的人走了,座上的人进去,候诊室的人越来越少,最后终于轮到了我,但是看护叫的竟不是我的名字,我望着斜对面的老人应着进去。

一刻钟后,这位老人出来,他悄悄的走出去,接着看护出来叫我。在史蒂芬家里,我与费利普医师,曾有几度的会面。是四十几岁模样,上唇蓄着胡髭,态度非常庄严文雅的绅士,我进去,他微笑点头,当我坐在他写字台旁边时,他同我握手,但并不热烈,他穿着白衣,写字台上是我空白的病历单与药方簿子,他手上长着茸茸的毛,右手拿着一支铅笔轻敲着他的左手,说话时声音低微而有力,他说:

"感到不好么?"

"是的。"我说:"我想是神经衰弱。"

他开始注视我,是一对碧蓝的眼睛,发着坚强有力的光芒。他似乎很少注视人,但每一注视必用这逼人的光芒似的。我避开他的视线。

他把旁边另一只凳子拉过来,过去洗手,于是坐在我的对面,两膝钉住我的膝头,叫我轻闭眼睛,又叫我张开,于是拉开凳子,他叫我脱去衣裳,接着又坐在我的对面,他听了又听,敲了又敲,于是把听筒收起,站起来叫我穿上衣裳,他回到写字台前,开始写药方。我这时好像是真为来看病似的,心里浮起了病人的情绪,我问:

"肺有病么?"

"没有。"他没有望我,淡然说:"神经衰弱。"

他把药方交我,似乎不再同我说话,我自然意识着我的使命,但是他已经站起,过去洗手,我于是也站起来,我问:

"没有什么了?"

"多睡,少用脑,常用冷水擦身,这些大概你都知道的。"他一面用干布擦手,一面微笑着,目光似乎在送我。

我同他点头,眼睛望着他,迟缓地奔向门口,他竟一点吩咐都没有,我惊奇得不知所措。难道史蒂芬太太没同他约好,再不然是起初想用我,后来觉得我不合适了?

在这样的疑虑中,我开门出来。我进来时,候诊室中,已没有人,但现在又有一个女人了,站在窗口,刚在我不知怎样好时,她回过头来。

是梅瀛子!

"啊,是你?"梅瀛子露着杏仁色的稚齿,笑着站起来,她说:"好久不见了。"

"好久不见了,你还是这样光亮。"我过去同她握手。

看护拿着病历单站在门口。

"你有病么?"我问。

"打针。"她说:"你在这里等一回,我马上就出来。"

她留下一个美丽的笑容进去了。我坐下抽烟,我开始悟到史蒂芬太太所谓来同我接洽的人一定是梅瀛子无疑。那么梅瀛子原来是他们的同伙,怪不得一直同日人交际。

我抛去烟尾,走到窗口,雨已经停,天边有红黄的晚霞,上面白色的云片下也透着红光。很美。

"对不起。"梅瀛子已在我的身边。

"近来好?"

"谢谢你。"她说:"怎么,陪我吃饭么?"

"你没有应酬?"

"最光荣是和你一同吃饭了。"她笑:"我应当忘去了别的应酬。"

"是我的光荣。"

她挽着我的手臂走出来,坐着电梯,门口是她的红色汽车,我说:

"赛罗凡而么?"

"不,"她说:"槟纳饭店。"

"槟纳饭店?"我问。

"你不知道么?"她说;"所以我要带你去。"

她驾车由静安寺路向西行。

是黄昏,马路上人很多,电车挤极,但是汽车极少,上海的汽油早受日本统制,汽车也在随时征用,但是梅瀛子居然可以随意驶行,这可见她在日人圈中的地位。而她是美国海军的工作人员?我忽然想到莫非她并不是史蒂芬太太所谓同我接洽工作的人,而真是偶然同我碰到的?

静安寺那面行人更挤,汽车慢下来,就在那时候,有一辆车子转湾过来,是三个日本军官间坐着一个衣服丽都的女子。一转湾就疾驶向东而去,我们的车子穿过海格路到大西路,梅瀛子忽然笑着问:

"你没有看见吗?"

"什么?"

"我们美丽的白苹。"

我忽然想到与日军官坐着的女子。我问:

"真的是白苹吗?"

"你连白苹都不认识了?"

"我好久不见她了。"

"好久不见她了?"她惊异地问。

"怎么?"我反问。

"白苹现在真是赛金花了?"

"你是说……"

"我是说她重要而且忙呀!"

路上行人稀少起来,汽车的速度快到四十三里,穿过荒凉的地带突然又慢了下来,我问:

"在这里?"我奇怪,在这样的地方会有饭店。

"就到了。"梅瀛子说。

我看到一排绿色的短木栅,车子湾了进去;前面是一所三楼的洋房,窗口亮着灯光,四周是草地,似乎种满了树木,因为是冬天,我看到很少的叶子。车子停在二排整齐的冬青树的夹路面前,我跳下车,看到对面的路灯,也可以说是门灯,站在左手冬青树后面的草地上,球形的白磁罩上写着 Banner's Inn 的字眼;我们从小路走进去,看不到房子上其他的标帜,一直到我到了门口,在擦得很亮的一块铜牌上面,才看到同样的字记。梅瀛子按铃,一个白衣的侍者来应门。在走廊上,梅瀛子挂置了大衣,我也把衣帽放好。梅瀛子带我到客厅。她自己就告歉一声去了。这客厅是道地英国式的布置,两只写信的书桌,上面小架上插着信纸与信封,一只圆台在房中,四周小沙发接着小沙发,分组似的排着后面或旁边放着小几。对窗的角上,则有一套沙发,围着一只轻巧的椭圆形小几。房中水汀很热,窗户都密垂着窗帘。我进去时候一个人也没有,但随后有两个中年的男人进来,说着德文,我不懂。我坐在一角,好像一只鸟飞进了室内,生疏的环境使我感到非常不安,但同时我直觉地感到了这个地方的神秘。

梅瀛子进来,她已重新洗梳了,又换上晚服,风致嫣然。

"原来梅瀛子就住在这里。"我想,梅瀛子的寓所,白苹曾来投宿过的,当时偶而谈到,我没有细问,但似乎并没有提起槟纳饭店过,那么是她新近搬来的了?

梅瀛子轻盈潇洒,走到我的面前,又转到我侧面的沙发上坐下,她说:

"这里还不错吗?"

"很静。"我说:"你就住在这里?"

"是的。"

"很久了?"

"不,"她说:"不到一星期。"

一个侍者进来,对梅瀛子说饭已经开好。梅瀛子就同我到饭厅去。

饭厅里黄色的墙壁,上面挂着两张色彩明朗的静物,大概一共有十来张桌子,约摸五六桌坐着人,梅瀛子同他们约略招呼,我们就坐在布置好的桌上,梅瀛子叫来了酒。

我总以为梅瀛子这时候应当有什么话吩咐我了,但是并不,她浅笑低颦,很少说话。厅中人固不少,但都十分静寂,无线电开始播送了幽静的夜曲。梅瀛子似乎在倾听,我也慢慢融入音乐的想像中,一瞬间竟忘了我应当期待的使命。

很久很久,我没有这样憩美的享受,好的音乐,好的友伴,好的饭菜,在幽美洁净的房中消一个黄昏与半个夜晚,这能使我灵魂有再生的新鲜,使我的工作有更大的效率。但是今夜,我并不能够耽于这种享受,我的心灵周围荡漾着一种说不出的气氛,使我期望早一点揭穿这个谜底。但是梅瀛子沉默着,室内只有偶而的细小的刀叉声音。

一直到餐罢,梅瀛子在一曲音乐告终时,她说:

"到我的房间去看看么?"

"……"我没有发声,点点头。她站起来,我跟着她起来,跟着她走出餐厅,跟着她上楼。跟着她走进房间,立刻有一种她身上常用的香味袭来,外面似乎是很小的起坐间,一套沙发,一只写字台,疏落地安放着,黄色垂地丝绒大门帷,挂起在那里,我在外面可以看到床,看到枕桌,这当然是她的寝室无疑,但是我始终没有进去。梅瀛子在沙发上招待我坐下,她用轻盈的笑容带出低微的声音,她说:

"给史蒂芬太太的诺言有后悔么?"

"自然没有后悔。"我说:"我不是小孩子。"

"但是这不是玩笑,"她说:"我现在给你一个最后挽悔的机会。"

"你放心,"我说:"不会后悔,也无须挽悔。"

"真的?"她说:"但是工作只是服从与勇敢。"

"我知道。"

"那么,"她说:"我现在要请你去做一件事了。"

她坐在我的旁边,拿起一支烟,她抽烟是偶然的事情,但是总有很熟练的姿态,我为她燃烟,她开始望着她吐出的烟雾,庄严而沉静地说:

"你多少日子不同白苹在一起了?"

"已经很久。"

"啊!"她看我一眼,又沉静地说:"现在的工作就是请你在白苹地方把一包白封袋的东西拿来。"

"白苹?"

"是的。"她说:"过去我已经暗示你。"

"你是说她……"

"是的。"她说:"但是你无须问下去。"于是她轻微地笑了一笑:"封袋是二十四开报纸大小,印有日本海军部的字样,没有拆封,反面有火漆的印子。"

"一定在白苹地方?"

"一定,"她说:"但是你必须快,今夜,明天。明天,"她计算着又说:"明天中午前我在这里,后天早晨七点钟我在兆丰公园等你。"

"……"我说不出什么,我在沉思之中。

"否则我怕这东西已经不在她手头了。"她说:"你必须今夜马上拿到;否则明天你不要离她,明天还有一个机会。"

"好的。"我坚定地说。

"一切希望好好的进行,不要同白苹冲突,不要让她发现这东西是你拿的。"

"但事后怎么能掩饰她发现呢?"

"我只要用一个晚上,第二天原物还要请你拿回,放在她原来地方。"

"唔。"

"今后你必须同她保持经常的交往,但不要被她疑心到你的目的。倘若你由她而交际到与她有关的日本军人,而不使那些军人妒忌你同白苹的交情,那你就完全成功。你必须有超然的姿态,同白苹在一起。"

"好,我试着做。"

"你千万不许对她有什么暗示,或者有劝她改邪归正的意思。"

"为什么?"我惊奇了,因为这正是我所想到的。像白苹这样的人,如果被日本人买去,那完全是因为她奢侈,因为她需要钱,因为她自暴自弃。到底她是中国人,如果给她钱,她不是同样的可以是我们的人,但是梅瀛子竟预先禁止了。这是什么意思?

"这关系你整个的工作,这关系你的生命。"她冷静地说。

"我不懂。"我说:"她是一个人材,是不是?"

"是的。"梅瀛子俏皮地笑。

"她是中国人,是不是?"

"为什么你不能用她?"我说:"我以为你用我还不如用她。"

"是的,但是你怎么知道我没有试过?"

"就不许我再试呢?"

"但是你的工作只是窃取那文件,还有是同她保持很好的交往。"她忽然站起来,走开去,冷静严肃地用命令的口气说。

"那么我遵守。"我说。

"谢谢你。"她说着站起,走到写字台旁打开抽屉拿出一张支票,轻盈的过来交我,她说:"这是钱。"

"钱?"

"收着。"她平淡地讲:"有特殊的需要时告诉我。"

我接过支票,是福源钱庄的,数目是两万元。我收起。她说:

"现在你可以走了,我这里电话是××××,电话内当然不能说话,非必要时还是不打,明天中午前我都在这里。你如不来,后天早晨七点钟,我在兆丰公园池边等你。"

"那么再见。"

"再见。"她同我握手,只用一个美丽的笑容送我,门轻轻的阖上,当我再回头时,我听见下锁的声音。

二十三

是我应当不同白苹见面就去窃取呢？还是我先去会见白苹再乘机窃取呢？白苹现在一定不会在家，我可以趁她不在设法去窃取；但是我一到她家，在情理上我只能见她不在就走，或者一直在那里等她，决不能耽了许久，偷到了文件就走的；如果我要先会白苹，那么我就得先去舞场看她，可是她也不见得在那里，就是在，也一定有许多人包围着她，那么她会约我一个时期去看她，这样受了她约期的限制，如果在她所约的期前去就有点唐突了。我走出槟纳饭店，衡量着这两种计划，在大西路上走着。

才八点钟吧，街头已经很寥落，路灯显得分外亮，照我人影在地上摸索，天上凝云如冻，淡淡的星影如泪痕，街树现在只剩枯枝，更显得电线杆的消削。我顺着街树与电线杆走去，心中有说不出的感觉。像是一个无家可归的旅客，也像是深夜行窃的小偷。

有汽车疾驰而过，里面都是日本军人，这时正是他们夜乐的开始，也许正约着白苹预备狂舞豪饮到天明呢！

汽车行已被封存，街头也没有洋车，我需走到静安寺才有电车可趁。于是我排除了一切的感念，加紧了脚步。

快到静安寺的时候，我看到一家花店，布置得很好，提醒我进去选买了一束美丽的花束，在静安寺左近，我又买到一些水果，这才坐车到白苹地方去。

我已经好久不来白苹地方，到楼上的时候，心里有一种不自

然的情绪。但一切似乎都没有改变,我小心地敲门,有一种偷窃者的心理使我心跳,应门的是阿美,她一见我就说:

"是徐先生,怎么好久不来呢?"

"我知道白苹是很忙的。"我说:"她有没有在家。"

"没有。"

"可以进来么?"

"自然。"她说。

我把花与水果交给阿美。我个人走进客厅。客厅的布置稍稍有点变动,但看不出有什么客人常来。阿美倒茶给我。我说:

"我住过的那间屋子,现在也租出去么?"

"没有。"阿美说:"现在纯粹成了一间书房。"

"我去看看去。"我说着站起来。

阿美跟在我面前,到了那房间的门首,她上来为我开门。我一眼就看到四壁的图书,我像吃惊似的,不觉叫出:

"书?"

"是白苹小姐的朋友寄存的。"

房间布置都已改过,中间是一只写字台,写字台前面是一只小沙发。再前面是矮长桌,四周放着软凳。矮长桌上面是烟灰缸。写字台上面有零乱的书籍与信札,似乎有人在办公似的。我略一瞥视就走到书架前面,架上大多数是经济学与政治的书,英文的居多,日文的不少。偶而还有几本法文书。

转瞬间我发现阿美已经出去,我忽然想起我一个计划,我跑到外面,我看到阿美正走进白苹的卧室,我跟着进去,我说:

"我可以走进来么?"

"自然。"阿美笑了。

"白苹小姐大概什么时候回来?"

"没有一定。"

"近来回来得早么?"

"还早,"她说:"最近很少晚回来。"

"那么我在这里等她。"

"要不要我打电话给她。"

"不要,"我说:"我也没有要紧事,不过好久不同她见面了,今天想同她谈一夜。你愿意为我买点东西么?"

"买什么?"

"上好的烟,高贵的酒,新鲜的点心。啊,做点丰富的Sandwich,美丽的果子冻,好不好?"

"怎么,那么高兴?"

"好久不来这里,"我说:"这里成了久违的故乡。"

我说着拿钱给阿美。但是她说:

"这里有钱。"

"不,"我说:"这是我的事情。"

阿美收了钱,她拿着白苹房中的花瓶出来。她让我一个人耽着,我坐下,开始注意那房间,墙上的画换了一幅石涛的山水,同任堇叔的字条。家具略略有点更改。所有的书都已搬出,大概是搬到书房里了,桌上有几本 American 与 Harper's,我正想拿一本翻阅时,阿美捧着花瓶进来,瓶上已插好刚才送来的花束。我说:

"近来客人多么?"

"很少,很少。"

"梅瀛子小姐常来么?"

"一直没有来过。"

阿美一面说,一面把花瓶捧到白苹床边的枕桌去。放好了花,她说:

"那么我去买东西了。"

"好,谢谢你。"我说:"你要锁门么?"

"你要耽在这里么?"

"假如你不当我是外人。"我说:"这个房间令人坐下来不想走。"

"那么你就在这里。"她说:"我出去了。"

阿美的人影消失后,我听见外门阖上的声音,于是我轻轻的站起,我的心突然跳起来,我迟缓地走到外面,到门口看看阿美的确走了。我巡视了每间房间。发现现在在这个世界中只有我自己,但是我的心跳得更紧,我走到白苹的寝室。厨门锁着,写字台当中一只抽屉也锁着,我将其他可开的抽屉,一只一只查阅,有一只里面放着两三封信,在一封是日文的,我很想看她的信,想证明她究竟她的身份可如梅瀛子所料,可是我没有时间,我必需很快把可能检查的都查到,如果是有锁的地方,那只有在阿美地方骗钥匙,或者将白苹灌醉,偷她身上的钥匙。我翻遍了所有抽屉,连五屉柜都在内,竟没有梅瀛子所说的东西,最后我走到她后面的衣箱间,但门锁着,我无法进去,于是我走到那间书房,写字台抽屉有三只都锁着,没有锁着的都没有什么东西,有一只满满的都是信,有一只是零星的书条,有一只是一些账单与信封信纸。那间房间布置很简单,再没有地方可查,我想这一定是在锁着的抽屉里,抽屉的锁很讲究,决不是可以随意打开,我想撬开抽屉的底板,但撬开似乎不难,而放上去可就难了。我预算阿美出去要半个钟头,现在已经过去一半还多。这是不可能的。我只有等白苹回来时,设法叫白苹开这中间的抽屉,我觉得这是最可能放那文件的一只,只要她偶而在我面前打开,让我确实知道那文件在里面,我明天想好开抽屉的办法再来,那就有把握了,但是我怎么叫她为我打开抽屉呢?我异想天开,检出一张名片,用桌上的钢笔我写:

"什么时候你打开这抽屉,什么时候请你打电话给我。"

但我没有把这名片塞入抽屉,因为这时候我忽然想到那间当初我放行李的套间,我过去,门没有锁,里面很空,堆着旧报纸与杂志,下面是两只一直放在那里的箱子,以前好像是压在我的行李下面,似乎从来没有打开过,我试试这箱子,箱子锁着,但是好像与我的箱子有点相象,我就拿出钥匙来试,这时候我发现箱提上的已变灰色的白布,上面写着"陶宅寄存"的字眼。我试我的钥匙,恰巧正好,果然一开就开。我正想搬动上面的报纸,但是外面锁响,我吃了一惊,马上出来,轻掩上门,顺手在书架抽一本书,坐在沙发上,我已经听见阿美的脚步。

"阿美,你回来了?"我还是坐着,比较大声的说。

"是的。"我为要听外面的锁音,所以我把房间开着,我听见她的声音时,我斜眼已经看到她的脚步。

"真快啊。"我站起来,迎着出去。

阿美果然买来一切要买的东西。我非常热心的帮她拿东西到厨房里。等阿美开始忙于做果子冻时,我才拿着一罐 Abdula 同一盒 Era 到书房里,这一次我可关上了门。

我估计阿美一时不会离开厨房,我赶紧拿出钥匙,跑到小间里,把刚才的箱子锁好。我心里虽然急于想看这箱子的内容,但是我必须非常谨慎,不要让人对我疑心。于是我悄悄地出来,关上门,我就在四周书架前流览。书籍分类似乎很清楚,两面是社会科学的书籍,以关于经济学为最多,一面很杂,有哲学,心理学,人类学等书,一面则都是文艺书籍,我随便抽一本到沙发上坐下翻阅,但是一点也看不进去。看表已是十点多,我开始感到不安与寂寞,我打开 Abdula,抽上一支,踱出去看阿美已经把果子冻放在冰箱里,她正在做 Sandwich,她问我可是要茶。

"不。"我说。

"你等得腻烦了?"

"没有。"我说:"只是要你太辛苦了,弄好早点去睡吧。"

"我天天十二点才睡呢。"她笑着说。

没有说几句话,我又回到书房,我开始后悔我刚才会没有打开那箱子,不然也许已经找到了所要的文件。但现在似乎我更不能动。我在房内踯躅,把刚在翻阅的书放在原处,顺着书架一路走过来。到了一面社会科学的书架前,在高度与我视线相等的地方,正是一列经济的书籍,我无意识的一路念着书名过去"*Contemporary Theory of Monetary*","*Monopoly*","*Money*","*Faust*",我奇怪了,怎么这里来一本 *Faust*?我无意识的抽了出来。我发现里面正夹着东西。翻开一看,是白封袋,厚纸制成的,印有日本海军部的字样,我的心突然跳起来,翻面果然有火漆,上面有印,但我不及细认,我的心跳着,好像门口就有人看见我似的,但我镇定地捧着书,一面注意所夹的页码是八十三页,一面偷看阿美是否会从房门进来。

不,房门好好地关着,我这时再没有犹豫的余地,我把它收下,但是我的衣服内袋,无法装下,外袋也嫌小,而且太露,最后我把它收到衬衫与羊毛衫的中间,正贴在我的胸膛。这文件不厚,我扣好背心扣子,就一点也没有痕迹。但是我的心依旧跳着,似乎我犯了大罪,又似乎门口有人。我望望房门很安谧,我作一个深长的呼吸,开始把那本 Faust 放到原处,我一次两次的注意它是否同刚才放得一样。

然后,我轻轻走到门口,忽然听到门外有人声,我吃了一惊,马上拉开门。

"渺乎。"原来是吉迷,那只波斯种的猫,伸着懒腰踱进了房门。

我走出去,但厨房里竟没有阿美,我有点惊慌,于是我叫:
"阿美。"

阿美在浴室里答应我,不一回她就出来。我说:

"刚才门口有声音,我以为是白苹回来了,一看不是,我想可是你出去。"

"不,我在洗衣服,别是吉迷吧。"她微笑着说:"要什么吗?"

"没有。"

"你等得心焦了?"

"不,"我说:"我看看书很好。"

我说着抽上烟,回到书室去,这时候我的心比较安定下来,在书架上抽一本文学书,坐在沙发上,用最安适的姿态,集中心力来读,我想暂时忘去我心中的不安。这是一本讲文学上想像的书,我现在想不起这书的作者,他把想像分成四类,第一是创造的想像;第二是联合的想像;第三是说明的想像;第四是假设的想像。他论到创造的想像是选定各种经验中的成分成一新的整体,联合的想像是提炼对象中精神的成分,或付对象以精神价值,假定的想像是在对象上假定它的生命情感与感觉。在书中作者有很长的论证用举例,但我觉得这一种分类太死板,在研究上或者有点帮忙,在欣赏上并没有什么用。作者只谈到文学,但我想,创造的想像似乎宗教上较多应用,联合的想像是音乐家最常用的,说明的想像是画家雕刻家更常用的,假定的想像则是诗人常用的,如果以派别说,浪漫主义似乎多用创造的想像,写实主义多用联合的想像,象征主义多用说明的想像,表现主义似乎多用联合的想像。

我把书放在膝上,一个人这样在胡思乱想的时候,门突然开了,我好像从梦中惊醒,我的心跳起来。

是白苹!

"你吃惊了?"白苹穿着藏青红纹的呢旗袍,站在门口,一只手慢慢拉上了门。

"啊,白苹。"我说:"你回来了?"

"你一个人在想什么?"她说。

"看这本书,"我说着拿起膝上的书,站起来,说:"我正在想它对于想像的分类。"

"那么同我谈谈么?"

"自然可以,但是我们好久不见了,我要同你商量比较现实的问题。"我把手上的书放到书架上去。

白苹已经坐在写字台前,我说:

"不以为我找你唐突么?"

"很欢迎。"

"你变了许多。"

"人么?"

"地方也一样。"我说:"这许多书。"

"别人寄存的。"她说。

我这时忽然觉到我手上的灰,我猛然想到这是我在套间中摸来的,那么里面一定留着我的痕迹。我必须设法掩盖过去才好。但我还是望着她说:

"你似乎也胖了。"

"不见得罢?"她说:"你好久不来了。"

"我常常想来看你,但因为你说过要等你的电话……"

"今天你来得很好,这几天我每天想打电话给你。"

"我想你一定太忙了。"我说着来回的踱步,四周看看,我说:"这房间经这样一布置,似乎更加庄严了。"我好像不经意的走向套间去,我又好像不经意的打开门,我一面走了进去,一面说:

"这里还是箱子间?"

"都是别人寄存的。"白苹说着走过来。我故意推动着报纸,我说:

"你还保存报纸?"

"唔……"她在我身后回答我,我回过头去,看见她百合初放的浅笑。

这笑容使我想到我们过去的感情与距离,我顿悟到今天的谈话显得我们过分的距离了? 抑或是我今天的行动使我自己失了常态? 还是她对我的态度本质上有什么变化?

在我,站在正义的立场,我自信我的行动是正确的;但是在这个过去完全信任我对我有无限友情的人面前,我深深地对我行动有点惭愧,照我平常的态度与气质,我一定用最真的情感来对她诉说,最正直的理论来使她折服,我要叫她自动的把那文件交给我,让我带给梅瀛子,但是这是梅瀛子再三叮咛过我,而我应遵守的允诺,同时,我已经偷获了文件,已失去我可以忠于朋友的资格。就在她一笑的瞬间,似乎有一种灵感袭来,我用非常真诚的眼光,从她的嘴角望到她星光般天真的眼睛,我一手挽住了她的手臂,伴她走出套间,我用喉底的语气说:

"还当我是你最好的朋友吗?"

"自然。"她笑了。

"但是我现在想离开上海了。"

"后方去么?"

"是的。"

"我早就这样劝你了。"

"我希望你同我一同去。"

"原来你不去是为我了。"她散开我的手,嘹亮地笑着,倒在沙发上。

"事实上我不放心你。"我庄严地坐在她前面的脚凳上,冷静的说。

"你在这里,倒使我很不放心。"她突然严肃起来。

"但是你一直没有打电话叫我来看你。"

"因为我忙。"

"忙,"我说:"这就是我不放心的地方。"

"为什么要对我不放心呢?"她说:"我是一个舞女,忙就是我的收入。你应当放心才对。"

"你讲收入?"

"自然,我告诉你,你到后方去可以做应当做的事,我去不过是消耗。"她说:"我希望你不要为我想什么,你自己好好的走吧,需要钱,我这里来拿。"

"你以为我是来问你借钱的么?"我站起来。

"怎样,"她说:"问我来借钱是耻辱么?"

"不是这样讲,"我说:"我要问你借钱我就干脆的借,何必同你说这许多别的。"

"那么你来劝我同你走了。"

"是的。"我说:"我想知道你的意思,因为我已经料理好我的一切,如果你不走的话,我也决定不走。那么以后我要常常见你。我们似乎不应当这样难碰到。"

"那就随便你了。"她说着就站起来走出去。

我一个人坐在那里,心中有许多紊乱不安的情绪;白苹的态度似乎是自暴自弃的堕落,但是对我殷殷期望,始终是我所应当感激的。站在最高的友谊立场上,我必须对她坦白地作最诚恳的劝告,但这正是我职责上所不允许的。我猜想她是十二点回来的,阿美应当已经就寝,她进来脱去大衣,也许会见过阿美,也许在衣架上看到我的衣帽,所以能够从容地开门进来。从她的表情上看,似也并没有对我的使命有什么怀疑,我很希望我可以马上离开这里,到梅瀛子地方去,早点可以把原件拿回来放在原处,但是一时似乎没有脱身的方法。我现在思索我是否遗留了什么可疑的痕迹,我已经在她面前到箱子间去过,那么假如里面灰层上有我痕迹,一定再不会怀疑在她来了以前我有什么探索了。其他呢?抽屉里似乎不会有什么,假使有浮面的移动,也只是我一个人在期待中偶然的动作。于是我想到书架,我视线立刻注意到 *Faust* 上面,我忘了我取文件以前的样子,我竭力追想当时的样子与现在比较,似乎觉得那书的两面松了一点,但是我立刻意识到这也许是神经过敏的幻觉。

"徐,到这边来坐吧。"这句话提醒了我白苹刚才出去的意识,我站起来开门出去。

白苹已换了灰布的旗袍,手里捧着刚才阿美预备好的食物,走向她自己的寝室,我跟着她进去。

白苹在圆桌上铺好台布,我帮助放好夜点。她又拿枕桌上刚才阿美放好的白花瓶,放在圆桌上面,灯光下这花有特别的风姿。白苹坐下,万种安详的表情聚在眼梢,眉心中放露几分疲倦,她微喟一声,喝一口茶说:

"谢谢你还关注我。"

"你已经忘了我。"

"我忙得把什么都忘了!"她说着头靠在沙发上,闭上了眼睛。

这印象使我想起了我同她从杭州回来火车上的轻睡姿态,我忆起那天我为她画的像,这几张像在我记事簿里,我一直把它忘去,后来这本记事簿抛在抽屉中,记得搬在白苹地方时,就已经没有见到过,现在更不知放在什么地方了。这记忆实在有点奇怪,因为它一方面使我对白苹有一种说不出的情感。我感到白苹对我始终没有带一点不好,而我今天,就利用她对我历来的感情,来偷她的文件,有一种惭愧从我心头浮起,我觉得我有坦白地同她说明的必要,但是另一方面似乎有一种力量牵制着我,我望着白苹怠倦的姿态,听凭两种不同的力量在心头激冲,最后我终于开口了,我说:

"白苹!"

这突兀而苦涩的声调使白苹张开眼睛,振作了一下,我说:

"假使你在上海这样下去,你一定会被人利用,说不定最好的朋友就成了敌人。"我语气太生硬,声调太苦涩,在说出以后我才感觉到。

"你是说你同我吗?"白苹振作了一下,坐直身体,微微露出笑容。

"我想假使我进了内地以后,你一直在这里……"

"我倒很喜欢我的敌人里有一个是我的朋友。"她说:"并且也很想我的敌人有一天又做了我的朋友。"

"我虽然喜欢敌人做我的朋友,但不喜欢朋友做我的敌人。"

白苹低头沉默许久,忽然站起来,她踱出了座位,话不对题的说:

"这些话我们以后不要再谈,人与人中间也许有爱,但人与人中间不能有了解。"

"你以为我不了解你么?"

"我自己也不了解自己。"她走回来说。

突然,她坐在另外一个沙发上,面部带着痛苦的表情,头靠在沙发背上,两手蒙上了脸,半晌不动。

这表情使我觉得是一种良心的发现,这时候,似乎是最好进劝告的机会,我决心违背梅瀛子的叮咛,准备用最诚恳的态度,叫她告诉我她错误的行为;用最坦白的心,对她供认我今夜的使命。我悄悄的过去,俯身下去,在她的耳跟说:

"白苹,你悲哀了?"

她不响,不动,我胸前所藏的文件使我姿势非常不适,我激荡一种奇怪的情感,跪在她的座前。

"白苹,告诉我,为什么忽然这样呢?"

她啜泣起来。

"白苹,当我是你的朋友,把你的心告诉我。"

她似乎用整个的意志在克服她的情感,她隐泣着。

"白苹,让我们彼此坦白,"我说:"让我们一同到后方,到山乡里去做教育工作去。"

她似乎已将感情克服,恢复了不响动的凝结。

"白苹,假如你一定对政治工作有兴趣……"

"废话!"她叫出来,马上站起,推开了我,冷静地说:"你回去吧。"

"白苹……"

"让我一个人。"

"白苹,难道……"

"我需要孤独。"她冷静地坐在另一个座位:"你出去!"

"不能让我再说几句话么?"

"我不听!"她发怒了,这是第一次我见她发怒,铃大的眼睛发出灼人的光芒,嘴唇上锁着坚决的意思,睫毛闪着刚才的泪痕,混身是热是力,像一条灵活的龙在施展不开的水沼中盘旋,她在房中来回的走,又说:

"出去,我讨厌你。"

在平时,我相信我会有比较幽默的态度使她息怒,我会一直设法使她的怒气平消后再走,但是今夜,我胸前藏着我的赃物,我心中排着说不出难堪惭愧的感情;我在这个场面中竟失去了我的个性,我说:

"那么,再见。"我没有走过去,鞠躬时胸前的文件限制我只能微微低头,我低声地说:"原谅我,白苹。"这原谅,表面上说,是我使她悲从中来,但是我的意思还指着我偷她的文件的,不知是良心还是什么别的内心冲动,我有泪从鼻心涌到眼眶,我用我剩下的凄咽的声音说:"早点睡吧,明天下午我再来,一切的责备,我都愿承受。"

白苹没有望我一眼,我悄悄走出门外,带上门,穿好衣帽,从凄寂的楼梯走到凄寂的街道。

二十四

冬夜,街灯的光芒在马路上凝成了霜,没有人,只有带刺的风,从光秃的街树落在我的身上,我拉下帽子,翻起衣领,两手插在衣袋里萧瑟的走着,我已经忘记打算我应当走向何处。汽车都已被征,电车早已没有,梅瀛子地方太远,那么我是否该坐车回家呢?但这联想与概念,只是模糊地在脑中滑过,而我思想与意识只浸在白苹的态度上。是她良心上的激冲,还是发现我知道她的底细而恼羞成怒了呢?不然,难道还有特别不能告人的隐衷,使她的理智与情感冲突了呢?

我默思着,低着头,迟缓地走着。我没有注意街景,但似乎沿马路上有一辆黑色的汽车,车影斜睡在地上,正当我履步踏着这车影的时候,突然车门开了,一个黑衣的女子从车上下来。

"辛苦了。"一声轻笑,她站在我的面前。

"……"我楞了。

"上车罢,朋友。"

"谢谢你!"我轻蔑地一瞥低下头,像俘虏般跨进了车子。

"该庆贺你成功了吧?"

在车灯中,我看到黑色面纱里闪光的眼睛,眼睛下是甜蜜的笑容,我开始闻到那熟识的香气。

不错,是梅瀛子,突然她关灭车灯,车外的光亮进来,我从黝黯中看到黑色面纱上细白的珠子,与粉白的面庞上漆黑的眼珠。是一种威胁,我悄悄地从衬衫里,把那包文件摸出来,平淡地递给她。我沉默着,也没有看她。

"后悔了么?"

"并不,"我冷淡地说:"你放心。"

"回家么?"她发动了车子。

"听凭你。"

"让我带你到新鲜地方去寻乐一下吧。"

"谢谢你。"我说。

她用极快的速率在马路上飞驶,我在迷惘中沉默着没有注意路径,没有望窗外,也没有望她。

总有一点多钟的时间,车子方才慢下来,湾进一条竹篱的胡同,从深灰,淡灰,以至于透明,于是我看见灿烂的灯火,车子就在灯火中进去停在园中,梅瀛子打开车门,有刺激的爵士音乐拥来,我在这音乐气氛中跳下。我看到霓虹灯 Standford 的字眼。

多少的灯光集在黑色的姑娘身上,如今我注意到梅瀛子在玄狐外衣中的风韵,但是她笑了,手臂挽着我的手臂,越过了花园,在花木枯尽的四周,轮柏显示那无比的灿烂。弹门启处,水汀的热度外拥,刺激的音乐突然响亮,我伴着梅瀛子进去,同在衣帽间存放了衣帽。梅瀛子现在穿着蓝色上衣,白绸的反领吐露了柔和颈颐,淡黄底红蓝方格的呢裙,未掩去小腿匀称的线条。她边走边笑:

"你第一次来这里吧。"

我点头,我始终没有说一句话。

从层层的深幔里进去,我看见了光看见了色,浓郁的音乐与谑笑中,我意识到夜阑世界里的罪恶。

坐下,梅瀛子对侍者说:

"姜汁酒。"于是问我:"你呢?"

"永远追随着你。"我说。

"两杯姜汁酒。"她又说。

我沉默,没有听,没有看,对一切声色的刺激我没有反应,一直到酒来的时候,梅瀛子举杯说:

"祝你胜利。"

"胜利属于你的。"

"不跳舞么?"

我摇摇头,抽起烟,呼吐那消散的烟雾,像呼吐我淡淡的哀愁。

音乐停时,电灯骤亮,无数的青年男女都过来同梅瀛子招呼,我没有理他们,梅瀛子也没有同我介绍。

第二次音乐起时,有几个男子到梅瀛子前来请舞,但是梅瀛子谢绝了,过后她说:

"今夜第一只舞,我永远为我们的英雄保留。"

"我只是你的奴隶。"我讽刺地说着,站起来到她的面前,我说:"似乎不能让我美丽的主人失信,也不能让无数的青年失望了。"

在舞池中,我开始发现这里竟是另外的世界,拥挤的人群里,我没有看见一个中国男子,日本人倒是不少,我说:

"这是什么样一个世界呢?"

"是香粉甜酒与血的结晶。"她说。

回座后,我又开始沉默,梅瀛子低声说:

"还不能忘去你工作中的紧张么?"

"怎么?"

"初次的征战常常是这样的。"她笑:"现在你来。"她站起:"你必须有更大的刺激来忘去你的紧张。"她走着,我伴着她,没有给她回答。

她走到我身边,紧靠着我,看看周围没有人她才低声地:

"豪赌一下吧,天明时我来寻你,你应当早点把白苹的文件拿回去。"

出了层层的深幔,走过湾湾的过道,又走进层层的深幔,于是我们踏进了赌窟,梅瀛子从玄绒钱包里,拿出两叠钞票给我。

"让我们合股。"她说。

当我在轮盘桌边坐下,侍者递来了纸烟,梅瀛子说:

"那么让我回头来看你。"

我望着她阳光般在深幔中消失,我不经意的跟着人们在赌盘里下注。但是我的心则是迷惘的,我没有意识到什么,但随时有白苹的怒意,火漆封好的文件,梅瀛子的笑容,以及友谊,工作,战争,间谍等的概念,似有似无,像快像慢的在我的观念的海里忽隐忽没的浮沉。

待赌注陆续输去,我的心开始收回,慢慢的我集中在赌博上面,我在巨大的筹码进出中,终于忘去刚才烦恼的综错。

人生也许就是赌博的陶醉,在这一瞬息间,我没有想到世界,也没有想到梅瀛子与白苹的存在,没有想到我在世上的意义,甚至我也没有想到金钱,我只计较筹码的涨落与轮球的旋律,我在浅狭的范畴里摸索我的命运。

我注意时间已近五时,但是梅瀛子还没有回来,我不想再赌,于是把筹码兑现,悄然走到舞场。音乐台上,这时有日本的美丽少女在歌唱日本歌,我走到近边倾听,在曲终掌声之中,大家争呼再一曲时,我用英文写一个字条,我说:

"姑娘,这是中国的土地与中国的夜阑,唱一只中国歌吧,《黄浦江头的落日》如何?"

我的请求竟没有失败,再唱的时候,果然是《黄浦江头的落日》,于是我鼓掌,全厅都鼓掌了,在她下来的时候,我过去求舞,到舞池中我才说:

"谢谢你,你没有拒绝我的请求。"

"自然。"她笑:"你是梅瀛子的朋友。"

"不。"我否认说:"我在这里并没有朋友。"

"那么太可怜了,"她娇憨地笑:"我做你的朋友好么?"

"为什么?为我意外的请求,为我袋里的钱,还是为我心头的爱呢?"

"为你把第一只舞赠我。"

"这有什么稀奇呢。我是一个毫无尊严的男子!"

"但是梅瀛子把第一只舞留着赠你,而你把第一只舞赠我。"

"又是梅瀛子!"我惊奇而愤恨,我说:"你难道就自以为不如梅瀛子么?"

"你以为你高于梅瀛子么?"

我沉默,舞终时我就一个人出来,穿过了层层的深幔,没有穿大衣,就走出到小园。

今而后我就是梅瀛子的工具了么?——我抽起烟,想。为自由,为爱,为民族,我难道必须在梅瀛子的支配下工作,我不能到后方去做任何的事情么?把我安置在白苹的对面,永远在狭小的圆圈里盘旋,这难道就是我唯一的能耐么?

无数的哀怨在我心头浮起,我决计要脱离这份羁绊,我不再执行梅瀛子的吩咐,我一时决定了马上回家,预备一觉醒后再打算我的前途,我敏捷地走向里面,我想去取我的衣帽,但刚一进门的时候!

"怎么?那里去了?"迎面就是梅瀛子,她似乎已经在赌窟舞场中寻遍,微喘着说。

"在散步。"我淡漠地说,看到她手里的钱包,与钱包后面报纸包着的书本,这本书很厚,我想到这里面正夹着白苹的文件。

"走么?"

"好的。"我说着去拿衣帽。披好大衣,我们一同出来,外面天色已经微亮。她把纸包交给我说:

"需要钱么?"

"啊,"我说:"赌赢了,这是钱。"我拿袋里厚重的钞票给她。

"你留着。"她说:"看过白苹后,夜里再在这里会我。"

"不。"我说。

"是后悔了么?"

"并非。"

"那么到槟纳饭店来吧。"

"好的。"

她伴我到园中,在我们坐来的黑色的车前,她交给我车匙说:

"这车子你可以坐去。"

我看到旁边还停着她红色的车子。我点点头,打开了车门,

她略一沉吟,庄严地说:

"最好你找一间公寓,从家里搬出来。"

"可以。"我说着跳上了车子。

"再会。"我说。

"槟纳等你夜饭。"

她说着背着我跳上了红车。

我驾车从竹篱的胡同出来,才辨明这是哥伦比亚路的僻底,现在我想到,梅瀛子当我在赌窟时,并没有出过大门。因为在小园中任何的车子进出,决不会没有看见,而衣帽牌也在我的手头,难道她不穿大衣就出门了么?那么她就在里面,也许在密室中,无论如何,这是一个她们间谍的机关是没有异疑的。

我从哥伦比亚路向东南,心中对于梅瀛子起了敬仰,害怕与厌憎。那日本歌女的话语,就反映梅瀛子光亮的灿烂。但是我现在还得为她工作。

天色已经较亮,我把车放到一家广东食堂门前,我选定了座位,就去厕所,我关上门把这纸包打开,原想看看这文件里面到底是什么,但是密封与火漆依旧,一切似乎没有动过一样,这使我无法偷看。只是把纸包取消,将文件藏到我原来衬衫的里面。

我回座就点,暗想白苹早上一定睡得很迟,我将在她未起的时候,在书房里把文件安置原处。于是在八点钟的时候,我买了两匣广东点心,径驶到姚主教路。

为避免惊醒白苹,我没有按铃,轻轻的敲门。

"是谁?"

"我。"

门开了,阿美说:

"一个人么?"

"几曾我带人来过?"

"那末你没有碰见白苹小姐?"

"她出去了?"

"她七点钟就去找你。"

"她找我有什么事?"我深怕这文件事情已经发现了,但是我控制我声调不失于惊慌。

"不知道,"阿美说:"不过……"

"怎么?"

"你几点钟出来的?"

"我整夜没有回去。"

"那么她就会回来的,我想。"

"她出去时说什么没有?"我说着,走进了书房。

"她只说去看你。"

"她昨夜没有睡好吗?"我问。

"我两点钟起来,她在寝室里发气。"

"她一直在寝室里盘旋么?"

"不知道,"她说:"但是我早晨起来的时候,她在这里来回的走。"

这一下可真使我吃惊了,但是我必须把文件归还原处再说,于是我说:

"她吃了点什么出去的?"

"我问她可是一直没有睡,她不响,只是叫我预备些咖啡与土司。"

"于是她吃了就出去。"

"是的,她吃了洗澡换了衣服才出去。"

"打扮得非常华丽还是很朴素呢?"

"非常华丽。"她说。

我想这也许不是发现文件遗失后的情绪。我能够从阿美地方知道的不过这一点了,我必须在她回来以前先把文件放好,至于她是否知道,我唯有同她会面时来观察,随机应变的应付她对我的态度,于是我说:

"我等她,你也可以给我一杯咖啡与土司么?"

"自然。"她说着,望望我的神情,她问:"昨夜你同她吵了架?"

"怎么会呢?"我说。

"原谅她一点,"阿美说:"她待你不错。"

"即使她杀死我,我也原谅她。"我的脑筋里真想到白苹在发现文件被我偷时会把我杀死。但是阿美误会了,她几乎咽着泪说:

"她是一个无父无母无兄弟的人。只有你这样一个朋友,不好的地方你自然要劝劝她,但千万不要给她痛苦了。"

"是的,阿美。"我没有看她,正经地说着,心里可有说不出的惭愧,假使真的这文件的泄露,于白苹生命是有危险的,我将如何对得住自己。于是我开始后悔。我会没有问清楚梅瀛子,究竟这于白苹的影响是什么样呢? 否则,或者让我告诉白苹,说梅瀛子已经看过这文件了,但是这样做假使会有害于历史的前途,那么我的行为又是什么呢? 然则我唯有听凭自然的发展,所祈祷的是白苹在今天的会面中,会告诉我一切,而愿意改变她的人生。但是目前最要紧的总是将文件归还……

阿美不知道什么时候出去了,我赶紧起来,带上了门,在书架前,取去我胸前的文件,又抽架上那本 Faust,轻轻地把文件夹在八十三页的上面,我轻易地把它归还了原处。

这样我的心似乎平静一点了,我抽起一支烟,坐在原来的沙发上,良心的波澜虽还在心头激荡,但是一天一夜连三接四的紧张,一瞬间松弛下来,似乎多年的疲倦都浮起来,它压抑了我的心跳,我的呼吸,压抑了我每个神经的波动,我就在沙发上迷蒙过去。

但阿美送咖啡进来,我就立刻惊醒了,我以为是白苹回来,有一种说不出的心理使我狂跳。

"惊醒你了?"阿美说。

"怎么我就睡着了?"我说:"白苹还没有回来?"

"我想就会回来的。"阿美说着出去,剩我一个人在房里,我喝了咖啡,吃了土司,又吸支香烟。最后,我倒在沙发上真的入睡了。

没有风雨,没有太阳,似乎是黄昏,我踏着白雪上山,没有飞禽,也没有走兽,雪上没有一个脚印,我看着我的脚从雪里埋下去,浮起来,一步一个印的走上去,回头看看整个的山上只有我的脚印,我非常得意的继续往前走,往前走,但不知怎么,好像踏到一个陷阱一样,我突然堕入深坑,似乎所有的雪都化作了水,从我的头上倒下来,我倒在坑底,让所有的水倾在我身上,我想山上所有我留着的脚印都该消灭了吧,但是水不断的下来,我感到冷,于是我感到有人把毯子盖在我的身上,是白的。白得同雪一样,是用雪编成的毯么?我心里想,我用眼睛细辨,我清醒过来。

是白苹,她正用纯白的羊毛毯子盖在我身上,我发现我枕在沙发边上的头已经滑下,我像蜗牛般的在沙发上面蜷缩。

"白苹!"我把头移上沙发边上。

"是的。"一个百合初放的笑容:"昨夜我伤你心了,是么?"

"不。"我说:"是我伤你心了。"

白苹坐在我的身边,从她的面容表情,我断定她并未发现文件的失踪,但是我有良心在那里跳跃,一种惭愧感激与凄凉的情绪,使我的眼泪从心头涌到眼眶。我说:

"原谅我这次。如果有什么危险的话,请随时告诉我,我愿意为你去死的。"

"……"她低下头,用洁白的手绢揩她晶莹的泪珠。

"白苹,不要留恋上海了。"我握她的手,抚握她手背与手心,我说:"伴我到后方去,让我们在民族怀抱里发挥我们的热情。"

"……"她点点头。

"真的,白苹。"我兴奋了。

"自然。"她冷静地说。

"那么什么时候去呢?"

"我想,我想……唉,这似乎是不可能的。"她沉着而冷静。

"为什么?"

"不要问我。"她说:"但是或者你先进去,我以后也许会进来。"

"不。"我说:"要去就一同去。"

"那么你等我就是。"她说:"但这是渺茫的。"

"那么,在我还留上海的时候能不能让我们相会相谈呢?"我说。

"自然可以。"她就站起:"现在,你再睡一回吧。"

"不。你也应当去休息了。"我跳下沙发,我说:"让我回家去睡,明天我再来看你。"

二十五

我想不说穿一个人过错,是容易使人改过的。那么白苹的态度该是觉悟了?

但是并不,从第二天起她再不提起这事情,而她的生活依旧,交际依旧。所不同的,是我参加了交际的活动,在许多场合之中,我变成了她的保护人,在许多场合之中,我又变成了她秘书,在另外许多场合中,我又成了她的舞客。

起初还有我私人的意思,是想阻止她不再堕落,鼓励同我内行。如今则只有梅瀛子所吩咐的职务了。

梅瀛子在巧妙的场合中,让我认识了一个日本的巨商本佐次郎,叫我假装着与他们合股营商,又叫我与这两个巨商一同为白苹捧场。后来,为商务上便利的名义,由这两巨商宴请了许多日本军官,应酬往还,几次以后,我的世界已经与白苹打在一片。但是梅瀛子则永远躲在幕后,她认为我的交际与活动非常成功,可是并没有指派我什么特殊的工作。

在社会上,我已经以一个发了点财的商人姿态出现,似乎我也是一个没有头脑的奸商。不但日本人对我没有怀疑,就是我自己也时常怀疑倒底我的生活是否是一种工作。

在这种生活开始的当儿,白苹有时候常常提醒我:

"怎么?你完全变了!"

"为什么你可以跨进的社会而不许我跨进呢?"我总这样说。

"你同我比。"她冷笑地生气了。

"等你放弃你这个生活时,我也放弃。"

"好的,你等着吧。"

这样的对白以后,我们总是不谈下去,也许会怕对方伤心,也许会怕对方怀疑。我们继续过我们的生活。

但是如今,我与白苹已经不谈这些,在许多地方,我暗暗地保护她,在许多地方,她也暗暗卫护我,但整个的心灵则越来越远,虽然生活常常哄在一起。

不错,生活上常常哄在一起,但单独在一起的机会则越来越少,也许机会并不少,而是我们没有单独在一起的需要,遇到这样的机会,也没有过去互相关切与期望的心理了。

日子这样的过去,在交友中,我在白苹身边的地位,已经是到了无人妒忌的境界,这完全是白苹在交际上的优势,在许多日本军人中间,她总是抢到主动地位的,从情形上看,起初也许有人对她怀有特殊的企图,但现在她只成了他们交际的偶像,我自然也不过是她群众之一,假使悄悄地比别人接近的话,完全为我认得她日子较久,在她的旁边,有一半侍从的性质,譬如在许多人的集会中,白苹常常指挥我做零碎的事情。所以很自然的当夜阑人散的时候,如果有一个日本军官要陪她回家的话,据说在过去她总是拒绝的,而现在她则常常接受,同时一定用命令口气对我说:

"一同去。"

"我不去了。"我故意说。

"去,"她说:"明天我要请客,我要你为我设计。"

于是我就服从着跟去,而几次以后,送她回家则成了我固定的差使。

这样的差使已经是没有人妒忌与羡慕,在我也不以为光荣,常常在汽车里一句话都没有,送到以后,说一声再会就听她下车,很少再上去在她的家里静谈的。

有一天,是一个日本军官请我们在霞飞路上吃日本火锅,大家吃了点酒,席终时,许多人都主张去跳舞,但是白苹一定要去赌场,而赌场是日本军人绝对禁止去的地方,于是有一个军官叫做有田大佐的提议到他家里去赌。这是过去所没有过的事情,可是白苹接受了,我在与白苹关系上需要同去,在我暗中的职责上也要跟去。座中有田大佐与武岛少将是有汽车的,于是我们就分坐着这两辆汽车。我根本不知道有田大佐住在什么地方,后来我知道白苹也似乎并不知道,车子一直驶到虹口,从北四川路湾到施高塔路去。在一个很大的巷堂前开进去,有田大佐用低级的上海话对我们向导,告诉我们前面住的都是小军官,每人占一层两间,后面高级军官则是每人一幢的,于是就在里面一幢房子前面停下来。有田大佐得意带我们进去,会客室居然挂着中国画,家俱都是西式的,地毡则是旧的,这无疑都是掳掠来的东西。有田大佐很有礼貌招待我们,并且指挥佣人在楼上预备赌具。接着我们就跑到楼上去,在分配座位的时候,我不知道为什么在窗前立了一回,这窗户正对着前面房子的后窗,那窗子有白纱的窗帘掩在那面,但灯光把两个人影投在窗上,我自然注意了一下;似乎是一个男子在追迫女子,女子害怕地在退让,又似乎男的是一个日本军人,女的是一个西洋人,又似乎……我大吃一惊。

"看什么？"白苹走过来说。

我按捺一切的惊慌，不响。在白苹走到我身边时，我深沉而确切的说：

"看。"

白苹楞了。

"认识吗？"

白苹几乎快失声了。我冷静地提醒她：

"镇静！"

但是前面的影子已使我无法镇静，因为女的已经快在男的掌握中了。我正想提醒白苹赶快救她的时候，白苹已经嚷出来：

"海伦！"这声音很急很响。我吃了一惊。

"白苹。"海伦厉急的答应，掺杂着恐怖的语调。

我看见一只粗野的手按她的嘴。我的心直跳，但极力抑制着，想用冷静的理智求一个妥善的方法，可是白苹竟改用活泼高兴的语调说：

"巧极了，海伦！"她说："白苹在有田大佐家里呢！"

有田大佐以为是谁，他也走到窗口来，但是白苹反身迎住了他，她说：

"是我的朋友，巧极了，去叫她一同来玩。"

她说着就拉着有田大佐往楼下走。

我心里总算安定下来，我惊悟白苹的刚才的急智，我相信海伦的危险一定可以解除。但是海伦怎么会在那里呢？这是我所不了解的事。我已经好久好久没有去她家，自从上次拜访以后，我曾两度派人送钱去，但第二次她母亲就退还给我，附着一封很诚恳的信，告诉我海伦找到了职业，她们情形已经转好，后来陆续还把以前借去的钱送来还我。我回过她母亲两封信,说何必把这点钱看得这样严肃,希望她不要客气,需用的时候再来问我拿。此后我对她们就很放心,一方面因为心绪烦乱,生活忙碌,没有想到去看她们,但现在她怎么会在这里呢?

前面是牌桌,围坐着热闹的赌客,他们在弄玩纸牌,有说有笑,等待有田与白苹回来,我坐在沙发上抽烟,心里思索着这个问题。

先听到日本军人的靴声,接着是白苹的笑音,于是我看到白苹,伴着一个打扮得非常摩登的女子进来了。

白色的哥萨克帽子,白色的长毛轻呢大衣,手袖着同样的白呢手包,倦涩的走在白苹旁边。脸上浓装得鲜艳万分,但眼角似乎还闪着泪光,好像是庄严,但含蓄着惊慌与害羞。

而这是海伦,竟是海伦,我要是坐着汽车在她面前滑过,我一定不会认识她的。她胖了,美了,鲜艳了,成熟了,我过去同她说好。

她微笑着同我拉手,白苹在旁边对我使个颜色,她说:

"巧极了,又多了两位朋友,我们可以热闹一宵。"接着我为大家介绍海伦。后面跟着有田,有田后面是一个三十左右的日本军官,在身材与面庞上讲,不算太丑恶,我相信那就是刚才强逼海伦的人,我注意他脸与眼睛,显然是喝过酒,现在似乎有点惶恐害羞的态度。

"这是山尾少佐。"白苹大方的对我们介绍。大家很有礼貌的同他招呼,我极力装得完全不知道刚才的事,很诚意的接受介绍,我发现他带着红丝的眼睛还不敢注视人,座中没有别人知道刚才的事,只有白苹与我,而我们总算装得好,终于使山尾少佐恢复一点常态,但他还不敢看海伦一眼。海伦在我的旁边,我为她脱大衣,这时她似乎稍稍安详,我看出她甚至也以为我不知道刚才的事。

我心中有胜利的光荣,开始佩服白苹的聪明机警与跌宕,对于这样的事,我知道只有不把这件事戳穿才能胜利,否则无论那一着都是失败,山尾穿着人的衣裳,他想做人;把他衣冠撕去,他就索兴不想掩盖自己,这是危险的。而且撕穿山尾的衣冠,就是撕穿有田的衣冠,一时之间有田也许作伪一番,但恼羞成怒必谋报复是不成问题的。这不但危及海伦,恐怕还更有害于白苹。而现在,山尾还要作伪下去,在有田面前也想冒充漂亮。那么一切似乎没有问题。我望望白苹,但白苹毫不在意的对山尾说话了。

我学作狂热于赌博似的,拉着海伦走近了牌桌。

在几圈豪赌之后,山尾的态度已经恢复正常,他的兴奋与紧张,完全集中在赌博之中,这是一个粗野没有修养的人,要是在白苹手里,他是很容易被控制的。但是海伦……,怎么海伦会变成这样,而落在山尾的手里呢?我一面在赌,一面心里想着这些问题。

海伦始终很沉默,是惊慌过后的颓伤,赌博在她也不是刺激了,我暗指明示地鼓励她,她总是不兴奋不狂欢,要是山尾稍稍有点头脑,我想心里不见得能够如此安然无事。我怕别人看出海伦的淡漠是出于在山尾地方时的惊慌,这当然是神经过敏的顾虑,可是海伦的厌倦则在加浓,她的思想似乎一直未忘去刚才的场面,最后,当我与她的牌都抛去的时候,她轻轻地对我说:

"我想回去。"

"不,不,"我说:"忍耐忍耐,高兴起来!"

"我不舒服。"

"不许这样说。"我说着暗暗用我的膝盖碰她的腿,于是我拿她身旁的纸烟,又说:"什么都听我,我求你。"

于是她微喟一声不再响了。我发现她的眼睛里充满了最复杂的情绪:深刻的悲哀;淡淡的恐怖;惊魂未定的不安;暗暗地燃烧着的愤怒;对这个空气的厌憎,对山尾的仇视;以及对白苹的无限感激……不知道怎么我想到了梅瀛子,可是她把海伦拉进这个环境?这样一个孩子,难道梅瀛子在利用她,于是我想到海伦的职业,从她的打扮与态度上看,她有了什么样的职业呢?很明显,这一定是梅瀛子的津贴,在驱使,那么她也正是同我一样是梅瀛子部下的人员了。但是她是一个孩子,一个纯洁的孩子,一个世故不深的孩子,她没有能力可以担任这件事……。

白苹在豪赌,吸着烟,锐声笑闹着,好像没有注意海伦与我。她在许多日本人欢闹的情境中,她总居欢闹的顶峰,煽惑着别人,鼓动着整个的空气,谁沉默,她就鼓励谁,她总是贯申着无比无比的兴趣,一直等别人个个都倦了,提议休息的时候,她方才罢手;我在近来许多场合中,对于她这样的态度总觉得是充分低级趣味的表现,这种感觉使我与她间有了更多的距离;但是当局散人各归的当儿,有时候同我两个人在汽车里,她就万分怠倦的叹一口深沉的气,一言不发坐在我的旁边,眼睛空望着车前,这时候我对她有特殊的怜惜,但是我一切慰勉的话,她现在都不理会,有时候不睬,有时候无精打采的用一个字两个字来回答,有时候则带着讽刺的语调戳断了我的本意,她总安详地靠在椅背上,眼睛滞呆的望望车外,忽然闭了一回,又无神地举起,轻溜了一圈,回到车外的空漠上。虽然我了解她的疲倦,但同别人一起的兴奋与同我在一起时的冷落,两种的比较,使我感到这无论如何是对我的交情远不如以前了。但是在今天,在这一刹那,我从海伦的遭遇,从山尾忘机的赌兴上,悟到了白苹之所以为白苹,之所以在许多兽性的人群之中开着不谢的花朵,之所以让一切接近她的人都只在她周围飞绕——像飞虫围在电灯泡外面,像群蜂围在被罩着的花朵。

她像玩虎者一样,让老虎力量在各种的刺激上消耗,使它再无余力吃人,到最后以为玩虎者是在可吃的人以外的超人了。在我的面前,现在她正在玩虎,是娇健、轻盈、活泼、美丽。两三次都与山尾对赌,潇洒漂亮,轻嗔淡笑,山尾的面孔通红,焦急异常,这自然因为他是输了,并不是刚才的影响;但是我可想像到我从窗口看到的黑影,一定是同样的兽相,同样的丑恶,也许更带着怒意与无耻。于是我望望海伦,海伦似乎也有同样的联想,她眼睛充满憎恨与愤怒,闪着可怕的泪光,注视着山尾。她竟这样沉不住气!使我浮起焦虑,但幸亏大家都望着白苹与山尾的牌战,我立刻用膝头敲海伦的腿,找出一句意外的话:

"海伦,你母亲呢,近来好么?"

"啊?……呀?"

"你母亲近来好么,我好久没有去拜访她。"

"啊。"她闭了闭眼睛,笑了:"很好,很好,谢谢你。"

"你还常常唱歌吗?"

"好久好久不唱了!"

"看你的!"白苹平淡地微笑,指着山尾台面的钱。

海伦与我都被吸引过去。我看见山尾未敢拿出牌来,白苹就用她细长的手指,迟缓地把牌打开在山尾面前,五只鲜红蔻丹精修的指甲按在五只牌上,是一对"J"。她望着山尾甜笑。

"……"山尾望望白苹的牌,额上流着汗,颓然地把牌抛在别的牌堆上。

"怎么?你什么都没有么?"有田问。

"我知道他是 Bluff!"

有田把钱爬到白苹面前。

白苹的胜利总使我感到高兴,海伦也闪着复仇的得意,但是白苹一点都不理睬我们,也不看我们,她也并不整理推在她前面的纸币——那里包括美金日金与国币,只是同有田谈这付牌的经过。

白苹现在所表现的,从我的印象上,她的确已经伟大起来,这时我意识到她是我政治上的敌人。但为什么她是我的敌人呢?从我想到梅瀛子利用海伦这点上的反感,觉得白苹的慷慨勇敢机警更是一种不可企及的行为。但是她是我的敌人!是我工作上的对象!那么会不会是白苹在利用海伦,把海伦带到现在的情境呢?

对于海伦这是我的谜,几天不见,她已经变了,是什么样的生活在引导她?她所就的是什么样的职业?假如是职业带她进这样的生活,那么是谁把这份职业介绍给她的呢?而介绍职业的人,是否有预定的用意?那人是白苹么?不,那么是梅瀛子?

但是一切的推测都是空的,我会很快的向海伦问得,但是现在,……

桌上发齐了牌,我淡漠地一看就抛牌了,我的心被零乱的感觉与思想所占据,我走出座位,到茶几上拿一点水果来吃,于是抽着烟,走到窗口边去。

二十六

归途中,有田的汽车上,海伦坐在我与白苹的中间,白苹一声不响,万分怠倦的坐在角落上,眼睛半闭着,脸上没有一丝笑容!毫无谈话的意思。

海伦则比在有田家里时要振足得多了,但因白苹的沉默,她几次想说话都咽了下去。

十一时半,北四川路的街头已经很静寂,可是日本的茶座上还亮着灯,白俄的酒排间还闹着人声,汽车从马路上驶去,时而隐约地听到西洋的歌曲,也时而听到日本的夜唱,没有别人,暗角里偶有日本的岗兵,两两三三的日本军人在酒排里进出。我的心在这样的空气中有愤恨的颤抖,旁边的海伦大概是刚才惊吓的关系,紧张而严肃的望着车外。我们一点没有倦意,只感到空虚与落寞。只有白苹,她安定而怠倦的坐着,眼睛虽时时远望窗外,但我相信她已经没有感觉,她神经松弛着,似乎所有思维情感也都已停顿了。

走完北四川路,穿过了桥,街头更显得清静,这里已无酒排与茶座,光更淡,声更静,人影更加寥落。但接着慢慢地又热闹起来,看到小摊与小贩,在弄堂口亮着油灯,呵着气,一种说不出温暖的感觉,浮到我的心头。海伦的面上亦涂上了光彩,她回顾白苹,白苹依旧同样的坐在那里,她轻拉白苹的手,温柔的说:

"白苹,你疲倦了?"

"……"白苹没有说一个字,但张大惺松的倦眼,对海伦微笑。海伦似乎找到了机会,许久想提而未提的事,终于羞涩地嗫嚅着说：

"刚才要没有你,我……"她忽然改变了语调,呜咽着说："白苹,我永远感谢你。"

"这是他的功劳。"白苹安详地微笑,拉着海伦的手,轻举了一下指我。

"不。"我说："我不过是发现,一切的功绩都是白苹。"

"……"海伦忽然因羞涩而沉默了,她虽已发现我也知道那事,但没有对我称谢。只是依靠着白苹,像孩子偎依着母亲,眼睑下垂着,无限的娇憨,使我回忆到去年同她在史蒂芬家初会时的神态。

车子已驶出南京路,我看到跑马厅上面的月亮,月光直照进了车内,白衣的海伦,使我回想到水中的水莲；我注视着她,有许多奇怪的问题同时浮起,但是我无从开口。车夫忽然问我们先到哪里,我问白苹：

"先送海伦回家么？"

"不。"海伦拉紧着白苹的手臂："你不是倦了么？"

"不,我不困,"白苹说："自然先送你回去。"

"不。我还想同你谈谈。"

"那么你到我家住一晚好么？"

海伦笑着点头,于是我叫车子驶到姚主教路。

快到的时候,海伦对我说：

"你也愿意陪我去谈谈么？"

"自然,"我说："假如我不妨碍你们的谈话。"

于是我们三个人走进白苹的楼上,白苹领我们到书室内,她自己走进了寝室。

海伦似乎第一次来这书室,对一切有好奇的观察与询问,但是我可只惦念我种种的关念,而现在又是只有我们二个人在这里,于是我拨开了她的话语,我说:

"你怎么会去山尾那儿呢?"为怕引起她的羞惭,我眼睛望在别处。

"我想不到山尾是这样的人。"

"你认识他多久了?"

"两星期。"

"是职业上认识他的么?"

"是交际上。"

"那末你的职业是交际了?"我笑着说。

"笑话。"她说。

"真的,我还不知道你在那里做事呢?"

"你不知道?"她奇怪了,但接着好像悟到她并没有告诉过我似的说:"我在海邻广播电台。"

"是歌唱?"

"主要是歌唱,但还有一点英语新闻报告。"

"是日人的电台……"

"我想总有关系。"她掩改自己的态度又说:"为生活呀!"

"报酬好么?"

"不错。"

"是梅瀛子介绍你进去的么?"

"是的。"她说:"她告诉你的?"

"我猜的。"我试探地说:"她没有叫你担任别的事情么?"

"什么?"

在我的猜疑中,她一定还有别的同我相仿的任务,但她的神情似乎极其莫名其妙,好像一点没有引起她心底的惊奇,难道她竟伪装得这样像吗?

白苹进来,她已经换上了布棉袍,穿着软鞋。我的话就中止了,白苹说:

"怎样不打开电炉?"

于是我开开电炉,海伦要打电话回家,白苹陪她出去,我一个人就坐在炉前。

自从太平洋战争爆发以来,我对于无线电的新闻报告,简直没有听过,偶而开开无线电,也总是找古典音乐唱片的广播,最近更因为生活的忙碌,好久没有听无线电了,所以对于海伦的广播也会没有知道。这职业既然是梅瀛子介绍的,那么是纯粹因为生活而给她帮助呢?还是还有别种政治的意义?

我本来想详细的在海伦回来时向她探询,但是白苹竟先进来,她用迟缓的动作,怠倦的神态,像蛇一样的,把门开成了一个刚刚合于身体大小的口缝轻柔地蠕入。

跟着是吉迷,那只波斯种的猫,好像模仿她的动作一样,一声不响,紧随她的脚跟,等她在一个沙发坐下的时候,它很自然的一跃就跳在白苹的膝上,寻一个合适的姿势盘曲着卧下。白苹于是低垂了眼睑,用染着鲜红蔻丹的手指抚摸着吉迷,于是她眺起她的视线,疲惫的望着我,似乎不足轻重,又带着讽刺的语调说:

"你真不知道我们红透了的广播女郎的职业么?"

"我真是刚才才知道。"

"那么可曾怪我?"她垂下眼睑说:"我没有及早告诉你。"

"知道不知道你以为于我是这样重要吗。"

"……"白苹微笑,望望我望望吉迷。

"听说是梅瀛子介绍的。"

"自然。"白苹没有看我,她淡漠的说:"太阳光照的地方。自然有明星出现。"

门启处,海伦进来,脂粉已经下脱,披一件白苹的黄呢棕纹晨衣,与她金黄的头发形成了天然的调和。

"明星,"我望着海伦想:"海伦真是明星了,但是她是明星的材料吗? 她聪敏,美丽,但不够活泼,敏捷,性格太深沉,思虑太复杂……"

海伦坐在白苹的旁边,大家都沉默着。我想探听海伦的话也无从说起,好几种可以做引语的辞句,都怕引起白苹的误会而隐下,最后我不得不说一句为打破这寂静的空气的话:

"还常看书么?"

"偶而。"海伦说。

"以后还是少一点交际吧。"

"我并不想交际。"海伦说:"但这已成了我职业的一部分。"

白苹始终不响,安详庄严的坐在那里,她控制整个的空气,使我们的谈话再无从继续,于是又呈死寂的沉默,听凭夜在黝黑的窗外消逝。最后我起身告辞,我对海伦说:

"一二天内我来拜访你母亲。"

白苹没有留我,海伦也未说什么,只用亲切的眼光送我出门。

我走到街上,夜已阑散,萧瑟的风,凄白的月光,伴我走寂寞的道路。我毫不疲倦,也不觉得冷,眼睛望在地上,手插在衣袋里,空漠的心境上翻乱着零星而紊乱的思虑,我一口气一直走到了家。

第二天是我搬家的日子,我已经在威海卫路一家公寓里,寻到二间房间,附一间浴室,两间房间只有一个门,浴室上则有门可通围廊的另一面,非常清静而干净,这是根据梅瀛子的吩咐而租定,也依照她吩咐没有告诉白苹也没有告诉海伦。

自从我的生活与日本人常常绞在一起以来,在亲友的社会中,我早已变成一个畸零而落寞的人了。起先还有几个至亲好友对我进诚恳的劝告,但是现在都同我疏远了,见面时也只是同我作浮泛的敷衍,我想得到他们背后是怎么样为我可惜,在对我咒咀,但既无法对他们自白,我只有尽量规避,晨起晚归,总免不了还需见这些难堪的面孔,这是我近来最感痛苦的事,为这个缘故,我的搬家倒是一种解脱。

等什么都布置好以后,我开开电灯,拉紧窗帘,一个人坐在沙发上,抽一支烟,我感到说不出的舒适,觉得我已经逃出了痛苦的世界。

有人敲门,这当然是仆人来理什么了,我没有思索也没有注视,就说:

"进来。"

门声以后是一阵香。

是梅瀛子?我惊异的回头过去,果然是那个奇美的身躯,闪耀着鲜艳的打扮,套着白皮的手套捧一束带着水珠的玫瑰。

"是你?"

"难道我以外已有人知道你的地址了么?"

"自然,"我说:"这里的房东。"

"还有茶房。"她说:"但是他们知道的你并非是我所认识的你。"

不错,我在这里改名为陈寂了,于是我沉默,沉默中我感到痛苦是跟人而走的,心里浮起一种茫然的感觉。

梅瀛子笑,现在我觉得她的笑是可怕的,因为我想起海伦,我断定海伦的一切是在她笑容中崩溃的,我马上想责问,但是梅瀛子放下皮包,捧着花走进浴室,使我把问句抑住,但她马上又出来脱去大衣手套,接着又捧着花瓶回去。我一面挂起她的大衣,一面说:

"赠我这许多光荣吗?"

"你不相信我仍是一个女子吗?"她在里面说。

"你预先想到我没有买花来布置花瓶么?"

"你竟不知道这花瓶是我昨天亲自买来放在这里么?"

我竟没有想到我上次看房时并没有花瓶的,于是我说:

"一万分感谢你。"

"为我们英雄服务。"她说:"在我都是光荣的。"

自从上次白苹的文件偷得与还去以后,在我与梅瀛子两个人的时候,她就常常用"英雄"这两个字来夸赞我,可是每次我听了都觉得难过,好像是重新叫我思索我的行为是不是美善一样。现在她又用这两个字了,我感到一种沉重的压迫,我沉默。

梅瀛子捧着花瓶出来,白瓷缕花篓形的瓶子,配着纯白白玫瑰与碧绿的叶子,这房间立刻被点化得灵活起来,我马上感到一种温暖与亲热。不知是不是这些花影响了我的心情,我有清澈的理智,考虑到刚才想责问她关于海伦的话题,于是我的态度完全改变成另外的方式,在梅瀛子坐下以后,我用幽默的语调说:

"昨夜在山尾那里,我会见了我们广播的明星。"

"是海伦么?"她安详地回答。

"你以为除了海伦,还有谁值得我叫她明星么?"

"那么你妒忌了?"

"同山尾嫉妒么?"我笑了:"不瞒你说,海伦是跟我回家的。"

"这也值得骄傲么?"梅瀛子漠然淡笑:"现在海伦的交际已经深入日本海军的中枢,夜夜都有人送她回家的。"

"山尾是他们海军少佐么?"

"自然不。"梅瀛子胜利地笑:"让陆军与海军为海伦争风吧。"

"这自然也是你的杰作了。"我说,但是梅瀛子忽然紧张地说:"你同海伦没有谈什么吧?"

"谈什么?"

"也许你问她我给她的工作?"

"这不是也很自然的事情?"

"不,不。"她说:"这是大错。"

"怎么?"

"她还幼稚,我不能派定她工作。"梅瀛子严肃地说:"一定等到相当的时期,等她自然地同敌人混熟了,我遇到有需要的时候再用她。"

"那么现在你只是利用她,叫她莫名其妙的做你的手杖。"

"我问你。"她严厉地说:"你究竟有没有同她谈什么?"

"我的女皇。"我说:"你放心,你还不知我是最服从与最谨慎的人么?"

"谢谢你。"梅瀛子马上露出安慰的甜笑,用十足女性的语调说:"但是这真的把我骇坏了。"

"但是我不赞成你这样的手段。"

"我只是忠于工作。"

"但是海伦是无辜的人。"

"这与她有什么损害呢?"

"她的音乐,她的前途,她的性格,她的美丽,是不是会因此而断送?"

"为胜利!"梅瀛子说。

"你自己工作是可敬的,利用无知的孩子则是可耻的。"

"我的工作是动员合宜的人员。"

"但是海伦是具有音乐的天才,有难企及的前途,为艺术,为文化,我们应当去摧残这样的萌芽么?"

"她的哥哥不是有音乐的天赋么?在前线。你不是有你的天赋么?在工作。世界上有多少天才,有多少英雄,有多少将来的哲学家,艺术家,科学家在前线流血,在战壕里死,在伤兵医院里呻吟;这是为什么?为胜利,为自由,为爱……"她清晰而坚强,严肃而沉静的说。

"我懂得,懂得。"我截断她的话:"但是总该让她自己知道才对。"

"是工作,"梅瀛子说:"必须顾到整个的效率。你知道她幼稚,那么她的幼稚就会使她懦弱彷徨而失败,假如她常常意识到自己的使命。"

"可是,"我说:"假如她牺牲了,而于工作有没有帮助呢?"

"这是命运,"梅瀛子严峻地说:"还没有开到前线就死的兵士也很普通。"

"……"我想了一回,又说:"我不懂你的用意,在她与日本军人交际之中,于工作到底有多少好处呢?"

"不瞒你说,现在我已经知道了哪几个海军的军官与哪几个陆军的军官一定是不合的。"

"就是为这点好处而牺牲海伦么?"

"这不能用尺量的,朋友。"梅瀛子肯定而冷淡地说:"而且在以后,当我有需要的时候,随时可以动用海伦……"

"可是那时,"我说:"你以为海伦不会被日本人先动用么?"

"这是技术。"她得意地笑:"当海伦以美丽天真的姿态同日本军人交际,结局是痛恨日人的。"

梅瀛子的话是坚如铁,冷若冰,使我每一根神经都震动起来,我想到昨夜窗上的黑影,想到山尾在赌博时的面孔,那么那些都是梅瀛子所预料的?她先要海伦痛苦,再要海伦痛恨,于是海伦成为最坚强的武器。我说:

"那么她的这些交际都是你支配的了?"

"这是自然的。"梅瀛子讽刺地说:"当海伦成为明星,慕拜的人也不仅是日本军人了。"

"你是说?"

"我是说你在爱她,"她透露美丽的冷笑说:"你爱她已经超过爱你自己了。"

"这是笑话。"我说:"即使爱她,爱的也是她的天赋,她的灵魂,而不是她'明星'的头衔与风度。"

"记住,"梅瀛子笑了:"你也还是一个男子。"

"你就是熟识了男子的虚荣!"我猛然想到她为海伦介绍职业的用意,我说:"那么你想存心使她成为这类的明星了。"

"自然。"她胜利地说:"音乐会是我第一步计划,广播是我第二步计划。"

我沉默了,一尺外是这样美丽的梅瀛子,但只看到她的阴狠残酷与伟大! 是一种敬畏,一种卑视,一种阴幽的悲哀从我周围袭来,从我内心浮起。

梅瀛子幻成魔影,白色的玫瑰幻成毒菌,整个的房间像是墓地。我窒息,我苦闷,有无数的哲学概念从我脑中浮起! 爱与恨,生命与民族,战争与手段,美丽与丑恶,人道与残酷,伟大与崇高,以及空间与时间与天堂与地狱……。这些概念融化成茧,我把自己束缚成蚕蛹。

"音乐会,"梅瀛子似乎也从思索中觉醒自语的说:"其实现在要举行倒更容易了!"

我沉默着,但有说不出的郁闷使我的视觉模糊,泪珠爬痒了我的面颊,我站起,悄然避入了浴室。

二十七

是一只簇新的富丽的钢琴,钢琴上是鲜艳的花,金黄的阳光穿过洁白的花纱,照在花瓶上,花影投在溪水色的地毯上,家具是发亮的克罗米与玻璃的组合,透明的闪光使我精神为之一振。墙壁已装裱一新,有一幅艳丽娇美的小姐的照相,在克罗米的镜框里微笑。

这应当是我没有到过的地方,但是并没有错,这是曼斐儿的家,镜框里笑的正是海伦·曼斐儿。

曼斐儿太太穿一件深蓝的丝绒衣裳,把肥沃的手交我,亲热地同我握着,马上对我致谢那夜陪海伦到白苹家里的事。

"海伦呢?"

"她出去了。"曼斐儿太太招呼我坐下:"就会回来的。"

"她现在是很忙了。"

"很忙,很忙,"她说:"应酬,总是应酬!"

我一时竟想不起什么话可以继续这谈话。但是曼斐儿太太热心的接下去说:

"你怎么?瘦了!"她堆下和蔼的笑容,关切地说:"身体要当心呀!海伦现在身体倒好了,她很忙,但是我关心她起居。滋养是最要紧的,她回家常常很晚,我一定要她睡前喝一杯牛奶。像你们晚睡的人,睡前的牛奶是最要紧的。现在我们的境遇比较好,我可以用种种的方法保养海伦的身体,我不许她睡前看书,我选好最静美的唱片催她入睡,早晨我制造最清静的情境,最合式的温度,让她甜睡。睡眠的安详与充足是健康的根本……"

"自然,自然。"我打断了她的话,站起来,到桌边抽起一支烟,望着墙上海伦的照相。我夸赞的说:

"这张相真是美极了。"

"很漂亮吧?"她说:"人人都夸赞她。"

"……"我没有回答,还望着她的照相。

"里面还有好几张,你去看看。"

她带我到海伦的寝室里,从这间寝室,已经可以知道女主人是多么灿烂的明星了。两张海伦的照相,一张是她坐在钢琴旁边,四面围着花,一张似乎播音台前,一圈花篮在她的脚下,挂在墙上。桌上还放着一张小的,曼斐儿太太坐着,海伦站在旁边,海伦的眼光是天真的,曼斐儿太太则露出得意的笑容。有这样美丽的女儿在旁边,谁忍得住他的笑容呢?在我看的时候,曼斐儿太太又从五屉柜里拿出一封袋照相来,里面都是同一个海伦,但都是不同的服装,不同的装发,不同的姿势。

我看完了以后,重放到封袋里去,但是曼斐儿太太在放到五屉柜时抽了一张出来,她说:

"把这张换到外面去好不好?"

"自然很好。"我说着为她拿出来,这是一张时装的全身照相,似乎是学作好莱坞明星的姿态照的。

到外面,我又取下那张半身的照相,曼斐儿太太兴高彩烈把它从镜框中取出,把全身的换上,我又把它挂上去。

挂好以后,我望了一望,我说:

"这样有点像梅瀛子。"

"像梅瀛子小姐么?"

接着曼斐儿太太坐下为我谈梅瀛子,她夸赞梅瀛子美丽,漂亮,聪敏,能干,又夸赞她人好,她说:

"自从你帮助我们以后,梅瀛子不久就来看我们,说可以为海伦介绍职业,但提起几个职业,海伦都不愿去,后来就介绍她到电台广播,我们的生活就此入了正轨,只是海伦的交际太忙,我有时候觉得太寂寞。"

我虽然不想在曼斐儿太太家里说梅瀛子什么,但是我的确想说说这个职业于海伦前途是多么不好的。现在曼斐儿太太对于海伦现在的处境是这样的满意,我自然没有法子再说什么,我只是说:

"梅瀛子常来么?"

"现在好久不来了。"她说:"她一定很忙,许多朋友在我们得意时候常常来玩,我们困难时候就没有来过。梅瀛子可刚刚相反,那时候为海伦的职业,她来过好几次,现在倒不来了,这真是一个好人。"于是眼睛闪出肯定的光芒:"你一定常常碰见她了?"

"偶而。"我说。

门铃响,曼斐儿太太站起来,她说:

"海伦来了。"

一个白衣的女佣从里面出来,在门口走过去应门时,曼斐儿太太也迎到了门口。

海伦真是明星了,那香气,那打扮,那举动,那谈话的声音。曼斐儿太太大声地说:

"有客人呢!"

海伦过来同我握手。曼斐儿太太拿着海伦的大衣出去时,海伦低声地同我说:

"你没有把那夜的事情告诉我母亲吧?"

"没有。"我说:"你没有告诉她?"

"我只说有一个日本人缠绕着我,你同白苹为我解脱了,陪我到白苹家里去。"她说:"我恐怕她听了担心。"

在海伦说这话的时候,我从她的目光发现她对于现在的生活是不安的。我说:

"你觉得现在的生活快乐?"

"没有什么。"她说:"但自从那夜以后,我觉得我必须设法脱离那个环境了。"

"真的是这样觉得么?"

"我很早就觉得这生活于我的个性是不合的。我厌烦同巨商政客,军人们的交际,也不一定因为他们是日本人,而是这空气,这空气使我回家后感到自己不过是人家享乐生活的点缀。"
她说:"但是为生活……"

"完全是为生活么?"

"自然在狂欢热闹的生活中,我也享受到我的虚荣,我也忘去了我的现实。而且母亲,母亲似乎喜欢我这样。"

"你的职业必须交际吗?"

"我想凡是职业都有交际,"她垂下浓长的睫毛说:"不过各种职业都有它交际的范围与性质吧了。"

"……"我沉吟了一回,想说一句什么来着。可是海伦深沉地叹了一口气:

"现在我真的想设法辞职了。"

"打算怎么呢?"

"我竟想不出来。"她沉默了。

我也沉默着,这一瞬间的沉默,使我想到过去,她的含笑的依偎,她的特别的温柔,她对哲学的迷恋,对世事的淡漠,对歌唱的厌倦,接着她落寞与孤独,淡淡的哀愁,与幽深的静默;于是虚荣的厌倦,活泼玲珑的韵律,漂亮利落的谈吐;最后是情境的萧瑟,前途的绝望,颓伤的悲观。于是我看到这间现在透亮灿烂的房间的憔悴,钢琴铺满了灰尘,我看到她庄严滞呆的表情,我听见她唱,一次永远在我心头的唱歌!是这样深沉,是这样悠远,它招来了长空雁声,又招来了月下的夜莺,它在短促急迫的音乐中跳跃,又从深长的调中远逸,像大风浪中的船只,一瞬间飞跃腾空,直扑云霄,一瞬间飘然下坠,不知所终,最后它在颤栗的声浪中浮沉,像一只凶猛的野禽的搏斗,受伤挣扎,由发奋向上,到精疲力尽,喘着可怜的呼吸,反复呻吟,最后,一声长啸,戛然沉寂。接着我看她走出钢琴,脸上没有一丝表情,眼眶噙着泪珠……

脸上没有一丝表情。眼眶噙着泪珠,海伦竟是在这样的站在我的面前,然则这一瞬沉默之中,她也同我一样的回忆着这一切么?

"海伦!"我低声的叫她。

"……"她在抽搐,坐到沙发上,脸埋在手心,竟呜呜地哭了。

我没有话可以安慰,我只是低声的说:

"海伦!"

这时曼斐儿太太进来了,她一看这情形,望望我,对海伦说:

"怎么呀,亲爱的?"她坐下去抚慰她:"亲爱的,是不舒服吗?"

"不,没有甚么。"海伦揩干眼泪,抬起头来,一瞬间我发觉她脸上的光采,是把痛苦发泄以后的愉快,是纯洁的泪洗净了她的矫揉,显露了一个多么尊重无邪纯洁的面部?她还用纯白的手绢轻按她的眼角。曼斐儿太太不断地问那样问这样,海伦总是摇头,最后曼斐儿太太说:

"去睡一回吧。"

"不要紧,妈。"海伦笑着说:"你尽管去,让我同徐谈一回。"

曼斐儿太太又过来关照我不要伤她的心,才悄然的出去,屋内又剩了我与海伦。

"这里倒是很清静。"我站到窗前,随便寻一句话来说。

"是的。"海伦过来站在我的旁边,也望着窗外,她说:"现在因为我常常出去,旧朋友来得少了,而新的交游,我没有带他们到这里来过。"

"梅瀛子也不常来么?"我回过头去问她。

"好久不来了。她大概很忙的。"

"许多新的朋友是她介绍给你的么?"

"在介绍职业前后,她介绍我不少人,后来我都由这些人中认识的。"

"是日本军官么?"

"几个日本海军方面的人。"

"日本海军军官,我想都比陆军方面的人有修养。"

"是的,"她说:"他们都到过欧美。"

"那么这种交际于你是……"

"你怎么说这样的话?"海伦突然变成厉急的音调,她坐下,沉吟了一回说:"我的父亲,我的哥哥都在美国军队服务,你以为我同日本军人交游是一件光荣的事情么?"

"那么你没有想过你所做的工作是有助于日军么?"

"你以为这一种报告于他们宣传有帮助么?"

"很难说。"

"你常常相信现在无线电的报告么?"她笑了。

我没有回答,我在思索。我想到她的生活,想到梅瀛子,我觉得梅瀛子这样利用海伦无论如何是不应该的,但是站在我的立场上,我没有法子说明梅瀛子的用意,也没有法子表示我对梅瀛子的不满。我所能做到的只是使海伦觉悟到这生活于她心灵的生活是矛盾的。她的生活水准现在不是普通的帮助可以解决,那么我也很难有肯定的路可以给她选择。我觉得我只有同梅瀛子谈这件事,只有她可以使海伦有比较好的改变。于是我想告辞。但是海伦一定留我,她说:

"吃了茶去。我还有话要同你说。"

"自从我们交友以来,我总觉得我会有益于你生活与心灵,但是现在我发现我始终是使你生活与心灵失去平衡的人,唯有我离你远了,你才过着平衡而愉快的生活。"

海伦微微的皱眉,似乎在细味我的话?接着是透露明朗的微笑,她说:

"矛盾是我自己的,而每次都是你为我证明了。我应当感谢你。"于是她忽然眼睛闪出异常的光:

"白苹真是好,那天晚上……"

曼斐儿太太进来,打断了话,她看见海伦已没有刚才的悲哀,她似乎很放心,愉快地说:

"阿姨已经预备茶,可以到饭厅去谈。"

饭厅自然也不是过去的饭厅,光亮灿烂而年青。

茶具已经放好,是非常珍巧而美丽。

"日本货。"我心里想。

曼斐儿太太为我们斟茶,她说:

"这是一个日本小学校庆祝游艺会的奖品。"

我没有说甚么,是一个很沉默的时间。于是海伦迟缓地说:

"圣诞节,日本海军方面有一个跳舞会,你愿意带我去吗?"

"我?"

"这是说,我是没法不去的,"她说着望望她的母亲:"但这是多么麻烦的集会,我想请你伴我去,我可以早点回来。"

"但是我有甚么资格带你去呢?"

"我会设法叫他们请你,他们还请了许多中国人,据说这是与中国人联欢的。"

"我想一定有人要来伴你的。"

"假如你同白苹下午就同我在一起,那么就是有别人我们一同走,也可以一同回来的。"

海伦的意思是非常明显,自从那天受了惊吓以后,她在自己路途上,是非常担心了。

"好的。"我说:"到时候我们再通电话好了。"

茶后回到客室,曼斐儿太太笑着对海伦说:

"你没有发现这房间有甚么改变么?"

"有什么改变?"海伦四周看看。

"你看。"曼斐儿太太指着照相说。

"啊,你换了一张照相。"海伦说着走到照相前面,她对我说:"你说这一张比刚才一张好么?"

"我喜欢你在钢琴上面一张。"

"是挂在我房内的吗?"她笑了:"你去看过?"

"是的。"

"那么我送给你,因为这段生活将在此告终了。"她说着很快的走到寝室去了。

等她拿出去的时候,我正要打开镜框,她说:

"还要怎么? 你不喜欢这镜框么?"

"谢谢你。"

海伦递给我一张报纸,我包了起来。

我正在抽一枝纸烟,所以又坐了几分钟,就在那时,电铃声响,女仆应门回来拿着一张名片说:

"野村大佐的汽车来接你了。"

正当海伦接过名片时,我就告辞了。

二十八

梅瀛子的神秘,现在永远是我心中的问题了。她愚弄了人,利用了人,但还是使人人觉得她的美丽与可爱。她不但操纵了人家的生活,还支配着人家的感情,她了解每一个人的性格与修养,摆布着像画家摆布他的颜色,是这样调和,这样自然。

于是我反省自己,我回忆着怎么与史蒂芬相识,怎么样认识白苹,怎么样在史蒂芬太太家里认识了海伦与梅瀛子,我恍然悟到,史蒂芬与史蒂芬太太促进了我与白苹的感情,虚造白苹爱我的空气,都是他们计划中的工作了。我又想到那次史蒂芬太太对我的谈话,她不是一直疑心我是中国间谍的人员么?叫我同白苹接近,不就是将白苹交给我的意思么?我又想到在杭州,梅瀛子古怪的刺激与煽弄,想到海伦同我交往时梅瀛子的破坏……这些都是我经验中的事实,至于她怎么样操纵曼斐儿母女,则是我无法想像的事情,此外,槟纳饭店的机构,史蒂芬太太的寓所,以及她与各色各样巨商军人的交际,更不知道她运用着什么样的魔术了。

盘旋着这些念头,我于饭后九时回寓所,桌上有梅瀛子的字条:

"高叶路高朗病院十二号躺着你的好友,希望你于明晨去看他。"

这是谁呢?要用梅瀛子来通知?我的情绪马上紧张起来,第一我想到是白苹,难道白苹又被刺了?要不,就是海伦,她于五点钟时候坐着野村的汽车出去,这四个钟头里就出了事?而梅瀛子来此的时候自然还要早,那么不到四个钟头,要出事,要进医院,要梅瀛子知道,到我地方来通知我,这是可能的吗? 我按铃问仆人:

"是那天来过的小姐来过了么?"

"是的。"

"是什么时候来的?"

"大概六点钟的时候。"

是六点钟,那么决不是海伦出事,而是白苹无疑了。我的心理并不轻海伦而重白苹,可是白苹已经第二次出事,而这次恐怕就是梅瀛子策动的,我的心跳着,赶紧起来,买了一份夜报,夜报虽无上次这样可怕的消息,但是这不能安慰我,因为很可能报馆还不知道这消息,我坐上洋车,到白苹那里,这样路可是长的可怕!一路上我把假定越想越肯定,那么白苹自然不会在家,但是好像见到阿美就可以知道详情了。我要快到那面!

好容易到了姚主教路,阿美来应门。我问:

"有白苹的消息么?"

她看我太慌张,楞了一下,问:

"怎么啦?"

"白苹……白苹……"

"她睡在里面啊!"

"睡在里面?"我以为她从医院搬回来了,我问:"搬回来了?"

"她有点不舒服,所以没有出去。"

"……"我没有再说什么,兴奋地闪开她,就闯进了里面。白苹寝室的门开着,灯亮着。

"谁?"白苹问声未停,我已经奔进门槛。

"是你?"白苹仰起身子一望,又睡下了。这银色的床铺,银色的房间,使我想起那天在霞飞路她的公寓里,为她灭了床灯出来,一种银色的空气沁入了我的心胸,使我感到潜在的凄凉与淡淡的哀愁。现在地方虽然搬了,但是家具还是一样,是同一个女孩睡在同一个银色的被里,而人事的变化已经太多,她是我应当爱护的朋友,而又是我的敌人。我沉默了。

"你这时候怎么会来?"

"听说有人在高朗医院。"我坐在旁边的沙发上,我玩笑地笑着说:"我以为上次你被刺的事情又发生了。"

"怎么会转到了我头上呢?"她笑了:"那电话还是我打的。"

"电话?"我奇怪了。

"我打电话到你家里,你不在,我告诉他们转告你有朋友在高朗医院。"

"那究竟是谁呢?"

"是史蒂芬呀!"

"是史蒂芬?"我惊喜极了:"你怎么知道的?"

"我都去看过他。"

"他怎么出来的。"

"他病得很厉害,史蒂芬太太请了日本律师,用尽方法,用了不少钱,把他保出来了。"

"他病得很厉害么?"我问:"什么病?"

"还没有诊断出。"

"危险吗?"

"我出来时候比较好些。"她说:"但是医生说危险期还没有过。"

"!?"是白苹去看史蒂芬？是梅瀛子在我地方留着条子？……我有万种的疑问,想询问梅瀛子,但是我的惊奇与感想远超于疑问,我沉默了。

"你觉得怎么样？"

"我不觉得怎样,"我说:"我觉得冥冥中似乎有可怕的命运支配着一切,我祈祷史蒂芬早点恢复健康。"

"自然,"白苹说:"我们所能做的,现在也只有祈祷了!"

白苹虽然也有点凄然,但总是很冷静,这使我觉得白苹不够热情。但是这是没有办法的事,白苹是天生缺少这种素质呢？还是后天养成的呢？

歇了许久,我问:

"你不舒服么？"

"睡得太少!"她淡漠地说:"史蒂芬印象也影响我精神很大。"

"那么你早点睡吧。"我走了。

白苹没有留我。

一个百合初放的笑容送我,在门口,我回顾一下,我说道:

"要关灯么？"

"不,"她说:"谢谢你。"

我从这银色的房中出来,走到灰色的街头,天很晴,有淅沥的雪子下来,我感到冷,但我感到舒服。头脑似乎清醒许多,我开始想到:究竟白苹怎么知道史蒂芬出来的呢？还是史蒂芬出来,她也曾下过营救之力？还是梅瀛子起先并不知道,到我那里,从侍役知道白苹电话的留语,而代留条子;抑或梅瀛子先知道,然后亲自来告诉我,与白苹的电话,是两个通知先后不约而同到的呢?那么在这一件事情上她是否与梅瀛子合作着在进行?史蒂芬,无论如何不光是一个军医,也不光是一个军医兼医生,他是一个间谍,那么如果白苹是日人的间谍,则正是敌对的事,怎个白苹会去营救他?不但不会营救他,而且应当破坏别人的营救才合理。然则白苹并不怀疑史蒂芬有别种任务。我相信,当史蒂芬和我玩舞场,选接近日人的舞女时,目的完全为利用她们,可是对于白苹,当他怀疑她是敌方间谍的时候,他就放弃普通的收买而采取另外一种方法。他一方面看出白苹是敌方间谍,一方面又觉得我是中国的工作人员,于是极力使我们接近起来。也许,他对于我们两方面的背境只是一个猜度,于是想在我们接近之中,观察我们双方的究竟……

我在灰色的街头走着,雪子打在我的脸上,有一种微痛的愉快。马路上有点微白,街灯照在上面,更显得冷峻与光亮。二旁的店门都关了,四周没有一个人,我的步声也没其他声音的混淆——清楚,简单,沉重而庄严。

那么,白苹没有参加营救,也许是预先,也许是偶而知道史蒂芬的出来,也许史蒂芬太太告她,也许梅瀛子告她……也许,我想,白苹不知道梅瀛子与史蒂芬太太的关系,对的,她知道梅瀛子,但始终不知道史蒂芬夫妇也是同样一个机构里的人。这当然不是白苹低能,而我自己要不是参加她们的工作又怎么会知道呢?

一个闪电般的光亮在我脑里浮起,我身上一冷,我恍然悟到史蒂芬夫妇的名义只是工作上的一种烟幕,完全没有夫妇的关系与事实的。一个人许多直觉上的明悟有时候的确比理智的分析为迅速正确,而对于这样的判断,常常会造成固执,坚信或甚至是一种信仰的。科学上的臆测是直觉上明悟的产物,但需要靠理智的分析来证明,而现在,只要回忆过去的事,史蒂芬突然用夫妇的名义来请我参加他们的寿宴,史蒂芬平常的生活与史蒂芬太太对他的态度,这些不是都可成为我臆测的根据么?

带着这些思维我一直走到家里,带着这些思维,我在床上睡下,对于史蒂芬病院里的命运我反而没有想到了。

长途的步行已经使我疲倦,雪子打着玻窗,似乎比刚才更密,淅沥的声音慢慢扫去了我断续的思绪,我在一种空漠的状态中入眠。

醒来已经不早,匆忙盥洗中忽然有我电话,我跟着仆人下楼。

"谁?"我接电话问。

"是我。"是梅瀛子的声音:"马上到高朗医院来好么?我等着你。"

于是穿好衣裳,没有吃早点就赶到高叶路。

高朗医院是很小的私人医院,但清洁美丽与恬静,十二号在楼上,我匆匆上去,广阔的洋台上有藤椅与圆桌,那里坐着梅瀛子,史蒂芬太太就站在旁边,栏杆边靠着费利普医师,一位穿白衣的医生,两手插在袋里在同他低语。

梅瀛子先看见我。庄严地站起来;史蒂芬太太也严肃地转身过来;我走上去时,梅瀛子向我责备似的说:

"你来得太晚了。"

"史蒂芬……?"

"现在是牧师在里面。"她看看十二号病房的门。

我沉默了,站在一旁。

"坐一回吧。"史蒂芬太太说。

我迟缓地坐下,望着前面两位医生,我看到费利普医师摇摇头,从袋里摸出烟斗,慢慢地装烟,慢慢地点燃,于是袅袅的烟雾在空中飘荡,似乎谈话已经结束,大家望望这烟雾在大气里消散。

最后费利普医师看见我了,过来同我握手,接着同我介绍那位穿白衣的高朗医师。就在那时候,十二号病房的门开了,一位五十多岁的牧师出来,大家注视着他,史蒂芬太太掩泣着走前两步,我看见那牧师轻拍着她的肩后说:

"现在你进去,不要悲伤,让这位勇敢的孩子安详地进天国吧。"他说完就同高朗医师走了。于是史蒂芬太太啜泣着跟着两位看护进去,我想再与史蒂芬一回,但是梅瀛子阻止了我,她低声说:

"这是他们夫妇最后的谈话了。"

于是我站着,看见门轻轻的关上,有万种的悲酸,聚在我的心中,一瞬间,我失去了感觉与思维,眼泪潸然流下。当我往袋里去拿手帕时,我发觉梅瀛子已经坐在藤椅上,手帕按着眼睛;费利普则在栏干边,两肘支着栏干。面孔伏在手上。

最后,门开了,史蒂芬太太哭着出来,我忍着泪扶她到梅瀛子的旁边。两个看护也跟着出来。这时候,有一种非常的力量,提醒了我,我推开门,走进了病房。

史蒂芬僵卧在床上,看护已经把被单掩去他的脸部,我轻轻地过去,把他脸部的被单掀开。

蓬松的头发,零乱的短髭,铁青的面颊,深紫的嘴唇。牙齿紧咬着,眼睛微开着,嶙瘦地僵卧在那里。这就是健康活泼年青果敢的史蒂芬么?而这竟是史蒂芬。

我用手轻抚他的眼皮,我说:

"已经看到你的朋友了吧?那么闭起你的眼睛,安详地归天罢!我永远为你祈祷。"

史蒂芬的眼睛果然阖上了!有一种庄严阴森的感觉使我的眼泪凝住,我自然地在他的床前跪下。一个没有宗教的人开始觉得生死的距离中唯有宗教才是我们的桥梁。

二十九

牧师演讲了,叫我们为死者唱诗,祈祷。这里我看到史蒂芬太太寿会中所有的客人。

伴着棺木,我们一直到万国公墓守着它葬好。在十字架面前,我们沉默地献花。

多少的心灵,只有一种悲哀。

人陆续散去,我拖着无限的怅惘与沉重的脚步回来,我无法解脱这一份伤感与悲哀,我眼前显露活泼年青的史蒂芬。在马浪路路角,在费利普的诊所,在我旧居的窗口,在我房内的沙发上,在立体咖啡馆中,在百乐门舞场里,在史蒂芬太太的寿会中,以及在杭州的旅次……,他的举动,他的谈笑,他的舞姿,于是我看到僵卧在病床里:蓬松的头发,零乱的短髦,铁青的面颊,深紫的嘴唇,紧闭的嘴,半开的眼睛……而如今,他已经在地下长卧,此后世上将永无这一份活泼,这一份笑,这一份潇洒与阴藏在里面的这一份果敢沉重的事业与责任了。

这为爱,为自由,为理想与梦的战士。

我爱,我敬,我怀念,我有耿耿的不安与非倾吐的话,我后悔我那天出外,我更后悔第二天晚去。然而这是再也无法挽回了,我用我手指的触觉来回忆他的眼皮,我又用我眼睛的知觉来回忆他半开的眼睛的闭阖。我深信这是我们友情中的一种期待与默契,我又不禁流出了眼泪。

第二天早晨七时,我一个人捧一束花到万国公墓去。天下着雾般的细雨,墓道上已经湿了,我低着头,从洋槐下悄悄的走着,在转湾的地方我抬起头来,我远望史蒂芬的坟墓,我奇怪了,这样早,竟已有人在他的墓前凭吊了。

是一个黑衣的女子,但不像史蒂芬太太,也似乎不是梅瀛子,我凝望着她迟缓地走近去,我越断定不是她们,越是认不出是谁,我想,史蒂芬太太既然不是他真妻子,那么这该是一位我没有见过的他的真的情人了。

我没有惊动她,悄悄地过去,她似乎已经献好了花,两手互握着,庄严地俯着首站在面前,我注视着她的后影走上去,但是走到大概离她五六步路的时候,我吃惊了,我情不自禁地喊着:

"海伦!"

她回过头来,楞了;接着就靠在我胸上哭泣起来。

"海伦!"我拍着她的肩背,但是再寻不出话了。

她哭得更加厉害起来。

"海伦!"我抚着她的金黄的头发说:"死的已经死了,让我们活着的勇敢地活吧。"

她没有回答,呜咽了许久,我看她稍稍节制自己一点的时候,我推开了她,用手帕拭她的眼泪,我说:

"放出勇气来,海伦,我们要勇敢地活。"

"是的。"她嗫嚅着说,于是她自己用手帕来拭泪了。

我离开她到墓头去献花,于是我站在墓前为史蒂芬祝福。十分钟后,我回身的时候,我发现海伦严肃地站在我旁边。我沉吟了一回,想了一句松淡的话微笑着说:

"你比我还早。"

"我不安,我整夜没有入睡。"她说着又流泪了:"我难过!当我想到我每天同日本军人的交际,你想,我在这个为祖国而死的英雄面前,是多么惭愧与可耻呢!"

海伦的话远出于我的意外,使我惊异到一时竟无话可以回答,我走在她的旁边,踏着潮湿的道路,体验到海伦高贵的内心。我回忆到兆丰公园里,月光下她孤独地漫步,我尾随在她的后面的情形,是那么沉寂,那么懒散,像不染尘俗的水莲踏着流水,像仙子踏着云片,清纯无瑕而又庄严高贵。我现在又看到了这一份灵魂,这神圣的灵魂是上帝于赋给她美丽歌喉时同时赋给她,后来在尘世流落,失去了灿烂的光彩,如今一瞬间又在她心中复活了,是史蒂芬的精神唤醒了她,使她回到了过去的灿烂。

"昨天我真想自杀。"她说。

"海伦,这是什么话呢?"一瞬间我想告诉她,她一切的机会与行动都是梅瀛子在摆布播弄,而这些摆布与播弄都是史蒂芬工作的一部。但是这结果是甚么呢?像海伦这样的性格,她立刻会感到这摆布播弄是一种侮辱。也许反使她自弃地流落也说不定;其次,假使我有能力,对她作详尽的解释,使她对于这一种播弄有根本的谅解,那么难道她也就当作一件工作般去过现在的生活么?最要紧是梅瀛子的判断,而我需尊敬工作的纪律。

我没有说。

"我惭愧,我不知道我怎么会堕落到这样!我想自杀!"她忏悔地说,靠近着我。我们在公墓小径上踯躅。沉默了许久,我说:

"我们走错路了。"

"那边也绕得出去。"海伦四周望望指点我。

"那么,海伦,"我说:"你不过是走错了路,什么地方绕不出去呢?"

"谢谢你。"她露出美丽的笑容,眼睛放射出奇异的光芒,她说:"那么你带我出去。"

我点点头,但是我竟想不出路径。

"像那夜从施高塔路带我出来一样。"她说。

"那是白苹的力量。"

"是你先发觉的。"

"是的。"我说:"现在我也只是发觉。"

"只有在你我两人的时候,我才感到我过的都不是我灵魂的生活。"

"这是我的光荣。"

我们始终在小径里盘桓,枯秃的洋槐上有群雀在叫,空气是潮湿的,地润亮着。细雨已停,东方透露了黄弱的阳光,有几个老妇在陌生的墓头献花了,虔诚而寂寞,这一角世界与烦嚣人间的关系大概再无争夺妒忌与愤恨了吧,是一种真正的爱在沟通着,我想。

"回去吧。"她说。

我没有回答,悄悄地伴海伦出来,我们在静安寺吃早点,沉默中,贯穿我们心胸的是透明的了解与同情。

座上,海伦突然打破了沉默,她说:

"你希望我现在怎样去生活呢?"

"忠诚,"我说:"我们只有忠诚而勇敢地去生活。"

她不响了,嘴角浮起了低迷的笑容,这笑容才是属于她的灵魂的,它曾经引起我许多想像,但自从她学会了时髦的笑态,我竟忘去了是她曾留给我这个特殊的真笑。这笑表示她已经澈悟,已经从生活的形式中看到了生活的内容。我说:

"我们要忠实的笑,忠实的哭,忠实的歌唱,忠实的叹息……"

"那么你以为我过去的一切都不忠实了。"

"只是笑。"我说。

"笑?"

"是的。"我说:"我相信每个人应当有每个人的笑态,但是现在的笑容似乎形成了派别,大家互相学习与提倡,于是笑态也成了时髦的点缀。"

"这也许是美国电影的力量。"她说。

"电影应该是学习实生活的,但是现在实生活里的人在学电影。"

"我以为这是人类的进步。"她说:"电影里的笑是提练社会上笑容的美点而删去它的丑态而成功的。"

"我想这是对的,但大家争着模仿,结果每个人独特的美点都没有了。"

她又笑了。这也许是美好的镜头,但不是海伦的美点。我无意识地笑了出来。

她似乎知道了我笑的什么,有点羞窘。一矜持时,不自觉的重新透露了她低迷的笑容。

现在我澈悟到,也许只有婴孩的笑容是天使的声音,所以在许多圣画里,玛丽亚永远是庄严而静默,而无数的小天使都是婴孩的笑容了。

我于六点钟送她回家,此后有好几天没有见她。但是我忽然从家里接到一张圣诞节夜会的请帖,是日本海军部梅武少将出面的,我从来没有会见过梅武,这自然使我想到那天海伦的话,而断定那是海伦向他们提示的了。

于是有一天黄昏我到她的家去。

她家里布置依旧,但是海伦的装束与态度可完全变了,她头发匀整地后垂着,毫无油腻与发夹的束缚,后面轻束着一条呢带,这呢带与她身上的衣料一样,是白底嫩蓝小方格的花纹,脂粉眉黛全疏,我看到她鼻梁边几点淡淡的雀斑。她身上除一条黄色漆皮的腰带外,一无其他的点缀,轻柔的衣质在她走路时有宽舒的飘动,这一个改变,象是古典的 Ballet 舞受到邓肯(Isadora Duncan)的解放。我觉得她自然而年青了。她似乎已经恢复了我第一次会见她时留给我的印象,但是她并无当初的羞涩与温柔,她庄严沉静而大方,用史蒂芬太太一般的风度,招呼我坐下,淡漠得像是失去了所有的情感,眼睛始终避开我的视线,没有一丝表情,我寻不出她内心与那天公墓里的悔恨,那天施高塔路的哀怨有一丝联系?我说:

"怎么样?有甚么变化么?"

我避开对海伦注视,想使她有更自然的答案。忽然我看到了墙上的相片,已经换上了她的父亲哥哥与她们母女的合影,三个坐着,二个站着,我想问了,但是……

"生活,"她说:"我要忠诚而勇敢。"

这使我回到了那天在公墓时的情绪,我宁静而安详地说:

"你已经放弃了交际。"

"不但交际,"她沉静地回答:"而且也放弃了职业。"

我没有诧异,因为这是海伦个性里特质的表现,这个性是我所了解的。我微喟一声,接着是大家的沉默。就在这沉默中,我忽然忆起我来此的目的,我从内袋里抽出请帖,递给她说:

"那么何必还叫他们寄这个给我呢?"

她微颦一下,接着是恍然悟到的开朗,于是她诧异地接过这请帖,冷淡地一望,迟缓地说:

"并不是我的关系。"

我知道这是我自己误会了,这帖子的寄来,可以是梅瀛子的意思,也可以是白苹的意思,也可以是随便那个日本人的意思,只因为海伦同我说起过,所以我会肯定是她。我说:

"那么一定是他们自己寄来的,你没有收到么?"

"送来过,我告诉他们我去北平,退回去了。"

"自然你是不预备去参加了。"

"任何的约会都不再参加。"

"深居简出养性么?"我说着看到钢琴上几本零乱的书籍,我问:"阅读么?"

"是的,"她说:"隔天再借我几本书。"

"歌唱呢?"

"是的。"

"练习么?"

"是的，"她说："充实我自己的生活。"

"充实生活，"这句话使我顿悟到海伦生命的变化，这是史蒂芬太太外表上的方式。是一种美丽的隐士的心境，她阅读，她唱歌，她奏琴，但不是为真理与艺术的追求，也不是为苦闷的寄托，更不是为虚荣的诱惑，而是为生活，为生活的充实。似乎她已经从烦嚣零乱的生活中澈悟，从奋斗挣扎的生活中清醒，从无数热烈的追求中幻灭，她体验到恬淡的趣味，宁静的安详，她把生活交给了自然，像落花交给了流水，星球交给了太空。世界在她已无期望，万物在她都不稀奇。这心境也许是美丽的，但是她这样的年龄所应该有的么？

我缄默，缄默的像一条鱼。

云彩在窗外驶过，微风吹乱了窗纱，海伦把窗帘理好，轻飘地走到琴前，幽淡宁静地播弄着琴键，像是意大利的夜颂，使我悟到黄昏已经渗透了窗棂。

在琴声停止的时候，我说：

"多谢你赠我美丽的夜颂。"我站起告辞，走到她的座前，我不安地说：

"原谅我说一句庸俗的话。假使需要我帮助的话，请当我是你的好友，不要客气。"

"我感谢你纯美的友谊。"她说着抬起头来："不等我母亲回来么？"

"你母亲？"

"她现在在汇美饭店做事。"

"我隔天再来看她。"

海伦送我出来，在门口她说：

"谢谢你关心我们,谢谢你来看我们。"

"多谢你赠我美丽的夜颂。"我说:"今夜我要虔诚地为你祈祷。"

归途中,我猛然想到,今天海伦没有透露过一丝笑容。

三十

"这一定是你!这一定是你!"

"也许,但是……"

"你没有得我的允许,怎么能够……"

"不过,你知道……"

"你知道这影响工作是多么大呢?"

我第一次看到梅瀛子这样发急,她在房内来回的走,没有看我,也没有听我,于是我只好静默地等待她沉静下来。但她忽然过来站在我的面前说:

"我的培养是不容易的,你知道,而就在这必须用到而在可以用到的一天,你把我的计划完全摧毁了!"她带气地走过去又回过来,她说:"而且,我已经将音乐会完全筹备好了,只等同她去说。"

"这不还是可以举行的吗?"

"举行还有甚么意义?"

"你的意义是……"

"是工作,是工作!"她说。

"但是你为什么不明白同她说,叫她索性为工作来工作好了。"

"这是要败露的,你难道不相信她还是一个沉不住气的人么?"梅瀛子又走开去,在窗口站一回,回来坐在我的对面,抽起一支烟,沉着地说:

"你到底是怎么样劝她改变生活的?"

"我至多只能承认给她一点影响,决没有劝她,而且,辞职的事情,我也是在事后才晓得的。"

"你真没有告诉她,我介绍职业时的用意?"

"我已经对你说了几十次了,梅瀛子,难道你连我这点都不相信我么?"我说:"我对于你这样利用她,我早就明白地表示不赞成了,如果我真的说穿,我为什么要不承认呢?"

"你知道这是工作的纪律,谁触犯,谁就逃免不了惩罚。"

"但是,梅瀛子,"我冷笑了:"假如我认为触犯纪律是对的,我并不怕惩罚与死,我无须乎不承认。"我生气地离开座位,我说:"我最后告诉你,我没有把这个说穿,但这完全是我对于工作的认识与对你的敬爱,而不是因为我怕惩罚。"

梅瀛子在沉思中缄默下来,她静静地坐在那里一点不动,最后换了非常深沉的口吻说:

"那么你是怎么影响了她,使她的生活有这样的变化?"

"这正如你当初用虚荣去影响她一样。"

"原来,"她冷笑了:"你是对我私人的报复,所以一定要带她回到哲学的园地里去。"但她随即严肃地说:"可是你胜利的是什么呢?是你对她的占有,而你出卖了工作!"

"我决无占有她的心思,你不要侮辱我,"我说:"但站在友谊的立场,我自然愿意她有忠诚的生活,就是在工作的立场上,我觉得也没有理由叫她盲目地做我们的工具。我觉得我们民主国所争取的人权,而你的手段就是破坏人权。"

"于是你不择手段来破坏我的计划。"

"我根本不知道你的计划,所以更无所谓破坏。"

梅瀛子又在沉思中缄默下来,半晌,她忽然冷静地说:

"现在我们不谈这些。目前顶要紧的是叫她参加梅武的夜会,你愿意担任这个工作么?"

"是……"

"是设法叫她参加梅武的夜会,"她说:"她不去,我的工作就不能完成。"

"你是说在这个夜会里你要完成一件重大的工作?"

"是的。"梅瀛子坚强地说,但随即有感伤的语调:"但是她如果不去,我就无法完成。"于是又换焦急的口吻说:"这真是出我的意外!"

"我一定尽我的力量去做。"我相信我有这份把握,我说:"但是我希望这是最后一次利用她,最后一次叫她去交际。"

"可以,"她张大了灼烁的眼睛,放射着兴奋与安慰,她说:"我答应你。"

说着她伸出水仙一般的手,同我紧握,在她的手心中,我感到她的热情,她对于工作的忠诚,她对于我的厚意。有一种说不出的感情从我内心涌起,似乎是一种后悔,后悔我刚才对她语言的触犯;似乎是一种惭愧,为我怀疑到我自己受海伦的影响,下意识里,有报复梅瀛子的意思;似乎是一种感激,在刚才冲突与对峙的言语中,梅瀛子,在工作上是我的上司,在身份上是女子,竟先有宽大的心境来对我谅解。我眼睛感到一点润湿。我不知道她是在什么样一种心绪中,握紧了我的手,眼睛低垂着,于是两手轻轻地理平衣褶,像是在理平她的情绪一样。我第一次见到梅瀛子这样的表情,我无理由的感到这是一种最女性的温柔。于是我说:

"原谅我,梅瀛子,一切都是我的错。"

"不是是非的问题。"她说:"只要你真的没有把我利用她一点告诉她。"

"没有,的确没有,相信我,梅瀛子!"我说:"但是你知道,我的确是良心地不赞成你这样去利用海伦。"

"你在爱她!"她完全用呼气的语调说。

"不,"我说:"这不是问题。问题是那天山尾的丑态,与海伦的危境。"

关于那件事,上次就想与梅瀛子谈的,但是因为她对于这种结果,都认为是预料中事,甚至是认为是必须的过程,所以我不想再去告她,现在在一种同情默契里面,我开始把那天详情一一告她,可是她静静地倾听,既不诧异,也不动容,出我意外的,是在我讲完的时候,她竟轻淡地说:

"是这样引起你最深的妒忌与爱么?"

"也许,"我说:"不但海伦,任何人这样的遭遇我都同情。"

"那么你可也同情,在许多地方沦陷的时候,那些中国少女们的遭遇么?"

"自然。"

"你可曾也象救海伦一样救过她们?"

"……"我沉默许久,她一直注意着我,等我回答。我说:"这所以我放弃哲学的研究,同你做……"

"而我们的工作是战斗,战斗是永远以部份的牺牲换取整个的胜利,以暂时的牺牲换取最后的胜利。"

梅瀛子冰冷的目光与坚定的语气,使我的心灵有一阵颤栗,我沉默了,像是站在险峻的高山前面,我不知道应该怎样跨步。但是她开始用完全宽恕的语气说:

"为你私人的爱,对于海伦的使命,就从圣诞节以后结束好了。"

她站起,像一个女皇一样一样命令我说:

"现在,你必须设法叫她参加梅武的夜会。"

"是的。"我说:"我想这是没有什么大问题的。"

但是,第二天:

…………

"我不懂,"海伦的眉毛竖起,不耐烦地回答我:"为什么忽然又要我去参加这样的集会呢?"

"因为我听说他们都知道你在上海,这样的拒绝会使他们恼羞成怒的。"

"我可以说我本来打算去,后来因为有事情就不去了。"

"你知道别人会以为我在阻止你么?"

"笑话!"她说:"知道我们有交情的人只有梅瀛子白苹与史蒂芬太太。"

"但是我希望你去,只要一次,以后就是你要去,我都要来劝阻你的。"

"你太矛盾了!"她疑虑地笑:"是忽然这样胆小呢,还是你受了谁的指使?"

"指使?"我说:"你的意思是说……"

"是说可是你的主人叫你来做说客的?"

"你以为我是,……我是以做这夜会的客人为光荣吗?"

她沉默了,眉心皱着,眼睛凝视天外。暗灰云层下有萧萧的细雨。忽然她转过身来,坚决地说:

"我不去!"

"是什么理由呢?"

"没有理由,当我已经决定怎么样生活的时候,我不想再做无意义的事了。"

海伦的话,使我对她有更大的信任与尊敬,在我来访的时候,我在工作上固然希望她肯允许,但是在理想上则希望她来拒绝。因为唯有拒绝,才是她高贵性格的特征。

我沉默着。我不知道我是否应当再劝她去参加,还是就此给梅瀛子否定的答覆呢? 在这些思虑之中,我有一种美丽的感觉,愿意不再扰乱海伦,但也有好胜的冲动,使我作再度对海伦的劝诱,我还有私人的情绪叫我尊敬海伦,但也有工作上的情绪,叫我遵守梅瀛子的话。最后,我想到梅瀛子工作的重要,想到了我当时有把握的自信,我还想到我再度劝诱的失败,也更是海伦性格的高贵与美丽的表现,于是,我振作已被击溃的情绪,我说:

"海伦,我的参加完全因为是你,为你的困难。"

"是的,这是我所感谢的。"

"那么,在你生活方式改变了以后,是否我们的友谊,还是很好的存在呢?"

"当然。"

"那么,"我柔和而腼腆地说:"你知道,我所以来求你参加,是因为我个人有特殊的困难么?"

"你?"

"是的。"我说:"但是我不希望你问我理由。"

"但是,如果你要我去,"她说:"我一定要知道你困难的理由。"

"这理由于你绝对没有关系。"我说:"完全为我个人的困难,而只有你去可以解除我的困难。"

她不响,歇了好一回,考虑地走了几步,冷笑着说:

"你太不澈底!"

"这是什么意思呢?"

"你没有理由还要同那些人敷衍!"

"海伦,你放心,对于我请你尽量相信,并且尽量放心。"我说:"你知道中国话:'真金不怕火炼'么?"

"你是真金? 也许,"她笑了:"但既是真金,何必还需要火炼呢?"

"为爱,为梦,为理想。"

"是忠诚而勇敢的生活么?"

"自然。"

"那么为你自己生活的忠诚而勇敢,你叫我放弃忠诚而勇敢的生活?"

"……"

"当你的忠诚妨害别人的忠诚,你的勇敢妨害别人的勇敢时候,你还可以说忠诚而勇敢么?"

她利剑一般的话语伴着利剑一般的眼光直刺我心,我骤然感到惭愧与冤屈,我像孩子一般的懦弱下来,我不敢正眼看她,

低下头,看海伦的衣幅在闪亮克罗米的桌边滑过。我正想再鼓起勇气说甚么的时候,她说:

"我已经决定了,请你不要多费口舌了。"

我咽下我的话,像受伤的飞禽,一瞬间只想马上离开海伦的剑锋。我疲倦地站起,我说:

"那么,谢谢你,我走了。"

"是表示永远的怪我吗?"

"不,"我感伤地说:"海伦,我永远尊敬你今天高贵的意志。"

"那么就再坐一回。"

"不。"我说着走出走廊,去拿我的衣帽。衣帽架在走廊的深处,从透亮的房中过来,显然觉得太暗,海伦跟在我的后面,她突然开亮了电灯。我从衣帽架上的镜子里看见了她,她也惊奇于镜中的自己了。我们的视线在镜中相遇,但是一瞬间彼此又都避开,我猛然悟到在这盏灯下,我与海伦间似有了一层意外的不透明的隔膜,一种莫明的感伤抽紧了我脸上的筋肉,我戴上帽子,夹着大衣迟缓地走出来。

"你不同我握手就走了吗?"

我没有回答,回过去同她握手。但是我还是低着头,看她伸出手,放在我的手上,我骤感到一种初次与她跳舞时的温柔,她握紧我的手,用低微带着颤抖的声音说:

"好,我去。"

"你去参加?"我望见了她眼中闪着同情的光。

"是的,"她说:"为你第一次需要我帮忙。"

"不,"我说:"你应当忠诚而勇敢地生活。"

"但这就是我生活的忠诚与勇敢。"她还是握着我的手。

"谢谢你,海伦。"我抱着虔诚的心俯吻她的手背。

"那么你来接我?"

"那是我鲜有的光荣。"

三十一

电话挂上了。我开始奇怪,明夜有这样重要的工作放在她的面前,怎么今天会有闲情别致来要约我玩一晚呢?而这是从来没有的事。当然我也想到她也许有关于明天工作的话要吩咐我,但这在平常总是简单地叫我去看她。或者叫我到什么地方,而且也不会用这样十足女性柔美的口吻来打电话的。……

就在这疑虑之中,门开了,梅瀛子有出乎完全意外的打扮进来。她披一件男式的粗厚人字呢大衣,围一条白羊毛围巾,脱去大衣,是手织的藏青粗毛线短衣,灰色的呢旗袍似乎就是去杭州时候穿的。没有一点脂粉的痕迹,淡淡地发射着她特有的幽香。用一种活泼而幼稚的语气对我说:

"今夜我要你请客。"

"是我第一次的光荣了。"我说:"那么你选一个地方。"

"要一个我没有去过的地方。"

"天下还有阳光未照到的地方?"

"冷僻的小巷,幽暗的酒店,那里会没有一个人认识我,我也会不认识一个人。"

"好的。"我说。

六点钟的时候,我伴她出来,门前停着她黑色的汽车,她叫我驾车,自己幼稚地坐在旁边。我们在四马路停车,我带她到一

条小弄堂里叫源裕泰的酒店,进门时,我说:

"第一次来这里吧?"

"是的。"

"那么是这里的光荣还是你的光荣呢?"

"一切的光荣都赠给你。"她说着只是稚嫩地笑,有点乡下气,有点傻;不但在梅瀛子脸上我从未见到过,在我的周围似乎也很少见到的。而梅瀛子竟笑得这样真切与相像。但与她的谈吐是多么不相调和呢?

在四马路上,我自然知道有比较辉煌的酒店可去,所以带到这个潮湿肮脏的地方,是想让这个华贵的女子有更深的刺激,同时我想到也许她有什么吩咐我,这里也比较合宜。

四座的人不多,都是衣冠不整齐,举止不检点的人群,有一桌坐着三四个人,其中两个后脑挂着帽子,大声地谈粗俗的性爱,后面是一个带病的老者独坐在角落里微喁,他的后面有一桌空座,我就带梅瀛子进去。我想这样的空气梅瀛子一定不习惯,我笑着说:

"今天你可被我摆弄了。"

"这是什么意思?"

"凭良心说,你习惯于这样空气么?"

"我觉得新鲜与有趣。"

这句话的确不是勉强。我叫了几碗酒,她也很随便的喝起来,于是有非常风趣的谈话与热闹的甜笑,她谈了许多以前不谈的事情,滔滔不绝地谈她许多游踪所至的世界,那面的风俗人情,音乐歌曲服装与生活,……绝不提我们明天的计划。

六碗酒以后,我叫了两碗面与一碟包子充我们的夜饭,于是她说：

"夜里请我到一个偏僻的舞场去么？"

"只要你愿意。"

"今夜我需要新鲜的刺激。"她说

于是我又驾车到大世界后面的一个舞场里，那面是噪杂的音乐与烦嚣的人群，但是梅瀛子竟兴奋地同我狂舞，我倒想同她谈明天的工作，但始终寻不到一个机会。夜慢慢深了，人还是很多，好几次我提议到咖啡馆去谈一回，但都被梅瀛子否决，她似乎很有兴趣似的，在噪杂的音乐里狂舞。她说：

"今夜你不从我的兴趣，也许会使你恒久的后悔。"

这句话的暗影是什么呢？是明天的工作么？我心尖颤动了一下，感到她在我的怀中是多么娇嫩的生命了。我不敢发问，也无从发问，我振作已倦的精神伴她在闷重的空气里旋转。

两点钟的时候，她要我驾车送她回槟纳饭店，又叫我上楼到她的房里去坐，我自然想到现在总该谈谈明夜的工作了，但是并不，她安详而愉快地坐在沙发上，同我谈酒店与舞场所见的种种，这样平常的际遇，我奇怪，在她竟有这许多观察与疑问。最后我实在耐不住了，我问：

"那么明天怎么样呢？"

"应当是很热闹的叙会了。"她已经一点没有刚才娇憨的态度，而露出疲乏而感伤的神情。

"我是不是……？"

"白苹不是伴着有田去参加？"

"是的。"

"那么你的工作只是把海伦带到那面。"

"以后呢?"

"不必长守在海伦身边。"她笑了,也很不自然,接下去又说:"其实我这话是多余的,你想守着也不见得可能。"

"那么……"

"最好还是守住白苹,"她说:"但这当然是更不可能的事。"

"为什么?假如这是我工作上应做的事。"我说:"我自然要尽力去做。"

"但不可能的事情是徒劳无益的。"

"那么我……"

"你好好找快乐吧,孩子,狂舞豪赌,总不需要我教你了。"这句话是完全把我当作不懂事的人了,虽然有点开玩笑的意思,但里面讽刺的成份是很使我不高兴的。不过她脸上的表情与她的话很不调和,眼梢上聚起难解的忧虑,这使我立刻想到她今天态度的特殊,似乎这句傲慢自大的话与刚才"恒久后悔"那句颓伤的话有一脉的贯通,我顿悟到这是明天工作可怕的暗影,形成她心理上的忧虑蕴积。梅瀛子平常从未有懦弱的阴影,那么这种心理是说明明天工作的危险了,我迷信地感到,"恒久后悔"的话不要是她的谶语才好。我禁不住心悸,一切过去我所反对的梅瀛子的残忍与锋利,一瞬间我都忘尽,我对她有说不出的同情,这同情使我注意到她无比的美丽与漂亮,这是我久已忽略了的。

我无法想像这样的生命假如在明天遇到了意外,假如遇到了可怕的毒手与磨难,……不知怎么,我从梅瀛子美丽的脸上看到史蒂芬的遗影,铁青的脸,深紫的嘴唇,鳞瘦的骨骼与无光的眼睛……

梅瀛子微闭着眼睑,似乎矜持着安详的态度,我记起我是怎么样把手在史蒂芬的眼睛上抚摸,我手指有微微的震颤,一瞬间有眼泪从我喉头涌起,这不知是为史蒂芬悲伤还是为梅瀛子担忧,我站起,为避免梅瀛子的看见,我走到桌子边背着她。

"梅瀛子。"我用滞缓坚决的口吻清楚地说:"在明天的工作上,我希望能够与你换一个岗位。"

"这是什么意思呢?"她安详地问,我相信她嘴上有轻笑涟漪。

"我想,我应当为你负最危险与沉重的使命。"

"因为我刚才的话使你想做个英雄了么?"

"并非。"

"你知道我明天要完成的是什么使命吗?"

"不,"我现在已经坚强,所以我回过身去,我走近梅瀛子说:"但是我知道这是危险的工作。"

"那么你愿意冒险吗?"

"在我们两人中间,"我说:"我应当先践危险的门槛。"

"为工作么?"她问。

"为工作也是这样,"我说:"将来的工作需要你远过于我。"

"在工作上,暂时的我也许比你重要。而悠久的你比我重要。"

"但是我为的是……"

"是我?"

"也可以说是为你。"

"我感谢你,"她说:"但这是不可能的。"

"就不能让我试试么?"

"在你是十分之十,在我是十分之三,——这是工作失败之比例。"她阴涩的笑:"要是说到危险,在你也是十分之十,在我只有十分之六。"

"这就是说,我去是纯粹的送死,而你才是工作的牺牲了。"

"聪敏人。"她阴涩地笑:"不要为我担忧,你的担忧不是爱朋友的举动。"

"但是……"我没有说下去,一种说不出的情感控制我,使我在她面前屈膝,我拉着她水仙般的手,这手指竟是这样的阴冷,我说:"梅瀛子,那么可否由你去追求那十分之七的胜利,而让我担负十分之六的危险。"

这句话似乎打动了梅瀛子感情的柔和部份,她用无光而润湿的眼睛望着我说:

"你太好了!"但她立刻闭起眼睛,头部枕在沙发背上。

"允许我,"我还是拉着她的手:"同你一起工作的人而不能顶替你的危难,在我是一种耻辱。"

"朋友,"她说:"具有这样崇高的心灵,你还将在世上存在,而我的生命本是侥幸,或者说早就应当有可怕的遭遇了,而且,"她忽然露出甜美的笑容说:"你愿意望望我么?"

我望着她的脸,她问:

"我是不是美丽?"

"自然。"我说:"是我们的梅瀛子。"

"那么唯有现在死去,"她说:"我才有最美丽的印象留在世上。你知道么?"

但是我又想到史蒂芬与他的铁青的脸孔,深紫的嘴唇,嶙瘦的骨骼,无光的眼睛,于是我说:

"唯有我现在死去,你才有最美丽的印象在我的灵魂深处。"

这句话说出了,我可有点后悔,但是她似乎没有知道我在否定她的意思。她说:

"你的最美丽的生命是寄托在你研究上,这是悠久的工作,越是长寿你越有美丽的印象留在世上,而我,我知道,只有我现在的印象值得人家永久的回念。"

我泫然说不出话。但是我骤然感到我们的对话竟都是在承认明天的失败似的,我感到在这样的时候,她需要的应当是勇敢的鼓励,而不是颓伤的同情,于是我说:

"梅瀛子,把危难交给我,我相信,这会使你胜利增加到十分之九的。"

"原来你以为我在害怕与懦怯,才挺身出来保护我么?"她挺直身子,张大眼睛,兴奋地生气了。

"不。"我说:"我并无这种骑士式的勇气:我所负责的是我生命的完整与我理想的水准。"

"个人主义的表现。"

"也许。"我说:"当我与你一同工作时,一切的危难,我应当在你的前面担负,否则这就是我生命的残缺。"

"但是我不需要,"她站起来说:"当我在工作面前的时候,我有勇气担负我责任上工作的艰难与危险,否则就是我工作的残缺。"

"但是……"我正要再说的时候,但是梅瀛子抢断了我,她说:

"假如我工作的危难要别人负担,这就是我自己不相信我自己的工作,自己对自己的工作没有把握。"

"我的意思是……"我的话刚开始又被她抢断,她说:

"时候不早了,你该回去。"

"你不许我再说一句话么?"

"这问题不许再提了。假如你不遵守我的命令,也该遵守你自己的诺言,这是纪律。"

她一面说一面走到桌边,拿起桌上的汽车钥匙幌摇,这是进门时我抛在那里的,现在她过来交我,她说:

"这车子交给你。"于是她伸手给我,庄严地说:"我要睡了,祝你晚安!"

我缄默地同她握手,胸中感到异常的沉闷。

带着这样的沉闷下楼,猛然我记起,在这握别的当儿,梅瀛子的手指是温暖的。

这温暖,我带到门口,带到车上,带过悠长的路途,带进我凄清的房间。

三十二

……现在我对你再想不出甚么可以解释,一方面你表现的是崇高,纯洁与忠诚,另一方面,你自己就在你希望我跳出的生活中在生活,所不同的是我是女子而你是男子。

对于你的生活我自然有点知道,但从未注意,也从未加以思索,但是今天白苹提醒了我,使我反省思索起来,我觉得我没有法子理解。

白苹站在第三者立场,比较看得很清楚,她觉得我们俩是完全同样的说可惜,同样的遭遇,同样的有应当努力的工作,同样应当放弃交际的生活,——这样无聊的交际生活——而过我们原来的生活。我觉得这是对的。

可是你只看到我。你叫我忠诚而勇敢地生活,那么你可曾问问你自己?

说是经济生活不能使你研究哲学,我想这是一种推托的话,不是一个对哲学有兴趣的人的答案。那么是否说是你是真金,而我不是真金?

既然这样说也好,但是我已忠诚而勇敢地自拔,回到良心的田园,而你为何还要我再去入火呢?

现在我要把你提醒我的提醒你,希望你有反省的能力来回顾你自己的生活。

我不是失信,我可以说,我倒是守信。这封信到时,我已到南京去旅行了,以一种无可挽救的办法来告诉你,我不参加明夜的集会。

使你为难?也许。但这只是你生活上的为难。这生活正是虚伪而懦怯的生活。

破坏你虚伪而懦怯的生活,大概无损于你忠诚与勇敢。

我们要忠诚而勇敢地生活!

海伦·曼斐儿。

我的住址是秘密的,我必须常常回家去看是否有我的信,十二月二十三日早晨,我回家的目的倒是为去取一袭礼服,预备夜里带海伦去参加梅武的夜会。但是海伦竟先送一封这样的信在家里等着我。我在沙发上读了又读,从焦急惊疑以至于麻木。幸亏家人都没有起来,楼下房中只有我一个人,我的情绪的变化没有让别人询问与奇怪。我麻木地坐着有半个钟头之久,在那个时间中,我的思想情感似乎都已停顿。等我开始恢复一点考虑的能力,我第一就奇怪白苹到底在海伦处说些什么,难道白苹已经知道今夜梅瀛子的工作,而来破坏呢?还是这不过是偶然而巧合的事情?一瞬间我真想马上去看白苹,作一个切实的试探,但后来一想觉得这样做于事情无补,现在最要紧是补救没有海伦的局面,梅瀛子何以必须海伦,我不知道,但这关联梅瀛子的工作,关联梅瀛子的命运,关联梅瀛子的生命是毫无疑问的。想到昨夜梅瀛子态度的严重,我不禁颤栗起来。我这次的工作,是带海伦去参加夜会,现在海伦走了,自然是我工作的失败。因我工作的失败而影响梅瀛子的生命,这是多么可怕可耻的事。为求补救的方法,应当越早让梅瀛子知道越好,这是不成问题的,这样想的时候,我立刻振作起来,把礼服带着,就跳上车子。

我一直驶到槟纳饭店,梅瀛子正在饭厅里早餐。我就坐在她的对面,喝了一杯咖啡,看看四周没有什么人,于是一言不语,把信递给了她。我抽着烟,准备一种坚强勇敢的态度,等待她的阅读,等待她的发怒,我决定以最忍耐的最忠诚的声色担负她将加与我的一切。

她按着信,皱着眉,面部慢慢的紧张,又慢慢的松弛,于是浮着锋利的冷笑,凝视着字面,我想她至少读了三遍,最后轻轻的把信递还我,一言不发,照旧吃她的早点,于是喝了一口咖啡,她和蔼地问:

"是昨天接到的么?"

"今天早晨。"

她又不响,我自然也只好沉默。半晌她说:

"有烟么?"

我递烟给她,为她点火,她喷了一口烟在桌上的康纳生上,她说:

"你可曾想过补救办法么?"

"我想的只是白苹……"

"这是自然的事情。"她说:"应想的是补救的方法。"

"对的。"我说:"所以我马上来同你商量,我觉得我很对不起你。连这点工作……"

"这不是你的错。"她截断我的话:"问题……"她忽然中止,站起来说:"到我房间里去坐一回吧。"

我跟她站起,跟她走出餐厅,走上楼梯,她拖长了深沉的低喟,怠倦地推开了门,她让我先进去,于是又怠倦地关上了门。她不安地走着,冷笑而自语地说:

"白苹,白苹……"

我坐在那里不动,但她的声音在我心中燃起了无限的憎恨与不安,这声音阴切,凄厉,有点歇斯底里的性质。我原以为到这房间以后,她一定为对我发泄她方才压抑下的愤怒不安与担心,但现在的声音则证明她的愤怒不安与担心都在绞磨自己的内心。在我,的确比对我发泄还使我痛苦。这等于我幼年时母亲因我的过失而流泪,我觉得比责罚我还使我痛苦一样。我说:

"这一切都是我的过失,那么,梅瀛子,能不能由我来负担今夜的困难?"

她不响,站在窗口,我又说:

"相信我,详细告诉我应做的工作,让我在今夜同你换一个岗位。"

她还是不动不响,我走过去,在她的后面,我两手虔诚地轻按在她的双肩,哀求她:

"梅瀛子,相信我,我愿意做一切你所吩咐我的,我愿意担负一切的危险,我……"

"这不是你表示男子美德的时间。"她急速地转身,庄严地说:"这是工作,是秘密切实的有计划的工作,并不是投一个炸弹一样的,可以靠你一时的勇气!"她说着又走开去。

"但是无论如何,我不愿播下不祥的种子叫人来食我果。"我望着她的后影说。

"你始终是个人主义者。"她说着回过身子,站在桌沿,一只手按着桌子:"你应当意识到我们的工作是一个机构,是一个机体,是一个生命。在我们的生命中,多少次都因为视觉的失败而需要手去负担危难,难道你也要眼睛去负担手的工作么?"

"可是我们总是两个生命,"我说:"我有个人的情感,假如你,你如果因为我,而出了什么事,我怎么办,你叫我怎么生存下去?"

"你的话只代表中世纪的伦理秩序,而现在是二十世纪的政治生命。"她说:"我没有功夫再同你谈这些。"她看看手表,又说:"我就要出去。"

"那么……?"

"没有什么,一切照旧。"她说着要走到寝室去,但又站住了说:"那么你今天一个人去了?"

"也许。"我说时她就进去了。

我坐在沙发上,等梅瀛子出来,直觉地感到梅瀛子似乎有超人的力量来控制今天的计划;我既不能对她作一点补救与帮助,那么我只有为她祈祷,祈祷她胜利,祈祷她安全,祈祷她永远光明。

梅瀛子打扮得非常鲜艳漂亮出来,我闻到一阵浓郁的香气,这似乎是不祥之兆,使我想到许多花都是在快凋零枯萎之前,特别放射香气的事情。这是一种迷信,我立刻压抑这种奇怪的直觉,我追寻一个光明的想法,我自语:

"当然,香气是代表永生的。"

她当然不知道我心理有许多奇怪的变化,闲适而愉快地站着,这闲适而愉快的态度,并不是对我,而是今夜要用的态度预先的练习,我相信她刚刚离开镜子,在镜子面前,她曾预演如何在今夜出演时不透露她心底的担心与害怕,于是就用这样骄矜高贵的表情来同我说话。

"假如可能的话,今夜你努力守住白苹吧。"她微笑又说:"用你的感情,不要用你的意志,如果有点勉强而要被别人看出时,你还是放弃看守。"

"这是什么意思?"

"这是说,"她说:"看住白苹对我是一种帮助,但被人看出你在看守她,就更有害于我的工作。这是原则,一切听你自己的随机应变好了。"

说完了她似乎不想再提起这件事,好像伴我一同去游玩般的伴我下楼,走出了门。她说:

"你先上车好了,我们晚上见。"

我上车。在平坦的路上驶着,心里有许多事,我不知应当上那儿去,也不知应当先解决什么;我需要回家去,需要平静地有一番思索,才能决定我可以做与应当做的事情,于是我驶向寓所去,但就在转湾的角上,一辆鲜红的汽车掠我而过,是梅瀛子,旁边一个女的,不知是谁,我想加速追上去,看看是否认识,但她的车子太快,而我的心里太重,我没有实行。

到威海卫路,我把车子驶进车间,这车间是我不久前才租得的,离我寓所的门有二十几步之遥,但就这二十几步路之中,我远望在一个弄堂口站着一个像白苹的女子,我正想定睛看时,她已经反身进去,这弄堂在我寓所的斜对面,我必须多走几步才可以在弄堂口望她,但是我那时心境很坏,又觉得这样早她似乎不会在这里,想是自己看错了人,而又因为手里捧着礼服,很不方便,所以就一直回到自己的寓所。

我到房间里安详地坐下,满以为我可以集中心力来考虑我可以做与应当做的事情,但是头脑沉重,心境紊乱,与可以做与应当做的事都寻不到。

没有办法之下,我放足了水洗了一个澡,于是我在床上放松了所有的筋肉来休息。我就这样沉睡下去。醒来是一点半,我猛然想起今夜我应当怎么样去参加夜会?似乎一个人总不是道理。于是我马上起来,但是我没有换礼服。因为我想到我要去看看本佐次郎,本佐是同我合股巨商之一,是我们公司的总经理,我最近好久没有见他,他同日本军部交际甚密,今夜自然会有他。要是方便的话,我同他一同去是很好的。不过不换礼服,我需要再回来一趟,也不方便,想了想还是把礼服带到汽车上,想随时到那里都可以换上。

我出来一个人在凯第饭店吃饭,饭后到四川路我们的公司里去,但是本佐已经回家,时间还多,我反正没事,于是我驾车去他家,在一切思绪与情感的变化之中,一个不变的轴心,隐在我心境后面的则是海伦的变幻。不知是否是一种下意识痛苦的逃避,从梅瀛子地方出来后,我始终未想到海伦,但是现在,因为我的车子在她的家前驶过,骤然我想到了她的话,一个骤然的光明刺激了我——她去南京的,也许是假的,假如她现在在家,那末,那末……

我想着想着在她的公寓前停下来,我跳着心上去,敲她的门房,开门是曼斐儿太太,她欢迎我说:

"想不到你今天会来。"

"海伦在家么?"

"不知道是怎么回事,她忽然一个人要去南京了。"

"已经动身了?"

"前天。"

这简直是一桶冷水浇灭了我的希望,我想马上走,但是曼斐儿太太留住我,她说:

"今天假期,我一个人在家正寂寞,你来了再好没有,我还有事情同你商量。"

于是我就走进去,第一个使我注目的是桌上梅武少将的请帖,写着曼斐儿太太曼斐儿小姐,这使我非常奇怪,海伦不是说有一张请帖被她退回去了么?如今又送来一张呢,还是仍是那一张?我拿着请帖出神地想,但是曼斐儿太太说了:

"海伦大概就为躲避这个夜会去南京的。"

"怎么?"

"上次送来一张单请她的请帖,她谎说去北平退了回去。"曼斐儿太太坐下来说:"但是别人知道她没有离开上海,以为她不愿意一个人去,所以又送来这一张请帖。"

"她看到这张请帖么?"

"没有。"

"那么你今夜预备去么?"

"一个人我不想去了。"

像灵感似的提醒了我,使我一变颓伤的态度,我兴奋地说:"去,去,我伴你去。"

"你也去么?"

"我去,我想今天一定很热闹。"

"你不带别人去吗?"

"我本来就想同你与海伦去的,现在海伦不在,那么就是我们两个人去好了。"

"你真好,永远想着我们。"曼斐儿太太和蔼地笑,眼睛闪着异光,圆胖的脸儿都是愉快。

我也似乎得到了一种说不出的慰藉,这慰藉是哪一方面的我想不出,但至少减去了我心灵郑重的负担,增加了我的勇气。我深信,曼斐儿太太可有助于梅瀛子的工作,如果是无助,但也决不会有害。

一切无可奈何的事情在无可奈何之中有无可奈何的变化,我从曼斐儿太太光彩的眼睛中,看到梅瀛子今夜的幸运。

三十三

曼斐儿太太在我旁边,汽车从平滑的路上驶着,野景黯淡,路灯奇明,这儿离市已远,已经是江湾了。

梅武官邸是离过去我们市政府大楼不远的一所灰色洋房,战前照耀着晶亮的灯光,不知是属于那一个达官富商的,如今为梅武所占用。这房子离马路有两丈之遥,由一条两辆汽车可开的路,引到门首,这条路两边种着整齐的冬青,今夜冬青树上扎满了五彩的电灯,路口站满了日兵与伪警,汽车到那里就须停下来。两个服装整齐的日兵严肃地来询问,我把请帖给他看,他就指挥我把汽车驶进去。走完了冬青路一个圆形的大场,四周已经停满了汽车,整齐得如军队战车操列,都是车头对着圆心,车尾向着圆周。我到的时候,第二圈已经快满,我就停在缺口处一辆一九四〇年的别克旁边。圆场的中心是一株高大的轮柏,今夜已被点缀成光彩夺目丰富美丽的圣诞树了。我一下车就注意到梅瀛子的红色汽车不在,那么她还没有来么?曼斐儿太太很自然的手挽着我的手臂,一个绿衣的童子,过来鞠躬,引我们穿过圆弧走上石阶,从雪亮的门口进去。

客厅很宽敞,已经有许多人在那里,梅武少将全副海军军装过来招呼我们进去,并没有一一为我向客人介绍,梅武同我约略谈几句,招呼我随便坐,就走开去了。我到房间深处,发现几个日本陆军军官是以前相熟的,本佐次郎们并没有在屋;(不来了?)许多伪官,我只认识三四个;但在几个西洋人中,我看到了费利普医生与太太,这真是奇怪,我同费利普不算顶熟,但现在见到他,我真有见到亲人一样的感觉,我下意识的意识到,在这个世界中,人人都是我的敌人,只有费利普是我的朋友,我同大家约略招呼后,同费利普握手,费利普似乎发觉我太热烈,他用尊敬的态度同我握手,而用严峻的眼光拒绝我对他亲热,我立刻

意识到我不够沉着,于是我矜持一下自己,收敛我嘴角太浓的笑容。我以淡漠而庄严的语调低声地说:

"史蒂芬太太……"

"她不来,"他说:"不舒服。"

他非常冷淡,说完了马上转向曼斐儿太太去谈话。于是我就只好同别人去招呼了。

主人的招待不能说坏,但是这空气是阴沉的,日本军官俨然摆着胜利的面孔,伪官们谄媚的笑;大家低声静气谈着敷衍话,要使每一句话不着边际,不表示主张,不透露感情,不带着理论,但又不得不说!要使每一个笑容不表示快乐,不表示讽刺,也不表示安慰,但又必需带着笑!是这样的世界,是这样的空气,我愿意此时此地有一个炸弹把它完全毁灭。

我相信在座每一个都同我有一样的感觉,而我所差可安慰的,是我良心没有内疚,因为我的使命与工作,就在毁灭这样的世界,自然,为此,我心理上也多一个负担。

客人陆续的到来,客厅慢慢的满起来,我期待我可以早点看到梅瀛子,但是梅瀛子还不来。

突然,外面有高朗的笑声传来,整个的空气开始变动,大家借此停止了无聊的应酬话,把视线移到门口,我听到梅武在外面大声的谈话,是日语,我不懂。但是这声调中是包含多少的得意,多少的骄矜与多少的兴奋呢!

我的心骤然跳起来,因为我断定这是梅瀛子到来无疑,我几乎没有瞬一下眼睛,凝望着门口,但是进来的是白苹。

白苹垂着眼,几乎是微低着头,披一件长毛银狐的大衣,下面拖着雪白的晚礼服,一只手挽在有田大佐辉煌陆军制服臂上,梅武则穿着漂亮海军制服站在另一面同她谈话,我看到她手上戴着我送给她的钻戒。她一言不发,只是微笑与低头,活象一个到牧师面前去的新娘,我第一次看到她这样的姿态,端庄,含羞,宁静,安详。是伪作的吗? 我想。

梅武接过白苹的大衣,许多日本军官过来同白苹招呼,白苹开始迟缓地离开有田的手臂。似乎是含羞,似乎是娇弱,又似乎是神圣不可侵犯的同他们招呼,最后方才同四周的熟人招应,用客气倨傲带命令的口吻淡漠而轻轻地招呼我:

"您先来了? 本佐他们呢?"

"不知道。"我说:"我伴曼斐儿太太来的。"

于是白苹同曼斐儿太太招呼起来,我开始看到她比较显明的笑容,也听到她微低的语声了。

这客厅的空气比较流动,白苹像泉流冲散了死静的浮萍,两两三三的伪官们在一组,他们的太太们又在一组,几个西洋人又在一组,几个日本商人,参谋,日本军官忽散忽聚的在一组,白苹的周围总聚着最多的笑容,她非常自然的在同各组谈笑,即使在认识不多的伪官太太群中,她也有恰到好处的交际。

客人还是陆续的到来,本佐次郎他们也带着我不认识的女子们来了,我很自然的就同他们在一起,这里我同日本军官们无话可谈,同伪官们不够熟,双方都有戒心,费利普拒绝我同他亲热,白苹正在各方面交际,倒是本佐次郎们,又熟稔,又没有纠葛,可以随便谈谈。他告诉我梅武在英国住很久,曾任公使馆的武官,是一个十足欧化的人物。他又告诉我他带来的那个日本女孩,是北四川路的茶座女郎,如果我喜欢,他可以让给我;他忽然指着伪官太太群中一个鹅蛋脸的女子,问我是不是认识她,我说不知道，他告诉我她以前是白宫舞厅的舞女，他曾经同她玩，……本佐是居留上海十多年的商人，可以说是被中国同化了的，他一点不爱"国"，他虽不反对日本侵略中国，但对日军统制贸易物价等事，他总是有怨言，除了商务以外，他很会作乐，化钱很慷慨，借此同日本军官联络联络，两方面都得其所哉。我心里负担着沉重的心事，同他在一起不过是掩饰孤独与局促的处境，所以他兴高采烈的谈话，并不能引起我的同情与兴味，我没有完全听进去。

我现在开始悟到梅瀛子的估计是对的，看守白苹是一件绝对不可能的事，我不过是一只青蛙，而白苹是鲫鱼，叫我在这里看守白苹，就等于叫青蛙在河底看守鲫鱼；而又不许让别人看出我在看守她，这自然是绝对不可能的事。现在在一个客厅中，我虽然可以注意到白苹一切的行动，但假如白苹伴有田或梅武走出去，我就很少办法一直去跟着。我焦急地盼望梅瀛子来，我想告诉她这一层，同时我想劝她，假如情形太为难的话，希望她放弃今夜的工作，待将来有机会再进行，我很奇怪，在前些次会面时，我全没有用这层意思去劝她。我想当一个人脑筋专往积极方面想的时候，就不会回头去想，过去的计划似乎都集中在"如何做才好"的问题，而没有想到"何时做才好"的问题。我想这工作都不是去一定要限于今天的，因此我希望梅瀛子快来，我要把我的意思去贡献她。

我听见许多人都互相问到梅瀛子，白苹用很自然的态度在谈话中向不同的人问到梅瀛子为何还不来的问题已经第七次了，我想第八次也就要开始。

"梅瀛子小姐！"外面有人喊了！

梅武迎出去的时候,梅瀛子已经光一般的进来,有四个陆军日本青年军官簇拥着她,又随着二个海军军官,梅武非常庄严而有礼去同她握手,梅瀛子同梅武握手以后就昂首前望,用最光明而甜美的眼光从全厅的人群扫掠一过,这时候鸦雀无声,大家注意力都集中在她身上,她穿着素白长毛皮大衣,纯洁得没有一点颜色,下面蠕动着礼服像是白雀浴后的毛羽,最堪注目的是裸颈上挂着纯白明珠的项圈,正当我注意她面部的时候,她笑了,刚刚让人家看到她的笑容,她用二十度的鞠躬向大家行礼,我相信全厅的人个个都在以为她的眼光只看到自己,也个个以为她的甜笑是专赠给自己的,不用说每个人也都以为她这个二十度的鞠躬是对自己在招呼,不约而同的大家都用四十五度的礼去还她,我发现梅瀛子一瞬间已成了女皇。梅瀛子昂首进来,把大衣交给梅武,第一就亲密地同白苹握手,蠕蠕不休地倾话阔别的渴念,于是她转到西洋人的群集中,用英语一个个招呼,接着她同伪官们,谦恭地用漂亮的国语敷衍,我惊奇她竟会个个都很熟稔,最后,在日本海陆军军官间住足,用流利的日语交谈。

仆人送上鸡尾酒,当每人手擎一杯的时候,梅武高举杯子说:

"为我们梅瀛子的美丽饮此杯。"

大家干杯以后,仆人送上第二杯。于是梅瀛子绕到中心,高擎着杯子,这时候我才第一次与她视线相遇,我发现她对我有所示意。她说:

"我请求主人光荣的允许,让我们把这杯酒为白苹小姐祝福,并推她为今夜欢会中的主席。"

"……"白苹似乎在说话。但四周的欢声掩盖了她,大家高举杯子倾饮了。

第三杯的时候,白苹在两个军官掩护之中举起了杯子,她说:

"为大东亚的和平,中日联谊中第一个欢会,我们推举梅瀛子小姐为和平之神。"

这句话非常刺耳,但似乎是日本军官在暗示,因为接着就有人送来鲜花扎成的花冠,梅武把酒杯放在桌上,庄严地把花冠捧到梅瀛子的头上,于是重新擎起酒杯,在梅瀛子面前说:

"中日联谊第一个欢会中,让我们祝福和平之神永久的光明。"

于是梅武对梅瀛子干杯,白苹欢呼着跟着干杯,接着大家都干杯了。哄堂的掌声掩盖了一切。

刚才沉闷萧索勉强的空气,现在已融在梅瀛子与白苹的笑容之中,在一切交际谈话间,白苹始终让着梅瀛子,而梅瀛子则总站在拥护白苹的男子立场上拥护白苹,这二人之间,几乎没有争胜抢优的样子,不但如此,假如我不是圈子里的人,一定还以为她们是互相标榜的一对了。

最后梅武招待我们到舞厅去,这是一间大厅临时布置的。厚重的呢帘掀处,耳室里,响着七人的乐队。我们进去以后,十来个妖艳的日本女子,尾随着六七个海军军官进来。梅武请夜会司令白苹开舞,大家鼓掌,于是梅瀛子就推梅武少将带白苹起舞,我们就跟着跳起舞来。

我必须尽早能与梅瀛子伴舞,可以说几句话;但是始终没有机会,我想梅瀛子一定也感觉到有同我说话的必要,所以在音乐停的时候,她走到我的身边来同我交谈,这才使我有同她跳舞的机会。

从来从容不迫的谈话惯了,现在要在短促的时间谈话,我竟不知从何说起,好像许多话都涌在狭小的喉头,像电影散时的戏院门,挤得无法出来。倒是梅瀛子先开口了:

"你现在总相信龙在海中是无法看守的。"

"青蛙的确无法在河底看守鲫鱼。"我说:"那么我是否……"

"你践着我的衣服了。"梅瀛子抢断我的话,一面握紧我的手,我才注意到,一个日本军人从我们的旁边舞过去,于是获到一个机会,她又说:"一切事情,事先必须考虑周到,事后只好随机应变,听天由命。"

"梅瀛子,"我带她到房角,一面舞着一面说:"能不能把今天所有的心绪都集中在欢乐上?好像日子正多,顺风的时候我们再来驶船怎么样?"

"这是一个浅滩,"她说:"难得有水可以驶船,也许顺风的时候会有,但多半是没有水的日子。"

"你不想再考虑一下么?"

"我考虑得很仔细了。"她说。

"曼斐儿太太同我一起来的。"我提醒她,意思当然是问她有什么可以用着曼斐儿太太的地方。

但是梅瀛子不理会,若有所思的忽然找一个机会对我说:

"回头白苹上楼赌钱的时候,你去加入好了,尽可能同她豪赌一场,我想这是你最光荣机会。"她愉快地笑:"跳舞你是赶不着的。"

"谢谢你指导我这样好的机会。"

音乐停了,我们的谈话就此中断。

我注意白苹,白苹正忙于应酬,我想不必待我去看守她,这些男人们自然会缠得她难于离开这里的。

这时候,我注意到一个似曾相识的日本女子,她也正在注意我,我想我们一定在什么地方见过,但怎么也想不起来,最后我去请她跳舞,在舞池中我问:

"对不起,小姐!我们是在什么地方见过么?"

"自然,"她羞笑地说:"我认识你的。"

这倒使我吃惊了,我说:

"那么我是谁呢?"

"是梅瀛子小姐的好友。"这句话很使我奇怪,但我玩笑地说:

"这里谁不是梅瀛子小姐的朋友呢。啊,这句话不能证明你是认识我的。"

"你,"她笑了:"你就是在 Standford 要求我唱《黄浦江头的落日》的男子。"

我想起是她,但是我不知道她的名字。我说:

"是不是那天你没有告诉我你的名字?"

"我的名字叫米可。"(这是那一国人名我不晓得,这里我只记下她名字的音。)

"对不起。"我说:"我是一个很笨的人,未告诉我名字的人我是永远记不起来的。"

她笑了,这笑容带着几分矫揉,但这笑容的本质是无邪而甜美,我觉得米可是简单纯粹驯柔的孩子,同梅瀛子白苹这样深刻而复杂的女孩交往以后,反觉得同米可这样的孩子谈话,是比较轻松而舒服了。

三十四

电灯雪亮,轮桌推进了各色的茶点,我同米可在一起,曼斐儿太太同费利普在一起,梅瀛子在日本海军军官群中,白苹就在我斜对面,但相隔很远,中间又有人穿杂往来,我很想走得近点,但总觉得有点勉强,幸亏她的一切我还看得见,我看见她似乎有点倦意,我想这是舞跳得太多的缘故,我看见武岛拿茶点给她,但她用得不多。最后她自己把杯子放到靠墙的一张轮桌上,用手帕当作扇子似的轻挥着,露着万分疲乏似的,悄悄地坐在沙发上。

我很想过去看她,但我觉得我从这样的距离走过去,一定会引起别人的注意,会引起许多人去找她,那似乎反而是对她的扰乱。白苹是厌倦了生活,厌倦了伴舞的人,我对她终抱着同情,所以现在我希望她有比较宁静的休息。

照耀着烛光,闪烁着色泽,一只很大的圣诞节蛋糕,由轮桌推进来,烛光因推动而倾侧,但当它放在房子中央的时候,又竖直了,蛋糕上装璜很美,上面似以日本与中国的国旗为背景,又加以圣诞节中日联谊夜会的日文字样,我们大家都围拢在看,我正要细认的时候,我突然听见梅瀛子兴奋地叫:

"我们美丽的主席呢?快请她来切这美丽的蛋糕。"

这时我才注意白苹,白苹露着怠倦烦躁的态度,像她家里那只波斯猫般的懒洋洋地正要走出门去,我不知道那门是通哪里,梅瀛子的叫声使我顿悟到白苹的怠倦也许是一种伪作,还使我想到梅瀛子所以推白苹任主席的原因了。

"这当然是我们和平之神的职务。"白苹从容不迫地说,像帆船一样雍容地回身驶过来。

白苹没有坚决拒绝切糕,她先将中日国旗切开,又精致地切成小块,梅瀛子就嗾使她旁边的军官捧着碟子为她去领,于是前后一个一个都捧着碟子上去,白苹安详地一块一块分给人,缄默地露着微笑。最后白苹放下刀,亲切地走过来,到梅瀛子面前,我那时正在梅瀛子后面,白苹看看我笑笑,就亲切靠近梅瀛子说:

"我实在太疲乏了,梅瀛子,"她笑得非常甜美,像作娇地说:"原谅我,不要再捉弄我了。"

梅瀛子没有话说,亲切地拉着她手,走到后面沙发去,我看到她们一同坐下,似乎亲切地在谈,但听不到谈些什么。

茶点撤去,梅武宣称:几种日本土风舞的表演。于是音乐起奏,有几个古装打扮的日本女子出来舞场中表演,这时米可同我说,她在第三个节目里有演出,于是像小鸟飞翔似地从侧门进去,现在我自然知道,参加表演的就是刚才所见的那些妖艳的日本女子,而米可也是其中的一位。

日本的舞蹈我看过很少,它的历史我也不知道,但从所表现的那两只舞蹈,我直觉地感到是一种温柔文雅带着感伤的诗意的艺术,这与在场军人的骄矜得意的态度,刚刚成一个相反的对照,米可在她参加的一只舞蹈中是担任主角,一节舞后,有一段唱,我听不懂这歌的意义,但调子所表演不外是感伤惜春之类,米可的美丽在舞蹈中更显得光彩,所以在表演舞完毕后,交际舞开始之时,有许多人来请她跳舞。

一阵狂乱,纸彩在空中穿射,汽球在空中飞扬,怪叫欢呼

"Merry X'mas""Merry X'mas"。轮桌的四周布满了酒杯,人们抢着举起,于是碰击,豪饮,狂舞,这是夜半十二点钟。但我不知道几个人是真的疯狂,几个人是假作疯狂,几个人是依着习俗学作疯狂!

这以后,跳舞的继续似乎没有多久,我发现人们两两三三从刚才白苹想出去的门内进去,舞曲小停的时候,我才注意到白苹已经不在,梅瀛子也不在,我想她们一定也从那门内进去了,于是在舞曲重奏的时候,我与米可舞了一半,就跟着正往内走的日本军官,带着米可进去。

原来那是一个很宽敞的后廊,廊上放满了可坐的桌椅,但没有人坐,窗外是一片黑,几盏灯光告诉我园外还有一所房子,前面的两个军官转湾,我也跟着他们,转湾是宽阔的楼梯,他们就拾级上去,我也跟着。

楼上就是灯光辉煌的赌台,我看到许多人围着,我像找人似的从人缝中进去,看到白苹坐在有田的旁边,梅瀛子则坐在斜对面,白苹看到我叫我过去,在公开的交际的历史上,我同白苹自然比梅瀛子亲近,我有资格站到白苹的后面,但没有资格站在梅瀛子的旁边,白苹有资格遣使我,而梅瀛子在表面上还需保住相当的客气。我看到梅瀛子望望我,但我不知道她的用意,而我已经走向白苹的座后,所以没有中止。我走到白苹后面,我问:

"赢么?"

"还好。"白苹说。

她们玩的是扑克牌,围着的人都在下注,我不懂这种赌博,于是白苹为我解释,并且说明,这是完全碰机会而不靠技术的玩意,最后她说:

"你替我来一回，"她的话像命令似的，说着她自己就站起："我回头就来，谢谢你。"她已经挤出去了，我自然只好坐下，但是我立刻悟到这是白苹脱身之计，我望望梅瀛子，她正在看我，是一种讽刺的微笑，她看来输得不少，这次她尽所有下注，四周似乎也想寻人来替她，但她左右与后面的人，都注意着自己的赌注，我想也没有一个可以为她替赌的关系人。她一时似乎急于脱身。

幸亏这一牌梅瀛子又输了，输尽了她台面上的钱，她站起来说：

"太闷了，我休散休散再来。"

谁都知道这句话是一种托词，但我相信大家都会当她是赌客的常例，输了钱就说一句冠冕话而离座，因此倒没有人对她作其他的猜疑，也没有人阻留她。她走后，后面有人坐下来，我继续在赌，我赌得很少，虽然心在想别的，但一直赢钱，大概是二十分钟以后，我看到曼斐儿太太，她挤过了来说：

"你赢得很多了。"

"不是我自己的。"我说："你没有看见白苹么？她怎么还不来？"

"没有。"她说。

我四面望望，装做寻白苹，又说：

"你替她来一回好么？我去找她去。我想她一定在跳舞了。"

于是我把座位让给曼斐儿太太，一个人走向楼下舞厅。

我相信白苹不会在，我也不知道什么地方可以找她，我心里打算着可以找的地方与可以做的事情，惦念梅瀛子的工作，她是不是会同白苹……

但是白苹竟在舞厅里跳舞,惊奇打断了我的思绪!音乐是热烈的爵士,中国的伪官们大概前后都已散了,全厅都是日本少女与青年日本军官,空气非常浪漫,已无刚才正式庄严的空气。白苹正与一个很年青的军官同舞,脸上露着百合初放的笑容,眼中放射愉快的光彩,我非常奇怪,这使我立刻想到梅瀛子,可是已经失败了,一种可怕的预感,难道白苹已经陷害了梅瀛子,我的心跳起来,我恨不得拉住白苹来问,但是音乐一直继续着。

"怎么你下来了?"

是米可,她也是从后面进来。我于是就同她跳舞。我问:

"你到哪里去了?"

"我一直在这里,刚刚出去一趟。"

"看见梅瀛子么?"

"她没有在赌钱吗?"

"没有。"我说,这时候,我有机会舞近白苹,她看见了我:"怎么?你也下来了?"

"你怎么老不上来了?"我说,就是这两句问话,我们已各人舞开去。一直到音乐停止的时候,我们才继续谈话。我走过去说:

"你倒舒服,在这里跳舞。"我注视着她闪光的眼睛。

"我赌得太气了。"她很自然的说:"现在呢?"

"曼斐儿太太替你在赌。"我说。

跟着音乐响起来,我又同米可跳舞,我注意着白苹带着一个年青的军官走过通走廊的门。

这是我对她的试探,而我相信她这次一定是上楼。我想于舞后上楼去探她去,但我又关念梅瀛子,在刚才同白苹几句对话之中,我很注意白苹的眼睛。我虽然没有问她梅瀛子,但假如她有陷害梅瀛子的行动,在我的注目中,她一定会有点不安与局促,而事实上一点没有,她似乎愉快而坦白,也许有微微的兴奋与不安,但这是她常有的事情,一瞬间我忽然非常柔弱,觉得我怀疑白苹陷害梅瀛子是一件极对不起她,同时也很可惭愧的事。可是更现实的问题,是我必须马上知道梅瀛子的下落,但除了我到过几间房间外,我是无从去探询,于是我想到身边的米可,我说:

"梅瀛子奇怪,不知上那里去了。"

"你找她有事么?"

"是的。"我笑着说:"回头你可以为我去找她么?"

"自然可以。"她天真地笑:"用什么报答我呢?"

"找到了我请你吃饭。"我说。

音乐快完的时候,米可说:

"我就去找她好么?"

"谢谢你,但不要让别人知道我在找她。"我说:"我在赌台边等你,你可以告诉她来看我。"

于是米可像小鸟似的匆匆出去,我就从后面出来。预备上楼去,后廊是宽阔的,窗外黑魆魆,我刚才只见到几盏叠成房屋的灯光,现在,为我身体的热闷与心理的好奇,我走到窗口,抽起一支烟,我打开一扇窗子,让外面的冷气吹来,我深深地吸了一口气,开始注意窗外的园景,几株树,几丛花,安置得很别致,一个日本型的小石塔,旁边是密密的竹丛,竹丛的外面就是围墙;那一面就是一所三层楼的小洋房,似乎是后来与这园子同时造的,我伸头出去看那小洋房的全部结构,我发现那面两盏矮巧的路灯,照出一条石子砌成的路,这路一端正通这小洋房的门,另一端无疑是通到这面的房子,中间有支路径通到这边的园林,那房子的窗户都关着,里面静悄悄,没有人影,也没有声音,就在这时候,我看到一个女人从这面的房子走到石子路,我向后一闪,在矮巧的路灯边,我认出这是米可,她没有四顾,一直走到那面的小洋房,一推门就进去,砰的一声,门在她身后关得很响。

"梅瀛子在那里面么?"我想。

天上无月,有零落的星光。我从那刚关的门看到石子路上,再看过去,又看到一些轮柏等树木的点缀,我发觉这小洋房是站在这块园林的中心,于是我意念中把视线绕着小洋房看过来,我又看到小洋房的石阶,一、二、三、四、五、六,于是煤渣路,又是轮柏,有几株春天的花木现在已经凋枯,过来有三株冬青还很绿,那边似乎是小池反映着星光,经过黑魆魆的一角,我视线跳到白石的小塔与竹林,我这时发现石塔的旁边有大路可以通到竹林似的,我顺着路看进去,我吃了一惊!是一个女子从林中出来,我略略后闪一下,再细看时,啊,是梅瀛子!我没有惊动她,我想后面或者还有人,但竟没有,她滞缓地拖着脚步,低着头,似乎在苦思什么,她走到石塔边,又走到小池边,在池边大概站了三分钟的工夫,忽然若有所悟的像发现什么;她就穿过冬青踏上石子路,坚决地顺着路走去,这路就是连接两组房子的石子路的支路,还没有踏上正路,我看那小洋房的门开了。我一怔,梅瀛子似乎也一怔,可是出来的米可,米可就高兴地迎上去,我没有听清楚,大概她在说:

"这可让我碰到了。"

梅瀛子就拉住她,以后的话我一点也听不出了,她们俩就到这面房子过来。

我关上窗门,觉得还是到上面去等她们好,于是我就拾级上楼。

梅瀛子的焦思是工作失败的表征,但她的安全给我许多安慰,我有比较安详而镇定的态度,登楼去等待故事的发展。

三十五

我忽然感到,人心也许就是势利的,在任何场合之中,优胜者总得许多人的拥戴,世上的优胜者也许还常遇到人的妒忌,但这只是证明优胜者的尚未完全优胜,等到十足优胜的时候,最妒忌优胜者的人就都成为最拥戴优胜者了。

今夜的白苹真是光芒万丈,无比无比的光彩都堆在她的脸上,无数无数的支票现金都堆在她的面前,许多许多的目光都加在她的身上,这些目光里都是羡慕与尊敬,我看不出有妒忌与仇视,但是人们还送钱给她。

我冷静地站在旁边观察,白苹的脸上真是闪耀着各种的灿烂。这灿烂一点不是骄傲,也不是得意,是一种胜利,一种奇美,一种愉快,一种说不出的甜蜜,这灿烂引起了人人对她的尊敬与爱,都愿意在她面前屈膝似的,人们的谈话,似乎都以输给白苹最多为光荣,虽然她的面上还有懊恼之色。这空气使我觉得我没有对白苹献金是耻事似的,我拿出钱去说:

"白苹,现在轮到我来对你献金了。"

我把钱放下去,白苹报我微笑,曼斐儿太太现在为白苹整理票子,管理支付,她说:

"今夜的白苹已不是你可以来作对的了。"

果然我输了,但是这并没有增加白苹脸上的光彩,而她发着奇光的眼睛,一望我的时候,反使我感到一种说不出的威胁,好像她看穿了我是梅瀛子的助手,而今夜就是在与她作对似的。这使我想到我刚才在园中所看到的美丽的梅瀛子的神情,与白苹相较是多么可怜的对比。

整个房间的人似乎都为白苹而存在,整个房间的灯光似乎都为白苹而辉煌,整个房间的设备似乎都为白苹而装置,而整个房间里的人,整个房间里的人所保管的金钱似乎都受白苹的控制,而梅瀛子在萧瑟昏暗的园中漫步则活像是一个世界所遗弃的人,没有一个生物在注意她,只有我,在隐僻的窗角偷望着她,那么可是海伦的不来有以致此?而这是我工作的失败。不用说白苹是我们的敌人,而梅瀛子是我的同伴。就是以我永远同情弱者的气质来说,一瞬间似乎就会有一种仇恨的心理在我胸中浮起,好像我赌博上胜利也可以挽救我们工作上的失败似的,我镇定地再下更大的赌注,但是我又失败了!我连续失败!

忽然我想到我在这里等米可与梅瀛子,而梅瀛子的上来,将更会是一种失色的出现,这一瞬间白苹已经成了强烈的阳光,梅瀛子的出现,将是黄昏时的淡月,再无人去注意她,因为我看到梅武现在在白苹的背后,只等白苹看他一眼以为荣,我可以断定梅瀛子的上来,连他都会对她有礼貌上的疏忽的,那么,现在似乎只有我,而我应当及早阻止她上来。我正想辍赌到楼下或者到门口去迎候梅瀛子时,我身旁忽然有人说:

"怎样?不陪我跳舞么?"

是米可,她娇憨的态度使我减轻了心灵的负担,但是我立刻

担心到梅瀛子会在后面,我从人丛中后望,发现她不在,我的心宽慰了许多,我说:

"你看,找不到你,害我输了不少钱。"

说着就从人丛中挤出来,我们匆匆下楼,梅瀛子已在一个日本青年军官的臂上,这青年军官对梅瀛子似不熟稔,非常庄严有礼的在跳舞。我同米可跳舞时,偷偷注意梅瀛子的神情,这神情是冷静而坚决,已无刚才焦虑怀疑不安的空气,她没有笑,没有谈话,看到我的时候也没有同我招呼,她只是安详的跳舞,似乎是胸有成竹,又似乎是心不在焉。

音乐停了,梅瀛子才同我招呼,非常淡漠似的说:

"你赢了么?"

"输。"我说着走在她的旁边,她一直向那面放着她手皮包的沙发走去,她说:

"几点钟了?"

我看表,我说:

"两点四十分。"

"……"她透露了一声疲倦的微喟,不说什么。

走到沙发边坐下,她望望远处窗沿的轮桌说:"给我一杯酒好么?"

"寇利沙?"

"白兰地。"她说。

我于是又走回去,到窗沿轮桌上倒了一小杯酒回来。

梅瀛子接了酒,喝了一口,轻靠在沙发上,又微喟一声,我说:

"疲倦么?"

"……"她点点头,忽然音乐响了,人们都跳起舞来,她看看附近没有人,振足一下,用沉着低微的口吻说:

"现在,一切的责任都在你身上。"

"你是说我可以帮你忙么?"我坐在她的旁边。

"是的,你应当负这个责任。"她没有看我,严肃地说:"手续完全同上次一样。现在这已在白苹的手皮包里,我想。你设法陪她回去,必须在车上把它拿到。"

"车上?"我思索一下问。

"除此你没有机会了。"

"但是……"

"等回在喝酒的时候,你应当使她呕吐,于是你趁机陪她回去。"她说着从身后拿出手皮包,拿出一块淡紫罗兰色的手帕揩了揩鼻子,我闻到她特有的香味,于是她把手放下,正放在我的手旁,她说:

"这是药。"

我手背触她柔软的手帕,我无考虑地反掌去接受,但我接到了一个纸包,我的心突然颤动起来,我敏感地想到这是毒药,而不知所云的感到说不出的惊骇。我极力抑制自己的感情,我镇静地问:

"药?"

"使她呕吐的。"

但是我不知怎么,对于梅瀛子这句话不能完全相信,在工作上如果需要,我相信梅瀛子的确会下这个毒手,而她的工作我既不明了,那么无法证明这会不是工作上的需要。

她像石像一般坐在那里,眼睛望着空虚,脸上没有一丝表情,这使我想到《鬼恋》中的女主角,我骤然悟到这份眼光里隐伏着一种杀机。好像让我看到,即使不是工作的需要,梅瀛子也会因对于白苹的妒嫉而下此毒手的,我握着那个纸包,手发抖起来,于是我紧握了一下,坚决地说:

"是不是怕我害怕,而说这只是为呕吐用呢?"

"你以为我要你做个傀儡?"

"梅瀛子,"我说:"除了工作以外,我们是朋友;在一切你给我的工作中,我希望明了它的意义与效果。"

"相信我,"她说:"这时候我无暇同你讨论哲学。"

"可靠的?"我问。

"你放心,"她说:"犯罪的事情我用不着你。"

"可以让我看看你的眼睛么?"

她回过头来,我从她坚决的眼光中,看到了怠倦与温柔,她低下视线,宁静地说:

"当许多别人同她饮酒后,你再去祝杯。"

"于是当她呕吐时我送她回去。"

"是的,"她说:"你同曼斐儿太太两个人最好,免得有日本军官要参加同去。"

她说完了就站起来,安详地说:

"陪我舞么?"

我没有回答,站起来,把药包放在袋中,沉默地同她跳舞。

"你胆小么?"她说。

"是的,我怕这不止是呕吐。"

"假使我撒谎。"她说:"你随时可以出卖我。"

"我应当相信你,梅瀛子。"我说:"因为我永远忠诚地服从忠诚。"

我们间又沉默,音乐停时,她说:

"东西拿到,马上到 Standford 的舞厅内等我,现在伴我上楼吧。"

于是我跳动着心,同她走出舞厅,走上楼梯。赌厅里声的喧闹,光的辉煌,现在又都听到与看到,我的心似乎更震栗起来。

从玻门推进去,我看到白苹拿着杯子站在桌上,大家围着她举杯欢呼,梅瀛子一进去就离开我,当时就有人迎着她告诉她白苹大胜,她到酒桌上拿了两杯酒挤到桌子边,有人就扶她到椅子上,她说:

"白苹,请接受我这杯。"

白苹接过她的杯子,梅瀛子说:

"今天让我们大家推举白苹为我们的 Queen。"

大家呼欢,都举杯倒干,我也干了,这时有人喊:

"我们的 Queen 万岁。"

大家都喊,就在这时候,我从酒桌上斟满酒,一只手伸在袋里把纸包的角撕去,我假装两只手拿杯子,把药粉投在里面,于是我又另外去拿一杯酒,我感到我的心在跳,我的面颊发寒噤,我的手抖颤,但是我还是强抑着一切,走到桌边,这时候白苹正要从桌上下来,我宁静地说:

"慢慢。"

白苹抬头看我。我又说:

"为你的胜利,白苹,我希望可以分你一点光荣,我祝福你。"

白苹用百合初放的笑容接我的杯子,这可真使我惭愧与内疚起来,我的心已经不跳,心已经不颤,一瞬间我恨我的手,我已

经无法收回,她举起杯子,同我碰了,她说:

"我愿把今天所有的光荣换你的祝福。"

我不敢正眼看她,我用杯子挡住自己的视线,我干了杯,我看见她把空杯交给人,于是她从我的臂上下来。我要侍候她的变化,所以没有离开她,我说:

"你太兴奋了!你需要休息。"

她没有说什么,似乎有点头炫,扶着我到沙发边去。我说:

"你有点醉了。"

她还是没有说什么,一直往沙发跑,最后悄然坐下,我就坐在她的旁边,这时候有田拿着她的皮包过来,他把皮包放在她的身旁,白苹很自然的就移到她自己身上,有田问:

"累了么?"

"头晕。"白苹微笑着说。

可是我的心可像触了电一般的震摇了,我眼前浮起了梅瀛子石像一般的表情,眼睛望着空虚,闪光中充满了杀机,难道白苹已经中毒了么?而施放毒药的人正是我。

白苹微笑的支持着,但有点死僵,我被一种无名的恐惧所控制。我远望梅瀛子,她正在那面与军人哄笑,似乎一点也没有看见我的焦急,一瞬间我所有的懊恼与气恨都变成小鹿,它们在我心中窜动跳跃,我抑制自己。再照顾白苹时,白苹已经面色变白,靠在沙发上不想动了。有田在旁边安慰,但白苹说:

"请让我静静的休息一回吧。"于是又指使我说:"倒一杯水给我。"

我拿冷开水回来时,有田已经走开,白苹坐在那面像半睡一样的安静,但我看到了她手指有微微的痉挛,我焦急而害怕,匆忙地把冷开水送到她的唇边,她一饮而尽;我放下杯子,去握她正在痉挛的手,一瞬间我几乎喊了出来,这手是潮湿而冷涩,像两块化着的冰,我紧握着它,用理智压抑我喘不出气的苦燥,我这时才寻到了话。我说:

"白苹,怕是大病来了,快到医院吧。"

"……"头点点;闭上了眼睛。

她的手似乎一直淌着冷汗,一瞬间使我不得不俯首去看,但是我看到我自己的手,那只把毒药交给她的手,我懊恨之中,立刻对梅瀛子浮起了仇恨!在这样危险的情境中,梅瀛子已经代替了白苹在那群军人中起哄;笑声欢呼声控制了整个的空气。现在我在白苹的身上感到茶花女的寥落,十五分钟以前,多少的人在对她欢呼,现在,当白苹不能把欢情与笑容供他人玩乐的瞬间,人们已完全置她于脑后,我的泪禁不住流下。但泪滴在我手上,并不能洗净我手上的罪孽。我用我犯罪的手揩干了眼泪,我一心的愤怒集中在我的双眼,我对着那面的人群叫:

"曼斐儿太太。"

曼斐儿太太从人丛中出来,梅瀛子也假作惊奇似的过来。人们开始静下,向我们地方注意,似乎关心似的,又似乎怪我打断他们的豪兴似的,有人问:

"怎么?"

"一定是喝醉了。"梅瀛子抢上来,走到白苹的旁边假作安慰似的拉她的手,摸她的前额,于是对我说:"你快点送她回去吧。"

曼斐儿太太是热心人,这时候她也已走到白苹的旁边,于是我问她说:

"你帮忙送她回家么?"

"好的,好的。"她说。

没有一个日本军人来献殷勤,这应当是我们的胜利,但是我恨,我清楚地看到这群人平常的热情是什么了。百般的讨好,盛美的捧场,完全是因为白苹的青春与美,聪敏与欢乐,而这一瞬间,白苹像花在火中憔悴下来,就再没有一个人来爱护她了。有田假殷勤似的过来,对我说:

"快让她早点去休息吧。"

我没有理他,搀着白苹向门口走去,梅武在门口同我握手,又拍拍白苹的肩头。

"对不起,对不起。"他说。

"让我们干一杯祝我们的皇后晚安。"梅瀛子又在后面叫了,我连头都没有回,曼斐儿太太在替我说:

"诸位晚安。"

于是她帮同搀着白苹下楼梯,梅武陪我们到衣帽室取了外衣,一直送到我们门口。

"晚安,"他礼貌地说。

"晚安,谢谢你的招待。"

"对不起。"

"晚安。"

"晚安。"

三十六

我一接触清新幽冷的空气,对于今夜的集会马上起来万种的厌憎。我有懊恼,有仇恨,有惭愧,还有说不出的哀怨与忏悔。

天上有疏朗而隐约的星斑,轮柏与冬青树上有红绿的电灯,一切都像是我心头的鳞伤,遥远黯淡的天空,充满了寂寞空虚与痛苦,使我打起连连的寒噤与颤抖。我想痛哭,想跪下,想忠诚地对白苹诉说我的罪孽,一舒我良心的郁结与责备。但是我还是搀着她到汽车旁边。

但正当小童为我们打开车门,曼斐儿太太搀着白苹上去的时候,白苹骤然拉我的手臂,哇的呕吐了。

这呕吐证明梅瀛子交给我的并非毒药,而我的手也不是毒手,我的心有说不出的愉快与舒畅。我猛然注意到白苹在呕吐一瞬间,她的手皮包已经交给曼斐儿太太了。就在曼斐儿太太忙于招呼她呕吐的时候,我接了过来。我帮她们上车后,关上车门,打发了为我们寻车的小童,我登上前座,我驾车从小路上驶去,穿过点缀着红绿灯的冬青,穿过警岗。到了大路。

田野展开在我的四周,夹路的洋槐早已凋尽,综错的柏油路,闪耀着灿烂的街灯,蜿蜒盘旋曲折,伸展到远方,路上没有一个行人,也没有一辆车子,我把车子的速度减到二十五里,一手打开我身边白苹的手包,但是里面都是杂乱的钱钞,我从钱钞的旁边探入,底下有零星的口红粉匣,我突然在旁边摸到了一个硬封套,我的心猛跳起来,但我随即发现那是化学的派司封套,里面想是公园派司之类,此外我再摸不到什么了,于是我打开另外一层,那里面是几块手帕,一支钢笔,一支铅笔,一本不过信封大小的记事簿,簿子里似乎夹着许多另星的东西,但都不是我想寻的东西。

这皮包的构造就是这样的两层,我似乎已经到了绝望的世界,但这时偶然的我在第二层上摸到了一面镜子,这镜子相当大,是放在皮包壁上一只附袋里的,我原意是疑心这文件会插在镜子的后面,所以把镜子抽出来,这镜子的背面似乎是皮质的,角上带着一条细韧的链子,这链子与皮包壁相连,拉到极度的时候,我好奇地去偷看,借着汽车的与路旁的灯光,我发见这是一条夹金的精致的链子,一端就连在皮包壁精细的拉链上,我一面驾车,一面趁势拉开拉链,这拉链很短,我用四个指头探进去,发现里面藏着两个硬纸的信封,平贴在里面,但信封的阔度几乎是三倍于拉链,必需将信封折小,才能够将它取出,最后我摸到封口上的火漆,我联想到上一次的文件,我不加考虑的把它取出,我的心猛跳起来。我从车上的镜子窥看后座的白苹,她靠在车壁上似乎很疲乏,我相信她没有注意我的动作。

我把取出的文件垫在我的身下,把拉链拉上,把镜子放好,于是我关上皮包,我把车子的速度,增加到三十八,于是到四十。

但是我的心还是紧张着,我从窗上的车镜后望,白苹安详而疲乏的靠在车角,曼斐儿太太似乎也透着倦容,现在我急于早点回去,正如一切难关希望早点渡过一样,我把车增加到四十四。

沉默,沉默,没有风声没有人声,也没有车马声,只有我们的车子在光溜的路上滑过的声音,我望着车灯前面的路避开紊乱的思绪,专心驾车前进。

在快到虹口的时候,忽然有一种敏捷的思想,反射地叫我停下车子,我回过头去问:

"到什么医院去呢?"

"不,"白苹张大眼睛说:"我回家去,等天亮我会请医生的。"

"现在觉得好一点了么?"

"很好,只是乏。"

"头晕么?"

"不。"

"想呕吐么?"曼斐儿太太问。

"不。"白苹露着安详的微笑:"只想睡觉。"

于是我又驾起车子,穿过北四川路,街市上虽有圣诞的声色点缀,但残夜至此,也已十分冷清,一个人在精神疲乏的当儿,很容易对环境与空气有所感应,但如今,这闹后的落寞倒并不引起我的感应,这因为我精神的疲惫已经从敏感到了麻木。我从最紧张的心情松弛下来,而还牵挂在我偷窃的行为,与所偷窃的文件上面。

车子穿过四川路桥,直驶过去,我急于要早点将白苹送回,带文件去会梅瀛子,再把它带回去还白苹,所以我又把速率加增。在路径上,我自然应当先送曼斐儿太太回家,但是先送白苹回家,或者叫曼斐儿太太陪她一夜是否更有利于我的工作,这则是一个问题,我虽然想到这个问题,但没有精神去详细考虑,我直觉地把车放慢,我问:

"曼斐儿太太,你愿意到白苹那面去招呼她么?"

"当然,当然。"曼斐儿太太热心地说。

"不,"白苹说:"我现在已经很好。还是先送曼斐儿太太回家吧,我想她已经很累了。"

这句话是普通的客气话,还是她另有用意,我没有逻辑地去考虑,但在直觉上我感到让曼斐儿太太留在白苹那面,至少可以延迟那两包文件遗失的发觉。

"我没有关系。"曼斐儿太太说:"我一个人回去也很寂寞的。"

我没有理会她们以下的谈话，我也没有听到白苹特别的坚持，我把车子一直开到姚主教路白苹的寓所。

我把两包文件纳入袋中，下车为她们开门，我扶曼斐儿太太下车，把白苹的皮包顺手交给她，我的动作很自然，极力避免白苹见到，希望她会相信她的皮包始终在曼斐儿太太的身畔，我一闪身，又去迎白苹下车。白苹挽着我手下来，她的手现在已经暖和，于是我望到她的面孔，这美丽的面孔非常平静，刚才的凄白似已消失，我正在欣慰梅瀛子没有对我失信，而白苹稚弱而美丽的眼光一瞬间同我接触了，这像是对我行为不忠实的一种责罚，我有惭愧的情感使我不得不俯首避开她的视线，我匆匆关上车门，伴她们走进落寞的公寓，这时候，我注意到那只手皮包已经在白苹的手上了。我的心又重新跳起来，恨不得马上逃走，在电梯旁，我说：

"曼斐儿太太，你伴白苹住一夜吧。"

"有地方睡么？"

"假如不嫌不舒服的话。"白苹并不坚持。

我看曼斐儿太太已经首肯，于是我说：

"那么我不陪你们上楼，先回去了。"于是我向白苹说："还有什么不舒服么？"

"只是疲乏。"她说："今天真是太出丑了。"

"那么早点睡吧。"我笑着拍她的肩胛："再会了。"说着我已经转身对曼斐儿太太："晚安，曼斐儿太太。"

我像逃犯似的离开她们，跳上汽车，直驶到 Standford。

闪烁华丽的圣诞树，灿烂的灯光，温暖的水汀，刺激的音乐，这些与刚才梅武的集会似并无什么不同，但是我在这里感到一种自由与解放,我看到人群,这些人群中都曾使我感到厌憎与讨厌,但这一瞬间使我感到可爱,这原因等于鱼从陆地上跳到水内,多么醒醍的水都是自由一样,我好像从地狱到人间,人间已经是天堂,一切有眼睛瞳子的人,似乎都是天神。

我应当很疲倦,但此时我又兴奋起来,对于浅薄无聊都市淫靡热闹的刺激,我早已厌倦,但此时我竟有说不出的需要,我从热气中挤进去,我从闹声中挤进去,我从柔软的幔帐中挤进去,我从人缝里挤进去。最后我找到一个座位摸摸我裤袋中的文件,坐下来。我叫了一杯冰啤酒,抽起一支烟,我感到一种解放的舒适。

丰富,华丽,灿烂的布置,点缀了这舞厅的圣诞夜。汽球,面具,各色的纸帽,各种声音的哨子在各处波动。这里有白俄,有日本,有韩国,中国的舞女,我下去狂舞,没有说一句话,只是挤进人丛里逃避我的现实。一个人在紧张之下,是这样需要避开现实,我今天第一次感到。我发现一切的娱乐在精神上都是同睡眠有一样的功效,所不同的是睡眠在神经松弛外还有肉体的休息,而娱乐则只使神经松弛,或者在某方面松弛,对肉体倒反有另外一种疲劳就是。

米可她们都在梅武官邸,所以今天没有台上的表现,这使我的舞步几乎没有剪断,我已经洗净了我脑中斑痕与创伤,解脱了心上的压迫与重负,我对一切是听而不闻,对一切是视而不见,我不用一丝情感与思虑,我只是把整个的时间,连一秒钟都未曾放松,让无聊的音乐,无聊的粉香,无聊的光与色刺激我。最后,在舞池中,我听见有一个舞女说:

"梅瀛子小姐来了。"

不约而同的大家在注意，我方才跟着清醒起来。

梅瀛子的打扮同刚才走进梅武的客厅的一样，简直是一道白光，她四周望望，似乎在找我，我轻舞过去，把我的座位指给她。我虽然还继续跳舞，但是我的心已经回到现实，我第一先意识到我裤袋中的文件，于是我的心浮起了紊乱的思虑，一直到曲终灯亮的时候，我回座去会梅瀛子。她已经叫好了香槟，连眼睛都没有看我，她叫侍者斟酒，于是微笑而光彩地，举起杯子，用非常绮丽柔和的眼光望着我，她说：

"祝我们的英雄凯旋。"

"你以为么？"

"我想的不会错。"

"是根据什么呢？"

"根据你比我先到这里。"

我不再说什么，同她碰杯倾饮，最后，在乐起灯暗时，我低声地说：

"我不知道对不对，一共两封，我都拿来了。"

"我想不会错。"她肯定地说。

"要归还她么？"

"自然。"她说："一切最好同上次一样。"她亲手为我斟一杯酒，于是说："现在交我，中饭到宾纳饭店来，我希望我可以还你。"

我从裤袋里把两封文件交她，我发现已经有点折痕，她接过去，很快的望望火漆印说：

"没有错。"她立刻纳入手皮包内，于是眼睛露透胜利的光彩，鼻叶掀起骄傲的波浪，嘴角浮起愉快的笑容，举起杯子默默

注视着我,我同她碰杯倾饮,我说:

"谢谢你。"

"什么?"

"不过是呕吐。"

"永远相信我,孩子。"她说:"现在再会,你也该去休息了。"

"你呢?"

"等你醒来,到宾纳同我一同吃饭后,才是我休息的时间。"她笑着站起,又说:"我们像轮流着把舵,让这只船平安地在风浪中前进。"

我同她一同出来,她到深幔外同我说声再会,像一道白光似的又在深幔的夹缝中消失。

一瞬间,空虚,寂寞,疲倦都包围了我,是胜利后的悲哀?是盛宴散后的寥落?——我不知道。我无心探究,我感到失望。

穿上衣帽,跨出大门。外面天色已经透亮,一阵寒气使我不禁抖索,我拉起衣领,戴上手套,从带霜的圣诞树下过去,红绿的小灯这时真像鬼火,我低下头,看到霜路上我自己的脚印,我匆匆跳上汽车,一直驶向威海卫路,冬晨的大气弥漫着霜雾,我心像这大气般的空漠,我什么都不想,我只想念寓所里柔软的床铺。

一九四一年的 X'mas Eve! 这是一九四一年的 X'mas Eve。

三十七

许多零星的事情,混杂在这里,一定会有碍于我故事的发展,可是这里则不得不补述圣诞节的前一二天,我曾经有礼物赠送给亲友过,而白苹,曼斐儿太太,梅瀛子自然也都是我赠送的对象。因为我回到寓所后第一件事竟不是预期的睡眠,而是发现梅瀛子曾派人送我礼物,这礼物就放在我的沙发上,是一只由圣诞礼物纸包扎的大盒子,我看了这盒子上梅瀛子的名字与恭祝圣诞的字样。我随即把这盒子打开,里面是一件灰底黑条镶边的晨衣,呢质很好,是英国货。颜色我也喜欢,我脱去礼服,换上睡衣后,试穿这件晨服,觉得大小式样都合式,这礼物是相当名贵相当郑重,我开始觉得我送她的礼物是太菲薄了。

这自然不是大事,我也随即忘去,我穿着这件晨服坐在沙发上吸了一支烟,接着盥洗就寝,这晨衣就拴在我的床畔。

一躺下柔软的床上,我就睡着了,我一点也不知道时间是怎么过去的。

我有梦,我梦见那件晨衣自动的飞翔,闪光灿烂,好像有人告诉我这就是 Flaubert 小说里阿特立的圣衣,我在梦里好像也很相信它是神秘的东西。我居然披着它在街上走,试试是否有人称夸我的大胆,但是满街的人大笑,有人把红墨水洒在我的晨衣上,大家都洒,好像是一种迷信的避祸一样,有的从满街,有的从楼窗上,洒得我一身都红,于是我看见该晨衣从一块一块的红光变成全身都红,有一滴一滴的水,浓浊沉重,从我衣角滴下来。

"搭!搭!搭!搭!"我听见这滴水的声音,活像有谁在敲门。

我醒来,太阳照满我的窗帘,红得像血,这正是我梦中晨衣的幻景,晨衣则还是灰底黑边镶红的挂在床畔。

"剥!剥!剥!剥!"真是有人在敲门。

"谁?"我问。

"我。"是女性的声音,这自然是梅瀛子。我忽然想起昨天的约会,难道现在已经过了所约的时刻。

我起来,高兴地披上那件晨衣,我想让梅瀛子看到自己送我的礼物,一定是有趣的,我用手掠一掠头发,就出去开门。

但是站在门口的却不是梅瀛子,我惺松的睡眼开始清醒,这真是使我太吃惊了。

——是白苹。

白苹怎么会知道这个地址呢?我蓦地想到那天站在对面里口。看见了我就向里面走的影子,那么是她早就侦探到我的地址了。

她站在门口没有立刻进来,露着一种勉强而冷酷的微笑,除此以外竟没有一个动作,也没有一丝表情;脸上没有脂粉的痕迹,透露着昨夜呕吐后的凄白,穿一件博大的粗人字呢的大衣,腋下夹着昨夜那只手皮包,两手插在大衣袋里,围一条白绸的围巾,掩去里面常青底红方花旗袍的领子。我后退两步,故作镇静地说:

"真想不到你会来看我。"

"我想你应当想得到的。"她说着走进一步,用肘推上了门锁,两手还是插在袋里。

"你今天已经复原了?"我说。

"谢谢你。"但是她还站着不动。

"宽宽大衣么?"我走近去说。

"不,"她严肃地说:"我只是来问你要还那东西。"

"什么?"她的盛气不得不使我后退。

"你不要装傻。"她冷笑而锐厉地说。

"我真不知道。"我撒谎,我想支持过这一个时间,我就可以

于下午从梅瀛子地方拿回那文件去还她了,但是她说:

"从江湾到姚主教路,我的皮包就在你身边。"

"你的皮包?"我故作思索地说:"啊,那是一直在曼斐儿太太的身畔。"

"那么是曼斐儿太太撒谎了。"她说着逼近我一步,换了一种口吻感慨地说:"我料到你会走到我敌人的地步的,如今……"

"白苹,如今该让我……"我正想索兴同她坦白谈一谈,劝她反正试试。但是她抢断了我的话,凶厉地说:

"老实告诉我,这东西现在是否还留在你这里?"

"你搜。"我说。

"那么你已经向我敌人去报功了! 好吧!"她说着突然右手从大衣袋抽出,是一支手枪!

"……"我正要说话,但是她摇摇头,惋惜似的举起手枪对着我说:

"今天我的责任是要你死!"她轰然扳动了机枪。

这应当是正中我胸部,但一瞬间我本能侧身闪避,子弹从左臂进去,我像动物一样收缩自己的肉体,我右手按住我的创伤,我心里有一句话,但几次都到喉头就咽回了,我发现我瞬间的害怕现在都在白苹身上,她面色惨白,眼睛闪红,全身发抖,她似乎在镇定自己,用严厉也是颤抖着的声音说:

"我们的友爱使我有勇气讨这份执行你死刑的差使,因为你知道……"

"我知道,我知道你就会后悔。"我支持不住痛苦,我靠倒在窗棂上肯定地说。我看到晨衣上的血,它与灰底黑条红边相混,是可怕的紫红色,我想到了梦!

"不！不!"她忽然自语地说："我应当有勇气。"

于是她举起枪,我连害怕的时间都没有,她轰然扳动了枪扭。

我相信我已昏晕,辨不清这一枪中在何处,而左臂上可怕的血,在抽搐的时候,涌流出来,我晨衣的袖子已经来不及把它吸收,我无法支持自己,本能地颓然倒在地下。但我意识还是非常清晰,这一瞬间我已经没有害怕,惊惶,我也不想对白苹有所申明,我闭起眼睛,等待白苹第三颗子弹的降临,我祈祷它会使我马上圆寂。

但是第三声枪声始终未闻,突然,我觉得白苹在我的耳边,她抚着我的头额,焦急而同情的叫：

"徐！徐!"

我翻身张眼,我看到她半跪在我的身边,惊惶的眼角挂着泪水,头发倒垂在我的面颊,她说：

"徐……"

"剥,剥,……剥,剥。"这敲门声打断了白苹的话,她开始惊慌,我用右手按捺她,一面微微地欠身,振足着提高嗓子问：

"谁?"

"有什么事吗?"是仆人的声音。

"没有事。"我装着不高兴的样子说："我才睡,不要来打扰我。"

我欠身答话时,白苹的手臂枕在我颈下,现在我的头又颓然倾倒,她还是让我靠着。那几句话使我的创痛骤增,我发现第二枪中在我的左肩,赤紫的血已染到我的左胸,染遍了我的左臂,这使我想到了刚才的梦,我不禁露出了苦笑。但是一瞬间我看

到了白苹的手枪就在我的身旁,我猛然省悟地说:

"快走,从浴室的门走出去。"

白苹的惊慌已经使她楞了,她不知怎么才好;晶莹的泪珠下堕到我的唇上。我伸手摸到了手枪,我说:

"快走,快走!我会说我是自杀的。"

白苹跄跄地站起,但镇定一下,又俯身下来,左手扳住我的右臂,右手枕住我的颈项,用晶莹的泪眼望着我,嘴角微微的掀动,她说:

"答应我,今而后把你伟大的心灵献给民族。"

"尽管我心灵伟大,但总是属于民族的。——过去,现在,与永远的将来。"

"⋯⋯"她惊奇了。

透露着兴奋的奇光,她视线直射我眼球的深处,最后她把她的嘴放在我的唇上,她哭了,呜咽着说:

"原谅我!"

她一振足,站起来,从后面的椅上拿起皮包,就匆匆的走进浴室,于是我听到那后门关上的声音。

我现在有清澈的心境与平静的世界允许我思索了。这两个创口,肩胛上的奇痛难忍,但是手臂上的则流血较凶,我用我晨衣的腰带,靠着我右手与牙齿的力量,在手臂创口的上面紧束。我想挣扎站起,很是困难,站起又有什么办法呢?我想叫人,觉得也不是办法,于是我安详地躺下,我想有一回沉静的思索,寻一个最快最便利的方法让我到医院去。

刚才想到的自杀的掩饰,现在想起了觉得太幼稚。第一这两个枪伤都是从背面打进去的。第二,如果是自杀的话,总应当打到致命的地方,即使有两枪误中,更会有第三枪的急需。第三既然是自杀了,就没有叫人送医院权利。

最方便的自然是叫人,但我将怎么解释自己?而最好是不让外人知道,免得报上有各种的推测,忽然,我想到梅瀛子中午的约会,现在该已有……?——我表在衣服袋里,从阳光观察该已有十一点半了吧?于是我想到最好还是打电话叫梅瀛子来,由她找费利普医师带我到医院去。但我的电话在写字台上面,离我的躺处也有十来步路,我需挣扎我负伤的身躯过去。

我把我遍身的重量,放在右臂上,把身子侧过去,我屈起膝,试验着站起,但这竟是这样沉重与艰难,左肩的创伤抽起难堪的阵痛,使我的颈项不能转动,我颓然又斜贴地上;半分钟后,我作第二次的挣扎,我蹙紧眉头,咬紧牙齿,我让我左臂贴紧身体,我把住我上身的均衡,侧面的让右臂从地面上直起,同时我用弯曲的右腿从地上支起,但我的拖鞋与地板都太滑,离地两尺的时候,我的右脚一滑,使我的右臂无法支持,我又倒在地上;这一个震动,我的左臂与左肩的创伤又抽起无法抵拒的阵痛,流出更多的血浆;我头晕,额角四肢都有涔涔的汗。我只好闭上眼睛,静躺了许久。

但我有清明的意识,使我觉得我必须先寻个扶手才能起来,于是我以右手作舵,把我的身体迟缓地驶向窗棂,我在靠近窗棂的时候,我试作第三次的挣扎。我用我右手攀住窗棂,让我右脚支住墙壁,我屏住呼吸,不让左面身子有一点震摇,一瞬间我觉得人类的肉体在地上竟同生根的大树没有两样,而我们还只能在泥土里沉没,而不能在泥土里生长。

最后我终于起来了,我像爬虫一般,贴在壁上,一步步向写字台去。

就在这当儿,有脚步声从旁房穿进浴室,我惊疑间,有人已经从浴室出来。

个子很高,上唇蓄着胡子,眼睛灼灼有亮,大衣搭在臂上,把手上的皮包掩去一半。后面跟着一个年青而壮健的人。

他们庄严而沉着地走过来,我这才认出是费利普医师。他没有说一句话,指挥那位年青的助手帮他脱去我的衣裳,扶我到沙发上坐下。

房中本有水汀,但并不够暖,费利普亲自把浴室中的电炉移来放在我的面前,我说:

"是白苹找你来的吗?"

他没有理我,指挥助手收拾地上的血迹,他自己又回到浴室,我听见洗手的声音,于是他光穿着衬衫,卷高袖子,出来打开皮包,用火酒揩他的手。我臂上的血这时候也略已凝结,但血浆大块的涌在创口,上面还涌着鲜红的血珠,左肩的创口我自己看不到,但也有鲜红的血珠挂在臂下,不用说胸前手背都染着许多血迹,一瞬间我神经已经支不住这些血痕,我颓然沉默着,望着费利普的眼睛,我说:

"要紧么?"

他没有回答,微微摇头。从皮包里拿出针药,叫助手压起我右臂的静脉,他开始为我打针,接着他给我一杯开水同两片药片,叫我吞服,最后他看看创口,迅速地拿出纱布绷带为我包扎。

"子弹?"我问。

他没有理我,只是紧紧地包扎我的创口,最后他叫助手拿我的裤子,皮鞋,衬衫,帮我穿起来。于是他亲自把我大衣套在我的身上,帽子戴在我的头上,他又叫助手把手枪和我带血的衣裳,塞在他的皮包里。

这手续的敏捷是惊人的,我想从他进来到现在不过抽两三支烟的工夫。在许多动作进行中,我虽有点痛苦,但现在我创口已扎得麻木,在助手把手枪与我衣裳放入皮包时,他又回到浴室去了。我从他助手的手表上看到时间已经是十二点一刻。

费利普医师穿了衣裳安详而文雅地出来时,我说:

"梅瀛子,你……?"

他点点头,略略透一点微笑,阻止我谈话。拿出烟盒,自己含上一支,又拿一支放在我嘴里。于是打开火机,为我点着了,又为自己点。他忽然看见了围巾,望望助手,助手会意地拿来围在我颈上。

于是他就在右面挟着我起来,亲切而用力地支持我,他助手提着他的皮包,挽着他的大衣,已在为我开前面的门了。

走出门外,他助手就走在我的左面,费利普似故意的不断地把纸烟喷在我们前面,在会见佣人时,他笑着大声说:

"我说你昨天喝醉了你还不承认。"

"我自然比你喝的多。"我勉强支持着笑容说。

门口停着他的汽车,不到半点钟,我已到高叶路高朗医院了。

梅瀛子在十二号病房门口等我。

十二号,我猛然想到了史蒂芬,他的铁青的面颊,他的深紫的嘴唇,他的紧咬的牙齿,他的微开的眼睛……

我就躺在这张曾经送史蒂芬生命消逝的床上。

三十八

翻高山,越崇岭,登险峻,奔泻坡,我们生活上的艰难与疲惫并不发现于我们劳作之时,而发现于我们劳作以后的休息。我的创伤也是这样,当我像崩溃地躺在病床以后,我对于刚才的支持才感到一种不可信的奇迹。

梅瀛子坐下,慰问我几句,接着,费利普就同一个医生进来,他招呼梅瀛子出去,此后就有五个星期没有见她了。这因为我的手术于下午举行,而手术后的许多时期,我总是在昏迷之中,医生不许别人来扰乱我,更不许我勉强自己作太多的谈话。这样我在六十钟头之中,完全听凭医生的支配。

第三天早晨,我神志较清,阳光从窗口进来,房中灿烂如春,鲜花数丛,散置各处,红玫瑰是梅瀛子的,茶花是白苹的,雏菊想是……?还有……我也不想去猜。我开始想到白苹,想到梅瀛子,想到我进医院前后的许多问题。

譬如,白苹到底是什么样的人?梅瀛子已经断定她是敌人的间谍,为何她又要枪杀在她认为是叛国的人?譬如,费利普来救我,是从白苹地方得的消息,还是因为梅瀛子已早在侦察我的行动?又譬如那文件,白苹发现遗失以后,梅瀛子把它作如何处置?又譬如我的家人是否知道了……总之,我被那些无法解决而紊乱不堪的思绪之困扰,我很希望她们中有人来看我,我询问看护,看护告诉我,现在医生绝对禁止外人访晤,那么我的创伤难道是这样严重了么?我问她,她不再回答,左肩隐隐作痛,偶一蠕动,剧痛许久,我相信那里的创口已经在发炎了。

九点钟的时候,医生来为我诊察。十点钟费利普医师进来,告诉我下午还要举行手术,上次在蒙药中,我以为我两个创伤的子弹都已取出,现在我方才知道那天的手术只是左臂,而今天将为左肩举行。

费利普没有同我多谈,他叫我一切放心就出去了。中午我没有午餐,还通了大便,两点钟的时候,我先被抬到 X 光室,由 X 光察看后又被抬到手术室去,我视线里过遍了白色的房,白色的人,医生们都在洗手,器械箱在酒精灯上响沸,我被抬进了内屋,许多白色的看护围在手术床上,招呼我躺在上面,不久我就在蒙药之下,失去了知觉。

醒来时我已经躺在病床上,我感觉到左肩的沉痛,比刚才更剧烈。头上似乎有很高的热度,看护过来量热,但并不回答我的询问,她给我牛奶,桔水,鸡蛋,土司,我很饿,可是吃不了多少,此后我又沉沉睡去。

第二天我的剧痛未减,第三天第四天依然;第五天换药后,费利普医师来同我商量,谓左肩的创伤必需要再动手术,这真是使我吃惊了,第二次的手术已经使我感到说不出的重负,现在还要第三次,我真不知道怎么样好?

"我已经够受了。"我说。

"但这是经过我们仔细考虑与商量的。"

"假如不动手术呢?"

"我们医生不能回答这个。"

"再动手术一定可以不再有问题么?"

"这也只有上帝才能回答你。"

"那么是不是这是最后一次的手术呢?"

"我们这样想。"

"科学以为对的,"最后我说:"我听凭你决定。"

那天的晚饭我又被停止,我很早就熄灯就寝,但不能入睡,我担忧,焦虑,不安,我感到寂寞空虚与我明天生命的渺茫,但天外月光清绝,一瞬间从窗棂泻入,慢慢铺满了我的床上,像是抚慰我创伤一样,我心灵感到滋润,我觉得我应当在祈祷与感谢中接受命运,于是我轻抚着肩伤安详地入睡。

清晨五点钟的时候,我被叫醒量热吃药,又打了大便,七点钟,我抱一颗跳跃的心,又被抬到手术室了。

不知隔了多少时候,我在床上从蒙迷药中醒来,我发觉我在高热与痛苦的状态中,一切都是灰色,我已经没有能力去注意我的周围,有长枕垫住我左面的身子,看护叮咛不要使左肩有一点负担,我同残废一般躺在床上。

这痛苦的继续像是无限,睡梦中时时痛醒,右边的身子也睡成瘫痪了。一天悠长如一生,我挨过白天又挨夜,从窗口看太阳进来,看太阳出去,看星星在黑暗的天空中闪烁,隐没;看月儿消瘦下去,夜夜在树丛中发着淡淡的哀愁。有时风声飒飒,雨雪霏霏,伴我的零乱的思绪等天际的白色。

但是日子终于打发过去,我有比较清快的精神来注意我的世界,房中几乎天天有鲜花送来,梅瀛子总是红玫瑰,白苹总是浅色或玛瑙色的茶花,其他有红心紫瓣的莲菊,有黄花棕干的腊梅,有红点绿叶的天竹,有翠白交缀的水仙,我开始想到世界竟还未将我忘去。

本来医生倒允许我较早可以起来静坐,但因为睡下起身之间非常困难,而头脑昏沉,坐得不久又想睡下,所以后来就不想再起。现在我作第二次的试验,看护帮我下床,为我披上晨衣,那就是梅瀛子的圣诞节礼物,是伴我中过枪弹染过血渍的那件晨衣,现在血渍虽已洗去,但弹孔尚在,我只穿上右手,左肩搭着,坐在沙发上,心中浮起说不出的感觉,这感觉是混杂着我心绪的紊乱与一时的安详,未解的隐痛与久苦初解的愉快。

今天我的精神较好,我相信我的热度已将退尽,在椅上我吃了医院供给我的午餐,吃了一块不知是谁送来的巧克力,都觉得很有味道。

长窗外阳光正好,秃树下长凳上,有下班的看护们坐着看书,黄紫色草地上有人来去,走廊的那面有人在粉刷墙壁,这是多么和平清静的世界?房中的陈列很简单,病床床几以外是小橱小桌与沙发,橱上桌上几上,与四周的窗沿都放着花束,就在这些花束之中,我偶然看到一束纯白色的玫瑰,我直觉地感到一种无名的兴奋,我悟到一定是海伦已经从青岛回来了。

在刚刚进院的时候,我有万种的迫切想会到梅瀛子与白苹,但经过沉痛的痛苦与悠长的时日,我一面虽还是想会她们,另一面则实在有点怕见她们,这好像是紊乱的工作搁浅后怕重新拿起一样,与她们概念相连的是一串串无尽头无止境的问题,提及一角就牵动了全局,为愉快与苟安,数日来我时时想到她们,总不想再想下去,而现在,我有万种的渴念想会见海伦。

她如果不去青岛旅行,竟参加了那天的晚会,据我现在的想像,那文件也许就会落到梅瀛子手里,而我就无需向白苹行窃,也许我这次的受伤似也就可免去。那么一切的变幻似乎就决定在海伦一转念之顷,人生的神秘也许就在那里!

但是我现在想会海伦,并不想对她申诉一切因果的系列,也不想同她讨论这人生的神秘。我所感到的现在只有她可坐在我对面而不谈到我面前的问题与我肩上的现实,可以让我们的谈话转到纯粹音乐与哲学的世界,这在我现在竟是这样的需要。

看护进来了,我问:

"你知道这花是谁送我的么?"

"白玫瑰吗?"她说:"是曼斐儿太太。"

"她是第一次送白玫瑰来吗?"

"是的。"她说:"怎么? 你觉得……"

"我想,……啊? 你可知道她小姐么?"

"知道。"她说:"曼斐儿太太告诉我那封信是她小姐给你的。"

"信?"

"我替你放在那里。"她说着走到床边,在床几的抽屉里把信递给我。

是白纸蓝衬的信封,没有贴邮票,那么这显然是海伦已回到上海了,知道了她去青岛是我受伤的缘因,又听说我还未能会客,所以先写这封信给我的。

我拆开信,正预备读的时候,突然进来了费利普医师,我把信纳入晨衣袋中,这是我第一次用到这衣袋。

费利普手里拿着我的病历,同一听 Philip Morris,神采弈弈的走到我身边。

"恭贺你,"他说:"你恢复得有我意料以外的迅速。"

"真的么?"

"几天没有来看你,你竟好了。"他说着把那听纸烟递我:"我想你现在需要这个了。"

"谢谢你。"我接了他的礼物说:"有工夫坐一回么?"

他在我旁边坐下,四周看一看说:

"刚才我打电话给高朗医师,知道你这几天恢复得非常好。所以带这听纸烟给你。早知道这样,前两天我应当通知她们,叫她们来看你了。"

他看我右手拿着烟听,就接过去为我打开,抽出一支给我,于是他自己拿出烟斗,与打火机,我们对坐着吸起烟来,他又说:

"明天起,我每天可以允许一个人同你作两个钟头的谈话。"

"还是这样的严重么?"

"你流血过多,应当作好好的休养。"他说:"现在你吃的药也都是补剂。"

"谢谢你。"我说。

"这次真是幸运,"他说:"我在十天以前还担心你的左臂要成残废的。"

"现在呢?"

"完全放心好了。"他说:"但也许会不能太用力。"

"梅瀛子呢? 她好么?"

"明天我准许她来看你。"

"史蒂芬太太呢?"

"她每天打电话问你。"他说:"你没有看到她天天送你的鲜花么?"

"请你先代我谢谢她。"我说:"你听到曼斐儿小姐回来了么?"

"这倒没有听说。"

这时候我想到了很久就搁在心头的问题,我问:

"我到现在还不知道,那天我受伤以后,究竟是谁告诉你叫你来救我的? 是白苹么?"

"她打电话给我,告诉我你被一个日本军官击伤。叫我马上来看你。我又不知道你的地址。后来我打电话给梅瀛子才问到的。"

"我被一个日本军官击伤?是的,我被一个日本军官击伤的。"

"是在汽车中么?"

"我真是醉得糊涂了。"我说:"我想白苹一定比较知道详细。"

"她已经详细告诉了我。"他说:"你们从梅武地方出来,又到酒排里喝酒。后来她就走了。第二天早晨去看你。那个日本军官就在你那里。不知怎么。你们吵起来。他就开枪了。"

"是的。我想是的。"我说:"但是我现在一点也想不起来了。后来大概那个军官见我伤了。抛下枪就跑了。"

"于是白苹就打电话给我。"

我不再说什么。白苹的谎话也许说得不错。但是在我可引起了更多的疑问。那么是不是白苹的一切还没有第三个人知道?可是梅瀛子呢?她手里还有白苹的文件。我不知道白苹的谎话是为一时的蒙蔽,还是为永久的隐瞒?难道她预先知道我到医院不把实情说出来么?要是今天不是费利普先说,我不是很容易把一切都说出来么?在我以为白苹既然不是梅瀛子所料的是日方雇用的人,那么一切从实的倾诉,才可以解除所有的症结与误会。而现在,这误会究竟怎么样才能解除呢?

费利普不久就告辞,他叫我不要多坐,我于是回到床上。一瞬间,万念占据了我的心灵,我顿悟到白苹很可能还因为是日方的间谍,为我偷她的文件来杀我,故意用相反的方法来定我的罪名。可是在我受伤的一瞬间,私人的友情与民族的良心以及我对她的尊敬感动了她,使她感到惭愧与歉疚,所以出来就叫费利普来救我。那么这问题的症结,又并非是我所设想的简单与可以乐观了。……

一切的思索考虑怀疑与担忧,一瞬间,困扰我疲乏的身躯,我无法解决又无以自救,最后我只好决心暂时把它们忘去。我遥望窗外,看到窗沿上白色的玫瑰;我想到海伦;我叫看护将晨衣袋里的信给我,我开始阅读海伦纤秀的字迹。

三十九

亲爱的徐:

母亲来信说你于圣诞节前夜伴她参加夜会,但回家后忽然病倒,现在已经进了医院,她信中没有说及病情,使我非常关念。但她说梅瀛子以为假如我答应你参加夜会,你不会病倒的,这想是一句玩笑话,像梅瀛子这样的聪敏,我想不会误解我们间的感情的。母亲时常把人家的玩笑当作真意,这当然是忠厚的特征,但也似乎少点幽默感,你以为怎么?

人人都到青岛来避暑,以为它是消夏的胜地,现在我来此是为避冬(或者说避圣诞节与元旦),倒觉得另有风味,往年来避暑的时候,海滩上都是丑恶的人群,那些上海有钱的闲人,西洋军舰上的醉兵,以及应运而生的舞女与妓女,白天裸着丑恶的肉体在海滩上展览,夜里披上展览的衣服在马路上酒排间里的暴露,把美丽的海色与山景都染上污秽,而现在,一切都还它清白,常常我能够一个人,在海滩上散步,听海水漫漫的浩叹,看白云悠悠的变幻,阳光下山影岛色,海鸥如金,有时虹贯半天,海中彩影如环,我对此觉得心身一新,似已与上帝接近了许多。清晨黄昏,红日如球,海上浮起斑斓的金波,我披开头发,独自登岩顶,放声豪歌,仿佛我歌声直达天庭,我已被选为神座前的仙女一样。我后悔并且惭愧,我过去曾以得人们的掌声以为乐,而忘了与造物主接近的光荣。我发觉我现在有了上帝的天才的赋予。因为我在这里认识了史托亦夫斯基先生,他是俄籍音乐家,胡子已白,而神采奕奕,他听到我的歌声就赏识我,请我到他家去。他为我奏琴,指点我,鼓励我。我的进步与收获在歌唱方面并非是他的功劳,而实在,我已在上面说过,是大自然的赏赐。可是我还是正式做了史托亦夫斯基的学生,我跟他在学钢琴与作曲,我相信我会好好上进,因为我学得很有兴趣,因此也就很肯用功。

我永远感激你对我的期望,你的期望比任何人对我的期望为纯洁,这点我特别记着;现在我告诉你我的种种,我想不会使你病中感到太琐碎吧?关于我离开上海,是从公墓出来那天我就决定了的,日期的提早虽与你邀我参加夜会有关,但除你以外,不是还有一大群更讨厌的人要来邀我么?我在上海,因为职业与交际的关系,我已经弄成无法摆脱的情势,在这里,我穿着朴素的衣服,披着蓬蓬的头发,抹去了脂粉,穿着平底鞋,我拒绝一切的交际,人们也都信我还是未出窠的孩子,我已经恢复初期与你认识时的生命,我开始珍贵这个生命。

史托亦夫斯基是隐居北平的音乐教师,他在那面教一群学生,他叫我去北平,住在他的家里,帮他教一点声乐,他愿意义务教我钢琴与乐理,我还可以有点收入。北平是人人说好而也是我没有去过的地方,我想这是一个很好的机会。他来青岛是为一点私事,料理私事后,就要回去,我打算在他回去时回上海一趟,于是我直接到北平去找他。以后我的生活就可以完全与音乐打成一片了。我想你一定会欢喜,母亲也许不赞成我离开她,但是我想,如果我到北平后,可以为母亲在那边商店里找一个职业,她不是也随时可以去那面?

上海我没有什么可留恋,堪留恋的是二三个朋友,尤其是你。不过我不希望你在上海,我已经同你说过了。你到哪里我都想跟你到哪里,只有你在上海,我也会想在上海。而且我还有一种害怕,如果你不改你现在的生活,你一定会失去你的自己,而我们的距离也会越来越远的。

医院的生活给你更多反省的机会,所以你的小病于你也许是好的,你同你研究的对象是否早已疏远?你还想得到你的著作终止在什么地方么?这些都是白苹关念你的地方,而现在我伴着她在关念你。

白苹真是了不起,我觉得她了解你比任何人都深,她说你对于人家事情比任何人都明白,对于自己事情比任何人都糊涂。她说你不但不了解你自己的能力,也不了解你自己的感情;不但不了解你自己的生命,也不了解你自己的生活。这些话,我觉得很对。究竟一个人了解别人难还是了解自己难,这很难说,但我相信每个人都有所偏,有人专门会了解别人,有人专门会了解自己,自然成份分配的层次是无限的。我自从与白苹那一次谈话,就是从虎口出来,我住在她那里那晚上以后,我觉得她委实是可敬可爱,有见识而不骄傲,少虚荣而诚恳,这些都不是梅瀛子能及的地方。过去我常把他们两个人划作一个典型,如今我发觉她们是根本不同的。梅瀛子是自动的走到这样的生活,白苹则是被动的走到这样的生活:前者则是靠这样的生活发扬她的光辉,后者则是勉强在这样生活里消磨自己的光辉。所以梅瀛子的生活在虚荣灿烂中扩大,白苹则在热闹繁华中深化,不知你以为我的话对吗?

在你的病中,我想她们常常会来看你,也会常常送鲜花给你的,这情景我可以设想,白的病榻,白的空气,清静的世界,美丽的宇宙,我于是羡慕而且妒嫉,觉得我刚才为你的祈祷也是多余的了。

刚才的月色很好,我在海边;那面山庄严得如巴哈的情操,海伟大得如贝多芬的想像,那月色则如孟德尔仲的温和柔美,我体验到任何音乐家的心灵都是大自然的脉搏,我两手插在大衣里在沙滩上对天高歌,歌声未终时,我手触到了我袋中母亲的来信,于是我想到了你,我就静立在海滩上,俯首闭目为你的健康祈祷。我希望这祈祷已从美妙月光的波动而传到天庭,又从这美妙的月光流泻到你的心头。今天是一月四号,我希望你往回忆里寻觅这日子,这夜,你是否在月光的流泻中感到一点滋润。

接着海上起风了,海底开始震荡,浪沫飞溅到我的发肤,我背转身裹紧外衣,但头发因此零乱,我不得不重整束发的带子,而海风骤来,竟把我发带卷飞。

有云卷去了月亮,天重如铅,风冷如刀,我赶紧回来。现在炉火如春,我身体已经暖和,在灯下清坐,远处澎湃的海水如呼,窗外的月光时隐时现,我感到我有一种需要,我开始写信给你。我想我该用什么为你祝福?用恍惚的月光还是该用融融的炉火,不,朋友,我要请母亲经常为我购纯白的玫瑰与水莲为你祝福,放在你病室的窗口,在你炉火旁边灿烂,承受夜夜从窗外进来的月光,发射清淡的冷香抚慰你平静的梦境。

　　　　　　你的朋友海伦·曼斐儿　一月四日

我静静地读了两遍,觉得有许多地方值得我思索,她未明了我的病由,当然是为她母亲怕日人的检查而没有在信中告她。这样也好,不然她一定不能写这样安详而深沉的信了。在她的语气与措辞之中,我想像得出她心境的豁朗与光明。这旅行于她竟是这样的重要!一个人生命的变化,可以用任何些微事情而决定,如今旅行也许就成了海伦的转换。假如海伦在此,那天伴我去参加舞会,那么她的生命将是怎样呢?是……也许是就此拉入了交际的圈子,也许,也许她在另外一个情境中受伤,甚至于丧生也很难说。如果这旅行延搁到现在,或者是更远的将来,她对于大自然起了相反的体验也可能,她或者不能会见史托亦夫斯基,或者会见了一个别人,因此放弃了音乐而……而就商,而被人利用,而结婚。

人生是在千万可能的路中摸索,她现在摸索到的也许不是最好,但确是我意料所及的最好的一条,我自然应当为她庆幸,而也该鼓励她向这条路走下去。

我回忆一月四号的夜,我发现那正是我第三次手术的前夕,我记得我曾在床上失眠,而月亮从窗棂泻入,铺满了我的床衾,像是抚慰我似的,确曾滋润了我荒漠的心灵。我在一种信仰与感谢的情绪之下,潸然流下泪来。

泪水湿了枕衣,我就在阴凉的泪水上入睡,醒来是晚饭的时候,医院供给我充足而可口的饭餐。夜里,我披着那件灰底黑条镶红的晨衣,在沙发边上,垫着一本硬书,我开始写信给海伦。

我在信中极力鼓励她去北平,希望她不辜负她天赋的才力与天赋的机缘,我希望我有缘在战争结束后参加她第一次的音乐会。

对于我的病,我没有说明甚么,我只说我现在已经快痊愈了,而我病中的反省是空漠的,但与其说我不了解自己,还不如说我太了解自己的矛盾。

我的信写得很长,但在静悄悄的病房中,我的感觉逐渐流于敏感的悲凉,我想到这些体验于海伦心灵大有影响,于是就此停笔了。

这是一个寒冷的冬夜,水汀的热度似嫌不够,我抽起费利普赠我的纸烟,望着零乱的烟氛,我心绪也更加零乱起来了。

也许是肉体的痛苦减轻,加增了精神的重负;也许是海伦的信引起我许多理智与情感的冲突,也许是我刚才所写的信把我忘怀的多虑引起;一时我不知如何安排。

梅瀛子明天来看我,这是我所极希望而又极感可怕的事。自从我病倒以后,起初无日不挂念工作上未了的事,与必有的问题,后来我逐渐忘去,接着我极力不想去想起,而现在,一切的现实就将涌来,我须准备一个坚强的心理来迎接才对,但是我并不能沉下心从事理智上冷静的分析,在烦乱繁杂的问题之中,排列出先后与重轻的次序。

我太不了解自己,还是我太了解自己的矛盾,这些我给海伦信上的话题竟成了我逃避现实的渊薮,我根本有一种矛盾的心理与哲学思考上的习惯迎拒着费利普的话:"我准许梅瀛子明天来看你。"但是我还是吸着他送我的纸烟。

我抛去烟尾,熄灯就寝。窗外的月光像水般流入,红玫瑰闪作血色,白玫瑰闪作泪光,而我白色的床衣染成了银色。

我想到白苹的病夜,那银色房间中的忧郁。这孩子会是间谍,而又有不是间谍的反证。这反证竟在我的身上,我眼前看到她手,看到她手上发抖的枪,于是我体验到肩上臂上的创伤。

但当我躺在床上四望浸在月光中的房间时,我的眼前浮起史蒂芬的影子,他的铁青的面颊,他的深紫的嘴唇,他紧咬的牙关,他微开的眼睛……!

我怀念这个朋友,我流泪了。趁着月光,我想到他的墓头去,但我并没有动,我死挺挺地学作史蒂芬临死的睡眠。

假如我一直不认识他,我的生命会在什么样的世界生长呢?假如他没有死,我的世界又会有什么样的变化呢?

而在他的墓头,海伦的生活与我的生命不都因此起了波澜了么?

于是我又想到海伦,在海滩上。散披金色的头发,迎着美妙的月光,她歌唱,她为我祈祷,自然还在为她的散在各处的家人祈祷,也许也在为地下的史蒂芬祈祷。

我侧身躺着,但很自然的睡成屈膝跪拜的姿势,闭起眼睛开始作无声的祈祷。

我就在这默默的祈祷中入睡。

四十

梅瀛子来看我是我所担忧,所害怕,但同时也是所渴望的事情。第二天醒来,我心理上就有一种紧张的准备,这紧张,与其说是担忧梅瀛子给我难题,还不如说担忧我所留给梅瀛子的难题。我相信她现在一定在不知所措的境域中,这两包文件是不是已经归还了白苹?是怎么样归还的?从费利普的口中,我已经知道白苹对于我受伤经过的谎语,这谎语,在白苹也许只是为便于叫费利普医师来救我,在我,因为费利普谈起时完全是闲谈的性质,而且为恐怕一切弄成僵局,所以我没有从实更正。但是在工作上,现在想起来,觉得是否就成了白苹与梅瀛子的隔膜?费利普不知道我受伤的实情,梅瀛子自然也不会知道,那么我是不是应当对梅瀛子实说?如果应当实说,是否该在今天?假如白苹对我的指责,所谓枪杀我的理由,是一种良心上的立场,那么她应当不是我们的敌人,那么似乎只有我可以把她同梅瀛子联络,而白苹可以成梅瀛子最好的合作者。可是假如白苹对我指摘只是一种措辞与一种掩护,我的态度又将是怎么样?假如把这两种真伪混淆,无论把真的当作伪的,把伪的当作真的,都将是一种祸害与罪孽,而这真伪的判断又是何等的难于肯定……

天气很好,我的精神也很好,我有足够的健康来支持这一切的思索,但没有足够的聪敏来解决一切的问题,我希望梅瀛子来时,带来她的饱满的与精神聪敏的乐观。于是我只好焦急地等她到来,我像初恋时等候情人一般的等她。

最后,梅瀛子来了。

她带来她特有的香,特有的色,特有的光彩。这一切已经出我的意外,而她还带来了她特有的愉快,这愉快就是她在广大的交际场合中所表的愉快。

她告诉我,我的受伤并没有让外面一个人知道,报上固然没有让它透露一点消息,朋友间也保守着秘密,对于公寓方面,本佐次郎方面,她已经为我宣称回乡,对于我的家属方面,也已由曼斐儿太太去说过是同着她女儿去青岛了。

她告诉我,费利普于接到白苹电话后就打电话给她,她一时之间已忘去了一切,只是担忧我的健康,等到在医院看到我以后,从高朗医师与费利普医师地方知道,我的危险完全只限于残废方面,她方才放心,但是我告诉她,残废在我倒是宁使是死的,她可笑了,她说:

"我以为左臂的残废,于你的学问事业一定是有益的。"

"但是于我们的工作呢?"我说。

"比死是怎么样呢?"她说。

我们闲谈许久,对于工作上则一点没有提及,我不相信她在工作上没有难题,那么是不是因为我在休养的时期,就是谈到了于工作也是无补呢?我可不能忍耐,于是我问:

"你已经知道了,我受伤的经过?"

"我知道了两种,都不能使我肯定,但是我现在知道了第三种,这问题总算是解决了。"她胜利地笑。

"第一种是白苹的报告?"

"不,"她说:"是费利普的报告。"

"第二种?"

"是我的臆测。"她说:"当我用你的名义把文件送还她以后。"

"用我的名义送还她?"

"我派一个人,只说是高朗医院送去的。"

"她怎么样?"

"她不在家,东西留在那面,但以后也毫无表示。"

"那么你怎么臆测呢?"

"我臆测,白苹的文件遗失后,她同日本军人商量,他们疑心的既然是你,于是他们就要杀你。白苹情感上虽不愿害你,但总不能阻止他们,所以一知道你受伤就打电话给费利普医师。"

"这个臆测为什么又不能肯定呢?"

"是那支手枪的来源。"

"于是……?"

"这费我很大的力气去侦探,一直到上星期我才知道这是中国政府的来源。"

"于是……?"

"于是在前天清晨,我去拜访白苹。"

接着她告诉我,她同白苹会见的经过,这是使我快慰,使我兴奋,并且为我解决了一切疑虑担忧不安的问题的一幕。

前天清晨七时,梅瀛子穿着轻便的衣服,软底的鞋子,博大的大衣,袋里藏着那支白苹的手枪,驾着红色的汽车去访白苹。

开门的是阿美,说白苹还没有起来,招待她在客厅里小坐;但白苹的房门虚掩,在阿美离开的时候,梅瀛子除下手套,两手插在大衣袋里,就轻轻地推门进去。

深厚的窗帘阻住了日光,房中闪着银色的漪涟,梅瀛子关上了门,轻步到白苹床前,床前铺着长毛的熊皮,于是她就在白苹的床沿上坐下,这震动并没有把白苹弄醒。梅瀛子就顺手开亮了床灯,她低声地叫:

"白苹!"

白苹吃惊似的兀然醒来,于是堆下惺松的笑容说:

"是你?"

"原谅我。"梅瀛子说。

"需要我起来么?"白苹问。

"不。"梅瀛子按下她,亲昵地说:"允许我把手放在被窝里吗?"说着梅瀛子就把手伸进去。白苹在被中把温暖的手握住梅瀛子的冷手说:

"是什么事要你这样早冒着寒冷来看我呢?"

"我想把我的手交给你。"

"谢谢你。"白苹说:"把电炉开开,脱去大衣,坐在沙发上同我谈谈好么?"

于是梅瀛子把沙发拉近,电炉开开,白苹说:

"喝一杯热咖啡么?"她接着欠身要叫阿美。

但梅瀛子阻止了白苹。她脱去大衣,顺手从衣袋里摸出手枪,突兀地坐在沙发上,微笑地说:

"不要作声。我希望你肯告诉我几件事情。"

"你这是什么意思呢?"白苹起初似乎一惊,但接着镇定地说:"凡是与你有关的事情,我都愿忠实地告诉你,至于无关的事情,你无权问我。"

"凡与徐有关的事情都与我有关。"

"那么你们是一伙了。"白苹冷笑:"好,请你问我。"

"我先要知道枪伤徐的人是谁?"

"你想知道?"

"我要为徐复仇。"

"真的?"

"自然。"

"是他托你的么?"

"这你且不管。"

"但是这问题,你问徐不是比问我更容易更可靠么?"

"他不知道那个人姓名。"

"然则知道他的容貌?"

"不瞒你说。"梅瀛子说:"徐尚在创伤中,我没有会见他。我想这件事不必经过他,我预备在徐可以接见访病的人时,我可以带着惊奇的消息去访他。"

"这是说你要为他复仇了才去会他。"

"是的。"

"但假如他本人并不想复仇呢?"

"你以为么?"

"是的。"白苹说:"他似乎很有宽大的胸怀去原谅人。"

"但不会原谅他的敌人。"

"也许这敌人是一种误会,也许这敌人倒反而是爱他的。"白

苹这句话的语气带着悔恨的伤感,这使梅瀛子恍然悟到以前的假定是不对的,她看着她手上的手枪,她透露出聪敏的微笑,肯定地说:

"那么这支枪果然是你的了。"梅瀛子把枪递给白苹,又说:"请你不要以为我用枪来恐吓你,我只是把枪来归还你就是。"

白苹没有接枪,梅瀛子把枪放在她的枕边说:

"我不知道你为什么要枪杀他?既然枪杀他,又为什么要去救他?"

"这等于你刚才把手枪指着我,而现在又还我一样。"

"你以为么?"

白苹不答,沉吟了许久,突然,闪电般欠身,从被窝里伸出了右手,原来早有一枪在握,她指对着梅瀛子说:

"梅瀛子,今天应当把我们的账清算一次了。"

"你说。"

"你曾经检查我房间,你曾经注意我的行动,你利用徐来监视我,还叫他偷我的东西。……是不是?"

"这只要问你有否值得我注意的背景。"

"我的问题不在这里。我可并不怕你的注意。"白苹说:"问题是你用什么样的名义在利用徐,使他死了还不知道他干的是什么。"

"但是你没有让他死。"

"这因为他临死还不知道是有罪于民族。"

"民族?"梅瀛子说了:"我记得你也是中国人。"

"但是你呢?"

"我是美国人。"梅瀛子说:"我想我们是太平洋两岸的同盟国人民。"

"那么,坦白一点,梅瀛子,如果你不能证明你说的是实话,你不要想走出这里。"白苹说着,一手解除项间的金练,掷给梅瀛子,她说:

"打开那鸡心,这就是我的身份。"

梅瀛子打开了那练端刻着白苹名字的鸡心,里面是一张五十几岁看来是白苹母亲的照相。

"在照相底下。"白苹说。

这时阿美在外面敲门,白苹换了温柔的语气说:

"阿美,替我们弄点咖啡同点心,我们就出来了。"

梅瀛子这时候已经释然,把金练原样的交还白苹,于是从她自己的颈项间取出了珠环,她认选一粒,从中旋开,把那粒珠子的横剖面示给白苹。

白苹细认一下,于是放下手枪,小鸟一般的飞到梅瀛子的怀里,她抱住梅瀛子的面颊,吻她小鸟般的嘴唇。她们互相拥抱着,半晌没有说话,有热泪从彼此的眼眶中涌出。

梅瀛子用低微平静和谐的音调告诉我这份经过,最后眼睛闪动着泪光,但微笑着说:

"是你的创伤换来了我们的光明。"

"假如这是真的,那是我的光荣。"

"我同白苹已交换了不少有价值的情报。"

"我应当夸口说这是我创伤的代价。"我笑着说。

于是梅瀛子露出和平美丽的笑容,似乎承认我的话似的,温柔地询问我的伤痛。

在期待梅瀛子时所积郁在我心中的紧张担忧,现在早已完全烟消云散,这一瞬间浮在心头的是胜利的愉快,和平的安详,我望着梅瀛子透露着杏仁色前齿的笑容,望着她光明的前额,英挺的眉宇,灿烂的眼睛,我好像预感到,在她与白苹合作以后,多少胜利的种子会开出梅瀛子一般美丽的花朵。

我们开始有闲适的谈话,这是我们交友以来第一次这样坦白自然的交谈。我知道了许多我所不知道的事情,解决了迄今未解答的问题,证实了我许多的猜测的正确与校正了我许多设想上的错误。

原来史蒂芬本来的计划,是想在接近日人的舞女之中找一二个可用的人材。但因为言语与种族的关系,所以在某种机缘上就利用了我。

自从发现白苹以后,他就认她为可用之人,可是在行动上又怀疑她是敌人重要的爪牙,于是先是侦察的工作,史蒂芬太太家中的夜会,就是诱白苹深入的策略。自然史蒂芬太太只是一个在上海工作上的名义,与史蒂芬并无夫妻关系的,此后这份工作大部份就交给了梅瀛子。

梅瀛子起初利用我,但后来看到我与白苹感情太好,生怕我反被白苹利用,于是就有意同我接近,并且反劝我离开白苹,她在杭州旅行以后,对白苹的侦察工作已转换了为反间谍工作。梅瀛子曾几次发现白苹对于美国海军情报的实录,后来又发现对于日本海军情报的实录,因此断定她是日本陆军部的人员,而对于日本海军部也有所忌刻对立之处,白苹的被刺恐怕出于日本海军部之手,但起初梅瀛子以为是中国爱国分子的工作。第二天梅瀛子趁白苹不在的机会来检查白苹的房间,但毫无发现。原来白苹一点要保存的东西,完全在所谓旧书及破烂的男人用件的那两只箱子里面,那就是放在我所住房间的套间内,而标作别人寄存的东西。在圣诞节前夜,梅瀛子正想冒着危险去偷取她所要的文件时,忽然发现白苹皮包里文件,这文件决不是轻易获得的东西,梅瀛子以为是日本海军部或梅武私人叫白苹秘密地带给陆军部的谁的。其实梅瀛子所见到的白苹手上的文件则是伪的,是白苹模仿这类文件的形式与内容,预备将真的换取出来,使敌人不会发现有失窃的事。这真的文件后来自然由白苹轻易地换得,轮到我偷得的时候,当然已是真品……

现在,这一切的一切,凡是梅瀛子与白苹间的幕幛已完全揭开,这像是星球与星球间的云层被光照透,像是太空与大海间的霜雾被雷电击开,现在是应当看这两颗星球将如何的交接融合而环行宇宙,太空与大海将如何映照而透贯胸怀。

最后梅瀛子告诉我,白苹对于枪伤我一事,非常内疚,所以不想与她同来看我,打算明天一个人来对我道歉。她说白苹这种地方还是一个具有一切女性特征的女性,这句话给我印象很深。在梅瀛子闲谈了许久等她走后,我忽然悟到今天梅瀛子所表现的也正是一个具有一切女性特征的女性,而这是我过去从来没有感觉到过。

我吸一支烟,并没有意识到我自己一个人在笑。一直到看护提醒我:

"徐先生,你一个人笑什么?"

四十一

在我的期待之中,看护进来说有人来看我。我立刻想到白苹,但看护拉开弹簧门站着,——这是送饭餐来时常有的姿势,现在进来的人,一手提一只方形藤篮,一手捧着粉红色泽的茶花,花朵掩去了她整个的脸部,可是我从她身躯认出她是阿美,一种失望侵袭我的心灵,因为这已经肯定白苹今天不会来了。而我自从昨天梅瀛子同我谈话后,我想会见白苹如同乳婴想会见久别的乳母一样,一夜来少说些也醒过七八次。

看护阖上门,接过阿美手上的花束,透露出阿美殷勤的笑容,她放下藤篮。

"白苹小姐,叫我把它送来伴你。"她说着屈身解开绳束,原来篮盖上还束着一包东西,她把那包东西放在椅子上,于是打开篮盖,我原以为是什么食品,出于我意外的竟是那只纯白的波斯猫吉迷。

吉迷叫着,不安地跳出来,四面嗅嗅,最后听到我叫它的声音,它跳到我所坐的沙发上来。

"白苹小姐不来了么?"

"她有信给你。"阿美说:于是她拿起椅上的一包东西交我。

我打开纸包,里面是两包银色封面日记簿同一封信,那信是这样写的:

> 徐:我叫阿美带吉迷来伴你,我想可以使你回忆到你住在我家里时候的情境,每当我不在家的时候,总是她伴你沉湎于哲学的思考。我现在还相信正当的这是你生活。
>
> 前夜,梅瀛子住在我处,她说:"吉迷有哲学家的风度。"我说:"那许是受徐的熏染。"这也是一个使我遣

她来陪你的动机。

是不是暂时不来看你好？因为我看到你,也想不出可以用什么话来安慰你。还有我也设想不出你用什么样的眼光来看我？——惊奇？阴恨？宽恕？哀怨？这些我都怕看见。

你也许准备了问题与资料要问我,但在匆忙之中,你会说不出一句话,而我也会答非所问。

我从未将我的日记给人看过,也无人知道我在记日记,但是我现在让你知道,并且给你看,我想一切你要知道的都可以知道了。我不希望我们见面时再提过去的事情,再谈这种种的误会与伤心。这就是说,我不许你再对我问到过去的种种,而我将以不回答来拒绝你。

我自己忏悔,为你祈祷。如今听说你可以完全好了,我再没有第二种心境,我只想预备美丽的庆祝,欢迎你出院。

白苹

P.S.我还不想让第二个人看到我的日记,你还是一样的尊重我的意见么？

吉迷跳下沙发,看护抱起它玩,阿美同看护在谈吉迷。我用纸笔写一封回信给白苹,我记得是这样写的:

白苹：

我应当感谢你,因为创伤已成为了我的光荣。而今后是为前途的光明与胜利祈祷。我永远用虔诚的眼光望着你,用信仰的情感追随你。

徐

P.S.日记在我的地方比在你的地方还要秘密,我以外,能够看到它的该是吉迷。

阿美拿着这封信走后,我正想翻阅白苹银色的日记,而史蒂芬太太来了。她还是这样庄严,雍容,我把日记放在身后欢迎她,我虽然还叫她史蒂芬太太,但是我已经不以这个身份来看她了。我现在真奇怪我当初的幼稚与愚笨,因为在她蔚蓝的眼睛中,我似乎早应当发现她不是史蒂芬的太太了。

她对我只是庄严而沉静的问好,既没有问我受伤的经过,也没有谈到白苹与梅瀛子,倒是谈到了海伦与她的歌唱。我在无意中告诉她海伦信中的消息与去北平的计划,她似乎很赞同,并且说,如果海伦回来了,一定请海伦去她家一次。接着我们谈到了音乐,谈到了艺术。

在这样的谈话之中,对于她的身份我已无从相信,我不明白她的生命的组织是有多少层次了。

曼斐儿太太来,我们的谈话又转到海伦。曼斐儿太太自然也知道海伦去北平的计划,不出海伦所料,她不想让海伦单独先去。我与史蒂芬太太都劝她以海伦前途为重。并且,等海伦在北平为她找到职业,她也随时可以去的。

但我们的话并未使曼斐儿太太折服,我看到在这些海伦不在这里的日子之中,她已经够寂寞了。她用她摇动的眼光望着她刚才带来的白色花束,这花束已经由看护放在瓶中,她好像嫌插得不够好似的,重新去整理它一下,于是感伤似的说:

"我已经离开了丈夫,我也已经离开了儿子,我现在再没有勇气离开我这个女儿了。"

"但是这不是战场。"我说。

"可是是一个陌生的地方!"

于是我们都沉默了。一种说不出的空气压着整个的病房。我忽然想到曼斐儿太太的丈夫和儿子都在战争上服务,梅瀛子似乎都知道的,那么把海伦再利用作工作上的跳板,这样一点不顾到曼斐儿太太是多么残忍呢?我联想到白苹的态度,觉得她的确要比梅瀛子宽大而仁慈。贯彻白苹的心胸的,有一种伟大的人情。而梅瀛子则只有如钢的意志。这分别是不是因为白苹是纯粹中国人,有中国特有的一种博大么?

沉默中,史蒂芬太太告辞。曼斐儿太太继续同我谈许多关于创伤与她的猜测。她到如今还相信着我是被日本军人击伤的,我觉得我没有同她说明的必要,但她倒担心我出院后的危险,所以她劝我还不如同她一同到北平去耽些时候。

我说这枪击案完全由于醉后的失事,并非是对我有什么难解的仇恨,请她不要为我担心,最后我还是劝她让海伦先去北平,我告诉她,上海离北平不远,在空闲时候,我自然随时可以去看她们。如果海伦到夏季还未能为她在北平寻到适宜的职业,我一定伴她到北平去歇夏,那时候再想别的办法。那么她们母女的别离最多不过半年,这使曼斐儿太太露出允许的笑容,这笑容里包括了愉快安慰与感激,于是她答应我不再固执她自己的成见了。

她临走时,用感激的眼光望我,又亲切地同我握手,我发现她进来时就在为女儿的前途与自己的幸福彷徨,也许就想把这个问题来取决于我的。

我望着曼斐儿太太的背影消失,又看到前面纯白的玫瑰,我孤独地在这份伟大的母爱里陶醉了。一直到吉迷绕到我的脚上,才提醒我放在身后的日记,我拿到手里,立刻有一种说不出的情感控制了我,是这个封面单纯的银色,使我联想到那个银色的女郎,对于银色的爱好,联想到那天杭州回来时她病倒的空气,那是我第一次发现银色的特质里所潜藏的凄凉。

是黄昏,院里已无日光,房中开始暗下来。看护不在,我想开灯,但又懒于起身,痴坐的瞬间,我感到了寂寞,忍耐着天黑下来,黑下来,我就埋在这黑暗之中,但是睡在我脚边的则是吉迷,那只波斯种的白猫。

最后我振作起来,到床边去开灯;那本银色的日记就滑到地上,这似乎惊醒了吉迷。等我开开灯,房中突然的光亮就使它站起来,我过去去拾它旁边的日记,那日记正翻在某一页上。

于是我坐在原来的座位上,就开始读那一页日记:

……
我宁使到战场去肉搏,不愿在这里鬼混!

梅瀛子是美丽的魔手,这已是无可否认的事实了;我寻不出理由她为什么要同我们作亲热的交际,除非她已认清了我是她的敌人!

对徐发生兴趣,这是一个巧妙的掩护,史蒂芬说:"她无非是想战胜徐,要收做她的卫星罢了。"这是很笨的话,也是很聪敏的话。笨,假如说他指点的只是这句话的字句本身;聪敏,假如他说的"卫星"是另有意义。

只有在某一个场合上少一个"鬼魂",才会注意到徐,我想。

我起初以为徐不过是"自作多情"之流,现在倒觉得他还有一颗忠诚的灵魂,所以我想去提醒他,既然是一个研究哲学的人,鬼混在这个场合里做丑角,还不是太可惜了么?

E,L,P等都以为我应利用徐去制梅瀛子,但我想这无非促进徐早被梅瀛子利用而已。

……

看护进来,跟着送进来饭餐,我把日记收起。预备饭后再从头来读白苹的日记。

我奇怪白苹送吉迷给我,在病房中养着一只猫这是多么麻烦的事,幸亏这位看护很欢喜猫,她说一切她都会管,于是在我就餐的时候,她把猫抱去;饭后看护又把它抱来,她说她睡觉时再来带它出去。

我于九点钟重读白苹的日记,房中非常清静,我的精神也很好,我坐在沙发上,吸着烟静读,竟不知时间的过去,十点半钟的时候,看护进来带猫,她叫我早点就寝。她出走后,我睡在床上,仍继续读白苹的日记。

在她的日记里,我看到她新奇而丰富的生活,敏锐的感觉与独到的见解。有许多地方她都用古怪的话,简单的符号,我必须细心猜测才能懂,有的根本猜不出。

这是一部有兴趣有价值的日记,尤其在我,我在以后几天就不禁把它抄摘一些下来,但在这里,仍很难把我抄下的全部引用,这因为在我这个故事中,它的关联只是很小一部分,而这里的故事,对她生活的关联也只是很小一部分。比方说以杀人而论吧,在这里,对我的刺杀好像是很大的事件;但在她的生命中这只是一件很小的事。天下实际的事情,与小说之不同也常在这种地方,当小说家从一件小事里看到一个永恒的真理时,他必须把这小事放到中心的地位。而在实际生活上,它也许是常常忽略的。每种事件决定于另一事件的几乎都是使我们感到渺茫。地震在宇宙中也许是一件小事,在人类就是一件大事,我们走路不知践死了多少蚂蚁,但我们从未注意,而在蚂蚁的社会也许是一件大事,我相信,假如我的伤真是不救,在白苹日记能多几句什么话,我无法想像。一时之间,她也许有许多沉痛懊恼,但是生活的波浪在她是不一定的,那一天一浪打来,我的印象不过像海滩上的脚印般的,立刻被冲为乌有了。

而时间的无情,也无不在把她冲刷,她似乎对此也特别敏感,多少的篇幅都被她这种感触所沾染。人性真是复杂!她时而非常好胜,非常有力,非常勇敢;时而又非常消极,非常哀伤,非常衰颓;她有生的意志,但又看生命若朝露,她对于死似乎再无害怕,因此有时对于杀人的行动不觉得是一种对于恶人的惩罚。

为我对她的了解,我在她日记中得到了更多的了解,现有很大的兴趣来读她的日记,来抄摘她的日记。我想读这本书的朋友,除了它里面很少部份以外,一定也有兴趣来读它,但是,我在此并不能把我现在所有的部份都附在这里,而为帮助我故事的发展,填充我愚笨之中,所漏下的故事的残缺,我又不得不抄一点在下面。

下面就是我要引用的白苹的日记。

四十二

……能够在这个环境中,有一个比较有情趣,有思致,而不涉于实际上的利害的朋友,这是困难的事,而正在我有这样需要时,徐在我生命里出现了。

其实也是偶然的相遇,但给我很好的印象。原因是我的交游完全是在两极端之中,一方面是崇高的神圣的生意,一方面是浪漫的糊涂的可笑又可气的买卖;前者太把我当作英雄,后者太把我当作玩物。于是我自己就没有生活,好像每个人同我接触,都是有事,不是派我生意,就是买我玩弄。而徐以毫无目的的姿态偶而同我接近,就成了我想要的朋友。……

我的注释:"生意"自然是指她的工作。

……史蒂芬单独约我,我拒绝了他。他对我也许有好奇的爱,想在我这里寻异国的浪漫,这是错了。我不需要这浪漫,也不需要这笔钱。

我为抵制史蒂芬对我的野心,我故意伪作对徐接近;果然立刻有效,史蒂芬似乎把我让给徐了。

男子真是脆弱,徐竟以为我在爱他了,真是可笑。

越是聪敏的男子,在这种地方越是傻。

看看这种傻子,对我卖弄爱情倒是有趣的事。

……

……

梅瀛子,久仰了,她对我似乎很注意。其实我想我们有一个时间在舞场上是常见的,她的日本朋友是我的客人也不少,起初我以为她是日本人,后来知道并不是,但是她是我的"主顾"似乎是无可怀疑的。多么漂亮美丽的人呀!

我们早已互相认识,但今天才有正式介绍,我是应当多么小心去同她做朋友呢?

我正在暗笑她把徐当作我的情人,而她又开始要把徐吸引去了。

抢这个男子做掩护……

而徐将做一个自鸣得意的傻子了。

史蒂芬太太,庄严文雅大方。但是与史蒂芬是多么不调和呢?我跳舞时故作与史蒂芬非常亲昵似的,这稍稍使史蒂芬有点不安,但并不影响史蒂芬太太的大方。她真是一个可以敬佩的有修养的太太。她似乎极力要打徐的独身主义。

……

我的注释:所谓"主顾"大概就是敌人或敌手之意。

偶然的?天定的?人为的?我们好像大家互相敬仰已久,而一朝见面就想多多交换似的,我们订了四天的欢叙。

我"爱"的是梅瀛子,不用说梅瀛子"爱"的也是我。

多么傻的男子!

徐对我倒并不是轻薄的浪漫,我看到他上好的感情,不过有时不免自作聪敏。

有人有爱,有人没有爱。徐是有爱的人,他爱哲学,爱生活,我看得起他在此。

徐是一个中国人,是有修养的人,对我也有高尚的情感,而事实上也是太可怜,所以我决心去提醒他。但是他竟以为我在妒嫉,这是很可笑的,可是他的拒绝反引起我的好胜心。

徐也许并非是对梅瀛子的美丽倾倒。而只觉得她同日本人交际是可情而可怜的事,同我可怜他所以想把他拉回来一样。

像梅瀛子在夜 Bar 里行动,应当会使徐伤心的,但是并不。而我的劝告又不肯接受。这样下去,最后无非被梅瀛子收为徒弟,化作幽灵而已。

……

……

我希望我还幼稚,可以接受梅瀛子虚伪的诚恳。她实在太可爱,不用说是男子,我都对她倾折了。

但是这是什么意思呢?叫我珍贵徐的生命,鼓励我爱他,跟他,伴他离开这里。是知道我是她的对手而用徐来带我离开她呢?还是不知道我是她的对手而可怜我的身世,叫我及早找个可靠的男人呢?

羡慕徐给的戒指,亲爱的,当我把戒指带在你美丽的手上时,我真想做一个男人了。

……

……在园中想折一朵花给徐。但是他竟已留下一封信走了。原因当不只是信内的话,我想跟随他去是件使梅瀛子惊奇的事。我可以这样做。

同梅瀛子接近是我份内的事,但环境是她的优势,我必须有更大的小心。

我不过是"舞女",而她是一个"交际小姐"。这世界是她的。

我到了月台,就看到徐刚刚上车,我就上去坐在他后面。

离开我们,回到自己的工作上去。这是对的,我应当鼓励他。一个男子居然有毅力离开梅瀛子这样女性的挑逗这不是傻瓜,就是伟人。

……

……

我病了。病是人生最脆弱的时期,这一瞬间,寂寞,空虚,烦恼都乘机而起,我成了它们的囚犯!

这时候,我真需要扶助,需要安慰,需要爱。

昨夜徐走后,竟又买了阿司匹灵与水果什么回来,这的确感动了我。

自己脆弱的时候,容易感激人的帮助,所以感激也许就是弱者的行动。

而聪敏的男子都会在女子孤独生疏病倒之际献殷勤的。

徐倒是有一颗高贵的心!

……

……

委实我还是一个懦弱的人,我对徐起了说不出敬爱的情感,本来我需要这样的朋友,不过做我生命的点缀,如今我觉得我的逗引与调笑是使他离开自己真实生活而接近我的表面生活的行动。这方面他还是一个小孩子。

我决定鼓励他并且创造他,他总是一个有希望的青年。

我的话,他像信仰一般的接受了。我觉得一种光荣与喜悦。

……

……

我与梅瀛子不应这样亲密与接近,我要搬家。

E的房子嫌大,我想同她交换,是很好的办法,但不巧她在前几天分租出去一间,并且收了定钱,这需要交涉退租。

奇怪,这房客会是徐。是他为朋友定的么?昨天他说要回乡去,那么目的是在潜隐于工作了。

近来的游乐比前虽少,但徐仍是很勉强似的,他爱工作超过于游乐,是很可敬佩的事。

我忽然异想天开,想同徐说穿了叫他住在我那里,徐很高兴,事情就这样决定了。……

……我愿意活跃的生,否则就是平静的死。

而我现在受伤,病倒在医院里。

梅瀛子到我家去了,好在这是结束的冷季,她又不能与徐同房,我且静看将来。

我叫W来看我,谈得很久。

……

我的注释:W该是她工作上的伙伴。

……

我已经痊愈了。

我需叫徐搬出,当梅瀛子知道我们地址后,徐在那里就碍事。徐来看我,告诉我梅瀛子虽然发现他住在我那里,但愿意帮他不让史蒂芬太太及海伦知道,这是我意料的梅瀛子的作风。

一个劳碌的人,一次病,一次伤似乎都是最好的休息。……

……徐似乎没有理由在上海,为我对他的重视,我劝他离开这儿。可是他故意以我不离开来难我,这是很可笑的。可能是梅瀛子对他有暗示,否则是自己不高兴离开这儿以此为遁辞。难道还叫我相信他是在爱我么?——梅瀛子总是故意这样打动我。……

……我开始忙,我没有余力再注意徐,好久不见他了。……

太平洋战事终于爆发了。……

我须在慌乱中过平静的生活,又须在平静之中过慌乱的生活。

在生命上我要在不安中镇静,在生活上我要在镇静中不安。

人,人,人,千种人,万种人,我在千万种人中奔忙,旋转……。

……

现在我知道梅瀛子把徐拉到物质生活上去了,正如她拉海伦一样。她拉他同日商合股赚钱,于是引诱他化钱,对我化钱。

似乎徐慢慢要入她的勾榖而听她指使了。

我无暇为徐可惜,我要努力的要忙的方面太多。

X死了!

我同徐跳舞,我提X死了,他假作不知。

朋友敌人间之间隔就像在分子与分母之间。

……

我的注释:X想是那时被刺的一个伪官。

……

奇怪,竟是海伦!

她竟这样的拖海伦入海,使一个可爱的少女无法逃避。我知道老鸨惯用的手段,第一步是诱惑,第二步是陷害,于是做她的喽啰。

我的救助是出于一时的义愤。正义还是我所最爱的东西。

可怜的孩子! 一瞬间我竟立志要做她的保护人。

但是汽车里我觉得到底我不能永久管她,这个悲剧演出原是迟早的事情。那么我的撤台并没有什么意义。

我决定用一夜的工夫献给她,希望她的心是聪敏的高尚的。

她的确有高尚的心,有聪敏的头脑,但是,实行还要她的毅力。

是多么可爱而可怜的姑娘。

伟大的时代下个人灵魂都是渺小的。

……

我的注释:第一个"她"自然是指梅瀛子。

……

原来他已经早搬到那面去了?为什么不能告诉我。

用功?理由是不再老爱同我们混在一起。

这样一个独身主义者……

如果梅瀛子是知道的,这就是她已经收伏了这只手。

海伦放弃艺术,她自己似不知道有什么可怕的笑话。他放弃哲学,而是知道他自己所扮演的角色。

为色?为利?为两者,这是男子。……

……

我把一切的神秘负在肩上,听凭你们的注意,而把最神秘的事情交给你们不注意的人。

赌大赢,酒大醉,一瞬间我倒觉得有功成早退之乐,但是……

没有第二个人,曼斐儿太太在我身旁,我问她我钱包的踪迹。

那么,朋友,果然是你同我开玩笑,偷去了我的"钱"!

现在,这已是证据!

她是胜利了,一切如所料,从物质的诱惑于是卖身卖灵魂。

W他们以为"请客"事无须我亲自"出席"而且不相信我有勇气去赴宴。我为什么没有勇气?

……

我的注释:"钱"当然是指那文件。"请客"当指杀我。"亲自出席"当指亲自执行。

我手发抖,打错了"牌",我真奇怪他为何不呼喊?

他竟叫我走,有这样伟大的性格,为什么会……?那么是他做了"娼妓"自己还不知道,他保证他自己,我相信他,他不会撒谎的。

酒醉了!我过去扶他。我第一次发觉这是一可爱的生命,但是也许就要永别,我吻他!我在爱他么?

用我最快的速度叫费先生……

我的注释:"打错了牌"当是没有打死。"酒醉"当指伤倒。"娼妓"当指被人利用的傀儡。

  ……听说已进高朗,我电费,说是摔得太凶,十有九要残废的。
  那么我应当用什么去忏悔呢?
  假如我可以活到太平,那么我愿意嫁你,看护你,为你服务几天,这是人的命运么?
  这种想头奇怪,是发于大我的爱,还是发于所谓爱情,我分析许久,发觉这是人格的好胜心,是一种自尊的较高洁的情感。
  但愿胜利属于十分之一。……

我的注释:"摔的太凶"当是伤得太重。"属于十分之一"是根据十分之九要残废来说的。

  ……她没有想到我褥下还压有"洋火",我点亮了照她,今天我要细细欣赏这位小姐了。
  原是我的姊妹,这许多日子我们以情敌相待!
  一瞬间,我流泪了,我抱她,吻她,我才发觉我是自从第一次见面就爱她的。
  以后我会有更强的光,我要让她惊异。
  多么灿烂的生命,多么光明的前途!
  我的抱了许久,哭了许久,这一相见,太恨晚了。
  但是前面,爱在前面,梦在前面,色在前面,光在前面。
  听说他果然获得十分之一的胜利,天呀!我一切都得救了,但是我还是无颜见这个灿烂的朋友。
  唯希望他早点伸着两只活泼的手臂回家!……

我的注释:"洋火"当是手枪,是指她在被里偷偷地从褥下掏出手枪对梅瀛子而说。以下"姊妹"自然是指同盟国的朋友。"伸着两只活泼的手臂",自然是指我不会残疾而出院。

四十三

但是,我虽然出院了,而我并不能伸着活泼的两臂,因为那时我的左臂,向前只能举到六十七八度,向后则能举十度,后来稍稍增加一点,但据医生说,八十度以上是永远不可能的。

这并不十分妨碍我一切的日常举动,但是每天穿衣裳就有点不自由,而必须先慢慢穿好左袖,才可以穿右袖,这使我时时意识到我的残废,直到完全习惯了的现在,我还有这种意识。其他用力的大动作如举重一类事情,我自然再无幸福去做了。

天下有两种人,一种是遇事向好的想一步,一种是向坏的想一步,我想前者是比较痛苦。我的伤残当时并没有让任何外人发现,但是知道的几个人之中,就有这两种态度,比方白苹,她是爱向好的想一步的,她说假如那枪也中在臂上,你就不会有这点不自由。只差几寸的距离,这是多么不幸呢!而梅瀛子是爱向更坏的想一步的,她说,幸亏你因第一枪的创伤弯下了身,否则就会中在胸口,只差几寸的距离,这是多么幸运呢?

在我觉得这枪刑本身就是冤枉。而唯一感到安慰的,则是我获得了光荣的代价。

就在我出院那天夜里,白苹与梅瀛子就告诉我一件工作的策划,而策划的第一步已经获得了成效。

这是由她们怂恿梅武再开一次纯粹的面具夜舞会,因为上一次中日的亲善,中国人方面只是礼貌上的敷衍,并没有得到真正感情的和洽,所以这一次将带一带面具,大家将穿西洋的礼服去参加。她们就想在这个掩护之下,去窃取一宗重要的文件。这时候我才知道梅武不但是海军的参谋,而且是特种的情报官。现在,梅武对这面具夜舞会已经赞同,并且定于三月十三来举行。

白苹与梅瀛子兴奋得如中学里的运动员在赛球的前夕一样。在计划中,大家争先要做偷窃的执行者。白苹说:

"我对于这件工作做得很多,所以比较有把握。"

可是梅瀛子则说:

"上次就是我的事情,结果被你抢了去,那么这一次无论如何让我去做。"

这件事情始终没有决定,而每次碰见谈起这件事,就起这样的争执。其实当时我也很想担任这件工作,但因为手臂的不自然,所以始终没有说起。现在我们几乎天天见面,大家总在白苹的家里,但一同在外面则是很少,各人的生活还是依旧,以避免别人的注意。梅瀛子来白苹地方常常是夜里,也很少用她红色的汽车,有时甚至不坐汽车,有时候就宿在白苹地方。

有一次我偕白苹回家,梅瀛子已经先在那面。她们又从工作的计划上谈到执行的人,在双方不决的时候,都希望我对于她的理由有一种支持,而我想担任那件工作的欲望,再无法忍耐,于是我说:

"这件事情既然你们两个人都不让,那么还是让我去做。"

"你!"白苹与梅瀛子都笑了。

"为什么我不能?"我说。

"你知道这不是哲学上的问题。"白苹说。

"但是我从你手上偷到过东西。"

"这因为我当你是朋友。"白苹说:"而你熟识我的一切。"

"而你现在手臂有点残废。"梅瀛子加上理由。

"但是这只是需要手指而不是需要手臂的事情。"我对于梅瀛子的话觉得是一种侮辱,所以我说得非常严肃。

"而那间房,那个空气,你都没有我们熟识。"白苹说。

"不。"我说:"只要你告诉我,我不是立刻就知道了么?"

"而且这是适宜于女人做的事情。"梅瀛子说。

"缝衣烧菜人说也是女人做的事情,"我说:"但是世上有名的裁缝与厨子还是男子。"

"但都不是哲学家。"白苹说。

这样的争执很久,还没有一个决定。我一方面觉得我必须做一次主角;第二方面,我对于她们说哲学家书生与残废都使我不甘心,最后我说:

"我是一个男子,一个男子同你们在一起,让我避免危险的任务就是一种耻辱!而且我的生命是多余的,要是这次你的枪斜了一分,我不是已经死了么?"

"可是我的生命有更多次的侥幸。"白苹说。

"但这不是生命的估价问题,"梅瀛子说:"而是工作的效率问题,我们要的是胜利,不是牺牲!"

梅瀛子的话使我与白苹沉默了,于是她又接下去说:

"在这个整个工作上,我们不能谈到失败,这失败不是个人的事情,也不是我们三个人的事情。我们可以不爱惜自己,但站在工作的立场上,我们爱惜工作就当爱惜自己。"

"是的。"我说:"就站在工作的立场上,你们都比我重要,所以我……"

"不,"白苹说:"但是你在工作以外,还有哲学的生命。"

"我想,这样的争执是没有完的。"梅瀛子说:"我们还是用拈阄的办法好了。"

这使我想到上次去杭州前的拈阄。但那时虽是游乐,而人人内心是敌对的;现在是工作,而我们内心则是和谐的。当时白苹开始赞成,我也没有异议。

白苹的桌上有一只自动的烟匣,是按一下就会跳出一根的小玩意儿,里面装的是三五牌,她将桌上我的 Lucky Strike,抽一根放在里面。混乱了以后,她说:

"现在我们每人顺次按一下。谁拿到了那枝 Lucky Strike,就规定谁担任这份工作。"

这是很有趣的一种拈阄法,梅瀛子接着就按了一根,一看不是 Lucky Strike,就吸起来;第二个是我;第三是白苹。这样轮流着,在第三圈的时候,我毕竟按到了那支 Lucky Strike,这烟本属于我,所以还是让我拈到,这使她们俩无法异议。我们终算把这件事决定了。

日子悄悄的过去,我们生活是兴奋快乐与紧张。我每天吃得很好,睡得也多,健康一天天恢复着,我像一个拳斗家预先的休养。白苹与梅瀛子像是我的经理人一样。始终注意我的生活,她们觉得唯有精神充沛,身体健康才能在紧张中镇静,在危难中细心。

就在这个期间,海伦从青岛回来了。梅瀛子第一个知道,她告诉我后,第二天我就去拜访海伦。

我在她家门口按铃,开门的正是海伦,她不但年青许多,而且也显然是强健,皮肤似比前棕黑,显得头发更黄,眼睛更蓝,鼻梁上雀斑似已变淡,她身体轻健灵活,穿一件轻捷的蓝色便衣,用新鲜的毫无脂粉的笑容欢迎我。

她母亲似已告诉她我受伤的经过,她说:

"假如这是我不参加那天夜会的关系,那完全是我的罪过,但是这不是我所能料到的。"

"假如这是因为我的邀请,使你提早去青岛,遇见了音乐的鼓励,获得了开朗的心境,恢复了消灭的健康,"我说:"那么上帝给我这受伤的代价已经够高了。"

"谢谢你。"她羞涩地笑了。

接着她同我谈起青岛的生活,谈起史托亦夫斯基,还拿出在青岛所拍的照相给我看,里面有她的,有史托亦夫斯基,也有他们两人在一起的。从照相上看来,史托亦夫斯基是一个神采奕奕有幽默感的人,同海伦在一起,更显得她年青与稚嫩。梅瀛子竟要将这样的孩子拉进到危险的争斗里,我现在想起来真是不寒而栗了,而最后一次,我竟也是有目的地来邀请她参加舞会,有一种惭愧在我心头浮起,我说:

"海伦,让我们到外面去走走好么? 我希望我可以请你吃饭。"

海伦笑笑,点点头,接着收起了照相,但留下两张——一张是她个人站在海边,一张是与史托亦夫斯基在钢琴边——给我,她说:

"你愿意保存它吗? ——纪念我的新生。"

"谢谢你。"我收起照相,她说:

"让我留一个条子给母亲。"她迅速地写好了纸条,说:

"走么?"

"好。"

她拿起桌上的皮包就走出门口,我跟在后面,看她从衣架上取了大衣披上,连架子上的镜子她都没有注目,就跟在我后面,走出了门外。

现在的海伦已没有最初的忧郁,也没有后来的做作,更洗去了去青岛前的时髦,比诸第一次会面时的她,似减去了羞涩,加增了壮健,同她在一起,竟觉得完全不是以前的海伦了。她自然的谈笑,健康地走路。电车上,她蓬松的头发偎在我的颈畔,三次两次有风带它到我的面颊,我体验到那竟是初会她时使我感到的温柔,而似乎第一次使我从那里感到了幸福。

我同她在国泰看五时半的电影,在 Chez Rovere 进餐,在餐桌上,我开始问:

"去北平的计划已经得到你母亲同意了么?"

"是的。"她说:"但这只是理智的允诺,情感上她是不赞成我离开她的……"

"这自然。"我说:"那么你怎么决定呢?"

"自然我是要去的。"

"日子呢?"

"她叫我过了复活节再去。"

"……"我没有说什么。她忽然说:

"你不赞成么?"

"……"我笑了,我说:"我只是希望你不要改变宗旨。"

"你放心。"她说:"你想,我母亲已经好久不见我,她要我多住几天……"

"自然,这都是对的。"我说:"希望你决定了一个日期不再改变。"

"只要你时时鼓励我。"

"我的鼓励在你是有用么?"

"假若你肯陪我去北平……"她注视着我问。

"我?"

"为什么你不可能呢?"她说:"你在上海有什么意义?"

"……"好像有好几种话同时在我口头,一时我竟说不出了什么。

"北平,我想一定比上海更适宜于你的哲学研究。"她说。

"……"我点点头。

"那么你留恋什么呢?白苹不是劝你离开上海么?"

"要离开上海则是去后方。"

"如果你去后方,"她笑得似真似假的说:"我跟你去。"

"你?"

"怎么?"

"你又忘了你的音乐!"

"如果你不去后方,"她说:"你跟我去北平。"

"过了复活节。"

"真的?"

"好。"我说:"海伦,我跟你去北平。"

当时我不知道凭什么灵感说出这句话。我到后来才看到自己下意识对于当时工作的一种疲乏,而从海伦的世界恋念到自己的世界。我想每个人都有自己的世界,正如自己的故乡一样,很容易离开,很容易忘去,但在别个世界里疲乏厌倦衰老的时候,你不禁会想到最安静最甜美的还是你的故乡,这在海伦是音乐,在我则是哲学。

"真的?"海伦当时兴奋起来:"不是同我开玩笑?"

"自然。"

海伦沉默了,脸上露出光彩的笑容,伸出手来同我紧握,她说:

"现在,不能再怪我拖延。我只等你给我动身的日子,记住,假如你不去的话,我也许也不去了。"

"我一定尽量早。"我说。这时候,我心里明显地意识着,等这件我与梅瀛子白苹的工作胜利后,我一定要单独回到我哲学研究的世界里去了。

饭后,在寒冷的空气里,我伴海伦徒步送她回家。我心境非常开朗,这使我想到,自我与海伦交友以来,两个人在一起的时候也不少了,从她迷恋哲学的时期,到她趋于虚荣的时期,又到她忙于交际的时期,直到她颓然觉悟,在史蒂芬墓前偶遇了以后,今天是第一次有这样愉快安详,没有纠葛,没有隔膜,没有蕴积着什么难题的心境了。

我送海伦到芭口公寓门口,临别时我想起史蒂芬太太要见她的意思,我郑重地告诉了她。她说:

"你知道有什么事么?"

"也许只是想见你。"我说:"她也很赞成你去北平。"

"现在我要告诉她,你也同我一同去。"她笑着说。

"隔天见。"我说着同她握手。

"不进去坐一回么?"她把手交给我。

"不了。隔天来看你。"

"那么再会。"她说:"我常常等你来看我。"

四十四

但是我并没有常常去看海伦,因为三月十三日的那个面具舞会已经快到,而我现在要同本佐次郎们那些巨商有点交往。因为我们的决议,是我须同本佐次郎们一同去参加,所以预先应当以我从乡下回来的姿态同本佐有较密的接近。我同本佐次郎是合伙的同人,虽也曾偶而在一起聚餐游乐,但还有相当的距离,而现在经过了几天微醉与胡闹,我们已经双方都没有什么客气了,游乐的场合对人类社会的关系是微妙的。一切阶级,距离,虚伪,架子,……都会马上打通。而几次的同游,外界的人士似乎立刻就确认了我们间的特殊关系,对于我们一同去参加面具舞会,也自然认为很自然的事情。

白苹已经决定再同有田大佐一同去参加;梅瀛子也许单独去,但还未肯定;至于海伦,自从她去青岛后,似乎已同所有日方的关系切断,想没有人去邀她们母女,我们在紧张而冗忙的生活中,自然也没有想到她们,似乎她们不去已是肯定的事。而我在偶而会见到她们时,也觉得无须把这事告诉她们。

但是在三月十一日上午,我一进白苹的公寓,阿美就告诉我白苹与海伦在我以前住的房间里,我敲门进去,白苹就首先告诉我海伦接到请帖。海伦马上就对我说:

"你也去参加么?"

"是的。"

"你不要我伴你同去么?"

"你也想去参加么?"我提高声音,好像她早已同我表示不参加了似的,我问她。

"不。"她灵活的眼睛忽然呆了一下:"不过我想不到你这次还想去参加。"

"这次我特约他去的。"白苹很自然而美丽的对她说:"我想你不去没有什么关系,他们大概是根据上次的名单来邀你的。而我不去则是没有办法。"

白苹的解释非常好,非常自然,非常诚恳,语气中的确充分表示她去参加是逼不得已的事。这态度用在这个场合似乎是作伪,但是我意识到白苹的内心的确是那样的感觉,这也许就是白苹最可爱的地方,也许就是她喜欢银色的缘故。

海伦马上露出自然的笑容同白苹谈别的事情,我在那里看到海伦对白苹的交情,自从将海伦从虎口救出那天海伦宿在白苹地方以后,似乎海伦对于梅瀛子的感激与信赖已完全移到白苹身上。海伦真是天真的任性的孩子。

当白苹离开那间房间的一瞬间,海伦开始告诉我她去看过史蒂芬太太,说是史蒂芬太太极力鼓励她去北平学音乐,并且她愿意在经济上帮助海伦,当时就给她一张支票,海伦没有接受,第二天又派人送到海伦家去,是一万元的数目,这数目在当时不算小。所以海伦虽是接受了,心里还不明白,就算史蒂芬太太珍爱海伦的天才,但过去并没有这样的表示,这事情在她总有相当突兀。

我当时马上就想到海伦来看白苹,也就是谈这件事,看到底这笔钱是什么意思。所以我问:

"那么白苹的意见呢?"

"白苹说这完全是史蒂芬太太对我的期望,叫我不必怀疑。"

"我想白苹的见解是对的。"我嘴里虽是这样说,但是我心里也觉得有点突兀,最后我恍然悟到,这一定是过去那一阵梅瀛子利用她的报酬了。我相信这不会是史蒂芬太太或梅瀛子的意思,而是一定有那么一笔支出拨下来,而她们用这个方法付给了海伦。但这是不必同海伦说明的,我想白苹也一定以为这样于海伦有益,否则她有什么不晓得,不早就同她讲穿了。

白苹进来的时候,海伦的谈话已转到别处,一个人的谈话在这种地方很微妙,她愿意同白苹讲,也愿意同我讲,但竟不愿意同我们两人讲,而我虽知道她已同白苹谈过,但不能知道白苹是否也知道她同我也谈过。总之,有许多事情并不是经过我们的思想,而是在某种群体的空气控制了我们,自然而然使我们放弃自由。总之,这件事自始至终只到这样明显的程度,现在回想起来,我觉得后来白苹把海伦来看她告诉梅瀛子也是很可能的事。

我与海伦都在白苹地方中饭,饭后一同出来,路上,海伦忽然说:

"白苹听见你有同我到北平去的意思很高兴。"

"你同她讲了?"我倒有点惊异。

"自然,我同她什么都可以讲,"海伦说:"你以为不对么?"

"她怎么说?"我急遽地问。

"她说等你们参加面具舞会以后,她就会鼓励你同我早点去北平。"

这句话很费我沉吟,我沉默了,但我并不能冷静地去思索,因为我马上想到那天同海伦分手时她所说的一句话,我奇怪我当时对这句话似乎并不曾反对,而现在想起来则是大错!怎么在当时的一瞬间我竟忘忽了梅瀛子与史蒂芬太太间的关系?于

是我问:

"你有没有把我想去北平的意思告诉史蒂芬太太?"

"自然。"

"真的?"

"怎么?"她说。

"没有怎么?"我说:"我想她会很惊异。"

"她问我是不是……"她似乎说不下去,眼睛望到别处。

"是不是什么?"我问。

"她问我是不是想同你一同去,"她想到了似的憨笑着很快的接下去说:"我说是的,她就说,这样很好。你也可以有人照顾了。"

"她没有说别的?"

"没有说别的。"

"没有说我是不是适宜去么?"

"没有。"

海伦说没有,自然一定没有;史蒂芬太太决不会露她的感觉的。那么我无从知道她的心里所想的,更无从知道她什么时候会去告诉梅瀛子,而且是不是问题只在梅瀛子一定要我做她的助手呢? 在我,我从研究哲学的世界出来,再回到研究哲学的世界里去,这是很自然的事。那个世界是我的故乡,正如音乐是海伦的故乡。在所谓工作上,我不过是史蒂芬利用下来的人,我没有一点不是尽我的良心与能力,我用我重伤作代价,求得了白苹与梅瀛子的联系,解决了两方认为很难的问题,而现在我正要去完成一件工作。等这件工作完成了,我要回到自己的故乡去,我想总还是她们能谅解的事。但是我要同梅瀛子去商量将是在工作完成之后，决不是现在，现在告诉她于我于她于这件工作的精神都是不好的。而我在那天送海伦回家，她提到的时候，竟全忘忽了史蒂芬太太与梅瀛子间的关系，因而没有关照海伦不要说。

这就铸成了一种烦恼在我心里不安，一直到我送海伦回家，一个人在归途中还是为它烦恼。

但是一切烦恼的事情，在最静的时候思索下去，人人的心理都会发掘解救的储蓄，当我回寓午睡的时候，我想到了白苹对海伦说的话，那么假如这事情让梅瀛子先知道，她一定会同白苹去说，而白苹一定会偏袒我的，因为我知道她始终谅解我不宜于做这样的工作，而应当好好的继续我的研究。

于是我就比较有平静的心境获得了一回休息。

夜，在白苹的寓所。我们三个人有一个会议。这会议，与其说是会议，还不如说只是规划我的工作，现在想起来，我相信她们两个人早已把一切都商妥了，只在那一夜对我作确切的教导。

我的工作是要从梅武官邸后园小洋房的后面，爬到二层楼，从窗口进去，拿到了目的物，再从原路爬下来，那时候梅瀛子就在下面等我，把目的物交给她，假作舞后在园中闲步似的带她回到前面。

"以后的一切你可以不必管。"白苹说。

"那么我什么时候可以开始做呢？"我问。

"你认识那个韩国姑娘？"梅瀛子问。

"谁？"

"就是那个 Standford 的歌女。"梅瀛子说。

"你是说米可？"

"是的。"

"她是韩国姑娘?"

"怎么?"

"我以为她是日本人。"

"你可以多同米可跳舞,学作忘形似的同她调情,她会带你进后园。以后就要见机行事,如果不妥,只好回到舞厅再出去。"梅瀛子严肃地说:"但必须先同我跳舞,我会把钥匙交你。"

有一分钟的沉默,梅瀛子与白苹都用非常尊严的眼光望着我,房中的空气顿时变得沉重,像是无数的压力逼着我的心,我的呼吸似乎立刻困难起来。半晌,梅瀛子说:

"你都懂了么?"

"是的。"

"你仔细想想,是不是还有问题?"白苹更严肃地说。

现在我真的感到说不出难堪起来,因为她们四条眼光都严厉地凝视着我,好像审问犯人一样的等我回答。

房中静极,要没有咖啡杯上浮着热气,这空气简直是凝成了固体! 我从桌上拿一支烟,点着吸了一口说:

"我想没有别的问题了罢。"

又是难堪的沉寂,于是梅瀛子站起来,悄悄地走向窗口,她回过身来说:

"你应当设想,在那个舞会中,大家都带着面具,许多人里面,你从哪里去认找你所要找的人呢? 比方找我。"

这确是一个我未曾想到的问题,我当时一楞,是一种无能而疏忽的羞惭浮到我的心头,也浮到我的脸上。白苹似乎发觉了这个,她用一个很异常的手势去拿咖啡,似乎故意叫她手指上我送她的钻戒提醒了我,我说:

"从她的戒指上我难道还认不出白苹么?"

"那么我呢?"梅瀛子说。

"假如你那天还是戴你上次舞会中所戴的珠练项圈。"

"那么米可……?"

"你不想预先告诉我,你给她带一只什么样的戒指么?"

梅瀛子这时又悄悄的过来,她从她手上脱下一只戒指,放在我的面前,她说:

"我想你会很容易认识它的。"她又说:"我们就以这十字为记号,在舞时,你用手指在我们掌中划一个十字,我们就可以知道是你。"

我低低头,一面我注视那只戒指,这是一只白金镶的,镶功很精的指环,红钻组成了一个方围,围着一个白钻组成的一个十字架。这是一个很美的组合,但当时会给我一个奇怪的感觉,引起我联想的是史蒂芬墓头的十字架,与围着这十字架的一圈一圈的花圈。我把它玩了许久,我戴在我自己的无名指上,太小,于是我套在小指上,看了一看,沉默地拿出来把它交还梅瀛子。这时候她已经坐在我的对面,嘴角露着暗淡的微笑,白苹意态怠倦地斜睨着,一瞬间我竟不敢正眼看她们。

沉默,沉默,我感到空气里都是沉重的胶液,使我的嘴不能张开,而许多话无从说出。

四十五

我回家天已经快亮,相约第二天夜里十二点半我们再在白苹地方叙谈,这是面具会以前最后的会聚,一切未决定的要在这个会聚中决定,一切应想到的应在这个会聚中想到,而一切考虑到的也都应在这个会聚中提出讨论。

三月十二日,我于中午十二时醒来,洗了一个澡,吃一点东西,心一直不安,书看不进去,什么事情都不能做。晚饭后我一个人去看了一场电影,自然也引不起我的兴趣,但借此我总算渡到了约会的时间。

我到白苹的地方,大概还只十一时三刻,我想到梅瀛子一定还没有来,白苹也许还未回。但是我决定去等她们,所以也没有打算在外面消磨点时间,阿美来开门的时候,我也没有问白苹是否在家,就一直进去,但一到里面,就看到白苹的卧室门开着,白苹穿着灰色的布衣坐在沙发上弄猫,房中电炉正暖,灯光很暗,只亮着她身后黄绢银花的脚灯,似乎她很早就回来,一直很悠闲地坐着似的,她一见我,不很自然的说:

"这里坐。"

我跨进她的卧房,她才迟缓地把吉迷放在地毯上,抬头望着我走进去在她旁边坐下。她说:

"你今天似乎很不安宁。"

"梅瀛子还没有来么?"我问。

"你先休息一回。"她露出百合初放的笑容说:"冷么?"

"还好。"我说。

"先喝一杯热咖啡么?"

"好的,谢谢你。"

于是她站起来,到门外去吩咐阿美。这时候我抽起一支烟,她回来时候就说:

"我看你没有睡好。"

"我睡得很好。"我单调地说,不知道怎么这空气很使我不耐烦。我后来想起来,觉得这空气之所以使我烦躁,并不是好坏的问题,而是,因为那空气与我原来的期望不符,所以可以说是一件失望。

"Nervous!"白苹讥笑似的自语。

"笑话。"我生硬地说:"你不应当侮辱我。"

"你神经似乎一直紧张着,脾气也不好了。"

"你不要说我好不好,"我说:"我没有心境同你开玩笑,明夜就是我们的工作,今天不是应当正式的严肃的商谈吗?"

"只有在最紧张的时候充分的闲逸,最严肃的时候体验到最深的幽默,才可以对一切的难题应付裕如。"白苹又抚弄着跳到她膝上的吉迷,眼睛望着自己的手背说:"要像你这样,碰到一件事,连饭也吃不下,觉也不能睡,一切娱乐享受都觉得不需要,那么连着几件重要的事情对你一煎迫,你的神经马上就崩溃了!"

"我没有心情同你谈论。"我说:"我想这是每个人自己的脾气,我们不必谈了;我们应当谈的是……"

"是明天的工作,我知道。"她说:"朋友,昨天我问你是不是没有问题,你说都知道了,今天又要谈,那么,你谈,你要怎样谈呢?"

"这可奇怪了,今天的聚会不是你们规定的么?"我说:"要是说今天没有事情谈,我不会去玩去。"

"我们就不能谈谈别的么?"白苹露出百合初放的笑容说:"比方说,你明天的工作出了岔,你被敌人发觉,你被抓去,你受刑,你死了,你难道就没有话谈了么?"

白苹的语气虽是平静轻易,但我觉得她简直是对我恐吓,我

有点愤怒,我说:

"要不是你是失败主义者,白苹,你就是轻视我担任不起明天的工作。"

"但是这是现实,亲爱的,"白苹说:"谁在这样困难的工作面前可以有绝对的把握?"

"我有,我有……"我激昂地说,但同时我就意识到我的确是下意识地在避开她提及的可怕的结果,我怕听到,也怕想到,我感到一种惭愧与颓丧,我半响无语,于是白苹望着我说:

"你是研究哲学的,对于人生竟不能看透。"

但是我避开了她的注视,我感到沉闷。我站起,走到门口开亮了房顶上的电灯,房间骤然明亮,我按捺自己的急燥,比较平静地说:

"你难道以为我是怕么?错了,我只是感到沉闷,你的态度,这空气……梅瀛子怎么还不来?"

"梅瀛子?她今夜去梅武那里去布置去,她不来了。"白苹很自然的说:"你有什么话要同她说么?"

"没有。"我说。

"那么她不来也好,"白苹说:"我可以单独的同你谈谈。"

"我也没有话同你谈,不过只是想见你们就是。"

"但是我有话同你谈。"她说:"你是不是要与海伦一同去北平呢?"

"是的。"我说:"但是这现在还谈不到。"

阿美送咖啡进来,带着蛋糕,白苹接着她斟咖啡给我,她说:

"我早希望你专心于你自己的研究,现在这里的工作,于你是多么不相宜。"

"是的。"我带着感激的语气说:"但是现在的北平不知道是不是能使我安心于研究?"

"这完全在你自己。"白苹安详地说:"我想你离开这个世界,就可以寻到你自己的世界的。"

我没有回答,喝着咖啡,吃一点点心。于是白苹继续用文静的语气说:

"一个人的生命都属于一个世界,离开这个世界是一种没有代价的消耗,是一种糟蹋。譬如明天,假如这一个冒险损失了你,那么你以后所有播种的计划与你应开的花,应结的果,都完全没有了。"

"自然,"我说:"但是明夜的工作不也是应开的花应结的果么?"

"这不是你应开的花,也不是你应结的果。"白苹沉静地说:"这是我所播种的,所以假如你不以为我对你轻视,明天你的工作能不能由我去执行呢?"

我楞了一下,感到一种说不出的难堪,但不知是什么样的力量抑住了我的脾气,我清楚地意识到这是侮辱,也清楚地意识到白苹语气的慈爱与良善,我沉默好一回,我说:

"这是梅瀛子的意思还是你的?"

"是她的也是我的。"

"是这样不相信我能胜任这工作么?"

"我觉得至少我是还因为过分重视你另一方面的才能与对你的期望。"

"这就是说你在这一方面对我有过分的轻视。"

"我觉得你实在不值得去冒这个险。"

"假如由你去做,就不是冒险了么?"

"我的生命就在这样冒险中长成,我对它看作很平常,我不会紧张,害怕,担心不安……"

"你是说我害怕么?"我的声音不知不觉提高了。

"害怕有什么不好? 谁对于不习惯的事都会害怕。害怕不见得就是懦弱。我害怕在炮火中战壕里的生活,但炮火中战壕里的战士则害怕我现在的处境。我们去会见一个陌生的人也常有害怕的情绪;但你的熟友也许使我害怕,而我的熟友也许使你害怕。有人走山上小径害怕,有人在大海中航行害怕,有人怕人群,有人怕孤独,有人怕鬼,有人怕事,有人以为行刺一个人是冒险,有人以为这远不如逼他喝二碗没有烧开的冷水为可怕。有人怕见冗长的数学的公式,有人怕听古典的音乐;有人说,他宁使坐二天牢监也不愿在古典音乐会里坐两个钟头。那么我说你害怕,难道又是对你轻视么?"白苹庄严而平淡地说,她总是把眼光同我的避开,最后她注视着我的眼睛低声地说:"朋友,为工作,为你自己,你把明夜的工作让给我做,好不好?"

"不。"我说:"这是抽签决定了的事,我想今天是不必谈的。"

"这因为我们是朋友,而这工作又是这样的重要。"

白苹的态度非常沉着,似乎当作沉重的问题来同我谈判,也似乎毫不在意的在发表意见。我感到腻烦,我实在忍不住这一份压迫,我站起,喷着烟走到座外,我用攻击的语调说:

"那么你们是怕我工作失败了牵累了你们。"

"岂止,"白苹冷静地说:"整个的工作与整个的机构。"

"好,那么我让给你。"我愤怒地说。

"真的?"白苹兴奋地站起来:"谢谢你。现在我们可以不谈这件事,我们谈别的,谈有趣的事。"

"那么我的工作呢?"

"你,"白苹玩笑似的说:"你愉快地同我跳舞。"

"你这是什么话?"我愤怒地说:"你原来是一直在这样轻视我?"

"如果你当我是你的好友,"白苹的语气变成温柔得非常,她说:"你不应当有这种想法。"

"不,"我说:"白苹,我们是好友,不错;但在这件事情上,我们只是合作者。你的话可以想作朋友的爱护,但也可以想作你在争功;在友谊上我可以想作你对我另一方面期望的深切,对我另一方面才能的重视;但在这一件工作的合作上,我只能认作你对我的蔑视,我不能放弃我的责任和权利。"

白苹沉默了,她悄悄的背着我走到较远的沙发上,坐下,我看她的表情已经变成严肃而深沉。最后她说:

"假如你真的要担任这件工作,是你抽签所得的,我自然没有理由叫你让我。"

"那么好,"我说:"我不希望你对我再作无理的要求。"

白苹又沉默了,半晌无语。忽然又走到咖啡的座边,她坐下,背着我说:

"那么,你必须冷静一点考虑你失败的善后。"

"你以为我一定失败么?"

"这也可以说只是工作上的规矩。"

"我不懂规矩,"我说:"一切请你指教,我遵照着办就是了。"

"你有遗嘱么?"

"没有。"我说:"我不需要备遗嘱。"

"你的家?"

"我只要写一封信给我叔叔。"

"那么你写,"她说:"就在这里写好了。"

我于是就在她的写字台上写一封信。这是很简单的信,不到十分钟我已写好,我说:

"万一我死了,请你派人送去。"一面我把信放进她的抽屉里。

这封信虽然是简单,但同医院动手术前签一张志愿书一样,在我精神上是一个打击,但是我极力镇静,悄悄地走过去,拖起地毡上的吉迷,坐在白苹的对面。白苹这时又改变了悠闲的态度,她说:

"你如果被捕了是预备自杀呢?还是预备忍受痛苦等机会出来?"

"这难道也要预先决定么?"

"自然,"白苹眼睛望着猫,文静地说:"如果你不自杀,那么我们要设法营救你。"

"好的,那么我不自杀。"

"但是你必须遵守一个条件,就是你无论如何受到什么毒刑,你不能供出我们与我们有关的任何踪迹。"

"这自然。"

"你以为这是很容易办到?"

"办不到我再自杀。"

"这是绝对不可能的,"她说:"因为那时候你再无自杀的自由了。"

"那么你信不信我会绝对不供认呢?"我问。

"假如你对于你自己都不能绝对相信,你怎样能要求别人对你相信呢?"

"那么自杀怎样办呢?"

"自杀,那就要在你刚刚被捉去的一瞬间。"

"你以为有这个机会么?"

"只要你决定。"白苹说。

"假如你们真正怕我会受不住刑罚而牵累你们的话。"我说:"我想还是去自杀的路便当些。"

"好。"白苹说着轻捷地站起,她走到床边,往灯台的抽屉拿出一只本来用作装信的盒子,她打开盒子,拿出一只装金鸡纳霜的瓶子,于是从里面倒出三粒药丸,包在一张纸里。最后她又把什么都放好,才把那包药丸带过来交我,像交我几粒加当一类止痛药丸一样的轻便,她说:"这可以使你避免一切痛苦。"

我接受了她交给我的药丸,一面放进我背心的袋里,一面说:"谢谢你。"

"现在,让我们谈谈别的罢。"白苹做完了一种工作似的靠在沙发上。

但是我竟找不出话可说,可也似乎有话要讲,所以我还是坐在那里没有告辞。几分钟后,白苹说:

"想不到你还是这样不能了解我。"

"正如你不了解我一样。"我说。

"但是我尊敬你自己的工作,你不应该放弃你的工作。"

"我永远感谢你的,但是——"

"但是什么?朋友,我有万分的诚意请求你,现在还来得及你把这件工作让给我,实在说,这件工作在我所冒的不过四分危险,在你是有八分危险的。在成功上我有六分而你只有二分,如果我是你灵魂的右手,你是你灵魂的左手,你为什么要放弃右手可以做得很顺利的事,要让左手去冒险呢?你太不把我当作自己的人了。"白苹的语气很感伤,我的确完全被她所感动,不知是感激还是惭愧,我鼻子一酸,眼睛感到一点润湿。

"……"我说不出什么。

"听我话,朋友,"白苹几乎用哀求的语气说:"让我代替你,我一定会胜利,你到后天早上来庆祝我。"

"不,白苹,"我说:"一切你为我想到的,我感谢你。但是当我决定了在这件事以后要回到自己的园地去,我必须完成这件工作,否则恐怕连我自己都弄不清楚,到底是因为爱好哲学的缘故,还是仅仅因为懦弱怕死而放弃这项工作。"

白苹开始沉默,低下头,沉思似地收敛了她一瞬前感伤的表情。我也没有说话,这一份寂静,使我感到宇宙的空旷与夜的零落,我站起,踱到窗口,掀起银色厚绒的窗帘,天已微白,我打开一点窗门,有森冷的空气掠进来,我感到舒适,深深地吸了一口气,我隐约地听到远处的鸡啼,我想该有四点多了罢,但我没有看表,我并未关窗,我坐到她的后面,拍着她的肩胛,我说:

"白苹,可以睡了。"

白苹不响,我又说:

"我想回去,大概要睡到下午二三点钟。还需要来看你吗?"

"好的,"白苹说:"我下午四点半到五点在家里,如果你觉悟了,"她站起来,又说:"那么你来看我,否则还是夜里在那面见罢。"

"那么我想我不会来看你了。"

"不要这样坚决……"白苹说着伸着手给我。我握着她的手说：

"我永生感谢你今夜的好意，但是我决不想将危险来答你的好意。"

"你这是什么话？"白苹放下手，闪出不悦的眼光。我避开她的眼光说：

"我是说，假如我把这工作让你而你因此出了事，那么你以为我还能够安心地活在世上做人么？"

"那么你以为当你出了事，我有面目安心地做么？"

"这是命运，是我抽中了签来担任这件工作的。你已经待我够好了，凭今夜你的美意，我已经无法报答你了。"

"但是……"

"不，不说了，白苹，再见！"我堆下笑容说："也许这是我们最后一次的谈话，最后，我求你对我笑。"

"……"白苹望着我没有笑。

"笑！一切放心，万一明天出事，你不必惊慌，不必着急，也不要害怕，更不要为我想到营救什么，因为我已经是非常愉快的吞了你给我的'阿司匹灵'了。"

"……"白苹靠在沙发后，低着头不响。

"看我，白苹！"我似乎真像死别一样的，有一种感伤的情绪点染了我的哀求。

白苹抬起头，庄严的望着我。

"对我笑，白苹！"我不知道这是命令的语气，还是哀求，而白苹果然对我笑了。

她微笑着，但这是一种辛酸的苦笑，她立刻又低下头。

"不。"我说："我要你百合初放般的笑，白苹，忘去一切，为祝我胜利,你笑。"

"好,祝你胜利。"白苹振奋而坚决地说,果然透露了光明的笑,笑得像百合初放,她又迟缓地说:"祝你胜利。"而我看到她有晶莹的泪珠在她笑容中浮起,像是清晨的露水在百合上闪耀。

我鼻子一阵酸,我借着鞠躬俯下首。我说:

"谢谢你,白苹。"

一转身,我很快地跨到门外,我没有再回看她,但我意识到她还是楞在那里。

四十六

回到了寓所,我忽然失眠起来,我竟像赴刑场一样的,想在死前去拜访几个亲友,作最后的会晤,我决定于一觉醒来后,去看几个于我生命有特别联系的人,有一个就是海伦。因为这个决定,使我很急于入睡,但偏偏办不到,翻来覆去,左思右想,一直到九点钟时候,方才睡着。

醒来是下午四时,预备照夜来的计划去看几个人时,我决定把礼服带在车内,七点钟如约到本佐次郎的地方去时去换,换好了同他一同去。所以我现在穿的是便服,我围好围巾,穿上大衣,带手套的一瞬间,我习惯地拿一支烟抽,正当我点起洋火,吸第一口烟时,是闪电一样的感觉,使我对于去拜访亲友的事彷徨起来,于是我坐到在沙发上开始有许多考虑,第一我昨夜与白苹道别的情形就断定我自己会在别人面前一样地透出死别的情绪,那么这算是我失败的预兆,还是要让别人的盘问而改变初衷;第二,一切别人的怜惜同情或是无理由的感伤都会损害我工作的勇气;第三,我应当自己有必胜的信仰。这样,那我就不应有那种懦弱文柔的不彻底的行为;假如一时压抑不住自己的感情,尤其在海伦面前,也许把工作的秘密泄漏出去,这是多么可耻的行为? 有这几点考虑,最后我决定放弃了这个计划。这时候,去本佐次郎那里还太早,他们不会在家,不出去也太闷。我的心那时当然无法看书或作事,一切娱乐的场所我也想到,但都不想去,正在无法打发时间的时候,仆人上来,说有电话。

"谁?"我下去拿起电话问。

"白苹。"

"白苹。"

"是的。"她说:"我希望你来。"

"不。"

"一定来,徐。"

"可以。"我说:"但不许再提起昨夜的问题。"

"好的。"她踌躇一下说。但是我忽然想到她那里的空气实在不适宜于我现在的心境,我把语调变得很轻松,我说:

"白苹,让我们出去玩玩好不好?"

"但是六点半我要同人去吃饭。"

我知道这是有田的饭约,预备饭后去参加面具舞会的。我说:

"自然。但是就在仙宫好么?"

"好。"她声音很愉快:"马上就去,那面会。"

"但是,"我抢着说:"不许提昨夜的问题。"

"自然,"她干脆地说:"今天纯粹是娱乐,我们需要忘掉现实。"

电话搁上后,我就去赴约;白苹比我晚到,我们虽然能够在音乐中寻乐,也虽然一句也不提昨夜的问题与今夜的工作,但是我们心中似都有奇怪的不安,使我们大家虽有畅快的谈话与愉快的空气,白苹似乎时时在设法想打破这寂寞与沉闷,我也意识地在努力,但是一切的笑声总是勉强,一切的谈话都是枯涩,我们的智慧并不能冲淡我们的情绪。时间在一曲一曲的音乐中滑过,我在难堪的沉默的压迫下,除了不断的邀她同舞外毫无办法,而这严重的情绪竟不但管辖着我们的谈笑,还管辖着我们所有的动作,它使我们的舞步始终未能如过去一样的谐和。

在这种不舒服的情境中,我慢慢地觉得今天的娱乐反而是一种受罪,我三次两次的想逃避白苹,但是我还是挨着,我想白苹也是这样的。于是我开始后悔到这没有舞女的茶舞中来的,我说:

"让我们换一个地方罢。"

白苹不响,她看了看我,迟缓地说:

"时间也快到了,"这"也"字,很明显的,是她对于今天空气已经绝望。

我看表,已经是六点零八分,于是我就不响,什么也不响,听凭时间在音乐里滑过,但是这整个的沉默,并非是因为我们在思索夜来的工作,也并非是因为我们心里有什么害怕,我相信下意识里大家埋着夜来的心事,但并未过细的想到。我的脑筋里空漠非凡,毫无思索的对象,也毫无观察与体验的对象,只是感觉着白苹对我有一种说不出的威胁。我几次都怕她提起昨夜的问题,每一个笑容都似乎有引到昨夜的问题的可能,但是她并不,她只是沉默地坐在那里,眼睛望着毫无理由的世界,既无问题,也不好奇,只是落寞地空望着,最后,她透露失望的笑容说:

"让我们走罢。"

我伴她出来,在门口,她说:

"你送我回去么?"

"你先回家?"

"自然,"她说:"我要换衣服。"

我于是打开车门让她上去,她坐在我的旁边,我驾着车,大家再没有一句话,一直到她的寓所前,她下车了,好像是阻止我下车似的,她说:

"晚上会。"

"好的。"我说:"晚上见。"

但是她忽然又回过头来同我握手,眼睛望着我,又说:

"祝你胜利。"

"谢谢你。"

她关上车门,我开动了车,看见她还在同我挥手。

同白苹在一起并不觉得热闹,但是一离开她我可感到说不出的孤寂。我像逃避似的开足了速率,赶去找本佐次郎去。

本佐次郎本来是约我在他家里吃饭,饭后一同去面具舞会,但我没有想到他也约请了其他同去的人,当我一进门后,才发现有这许多客人,男客是四位,大都是见过的日商,女客则有五位,除一个仙宫的舞女沙菲外,都是日本女子,我一个都不认识,而他们说,沙菲是专为我约的。在不认识的女子中间,有一个叫宫间美子的,说是二个月前从东京来的小姐,非常静娴幽秀,很少说话。

本佐次郎不久前同一个日本女人同居,我们都叫她本佐太太,我曾经见过她三四次,她很有礼貌的招待我们,但特别对宫间美子有意外的恭敬,这引起我们对宫间美子也不得不有一种特殊的尊重。

我不会日语,从我进去一直到入席,很少同那几位日本女客交谈,同宫间美子尤其少。

本佐次郎在中国多年,无论对中国话对中国菜都很精通,那夜的菜是明湖春的北平菜,很丰富华贵。入席后,我才知道本佐次郎今夜是特别为宴请宫间美子的。所以宫间美子坐在主客的座位,我就坐在宫间美子的左手。

酒斟好后,本佐次郎就站起来举杯说:

"大家为宫间美子小姐饮一杯。"

我们都站起来举杯,但宫间美子则端坐在那里,意态恬然的举起了杯子。

大家干了杯坐下,本佐次郎忽然对我说:

"你可以对宫间小姐说英文。"

自从太平洋战事爆发以后,英文在日本人的眼光中是敌国的语言,但这时本佐忽然这样说,我想本佐对宫间美子是很熟稔的了。

我开始对宫间小姐有几句谈话,但宫间的英语并不好,始终用一个字两个字来回答我的问句,所以我没有多谈。而事实上宫间的沉默似乎是天性,她说日语也少,声音很低,菜也吃得少,举动文雅清淡,似乎是高贵家庭的小姐。我从本佐为我介绍后,一直坐得离她很远,没有正眼看她,现在坐在她的旁边,我开始闻到她淡雅的粉香,于是也比较仔细地去看她的侧面。

座中的女子,有三个都已换上晚礼服,沙菲还穿着嫩黄的旗袍,本佐太太仍旧穿着和服,宫间小姐也是和服。

对于和服的华丽我虽能识别,但关于和服的身份我可不很懂,宫间小姐个子不矮,坐在那里更不比我低多少,我从她衣领看上去,觉得正是图画中所见的日本美人,可是脸庞完全是属于孩子的活泼的典型,古典气氛,并不浓厚。这样的脸庞应当有谈笑嫣然的风韵,可是她竟是始终沉静庄严,当她去夹在左面的菜时,我注意她的眼睛,睫毛很长,但眼睛永远像俯视似的下垂着,这印象,正如有许多照相师把人像的眼珠反光修去了的照相所给我的一样,是一种肃穆,也可以说是有点神秘。

我期待她笑,但是她连微笑都没有,不过在吃东西的时候,微微透露孩子面上常有的漪涟。我本来想她是二十三四岁,自从我发现这漪涟以后,我真要当她还不满二十岁了。

饭后,几个女孩子都由本佐太太带到楼上去,我则到楼下的后间去换礼服,非常小心的把白苹给我的毒药放在背心袋内。换好出来,本佐他们正在分配行程。这在本佐似乎是就想好的,规定本佐夫妇同宫间美子另外一个矮胖的日商叫做木谷的同行,我需要陪沙菲去换礼服,所以只带沙菲同去。其余的人坐另外一辆车子,似乎可以先走,因为那几位女客都已换好了礼服。这个安排,自然没有人反对。但是楼上最先下来的则是沙菲,后来据沙菲告诉我,是因为本佐太太知道她要回去换衣服,所以叫她先下来回去。

她下来后,本佐就叫我先陪她回家换衣服,可以同他们同时到会场。

这样我就告辞出来,所以我始终不知道她们的两辆车子是同时走的还是先后走的。总之,当我到会场的时候,她们都已先到了。

仙宫的茶舞没有舞女,夜舞我后来很少去,但在没有发现白苹以前,我与史蒂芬也一度常去,沙菲就在那时候,也因为有日本舞客,所以被史蒂芬注意,我也在那时同她认识,可是自从发现白苹以后,我个人同她就没有来往过。最近同本佐他们厮混,我才同她有几次交往,知道她与本佐很熟的。

当我决定不带曼斐儿母女以后,我曾请本佐随便临时替我找一个伴侣,想不到他找的是沙菲。我喜欢同一个很熟的人,譬如是白苹或海伦同去赴会,也不怕很生的人,但半生不熟的人就觉得很为难,既不能随便,也不能太疏远,既不能当朋友,也不能当路人,偏偏现在就处于这样的苦境,当她是朋友,许多举动谈话都不可能;当她是陌生的舞女,则去参加这样的集会,似不能对她不说话,不装得愉快。

在汽车里,她坐在我的旁边就使我窘,听她的指使,驶到她寓所的弄外,她说:

"不用开进去了。"

我停下车。

"进去坐一回么?"

"不,"我说:"我就等在这里好了。"

沙菲并不多让,就下车了,她说:

"但是你可不要心焦。"

"要很多时间么?"我说。

"二十分钟。"

"希望你稍微快一点。"我说这句话的时候,实在很想到她家里去等,但是她竟没有叫我,只是微笑点头很快地向弄里进去了。

我守着车子,守着表,一支烟一支烟的吸着等她,一分钟一分钟的等待,起初我尚亮着车顶的灯,后来看来往的人都向我注意,于是关了灯,开始注意外面,但一点不能集中。

一半自然还是因为工作在心,我等得非常不耐,有点焦躁。要是熟友,我可以进去催,要是陌生舞女,我真可以不管她而走,而现在是不生不熟的,她可以说是本佐的热友,而我既不知她门牌,也不能不等,我真后悔刚才不跟她进去,我也几次三番想不管她,但总觉得这不但对不起她,也太使本佐难堪。于是我只好死等。可是二十分钟过去了,她还不出来。我下去到弄内两三次,弄很暗,又曲折,又复杂,当然连她影子都找不到,只得再回到车里抽烟,一直到第三支烟的时候,我想一定已经过去半点钟的时间,才见到沙菲穿着晚礼服,披着海虎绒大衣出来。

等我们到了梅武官邸,面具舞会早已开始,我们寄存了衣帽,被领到客厅里,客厅里坐着一个带面具的女人,她叫我们签名,发给我们面具,很有礼貌的请我们马上戴上去参加舞会。我们自然遵行着戴好面具到舞厅去。

这时候我的心急跳起来,不知道为什么我这时候很恨晚来,觉得假如我早来,一定可以有比较充分的准备。在我急于想认出白苹梅瀛子米可之外,我有说不出的迫切想认出本佐夫妇与宫间美子,我相信她们一定比我们先到。

那时舞厅的灯光是紫罗兰色,很暗,沙菲在旁边座位上放下皮包,我就带着她舞在人丛中。我急于想发现白苹或梅瀛子,告诉她我已经到会,但是人很多,挤来挤去的使我无法寻找。直到音乐停了,沙菲以及许多人都向四周就座,顶中的大灯一亮,我以为这总可以找到她们,但我只能四周望望,连过分走动都不可能,我心里焦急异常,不知如何是好。刹那间音乐又起,顶中的灯光又灭,我就同附近一位女孩子跳舞,但是我一句话都没有说,心里只是焦虑着如何去寻到她们,我偷望每一个女人的手,看是否有我期望的戒指,最后在我们的左面,隔着两对人,我看到一只闪光的戒指,我带着我的舞伴挤过去,这戒指似乎很像白苹的,但那位女孩子实在太矮,矮得使我可以确定决不是白苹,立刻我也发现这戒指也不象白苹的了。

没有多久,音乐停了,电灯亮了,我还是无法找到她们,这时候我的心中真是焦灼不安已极,但毫无办法,只能忍耐压抑矜持。在音乐再起的时候,我又请一位女客同舞,这一次我用力不作别种思索考虑,近看远望注意每一个女子,每一只女子的手。最后终于在转角的地方,我看到我后面不远的地方一个女孩子手上的红方框中白十字架的戒指,我那时立刻兴奋非凡,心怦怦作跳,把舞步带住,让我后面的人过去,经过好几个周折,我终于看到那只戒指在我的左面出现了,我紧逼过去,使我自己处于后面的地位跟随她们,我希望音乐快完,我可以注意她座位,于下只音乐请她去舞,但偏偏音乐很长,在人丛中,我要费很大的力量与整个的注意力才能跟着她,就在这时候,我在转弯的步伐中踏住了我舞伴的衣裙,我说:

"对不起,小姐。"

"不,"那位小姐说:"这是我的衣裙。"

这声音与语调有些像白苹,我吃一惊!

她戴着银色的面具,身材很像,而头发显然不同,但这很可能是白苹于回家后又去做过。一瞬间我几乎想叫出来,可是我马上意识到自己的愚蠢,怎么我这时就反会忽略她的戒指呢?于是我感觉到她的戒指,这戴戒指的手正在我的手中,可是我没有法子细看,我看得它是白钻,此外我只能用我触觉来感觉,这在我又是毫无经验,我自然无法证明,所以事实上似乎必须在音乐停后方才可以知晓。于是继续同她跳舞,开始想到我刚才在追随的红方框中白十字架的戒指,但是它已经不在我的面前,我先注意左右前后,又望望四周,都没有。我已经无法找到,而就在失望之中音乐停了,我陪我的舞伴到她的座位,在明亮的灯光下,我注意到她的戒指,是钳形的镶嵌,显然不是白苹无疑。我失望已极,匆匆向她道谢了就走开。我追悔刚才舞中的疏忽,使已经找到的米可又匆匆失去了。

房中空气很热,我有点汗,心中非常惭愧也非常焦急,又是两只音乐过去,我没有去舞,只是坐在旁边细看,但竟仍没有找到;一直到第三只音乐停时,电灯一亮,许多人到后廊去,我注意每一个出去的女子,最后我也随去。后廊今天有点布置,有几张圆桌,四周可以坐人,仆人在那面供应饮料。今天廊外开着门直通园外,有人也到外面去呼吸新鲜空气,我一看没有她们,就回到里面,里面也有仆人推着轮几,供应饮料,许多人围着在拿,正当我也向盘中拿一杯酒的时候,我看见一个女孩子举起了杯子,她先用日文,又用中文说:

"祝福了,先生,太太,小姐。"

忽然,我猛省到她举杯的手中正带着白苹的戒指。

是白苹,这当然是白苹,果然她带着银色的面具。

大家举起了杯子,于是我也举起杯子走到她的右面,同她碰了杯,我说:

"先谢谢我们美丽女郎的祝福。"

我相信她能够听得出我的声音。果然,当许多男人都说:

"祝福我们美丽的女郎"时,白苹说:

"同我碰杯的人来跳舞吧。"

> 同我碰杯的人,
> 来跳舞吧!
> 舞尽了这些烛光,
> 让我们对着太阳歌唱。
>
> 同我碰杯的人,
> 来跳舞吧!
> 舞空了这些酒瓶,
> 让我们再去就寝。
>
> 同我碰杯的人,
> 来跳舞吧!
> 舞过了这段黑夜,
> 天边就有灿烂的云彩。

原来"同我碰杯的人,来跳舞吧!"是一只歌。我看见一个戴着桃色面具的女孩,一手举着干了的空杯,一手牵着礼服的衣裙歌舞着过来,音乐也立刻配合着她。她反复地唱,唱到我的面前,我猛然看到她手中红方框白十字架的戒指,这正是米可。歌声毕时,轮桌已撤,我注意白苹与米可回去的座位,于舞乐起前,我抢先请白苹同舞,她翩然起来。苗条地偎依着我,我带她到人丛之中,她说:

"可是同我碰杯的孩子?"

"是的,苹。"我把"苹"字说得很轻。

"梅……呢?"她讳隐似地低问。

"还未……"

"在我座位右面不远。"

"谢谢你,小姐。"我说。

"十字架呢?"

"见到了,谢谢你。"

以后白苹就没有话,一直到音乐停时,她说:

"我祝福你。"

我送她回座,开始注意她的右面,果然我看到在不远的地方有一位体态婀娜也戴着银色面具的女子,项间挂着明珠的项圈坐下去,这当然是梅瀛子无疑。我现在开始注意到这些座位,这些座位并没有一定,只是她们故意用皮包占据着,使它固定就是。所以男子们只是随意坐在有空的地方,我幸运地在梅瀛子的旁边占到了空位,于是接着就与梅瀛子同舞。

"梅。"我低声地说。

"是的。"她说。隔了一回她又说:

"徐家汇教堂,歌伦比亚路的赌窟都到了?"

我知道她指的是白苹与米可,我说:

"是的,都到了。"

她开始沉默,愉快地同我跳舞,我正想问她钥匙的时候,她说:

"你真是一个美丽的舞手,下只音乐,请仍旧记着我。"

我知道她的意思,所以就不再问,但是接着的音乐,她很快地先被人邀去,我于是邀请了米可。在舞中我低声地叫她:

"米可。"

她不应,于是我说:

"我是×××。"

她还是不响,这使我很窘,难道是我弄错了不成?但是我清楚地意识着她手中的戒指,于是我大胆地说:

"梅瀛子的约会是几时呢?"

"什么?"她问。

"我们什么时候……"

"随便什么时候,你都可以来请我跳舞。"她说。

她的话始终是好像对于这件事不接头似的,我很奇怪,沉默了许久,我忽然想到梅瀛子对我在手心划十字的吩咐。我怎么把这样重大的事情忘了,梅瀛子与白苹一听我的声音就认识了,米可自然不会认识,我很惭愧,于是我就用我的左手食指在她右手手心上划了一个十字,她马上也回我一个十字。于是我说:

"要你带我……"

"多同我跳舞。"她兴奋地低声说:"我自然会带你。"

此后我们间就没有讲话。

等到我与梅瀛子跳舞时,我在她手心上也划了一个十字,我说:

"可以交我了么?"

这时候我手心上发觉了有钥匙交来,我手一斜,握着了钥匙,放在裤袋里,顺手拿出袋里的手帕揩额上的汗。忽然我听到她在耳边低语:

"里面是 GH 五××K 八。"我没有听清楚,我在她手心上划一个问号,她又低声说:

"GH 五○九 K 八,钥匙里面。"我猛然想到这是保险箱里面

之号子。我还想再记一遍,我说:

"GH 五〇……?"

"GH 五〇九 K 八。"

"谢谢你。"我说。

"告诉我。"她说。

"GH 五〇九 K 八。"

"不要忘记。"她又放低声音说:"里面两包文件都是。"

我又在她手心划个十字,心里不断的记这个数字。

这以后,我大概还同白苹舞两次,同梅瀛子舞三次,——她每次都在我手心划问号,叫我复述"GH 五〇九 K 八"给她听。——此外我几乎都同米可跳舞。

不知道隔了多少时候,其中有两度休息,人们都到走廊与后园去;中间一次是米可,一次是另外一个人歌唱,但米可对我还是没有暗示,我的心已经很焦急。我一直忍耐着,直等到有一次我与米可跳华尔斯的时候,她在我耳边低声说:

"下只舞同我跳,带我到外面。"

在隔一只音乐完的时候,果然是休息,许多人带着舞伴到后廊,有四五对人从后廊到园中去,我也就带米可跟着出去。

园中有点冷,那天毫无月色,有黯淡的红绿小灯点缀着树丛,米可带我散步到僻处,三次两次的来去,但并不到后面房子的背面,一直同我谈有趣的舞会电影以及其他游乐。最后,园中与廊中的电灯都暗了,里面响起了音乐。人们陆续都进去,米可站在很远的一株树前,故意喃喃的同我说话,直到人去尽了,她才拉我到右面房子的墙脚,绕到了后面。

那里大概有六七步的宽阔,一面是那所小洋房,一面就是围墙,沿着围墙的地土,种有已枯的花草,就在那里,放着一架短梯,米可指指短梯,告诉我是要往转角的第二个窗户上去,就跑了。

现在我立刻陷于最孤独的情境里。萧瑟的小园,漆黑中只有我一个人,我隐约地听到里面热闹的音乐。不知道为什么,一瞬间我竟毫无怕惧与担忧,我只感到凄凉与落寞,我从四周望到我前面的建筑,望到天空,望到这六七步宽的夹道,望到围墙,望到墙脚的地土,于是我望到米可指给我的短梯。立刻,这短梯竟像有魔力一般使我紧张起来,这短梯漆成暗绿色,很小巧,我拿出袋里白色的手套,戴上,拾起短梯靠到墙头,轻易地就爬上去,到二层楼的窗户,它略嫌短,但估计爬进去还不算困难,我用手先推窗户,窗户没有拴,这想是梅瀛子布置好的,里面似乎掩着窗帘,我用力再推窗户,于是我就大胆地爬了进去。

漆黑,我拿出打火机,才照出四周我看到这房中简洁的布置:一张打字台,后面是一架公文厨,旁边是一张写字台,它的后面就是保险箱。房中是一张圆桌,桌上披着棕色绒质的台布,四周围着皮面的单背椅,一套皮沙发放在旁边,我跳进去的地方,就是这套沙发的后面。墙上挂着一幅地图,我没有细看,当时我的心境很紧张,但极力镇静,我把呼吸放得很匀称深长,灭了打火机,静立了两分钟,于是我轻轻拉开窗帘,我的视觉已经适应了这份黝暗,隐约地可以分辨出我刚才看到的那些布置,于是我走到保险箱面前,但正当我拿打火机照这保险箱的锁孔,想拿出钥匙的一瞬间,我忽然听到门外的声音,当时我一惊之下,立刻灭了打火机静立着。我意识到那间房子的门是在我的后面,从阴暗之中,我看到发亮的弹簧锁,但是这门是否下着锁,我刚才竟会没有注意,我的心有点寒,一时竟不知所措,就在这几秒钟工夫我确实地听到有人在推门,我一急之下,有一种奇怪的灵感,使我毫无考虑的躲到了房中的圆桌下面,我躲得很进去,使台布掩去了我的身子,我静听门外的动静。但门外一时竟毫无声响,我想难道是我神经过敏,要不就是人们偶然在外面走过,半分钟之内我有七八次想鼓足勇气从桌下出来。但是忽然,我听见门上的锁的确有人在开动,我的心突然跳跃起来,我缩着身躯,注意我衣角的外露,我从台布的流苏注视那门上发亮的锁与门钮,我看见锁的转动,我看见门钮的转动,我极力镇静自己,但是胸口还是怦怦的跳,我意识到我白手套里手心的汗腻。于是这房门果然悄悄地开开来了,我注视着。注视着……。

但是从门隙中滑进来的则是一个穿着白色晚礼服的女子,我的心似乎从悬着的地位平落下来,我从怀疑到肯定,而到愤怒。——梅瀛子?白苹?无论是谁,这总是对我侮辱,她们竟这样看我无用!当她反着身把门轻轻地关上,弹簧锁从她的手上滑进锁鞘的时候,我一时竟想跳出来去责问她,但是我马上想到这是疯狂的行动,我注视着她,我从台布的角隙可以看到她全身。

她转身过来,从她的胸口拿出一只二寸长发亮的东西,是手电筒,光很细锐,我从她白衣的反光中,看到她手里还拿着一包白色的东西,她戴的也是银色的面具。今夜的面具共有三种颜色,白苹与梅瀛子带的既是银色,所以这个面具直接使我想到她们;也许是她们担心我没有带电筒,所以又自己出马来帮助我,一瞬间我刚才的愤怒似已平回,我有一种说不出的感激。但如果是白苹,她必须先找我,或者先给我暗示。我很奇怪,我那时会糊涂了半分钟之久,但幸亏我没有糊涂下去,我马上想到她们的特征。这进来的女子项间既没有项圈,手上也没有指环,显然这不是她们二者之一,这是另外一个人,一个不知是谁,也不知是来干什么的人,我当时马上又惊慌起来!

她用细锐的电筒四周一照,最后就照到了保险箱。她缓步过来,于是像下弦月一样,她身躯慢慢地被台布吞蚀,最后我只能看到她白色的衣裙在我桌前驶过,这样,她身躯又逐渐地被我看到,但保险箱的距离没有门远,当她走到保险箱的面前,我还看不到她的上身,我必须移到桌边,可以多看到一点。这稍稍有点冒险,但不能不做,幸亏我的舞鞋很滑,而这地板也滑,我很容易不发生什么声音移到边上,于是我可以看到她手的动作,她用钥匙打开了保险箱的门,又似在转动里面的秘号,最后我看她拿出了二件封套,这当然就是我们所需的密件了,她把密件放在写字台上,接着把她带来的白包打开,将包中的一件黑物放了进去,她背着我,我不知道她在怎么安排,总之有许多辰光。这一段辰光,如果我有扒手的本领,我很容易从写字台上把那二件密件偷来。我看得很清楚,不断的望着它,我几次三番都想做这冒险的勾留,但是我还是不敢;我的心理也许同耗子想偷人们身后的食物一样,看得清清楚楚,而又近在咫尺,但是终于不敢下手。

最后,她像是已经安排好了,我看她似乎关上了保险箱里面的门,我有奇怪的明悟直觉地感到她安放的是炸弹。她又关上保险箱的外门,这时候我不得不将我自己移进一步,我发觉我的确发了点声音,我矜持自己,我立刻想到保险箱门上同时也发着声音,她是无暇辨出的。

她关好箱门,拿起写字台上的密件,就在这一瞬间,我有奇怪的聪敏,使我想到我有侦察她是谁的必要与可能,我的心又猛跳起来。

她这时已将手电筒收起。将密件包在一块白布里面,我想起这就是刚才她包炸弹(?)进来的白布。于是她轻步过来,我看她的衣裙慢慢地驶近了我所蛰居的桌子,我拿出我身上的墨水笔,那是一支旧式的派克,我旋转笔套与笔尾,把两个盖套纳入袋内,就在她驶过我的面前时,我放足了勇气伸手出去,把我笔管的墨水射在她曳在地上的衣裙上面。于是我立刻伸回手,看她的身躯慢慢地完全起来,一直到我可以看到她的全身,她旋开弹簧锁又旋开门钮,拉开门,轻盈婀娜的身躯就在那门隙处出去,有微光从门隙进来,但是她立刻把门拉上,很轻,只有这门锁的上鞘,我听得很清楚。

四十七

现在,我感到万分的空虚与寂寞,我的心又难过,又懊恼,又觉得一种难解的神秘。我的情感又惊异,又抑闷,又觉得一种微妙的兴奋。

这个女孩子到底是敌人呢还是友人?如果是敌人,她为什么要偷偷摸摸来拿这些密件?如果是友人,这又是哪一方面的人员?为什么她在保险箱里还要安排炸弹?——我想一定是炸弹。这是我所不解的,而我也没有时间去求解。

假如我早来一步,如果我先拿到文件,她将怎么样呢?是通知日人来搜拿么?如果我被她发现,她将怎样呢?我没有看到她带着武器。如果我再晚来一步,正在她开取保险箱时我跳进来,她又是怎么样,是不是像我一样的躲在桌下?……

我脑中模糊而混乱的纠纷着这些思索,我放好墨水笔从桌子下出来。走到窗口,我的怕惧已减,紧张也消。我从窗口望出去,下面还是悄然无人,梯子仍在我安放的地方。于是我拉上窗帘,闪身从窗口爬出来,站到梯子上,我开始扳紧窗户,轻轻地下来。

当我最后踏到地面,我似乎很快的就把短梯平放到原来的地方,看四周没有一个人,我的心开始安详下来。

但是梅瀛子呢?她不是约我在这里相会的吗?我急于想会见她,报告她我的经过,而竟没有她。我企待了有三分钟之久,我正计划等到有人从里面出来,我怎么样混进去之时,我看到墙角里转出一个影子,我把我自己贴在房屋墙上,敏锐地注意着;不错,是女子,披一件玄狐的大衣,但是我在她项际还看到发光的珠圈。我非常兴奋地将自己暴露出来。

"你等了么?"梅瀛子迎着我微笑着说。

"……"我沉吟着。

"我在树丛里,早看见你,要挑一个顶好的机会才能过来。"她用很低但很兴奋的声音说:"怎么样?"

"失败,完全失败了。"我从袋里拿钥匙交还她,我沮丧地说。

"你忘了保险箱上的号子?"她立刻变成庄严的态度说。面具里眼睛发出奇锐的光芒,逼着我,在黑暗中,这眼光有点可怕,我避开它,把身体贴在房屋的窗下,我说:

"是别人先下手。"

"别人?"她卸下了面具,露出美丽的面庞惊异地说。

"是的,"我说:"一个女孩子,她还在保险箱布置了炸弹,我想大概是炸弹。"

不知为什么,在这一瞬间,我又会疑心到那个女孩子就是梅瀛子,我注视梅瀛子的身躯,想起刚才在房中的动作,我相信很可能是她把珠子项圈卸下了来做这件工作的。我愤慨地看着她,但是她似乎在沉吟,忽然说:

"有这样奇怪的事么?"

"我倒以为是你呢?"我冷笑地说。

但是她没有理我,她在思索,半晌,忽然说:

"身材很像我么?"

"是的。"

"那么一定是白苹。"

"但是没有我给她的戒指。"

"戒指是活的。"她说着还在思索。

"那么是她怕我担任不了这工作。"

"笑话。"她露出奇怪的神气说:"她太好胜了!"

"好胜?"

"她还在同我们分彼此,她一定是为争功,我想。"

梅瀛子的话使我非常惊异,我猛然悟到:虽然我们在做同一件工作,可是在立场上白苹所代表的与梅瀛子是不同的,而我,我是属于梅瀛子的,所以梅瀛子用"我们"这个字眼同白苹对待。梅瀛子沉吟着在想,我可感觉到一种痛苦,一瞬间我想到原来她们争持要担任工作的原因,并不是如我所想的崇高纯洁与不自私,而是"争功"!那么白苹单独劝我把工作让她,也不是对我的"同情"与"爱护",而是"争功"!在这样的争斗场合中,不管我们所代表的是两个民族,但总是一个理想,而我们还是"争功","争功"!这同一个足球队的队员都想自己个人的争功一样,世上的人心怎么会永远这样的偏窄与狭小!

我不知道梅瀛子在想什么,我严肃地说:

"但是我们很容易证明这个人是否是白苹。"

"……?"梅瀛子抬头望着我。

"我暗暗地在她衣裾上洒着墨水。"

"你?"梅瀛子说着露出杏仁色的前齿:"真的? 这可是一件了不得的工作……"

她似乎还要说什么,但是廊内的电灯亮了,园中已显得有更强的光亮,梅瀛子马上停止说话,戴上面具,她从墙角探头出去,我也跟着她去看,许多人挤到廊中,接着有四五对人走到园中,很快的就走过来,散在不同的地方,梅瀛子马上就手插在我的臂际,带我步出了这夹道。

我觉得这是一件非常冒失的事情,似乎我们蛰伏到人们回进去的时候跟着出去,较为妥当,而事实上,就在我们到了园中的一刹时,虽然没有人注意,但的确有两对人是看到我们的,我很担忧,我低声地说:

"你不相信他们看到我们吗?"

"傻瓜,"梅瀛子浅笑着说:"伊甸园中,亚当与夏娃外,自然都是天使。"

这句话当然是说那些人都是来帮助她回进去的人了。梅瀛子的布置很使我惊奇,我望望那几对人,跟着梅瀛子走到其中一对的附近,我看到那一位女子手上红方围白十字的戒指,是米可,没有问题,但是我感觉到一种凄凉不祥的想像,在我的面前浮起的则并不是我理知所觉得的米可而是希奇的意识所埋藏的史蒂芬! 我在园中已久,有点冷,我打了一个寒噤,梅瀛子问:

"冷么?"

"据说伊甸园中,是不分冷热的。"我说着马上想到我意识中可怕的阴影:"但是天使以外还有魔鬼。"

"那是蛇!"忽然,我听到米可在对她身旁的男子说。

"别怕,小姐,"那个男子说:"冬天里怎么会有蛇,许是树影子。"

"是蛇!"梅瀛子低声地对我说:"那么就是沾着你的墨水的那位。"

……

梅瀛子带我走进了后廊,舞乐尚未开始,我们在那里坐下,叫来了两杯饮料,梅瀛子叫我等着就进去了。我现在比较有宽舒的心境来吸烟,吸着烟在四周的人丛中,我开始寻觅女性衣裙上的墨渍。但这只是一种排遣,而并非是一件紧张的工作,因为事实上,我自然不能太仔细去注意每一个女宾,而引起别人的奇怪。最后梅瀛子来了,她悄悄地坐下,向我们讨一支烟吸着,那时桌上有几块水斑,她有意无意用她水仙般的手指划着水,忽自写出:"不是"两个字,接着轻轻地划去,又写了"白苹"两个字,这显然是她已去观察过白苹的衣裙并没有墨渍。那么这一定另外有人,也许那个人是属于敌人的,疑心今夜有人去偷文件,那么为什么不明防而要暗暗的去安置炸弹? 要是不属于敌人,那么又是属于谁? 现在且不管她属于何方,她也毫无理由在拿出文件后安置炸弹,难道还要谋刺梅武? 也许她放进去的不是炸弹,那么又是什么? 我缄默地抽烟,脑中盘旋着这些问题。梅瀛子也不响,我相信她也在猜想那个奇怪的人,或者在想法侦视这衣裾的墨渍。忽然,我们的视线相遇,我猛然想到,我还没有把详细的经过告诉她,我想至少要告诉她炸弹的事。但是音乐响

了,廊中的电灯一暗,我就伴她进去跳舞,在人丛中,我说:

"需要告诉你详情吗?"

"不,"她干脆地说:"注意你所留下的墨渍吧。"

但是电灯又暗,人又多,实在无从去观察,无从去寻觅。我们缄默着,一直到舞曲终止。

此后接连三四只音乐我都同别人在舞,我对于寻找已经失望,我几乎没有用很大力量在注意。

大概隔了二十分钟以后,我找到一个机会同白苹跳舞,我说:

"你都已知道了?"

她点点头,许久没有说什么,可是到最后她说:

"这里出去,记住先到我家。"

"没有我事了么?"停了一回我又说。

她又点点头。

此后我就平常一般的渡这热闹的夜,我似乎下意识的在躲避同梅瀛子与白苹同舞。在两个钟点里,我只同梅瀛子舞两次,同白苹舞一次,都没有说什么,梅瀛子只是叮咛我注意墨渍,叫我发现了就告诉她,白苹则连这几句话都没有。

这时候,我猛然想到所谓"争功"。是不是梅瀛子所猜测的完全是她自己的神经过敏,抑或白苹真有"争功"的意识,因此她要自己去发现这墨渍,而不想叮咛我呢? ——我为此苦恼而不安!

自从白苹与梅瀛子互相猜疑以来,我在中间受尽种种的愚弄,负担着无数的创伤,一直到我的受伤,似乎她们从此可以完全合作,谁知合作的开始就是争功的开始,那么从这争功而生的,无疑可以是妒忌与猜疑,那么我的受伤将毫无代价。如果一旦我离开她们,她们间的距离一定会越来越大,以至于互相隐秘而无法合作,甚至还可以有互相陷害,这在我是多么痛苦的事。在这样想的时候,我对于这热闹的场合纷纭的世界骤觉得灰黯而无可为,我沉默地走到廊下,在阴暗的灯光中,一个人要酒浅饮,我听凭里面的世界在音乐里沸腾,漫漫的夜在我的座前消瘦。一直到休息的时候,人们从里面出来,我都无心去注意,忽然,在我的身后,有手放在我肩上,她说:

"疲倦了么,孩子?"

我吃了一惊,但我立刻看到我肩上的手指上白苹的戒指,我说:

"也该是疲倦的时候了。"

她在我旁边坐下,侍者送来饮料,她拿了一杯柠檬色的酒,举起来低声地同我说:

"我用鹅黄的酒祝你那幅蓝色响尾蛇的胜利。"

我不懂,沉吟了许久,她说:

"饮这一杯吧!我向你致敬与祝福。"

她一饮而尽,我也干了,这时候我才悟到她已经发现了这带着墨渍的女子。

在音乐响的时候,我伴她起舞,我说:

"你找到了?"

"永远注意你的左首。"

从那时起,我就随白苹携带,没有隔多少时候,就看到左首一个女子衣裙上的墨渍,很小,七八点像虚线似的,像……像一条小蛇,不知怎么,我打了一个寒噤;我带着白苹紧随那一对舞侣,我滑到她们的面前,我注意她的面部,在银色面具下,她所透露的下颐似乎是属于很温柔的一类脸型,怎么她在干这一个勾

当？我几乎不相信刚才在房内所见的女子就是她了。她们在我的右首远去,我有一个冲动,想于下只音乐同她一舞,于是我问白苹:

"你知道她坐哪里么?"

"在我的斜对面,我想。"

白苹的"我想"两个字,似乎并不能很确定,但是我忆想着这温柔的下颐,我觉得我可以在座上找到她。——这因为在这个场合中,我们男子似乎毫无权利弯着腰去注意女子的衣裙,但可以注意女子的脸庞的。所以我当时再不勉强在人丛中追寻,我直等到这曲音乐完了,第二只音乐起时,我跑到白苹斜对面的地方,但是我并不能寻到温柔的下颐,只能寻到银色的面具,时间也并不许我迟疑细觅,我当时就同一位也是戴银色面具的女孩同舞,可是就在我起舞的一瞬间,我发现右首的隔座,一位女性在应舞的瞬间,拖曳着她的衣裙驶动,这衣裙上正缀着蓝色的小蛇,我马上注意她的座位,这正在我的舞伴右面第四个座位,我相信我在下一只乐中,一定可以找她同舞了。

果然,在下一曲音乐时,我与她同舞,我在她站起来的时候,细认她衣裙上的蓝蛇。不错,现在在我身边的正是刚才房中的对手了。我有过分的兴奋,我说不出是高兴还是害怕,我极力镇静,想寻一句话同她交谈,但我竟不知道说什么好,半晌,我开始问:

"小姐,可记得我有同你舞过么?"

"没有,"她说:"我想这是第一次。"

"那么是不是我有资格请教你的贵姓呢?"

"我叫朝村登水子。"她笑着说。

"是多么美丽的名字!"

"谢谢你。"她说。

"似乎没有第二个人可以有资格用这样美丽的名字了。"

"谢谢你。"

"到中国很久了么?"我问。

"不算不很久了,我想。"

她的冷淡的答语,使我再找不出话问,于是隔了半响,我说:

"在这场合中,我们的距离太大了。"

"你以为么?"

"自然。"我说:"面具,国籍,还有,还有各色各样的不坦白与猜疑。"

她不响。我又说:

"也许是时代的进步,也许是人类的退步,连美丽可爱年青的小姐,现在都学会机巧,阴秘与老练,也可怜也可笑。"

"用这样的话对一个陌生的女孩子说是应该的么?"

"对不起,"我说:"但是当我问你到中国有多久,而你说'不算不很久'的话时,我觉得我非常悲哀。"

"奇怪。"她讽刺地说。

"我的意思是说,今夜面具舞会的意义,只是在我们的内心距离外,多加一层面具的隔膜而已。"

她不响。我又说:

"似乎人们掩去了面孔后,还不能以诚意相处。"

"你的意思是想知道我到中国有几年几月几天么?"

"假如这并不是这样值到守秘密的。"

"但是十年同十天似乎于我们没有什么不同。"

"这是说……?"

"这是说,在我们未会面前,过去于我们都没有关系,我们认识不只有几分钟么?"

"就因为我们认识只几分钟,才觉得过去是值得我回想,假如你来中国有十年的话,那我真要奇怪我在这十年里面活到什么地方去了。"

"你猜我来中国有十年了么?"

"至少。我想。"

"不。"她说:"才两年。"

"说这样一口好国语。"我说。

"你就没有想到我来中国之前,曾经在满洲国耽了十年么?"

"啊,对不起,小姐,我始终没有想到满洲国不是中国的土地。"

"对不起。"她说。

接着音乐停了,我在以后的音乐中不时同她跳舞,但是她始终不多说话,缄默,平静,温柔。我虽用许多带讽刺与挑逗的话引起她的兴趣,但是她始终忍耐与缄默不露一丝情感与声色。

一度在休息之中,我带她到廊中进饮,她坐在我的旁边,我借着较亮的灯光,从面具的眼孔,望她乌黑的眼睛,再从面具的下面,望她温柔的下颐,我觉得她一定是很美的女子。

继续的舞乐起来,人们都进去了,我们比较多坐一回,我说:

"我想我一定在哪里见过你。"

"这有什么稀奇。"

"不,我的意思是想知道哪里见过你,是不是可以请你将面具除去一下呢?"

"听说在舞会终了的时候,我们大家都要除了面具的。"

"这是说你不允许了?"

"那么何必还问我呢?"她说:"同我跳舞么?"

"谢谢你。"

我又带她到舞厅里。

四十八

"谢谢诸位小姐太太先生,今夜大东亚的民族有最美丽的联欢。现在已经五点钟,我们还有三个舞曲就宣布散会,一夜来我们都带着面具,我们现在要求诸位把面具撤掉,还有三只舞,我们要用最真的笑容来尽欢。好,请大家撤掉面具。"

五点钟的时候,正当我与米可舞终,有人拍掌开始这样宣称。于是一声哄起,大家鼓掌,接着就大家都抛去了面具,这时候,我有非常焦迫的心境想看到朝村登水子的真面目,但是我无从找她。

最后我看到梅瀛子,音乐起时,第一只我就与她同舞,我说:

"你看到蓝尾蛇了吗?"

"不就在白苹的前面吗?"

"白苹呢?"

"那面。"

果然,我看到了白苹,伴她跳舞的是费利普医师。我很惊奇,在前面,我细细的寻,我看不到人们的衣裙,于是我与梅瀛子舞过去,这时候我看到白苹紧跟的人了,我立刻在她衣裙上看到蓝色的墨渍,我急于细看她的脸,我挤过去,啊,果然是一个温柔的脸庞,嘴角似乎始终有悲悯的表情,下颐有可掬的和蔼,但是我忽然与她的视线接触了,我顿悟到我曾在什么地方见过她,我在思想中探索,但怎么也想不出来。

第二曲,我就与这个姑娘跳舞,我问:

"小姐,我们在什么地方见过么?"

"我们在什么地方见过么?"她加重语气,但用生疏的国语说。

此后我寻不出话来说,舞后我看到白苹,本佐次郎就在她旁边,我知道他刚刚同白苹舞毕,我就走过去问本佐:

"那位美丽的女子是谁?似乎我有点面熟。"

"你记忆力真坏。"本佐笑了:"同桌吃饭的人都忘了。"

我这一吃惊实在不小,但是我还是假装出幽默的态度说:

"啊,是宫间美子小姐,她换了礼服,我完全不认识她了!"

宫间美子!简直不能相信,她怎么会说上好的国语,又改叫朝村登水子,是那样一个古典闺秀般羞涩的姑娘,会就是房中干这样可怕勾当的女子,而又是具有这样温柔的脸庞与悲悯的嘴角的朝村登水子?

但是这无庸我怀疑,蓝色的墨渍明明在她的衣裙上,而她操着纯熟的国语,告诉我她是朝村登水子的声音,也明明在我的耳畔,人间真是这样的可怕与不可测么?我整个的心灵在那上面战栗起来,在第三只的音乐中,我的思想没有离开这份纠缠。我像失神一般的恍惚,一直到曲终的时候。

我看见梅武宣布散会,人们往来交错,哄乱一时。我没有看见白苹,也没有看见米可,我只看见梅瀛子在梅武的旁边,但我无法去同她说话,似乎也无须同她说话;而一方面,本佐他们正找我说再会,我发现宫间美子也在里面,他们是一同来的,所以也一同走;沙菲现在也在我旁边,我当然要同她同走,她手上玩弄着银色的面具,同我向本佐次郎们道别。等他们挤到别处说话时,我才想到我应当早点送沙菲回去,早点去白苹家赴约,我问沙菲:

"你也是戴银色面具吗?"

"是的。"

"我一直没有找到你,你记得我同你舞过么?"

"我想舞过的。"

"你坐在哪里?"

"那面。"她说着带我过去:"你不记得这夹金皮包是我的吗?"

正当她取皮包的时候,我猛省到她的座位就在宫间美子的左首,那么我在第一次找蓝蛇女郎找错的人就是她了。我的心一怔,觉得在这许多时间中,竟没有找沙菲,否则我一定可比白苹要早发现这所谓蓝蛇女郎的。

我们取了衣帽,同许多外散的人们向主人向熟友招呼,我的心始终惦念这奇怪的交错,我想假如我预先知沙菲的旁边就是宫间美子时,当我发现蓝墨渍就在她的身上,我同她跳舞时的谈话,不是会有许多方便么? 我不知道沙菲是否知道她的旁边是宫间美子,当汽车接着汽车,在宽广的市中心柏油路驶向虹口时,我问:

"沙菲,你可知道坐在你右首的是宫间美子么?"

"自然,"她笑着说:"是她招呼我坐在那面的。"

"你是说你本来不坐在那面,后来坐过去的。"我说。

"不,"她说:"她看我走过去找位子,就招呼我坐在她的旁边了。"

"于是她告诉你是宫间美子?"

"是的。"她说:"我们都记起一同吃饭。"

"她不是不会说国语吗?"

"还好。"她说:"大概因为说得不好,所以许多人面前不肯说。"

"她同你谈些什么吗?"

"谈另碎的事情,还谈到你。"

"谈到我?"

"她问你在什么地方做事?"

"你怎么说?"

"我说不知道。"

"很好。"

"怎么啦?"沙菲问。

"没有什么,"我说:"日本女人最势利,总喜欢问人家的职业收入。"

我不想同沙菲多谈,我赶紧用别的话来支吾,我说:

"你困吗?"

"有一点。"

"歇一回吧。"

她不响。

"要抽烟吗?"我说:"在我大衣袋里。"

她伸手到我大衣袋里取烟,我看她吸着,车子已到了虹口,前面许多车子都星散开来,街市非常寥落,夜已将醒,有一二辆秽物车弛缓地在路上蠕动。薄薄的雾,车灯照耀处,可以看出它们蒸动。

我毫不他顾的将沙菲送到她家的里口。沙菲下车后,我就一径驶车到白苹那里。

阿美睡眼朦胧的应门,她问:

"她们呢?"

"她们还没有回来么?"

"没有。"

"大概也快了。"我进了门说:"你先去睡,我会替你应门的。"

我说着走进我以前住过的房间,抽着烟在沙发上等白苹与梅瀛子回来,但三支烟都变灰了,她们竟还没有来,我随便抽一本书看,不知隔多少时候,书的字迹慢慢模糊起来,我就在沙发中瞌睡了。

似乎还是隐约地听见音乐,我意识到别人在跳舞,我的身体很不舒服,卷曲着,不能舒服,我发现我在圆桌底下隐伏,好像是月光从窗口照射进来,我忽然看见一条蓝色的蛇在桌边游过,我心里想,原来是宫间美子,啊,这一定是一个可笑的梦了。但是这蛇悄悄地驶过,突然把头伸进桌下说:

"我知道你在哪里躲着,我都看见。"

我吃了一惊,但忽然发现这声音很熟,似乎并没有蛇,有一个笑容,像百合初放,人就在房内,月光下,她说:

"出来,我都看见。"

我蹑出桌外,我一看果然是白苹,我像放了心似的,我说:

"果然是你。"

"是我怎样?"

"是你,"我笑着说:"我有枪就开了。"

"我有,我有。"白苹笑着把枪交我,我接了枪,开玩笑似的朝天花板开了一枪。

"砰!"

可是白苹真是应声倒了,我一时惊骇已极,我过去拉她的手臂叫:

"白苹,白苹!"

但是这时候门忽然开了,进来的是梅瀛子穿着白色的晚礼服,她笑着,露出杏仁色的前齿,她说:

"演得很好,演得很好!"

"演得很好,演得很好!"

站在我面前的果然是梅瀛子,我从睡梦中醒来,我发现我已经滑在地上,梅瀛子就站在门口。我心头还是怦怦地跳,我赶紧从地上起来,我说:

"你什么时候来的?"

"刚来。"她笑着进来:"你真行,这样大声的关门你会没有醒,还说替阿美看门呢。"

"是不是你说过:'演得很好,演得很好。'呢?"我没有细味她的话,坐到沙发上,手蒙着脸说。

"我听见你梦呓中直叫白苹。"

"阿美为你开门的么?"

"自然,难道我会飞进来么?"

"我倒以为你会像蛇一般的溜进来呢。"我笑着说:"白苹呢?"

"你反倒问我了。"她说。我猛然想到也许梅瀛子关门的声音,就是我梦里的枪声,我问:

"你是不是很重的关外面的门。"

"是的。"梅瀛子坐在我的对面,讥诮地说:"但是你竟还不醒呢?"

"我听见的。"我说:"那是我梦里的枪声。"

"你在做梦?"

"白苹怎样还没有回来?"

"你好像很惦念她似的。"

"就是你关门的声音,我梦见白苹应声倒地了。"我说着。有一种异样的感应,觉得白苹的不回来有一点不好的兆头。我说:"你以为她还没有回来不会遇见什么事么?"

"奇怪。"她说。

"你也觉得奇怪么?"

"我奇怪的是我们的哲学家竟会这样的迷信。"梅瀛子始终笑着,但是我的心可不安起来。我站起,走到窗口,我拉开厚重的窗帘。天色已经透亮,我打开窗望冬晨的街道,街上有零落的行人,但没有车,我希望白苹的车子这时候会飞来,但是并不。

阿美送进茶点,我方才关窗回座。梅瀛子在为我倒茶,但我的思想在别处,我呆坐在那里。忽然梅瀛子吸起烟,她把洋火在我面前一晃,她说:

"你放心,白苹就会回来的。"

"那么你是知道她去哪里的了?"

"我想你应当预先知道。"

"她并没有同我说过。"

"还用她说么?"梅瀛子说:"这时候谁先知道宫间美子的住处,谁就是一种功绩。"

"但这不是很容易知道的事么?"

"你怎么去知道呢?"

"啊,我还没有告诉你,昨夜我在本佐次郎家里与宫间美子同桌吃饭,饭后,我为伴沙菲回家一趟,所以没有与他们同来,而宫间美子是同本佐次郎他们一起来的,明天一问不就得了么?"

梅瀛子忽然皱了一下眉,像沉思似的,她说:

"在舞会里你为什么不说?"

"我发现她就是宫间美子的时候,已经快散会了。"

"这真是……"

"而当时我已经找不着你们。"我补充着说:"你难道没有看见宫间美子同本佐次郎他们同车走的吗?"

梅瀛子这时似乎很严肃,她靠在沙发上吸烟,并不理会我的话,半响,她忽然望着我平淡地说:

"不对,我想本佐次郎不见得会知道她确实的地址。"

梅瀛子的话,也许有理,也许无理,但我并没有同她争辩,我说:

"就算白苹去打听宫间美子的住址,这样晚也该回来了,而且这不是什么重要的事,一定需要今夜打听到。"

梅瀛子还是严肃地坐着,若有所思似的没有理会我的话,隔了许久的沉默,她才不耐烦似的说:

"我很奇怪你到现在还不了解白苹的个性。"

"真的,"忽然一个笑声来了,她说:"怎么这许久还不了解我的个性。"

我一瞥眼就见到白色的影子,吃了一惊,原来白苹已经站在门口,梅瀛子的地位与门平行,所以没有看到白苹,她似乎并未被这突然而来的对白所惊动。我一面对白苹表示欢迎,一面作为报告梅瀛子,一面站起来一面说:

"白苹来了。"

白苹站在门口没有动,脸上浮着百合初放的笑容,我很奇怪白苹的风采会这样的焕发。

梅瀛子忽然站起来,很快的从沉郁的态度中兴奋起来,她望着白苹说:

"我正在想从你进来的风度来猜你工作的结果,如今我已经敢很确定的来庆贺你的凯旋。"

白苹笑着进来,像白色的海鸥在岛岩上降落,她飘着纯白的舞衣坐倒在沙发上。她说:

"你们猜我是什么时候回来的?"

"你已经听了半天我们的谈话。"

"我很奇怪,"白苹说:"你知道本佐次郎认识宫间美子怎么不早说?"

"我在晚饭席上才知道,而且我怎么想得到一个大家闺秀似的人会是……"

"你先说你的结果吧,白苹。"梅瀛子说。

"你所猜的很对,"白苹说:"本佐次郎所知道的地址并不是宫间美子的地址。"

"你都打听到了?"我兴奋地问。

"本佐次郎送她到愚园路。"白苹说:"实际上她住在有恒路。"

"有恒路在哪里?"梅瀛子问。

"就在北四川路过去几条路。"

"我一直到那面去看过。"白苹说:"是一所很普通的一幢房子。"

"你们见了面了?"我问。

"没有。"白苹说:"我只是一个人在房子外面看看。"

"有上海地图吗?"梅瀛子忽然问。

白苹站起来,她走到写字台旁,从抽屉里拿出地图,梅瀛子这时也走到写字台边,她开亮台灯。于是白苹铺开地图告诉她有恒路的所在,又告诉我们宫间美子的房子所在,是在一个叫作聚贤村的外面,房子的洋台就在里口的旁边,前面就是马路。

接着她们就讨论怎么样去探听宫间美子的究竟,无论如何要在明天寻到几个问题的答案。

第一,与宫间美子同住的人有谁,那房子里面住着多少人?

第二,宫间美子是否常常在家,那面是否常有客人?

第三,她什么时候来上海,主要的任务是什么?

第四,她的历史是怎么样,来上海前干过些什么?

第五,对于她以后的行动怎么样密切地去注意她?

第六,怎么样可以去接近她,使她愿意告诉我们地址,而叫我们做她里的常客?

总之,我们的结论,是目的不光在文件身上,而是在宫间美子身上,因为这次窃取文件的失败是一件事情,而宫间美子的神秘则是以后工作上永久的威胁。

在我可是成了一个问题,我本来决定在这件工作以后到北平去,而且与海伦有约,但现在这工作已经以无结果作结果,而牵联到的问题又是更久长更渺茫的工作。我的心里有说不出的感觉与哀愁,但是当白苹梅瀛子庄严而切实地在讨论工作时,我当时无法提起我自己的心事。

我们在七点钟的时候各散,相约夜里十点钟再看大家所获的结果。

我回到寓所,马上就寝,但是我为我个人的私事而失眠,我觉得在这次工作没有一个段落之时,实在无法提出我伴海伦去北平,而这次工作又拖涉到宫间美子身上。假如说文件的工作完全失败,毫无希望,那么我是不是可以脱身呢?不!这虽是一个段落,但我还不能脱身;原因是微妙的,主要的还是我自己的心理,这失败如果终于我的被通缉,我也许可以脱身;否则就必须是胜利,而我有功绩在上面;再不然是这失败结束在我的被捕与被杀,那么我的脱身并不是伴海伦去北平,而是伴史蒂芬去坟墓。一想到史蒂芬,他的僵直的身躯,他的无神的眼睛,他的紫色的嘴唇,就浮在我的眼前,对于这个活泼无邪的朋友,在我近来的生活中,当我疲倦或孤独的时候,我总是想到他,这虽不一定是他临死的神情,而总是同我认识以及与我同游的任何一幕。在我的印象之中,他总是一个强健活泼愉快无邪的人,尽管我怎么样去推想他所担任工作中之神秘,我总不觉得他有其他可怕的刁滑弯曲或阴涩的个性。每次想到他,我就有一种悲痛与颤栗,而接着是一种愤怒。当时就是这种愤怒使我联想到我们民族里万千人民的惨遇,我觉得我应当支持下去,至少要到我们的工作明朗化了。我虽然不是一个间谍的能手,但在白苹与梅瀛子中间,从互相猜疑与互相争功的意识下,我的存在不是没有意义的。

在这样肯定的心理中,我就无所犹疑与忧虑,我终于非常坚定,为进行夜间的工作,我就抱着确定的目的去找本佐次郎。

四十九

公司里的职员说本佐次郎下午没有出来,但来过电话,叫有事打电话给他。我知道他在家里,自然也不用再打电话,我一直到他的家去。

当我走进他家的门口,就听见客厅里有人声,我叫佣人去通知一声,本佐就迎出来叫我进去,他说里面都是熟人。

不错,里面都是熟人,但就是我昨天会见的那些生人。最吃惊的,就是宫间美子也在座;而我最熟稔的沙菲则不在,这就是说座中并没有一个中国人,而我是很例外的。

我向大家招呼之后,就坐在宫间美子的斜对面,昨夜我疏忽了对宫间美子的注意,今天我自然特别集中注意力来看她。

在我第一个印象,她有一颗孩子气活泼的面庞;后来我发觉她有柔和的下颏与悲悯的嘴角;现在我觉得这两种观察完全没有错,只因为她始终保持着沉静与庄严,使她的面庞,竟调和了两种不同的美点。这就是说这样的脸庞如果太多嫣笑与表情,一定失之于轻佻;如果不是这样的脸庞,那么她的沉静与庄严就会失之于死板。我现在觉得我意料中她的年龄是很正确的,因为从这脸庞来猜,我可以少猜几岁,但从她这沉静与庄严来猜,我可以多猜几岁,而我现在所猜的只正是二者的调和,我猜她是二十二岁。今天她又穿和服,我觉得比穿晚礼服要年轻。

就在我们随便谈话之中,我同她的视线接触。她避开了我的视线,我发现她面部的特点还是在眼睛,她的眼睛瘦长,似乎嫌小,但她睫毛很浓,而又略略上斜,因此我觉得所有她具有的神秘,就在那里面无疑,而这也凭空增加了她脸庞的高贵成分。昨夜在饭桌上所见到她面上的漪涟,今天一点也不曾透露,而我所发现她嘴角悲悯的意味,则似乎在首肯一种意见时常常浮起。

本佐似乎觉得我太注意宫间美子了,他说:

"你在想什么呢?"

"我在想。"我说着,又看宫间美子问:"宫间小姐,我现在忽然想到昨天在面具下,我们跳过不少次舞。"

"你以为么?"宫间把眼睛上斜一下反问,她的谈话常常用这样简短的方式,使我无法去继续接近她。于是我望着本佐,大胆地说:

"我从宫间小姐的下巴想到她在面具下的韵味。"

"这有什么关系呢?"本佐笑着说。

"我只是想到宫间小姐的面孔是多么不宜于照相,而又是多么易于被画家抓住特征的典型?"

本佐笑了,大家在注意我的话,不十分懂国语的日人神情上要本佐翻译,本佐为我译述了一遍。

宫间美子对我看着,忽然透露一种新鲜的漪涟,这在今天还是第一次,又是把眼睛高贵地上斜一下说:

"你太相信你自己的意见了。"

此后我们的话就中断,客人间有日语的对白,我非常恨我自己不会日语,无法控制这谈话的局面,后来我忽然想到一个计划,私下同本佐说:

"我可以同你说几句话么?"

于是本佐就带我到另外一间房里,我坐下说:

"今天你觉得我奇怪吗?"

"什么?"

"我希望你原谅我。"

"原谅什么?"

"为我对宫间美子的注意。"

"这要我原谅么?"

"而事实上,不瞒你说,我今天来拜访你就是为她。"

"怎么？你对她钟情了么？"

"也许。总之我想多知道她一点,多接近她一点。"

"你是说……"

"还用我说吗？我很悔昨天在这里吃饭。你知道我是很难对一个异性发生兴趣的。"

"这不是你自己的事情吗？今天她在我这里,是你很好的机会了。"

"但是我不想追求有夫之妇,或者是有情郎的姑娘的。"

"这我可以担保没有。她从东京来了才几月。"

"她只是来游历就是,她的伯父是报道部的部长。"

"她就住在她伯父地方吗?"

"是的。"

"在什么地方?"

"愚园路。"

"那么我求你。"我说:"今天让我送她回去可以么?"

本佐沉吟了一下,但接着说:

"但是我只能从旁提示一下,其他的努力靠你,而愿意不愿意则在她。"

"自然。"我说:"谢谢你。"

"这可要好好请客的。"本佐笑着说。

接着我们就回到客厅里。五点半的时候,有人告辞,宫间美子也站起来,本佐在廊边找大衣给人,我走在宫间的前面,本佐很自然的把宫间的大衣交给我,是一件黑呢氅毛,狐领的大衣,

我接过来就为宫间穿上,我低声说:

"可是我有光荣送你回家吗,宫间小姐?"

但是宫间的答语很高声,我相信她是有意要给本佐听见:

"你方便么?先生。"

本佐这时正在衣架边,他说:

"好极了。假如你车子方便,偏劳你送宫间小姐回去。"

"这是我光荣的任务。"我说。

宫间小姐并没有异议,也没有说第二句话,她就同别人告辞,低着头走在前面出去的客人后面。我夹着大衣就匆匆同大家告别,走在她的后面,本佐就走在我的后面送我们。

我为宫间开车门,宫间就上去了。我关上门,从右面坐在宫间的旁边,把大衣抛在后座,我开始开动我的车子。

我把车子开得很慢,想找话同宫间谈谈,但竟没有,一直到开出一条马路,我说:

"一直到府上吗?"

"谢谢你。"她说:"啊,你知道我家住在愚园路吗?"

"假如依照东方的习俗,"我说:"我现在邀你晚饭是不是冒昧呢?"

"我从来不曾这样早吃饭,"她说:"而且今天在本佐先生家里我们吃了茶点。"

"是不是我可以先请你在别处坐谈一回,等到饭后才回家呢?"

"这是你们中国的礼貌吗?"

"我想这只是我个人对于你一种请求。"

"那么,对不起,"她说:"在我个人的习惯中,一切的约会都要先征求家长的同意的。"

"对不起,"我说:"在我们中国,高贵小姐们对付男子的邀请只有正或反的答语,因为假如用某种推托的话,愚笨的男子常常会误会,比方我现在说我希望你肯打一个电话到家里去。"

"那么我就告诉你,假如要证明我没有拒绝你的好意,明天下午我可以接受你的约会。"

"谢谢你。"我说:"那么明天下午四点钟我来接你。"

"五点钟怎么样?"

"在我是同样的光荣。"我说。

我于是一直驶车到愚园路,在忆定盘路口她叫我停下。在她下车时,她说:

"一四七〇号 A 二号,明天五点钟我等你。"

我看她在一家花铺的弄内进去。于是我驾车回寓。我对于今天的收获很满意,我想有一二个钟头的睡眠再去吃饭,饭后到白苹地方去。

归途中,我始终想不出宫间美子给我的印象里的异常之点,她今天在车上的谈话,还是用不很纯粹的国语,处处把话说得缓慢或者省略,以掩盖她对于中国话的拙劣,假如她有朝村登水子的国语修养,这样伪作的确是奇迹,她如果将纯粹"会"装作纯粹"不会",可以不难,而装作半会半不会,则的确使我很惊奇,除此以外,我并不觉得她有特殊的魔力。我似乎很有把握来对待这个敌手,所以在自恃中得到了宽慰。回到寓所,我有很好的一小时半的安睡。

九点钟的时候,我在白苹地方。梅瀛子与白苹都没有来,阿美在外面,我一个人坐着,心中浮起许多奇怪的不宁的思绪。这些思绪都非常紊乱,我想到到北平去的计划,我想到海伦,我想到这整个的战争,从我个人想到整个的世界,又从整个的世界想到世界的每一角,又从世界的每一角想到我们特殊的一角,于是想到我们的工作,想到白苹与梅瀛子,想到宫间美子。一个思想的速度该是世界上最速的运动,光与电同他相比就见得迟钝异常。在失眠或静坐之顷,每个人都有他思想驰骋的经验,把无垠的空间与无底的时间缩在一点,是最自由的幸福也是痛苦。我就这样的在享受这幸福与痛苦。

忽然,我想到了昨夜的会谈,我奇怪我竟会没有报告我在窃取文件时所遇到的详情,而她们也并不问我,到底宫间美子把炸弹换去文件是什么用意?她拿了文件又是干什么?

如果说她无疑是敌方的人员,那么她放存炸弹,一定是为我们。这就是说,她一定预先听到有人要窃取文件,所以布置了来对付敌手。而现在在她工作时已经被我发现,这就是说她的炸弹失去了作用,或者证明了有人窃取文件的消息不确,那么昨天我们的工作虽然失败,而在她一方面,所估计的也是失败,所以胜利与失败并不是一件可以衡量的事情;其次她所存放的是不是炸弹,还是一个问题;她是不是属于日方,也是问题。因为她既是属于日方的话,又何必偷偷摸摸去放炸弹?总之,宫间美子的身份,工作与目的,都有问题,而一切的设想都没有证实。我几乎有可笑的想法,她会不会是英国方面的人员,而我们现在对她的怀疑,会不会同白苹当初对梅瀛子,梅瀛子对白苹的怀疑一样,是一种可怕可虑的误会?

总之,既然宫间美子的身上都是问题,我所想到的白苹与梅瀛子都应当也想到,但是昨天的会谈竟一点没有提出讨论,这实在是一件奇怪的事。

那么是不是我所想到的还是我过去教育的作祟,种种要求逻辑上的满足,而这是间谍工作上所不该问到的。再不然,是我昨夜的工作在功绩上的收获,使她们妒嫉,她们不愿意提起来使我自满。

于是我决定今天将这些问题要她们给我一个答复,给我一种逻辑上的满足,但是当时我的思绪,又滑到学理上与事实上不同的意义上,我想到我的研究的工作,想到海伦的音乐,想到艺术与文化……

就在我的另乱的思绪中,我听见外面有人回来,进来的是梅瀛子,她打扮得很朴素,脸上没有敷什么脂粉,用疲倦的笑容同我招呼,她一面进来一面脱大衣,把大衣交给阿美,就坐倒在沙发上,手上还握着皮包,怠倦地放在膝上。我开始问她:

"有什么收获么?"

她点点头,半晌没有说话,我于是急得不耐烦地说出我刚才想提出的问题,我说:

"究竟宫间美子为什么要把文件拿出来?为什么要布置炸弹?我不懂。到底她布置的是不是炸弹也是问题?"

梅瀛子怠倦地望着我,不响。于是我继续说:

"我还疑心宫间美子的身份,她为什么要偷文件?假如她是敌人的间谍,她是想杀害偷文件的人,她很可以嘱咐梅武他们,用不着偷着去安置炸弹。那么会不会她是英国方面的人员,而这炸弹是害敌人的?还有,倘若她的炸弹是对付偷文件的人,那么她一定是预闻有人去偷文件,而她所怀疑的人又是谁呢?是不是就怀疑那天参加舞会里面的宾客?会不会是我们?"

梅瀛子不响,还是怠倦地望着我。我很不耐烦,我说:

"我觉得在这些问题没有解决之时,我的工作就是没有方向,没有目的,没有意义,都是白费。"

"但是,"梅瀛子低声地说:"我们现在的工作就是求工作的方向目的与意义。"

"我不懂!"我说。

"你的一切问题,"梅瀛子怠倦地笑了:"是不是因为你工作没有收获而发生的呢?"

"是的,我没有什么收获,但是我会见了宫间美子,我已经开始交游,明天晚间,我已同她订了饭约。"我骄傲地说。

"那么所有问题不是就可以从你交游中解答了么?"

"笑话!"我说:"唯我根据我们现在对于她身份的判断,我的交游才有意义。"

"你以为我们现在的判断可以正确么?"

"至少有一个眉目,"我说:"我们不是已经有根据的材料了么?"

"材料?"她说。

"我昨夜虽没有拿到文件,但是我所遇到的获到的种种,至少可以做我们判断的材料。"我说:"而你们对我这些似乎都不关心,也不想知道似的。"

"这因为我不想在这样简单的材料上建立判断,"梅瀛子说:"你既然对于宫间美子的身份想先下判断,而所有材料又都是你自己经历的,你就自己下了判断再去交游好了。"

我有点气愤,没有作声。沉默中,我吸了一支烟。梅瀛子忽然温柔地说:

"对不起,我这时实在很疲倦,有点不舒服,你摸摸我有没有发热?"说着她伸手给我,我握她的手,又过去摸她的额角。她没有动静坐在那里,一瞬间,我感到她是一个多么稚嫩的女性,我有一种说不出的温情想献给她,但是我无法表示,等我把手放下的时候,我说:

"觉不出热度。"

她闭起眼睛,微喟了一下,在我回座的一瞬间,有一种莫名的惭愧在我心底浮起。我反省我刚才的许多话,完全只是夸功矜赏,里面没有崇高的目标,只是可怜的骄傲与卑微的自大。

于是我沉默地坐在她的对面,望着她怠倦的睫毛,随那闭着的眼皮跳动。

就在那静寂萧索的沉默中,我听到白苹回来的声音,她活泼敏捷的履声以及她与阿美对白的声音里,我想像到她是带来了何等的生气与活泼,梅瀛子还是怠倦地闭着眼坐在那里,我不知道她有否听到。我冻结的心境那时虽然有点流动,但是我也没有出去招呼。

一瞬间,浮荡着百合初放的笑容,白苹像虹一般的在门口出现了。似乎有一种生灵活跃的浪潮冲散了我们沉郁的空气。她浓妆艳抹,面孔打扮得如透明的秋月,耳叶摇荡着流星般的白玉耳坠,一件蓝灰小方块的毛衣披在碎花锦缎的旗袍上,毛衣的前襟敞着,她两手插在毛衣袋里,悠闲自得的向我们望望。在灯光下,这锦缎上的碎花像是缕雕的花纹,美艳中透露着庄严。我奇怪白苹今夜的神情,是出人意想的光耀与出人意想的新鲜。我说:

"白苹,可是有什么胜利的消息使你浑身发这样的奇光?"

"我觉得一个人的精神应当从衣着与举动来振足。"她说着坐在梅瀛子的旁边,望着梅瀛子说:

"怎么啦,梅,有点颓伤吗?"

"没有什么,"梅瀛子灰黯地笑:"我有点乏!"

"我觉得一个人衣着与举止的振足还是靠着精神。"我说这句话的时候,心中有异样的感觉,在我面前的两个朋友,似乎常常如日月的消长,每当白苹非常焕发的时候,梅瀛子就显得凄黯惨淡。我除了初期同她们交往时以外,我很少注意她们两个人美丽的上下,但在我意识下,总觉得梅瀛子是我们世界中最美丽的女性,没有人可以同她比拟,而今夜,当她以颓伤的姿态,坐在焕发的白苹旁边,我竟发现白苹是的确的比她新鲜而美丽起来了。人身的美丽到底是多少靠我们打扮,多少靠我们精神的奋发呢!

"怎么?"白苹没有理我的话,她只是向着梅瀛子说:"你受到惊吓了?"

梅瀛子不响,微笑着点点头。这微笑是温柔而甜美,一洗她过去笑容中骄矜的意态。我现在想到,在这两位朋友里,每当一个焕发一个颓伤的时候,也许美丽是属于焕发的,而我则总是同情颓伤方面,原因也许在于怜惜,但在梅瀛子的微笑中,我发现她自来都隐藏着常人常显露的美点。我想到历史上钢铁般的英雄,在失败的一瞬间,他所透露的美点,一定正是他所缺如而常人常有的一种美点,而在他的生命中,这是最可贵最深沉最人性而可爱的美点,因为在这份美里,整个人性的真善都在那里透露了。

梅瀛子嘴角的微笑久久未敛,她俯下首,打开她手中的皮包,小心地拿出两张折着的纸,她温柔地交给白苹。

白苹接来,起初俯首静读,接着靠在沙发上,皱起了眉头,似乎看了一遍,又看一遍。

我已经等得不耐烦了,静望着白苹。最后白苹抬起头来,才知道我在等她,似乎她本以为我早已看过,而现在才发现未然似的,她把她手中的纸交给了我。

第一张是打字用的薄纸,上面用钢笔草率地写着下面英文的字句:

> 官间美子即郎第仪,随川岛芳子多年,在满洲国华北活跃,常乔装男子以秋雨三郎名驰骋军政各界。风流倜傥,矫健活泼。豪赌千金一挥,毫不动容。慷慨交友,人皆从之。一度回国,旋至南京,最近来上海,不知有何使命。R. W. 1041

> 官间美子到沪后,立刻对梅瀛子怀疑,为梅事数度与梅武冲突。R. S. 5518

第二张是一张很厚的信纸,打着一封整齐的英文信:

> Y:关于官间美子事,已经完全探明:她曾于太平洋战争爆发前来上海,很早就对你的注意,数度向梅武进言,但梅武迄不置信。面具舞会前几天,她与梅武又有一度争执,梅武一面敷衍她,一面忌她,许多事情并没有从实告诉她,这所以那天官间美子要私自布置这个陷阱。她的意思,除了陷害你外,要向梅武证明她的判断的正确。你未中计,殊可庆幸。但以后应稍稍隐避

才是。那夜宫间美子在散会的时候,曾有一字条交与梅武,这大概就是说她所布置的种种,而第二天梅武在电话中骄傲地对她说过:"现在你总可以相信了。"的话。自然,那天在宫间美子也是很大的失败。

附上 RW 与 RS 件,可参考。

关于 XHGM,一切都好,请放心。你的健康,诸友极关念,务请珍重静养,为盼为颂。

S. V.

五十

现在,我开始明了梅瀛子所以萎靡颓唐的原因,我把手头的信读了两遍,慎重地交还梅瀛子,她没有看我,拿了一支烟放在嘴上,用桌上的打火机点燃了烟,于是就点燃那两张纸,她望着融融的火光出神,就在那一瞬间,我看到她眼睛深处的蕴藏,那是一个无限深邃的秘密,闪耀着忧虑担心与不安的光焰。

等两张信纸都变成了灰,她才抬起头来望我,但是我可没有勇气再这样看她;我换了一种视线望白苹,白苹则还同刚才一样的焕发,这是多么惊人的对比,我不愿意多看,我收敛了视线低头缄默。

"那么你预备怎么样呢?"白苹开始对梅瀛子说。

梅瀛子低声地在回答,我没有注意她说什么,我只是在想那封信里的话。在这许多日子之中,梅瀛子竟毫不注意,也毫未想到背后有人在窥视她,这是多么可怕的事情,而宫间美子又是个多么可怕的人物!我说:

"我们实际上虽证明了宫间美子的可怕,她竟发现了我们的企图;但在结果上,则反支持了梅武的信任,我想宫间美子的失败并不亚于我们。"

"而且,我们的失败与胜利还没有决定。"白苹忽然激昂地说:"我们的决定在是否拿到文件。"

"文件。"我对于白苹的话有点惊异,我说:"我以为我们现在的问题在宫间美子身上,不是在文件身上。"

"你以为我们应当放弃这份工作了么?"梅瀛子温柔地说。

"自然。"我说:"现在我们无法注意这文件。挽回一件已失败的事情,比创造一件新的胜利为难……"

我的话并没有说完,我所想到的是昨夜谈话以后,文件的失败在我早已承认,而在我意识中大家对这个目标似亦已放弃了,但是,出我意料外的,白苹忽然庄严地打断了我们的话,她说:

"但是不瞒你说,我已经布置好一切,在今夜两点钟的时候,我要去取那文件。"

"你?"我问。

"是怎么回事?"梅瀛子问。

"我已经买通了宫间美子最贴身的女仆,她答应今夜两点钟把文件窃出交我,明天十点钟她出来取还。"

"有这样的事情么?"梅瀛子忽然兴奋起来。

"你怎么不早说?"我说着站起来:"白苹,你太神奇了,一下午你竟创造了新的天地。我要用酒来庆祝你。"

我说着就到餐厅里去取酒,我取了三种不同的酒,拿了三个杯子。兴奋地回到原处,我没有看到她们在说话,我意识到她们都很愉快兴奋,但当我为她们斟满了酒,从白苹望到梅瀛子时候,我发现梅瀛子在沉思中缄默着,嘴角的笑容也不自然,这是为什么呢?我当时马上想到所谓"争功"的纠纷,我猜到梅瀛子心中的妒嫉。白苹的成绩竟远超于梅瀛子的收获,而表现出来的又是这样的出色。女孩子的心是狭窄的,出色美丽如梅瀛子竟也难免,我心里这样想着,但马上假作不知,我举起了酒杯对梅瀛子说:

"梅瀛子,现在让我们一同为白苹光荣的胜利喝这一杯。"

白苹举起了杯子,我与她碰杯,但梅瀛子这时候才懒漾漾地举起了杯子,同我的杯子轻碰一下,我当时就一饮而尽,但是梅瀛子拿着未喝,她忽然庄严地说:

"白苹,但是这件事情你还要过细考虑。"

白苹微笑,她想了一想,大方地说:

"我已经什么都考虑过了。"

梅瀛子同白苹又举杯一次,二个人都干了酒,一瞬间大家沉默,这时候我忽然想到今天她们二个人的报告,都是她们所属的工作团体的收获,尽管我们工作的对象一样,而这团体则是不同的,这里面如果有竞争的意味,则正如梅武与宫间美子两种意见的竞争,失败与胜利虽说就会证实,但是所证实的不一定可靠,正如我们证实了梅武的正确而实际上正确属于宫间美子一样。在我,我身份的立场是白苹的,而工作的立场则是梅瀛子的,而现在梅瀛子这种明明出于妒嫉的话,使我同情逐渐移到白苹身上,我又兴奋地说:

"再一杯,白苹,我祝你今夜胜利。"

"慢慢。"梅瀛子又说:"白苹,我现在更觉得这件事要谨慎,你愿意告诉我同这女仆接洽的详细结果么?"

"事情是这样的,"白苹说:"我们认识一个厨子,他同那女仆的小同乡,从小在一起,他带那个女仆同我相会……"

"是这样。"梅瀛子忽然低头寻思,歇了一回又说:"那么你为什么不叫她把文件送来给你。"

"她说她在宫间美子打电话时听到,那文件明天吃午饭时要送去的。而她夜里一点无法出来。"

"那么你为什么不叫那个厨子到她那里去拿。"

"这是多么不可靠。"白苹说。

"是你自己说你自己去拿么?"

"是的。"白苹说:"当时也来不及想到别人,而这件事整个都是我的责任。"

"什么暗号呢?"

"我们对了表,说就在他们房子的里口相会。"

"她有没有说一定要你自己去呢?"

"她说最好是我自己,她可以有交代。"

"不,不。"梅瀛子忽然肯定地说:"白苹,绝对不能去。"

"怎么?"

"我不相信宫间美子贴身的女仆可以这样容易被我们买通。"

"这是那个厨司的关系。"

"我怕这厨司都会是他们买通了的人物。"

"她们怎么料到我们会寻到他呢?"白苹始终微笑。

"最可奇怪的是她一定要你自己去。"梅瀛子又说。

"她没有一定要我自己去。"

"那么,"梅瀛子说:"我们能不能派一个另外的人去接受那文件,而我们一同等在较远的地方呢?"

"派另外一个人同我自己去有什么不同呢?"白苹文静地说:"她们并不以为我是重要人物,重要人物是你,她们如果要有什么毒计的话,一定会要求你去。"

梅瀛子许久不响,她似乎凝神在想什么。我一直没有说一句话,在她们两个人中,我今夜同情的是梅瀛子,但是她们这段谈话里,我则同情白苹。她的庄严沉着的态度,对于一切好像都有把握;而梅瀛子的话中,其局促不安与焦虑的心境殊令人不解。刚才我以为它是发于妒嫉,但是如今在她一凝神之间,我从她深邃黝黑的眼珠中心,看到一种说不出的闪动的光芒,是不安,是动摇,是担心,是惊慌,是忧虑,也是害怕。我兀然被它感动,我觉得她所说的不是为妒嫉,而是因为她神经过敏的关系。我说:

"梅瀛子,是不是因为你神经过敏,所以有这样不安与不放心呢?"

"对不起。"梅瀛子带着怒意说:"我不希望你也参加做义务的凶手来陷害白苹。"

这是一句什么份量的话呢?我几乎要同她冲突,但是我总于压抑自己,换作平静的语气说:

"好朋友,能不能把感情放得平静一点?"

"那么我希望你了解我与白苹的情感。"梅瀛子说:"不瞒你说,郎第仪的名,我是很久就听到了,她不会是一个无能的敌人。"

我沉默了,大家都沉默,白苹悄悄的出去。房中只剩了我与梅瀛子两人,我以为梅瀛子这时候总该对我说些吩咐的话,但是并不,她只是庄严而沉闷地坐着,连眼睛都没有望我。我也想不出话可说,我想到白苹这时候在作什么想呢?是不是也觉得梅瀛子的劝告是出于妒嫉。她要派另外的人,就是派自己的人,就是同白苹分功;白苹用庄严沉着的态度来拒绝梅瀛子的建议,显然有一种自尊与骄傲的心理在里面,这自尊与骄傲的来源,无疑是在对梅瀛子怀疑,而不愿有他人参加她的成功。我说:

"梅瀛子,当我是你的属员,你难道没有话吩咐我么?"

"今天凡是白苹的朋友,"梅瀛子庄严地说:"就应当劝阻白苹。"

"你的意思,可是你要替她去完成这个工作?"

"我?"梅瀛子举起低垂的视线说:"假如你们推举我,我当然不推辞。"

就在这时候,白苹在门口出现,她换了一件黑绸的旗袍,边上镶着碧绿沿条,耳叶上换了碧绿翠坠,这两种绿色完全一致,像是比配而得一样。她嫣然浅笑晃动着耳坠进来,缄默地望着梅瀛子,梅瀛子忽然闪着惊惧的眼光,她说:

"白苹,相信我,让我们放弃这份工作可以么?"

"这是什么话呢?"白苹说:"我已经什么都准备了,你看我已经换好衣装。"

从她这句话,我所注意的是她的脚下,她穿的是一双簇新的软底皮鞋;而梅瀛子则特别注意她的头上,似乎有异样的感触似的忽然问:

"你还戴耳环?"

"是我幸运的耳环。"白苹说。

"那么,"梅瀛子忽然说:"假如这件工作无法放弃,能不能由我去接受文件,你们在较远的地方望着我。"

"这是什么话呢?"白苹说:"假如这是一件危险的事,我怎么能够将危险交给你呢？"

这句话就此中断,如果说下去,应当是:"假如毫无危险,这成功不是白白让你分占了么?"不知怎么,我马上想到了这个,我明显地意识到白苹的心理正如我所料,如果是这样的话,那么梅瀛子多一份劝阻,就是多一份给她反感。我不知道说什么好,我想为梅瀛子,我听从她的话总不是错的;为白苹,我劝阻她,至少是减去她的危险。于是我想到我的劝阻是无害的,我说:

"白苹,能不能把这件事从长考虑一下呢?"

"已经没有时间,"白苹说:"我稍微吃点点心就要出发了。"

"你还约好同别人一同去么?"梅瀛子问。

"不。"白苹说:"我一个人。"

"你的意思也不要我们同去吗?"

"假如你们认为太危险的话。"白苹说时虽是同样的文静与亲切,但是我在她声音里发觉她的骄傲与自尊。

"假如你已决定,"梅瀛子说:"多么危险我们都要同你一同去。"

梅瀛子说了望望我,我点点头,接着她几乎用哀求的眼光望着白苹,她说:

"白苹,相信我,相信我有比较冷静的心来判断一件事情,停止这份工作,并不是说我们缺乏勇气,你应当知道最有勇气的人才能悬崖勒马。听我话,白苹。"

"梅瀛子,我很感谢你的好意,但是我所要执行的是我所属的决议,假如你认为这判断与你的距离过远,我希望你不要去。"

白苹所属的既然都是乐观的判断,我想,那么白苹所遵顺的所相信的,则是她的团体,在这一层讲,梅瀛子的意见则是外层的。我对于白苹的坚决开始非常钦佩,但是我对于她傲慢的态度则有很大的反感,而梅瀛子刚才对白苹哀求的情绪,使我感到无限的恳切与可怜,我现在已经完全同情了她,我说:

"白苹,是不是可以冷静一点考虑考虑梅瀛子的意见呢?"

"不。"白苹坚定的说:"我已经决定。我希望在我回来后,先会见你们一次,否则,等明天十一点我把文件还清后,再同你们见面。"

"你如果这样坚决,"梅瀛子沉着说:"我们自然与你同去,在较远的地方等你,望着你接受了文件一同回来。"

就在这时候,阿美拿进了茶点,白苹愉快地就点,我也吃了几块蛋糕,但是梅瀛子只喝了几口茶。最后,她斟了三杯酒,她说:

"让我们干了它。"于是她举起了杯子,又说:

"我用最诚挚的祈祷祝你胜利。"

我们都与白苹碰杯。白苹没有犹疑,一饮而尽。

这以后,梅瀛子就再无劝阻白苹的话,她注视白苹的一动一笑,于是对白苹叮咛许多小心的话,她告诉白苹一到那面,第一要注意汽车的所在,第二如果那个人迟迟不来赴约,千万不要多等,马上回车上来,……最后忽然又想到我们的汽车都不合用,她出去打了一个电话,回来告诉我们,有较合用的车子就可以开来。叫白苹不要心急。

但是白苹看看表,果然不安起来,而又不愿拒绝梅瀛子的好意,她在屋内来回的走,梅瀛子则守着白苹晃动的影子,我也不宁地看看白苹,看看梅瀛子。

沉默,大家都沉默着,是期待,也是焦急。这一分沉默,是可怕,而又痛苦,到现在回想起来,我的心灵还是禁不住有点战栗。

五十一

车子不久就来了,驾车的是一个美国人,梅瀛子叫她开另一辆车子回去,我们就一同走下楼梯。

这是一辆一九三九黑色的摩理斯,式样很旧。我没有仔细看,白苹已经在抢先开车门,预备上去,梅瀛子抢出去为她开门,白苹上车后,梅瀛子就关上了门。我走到旁边问梅瀛子:

"你自己开车么?"但梅瀛子只是命令我说:

"你坐在我的旁边。"

于是我与梅瀛子坐在车前,她关灭了车内的灯,敏捷地撬开车顶,她提给我一支手枪,我只看到是一支转轮,正想细看时,她说:

"收起来。"

我把枪纳入右袋,大家没有一句话,也从未互相观望。

汽车直驶而去,但所有的街景我都未见到,我心中有说不出的不安,我只听见我自己的心跳,心跳。我时而觉得路长,时而觉得车慢,又时而觉得路短,时而觉得车快。住过上海的人都会知道,从姚主教路到有恒路有多少的路程,但这样长的路程,在我不安的心境下,我竟觉得是绕地球一样,可是快到的时候,我又惊奇上海的渺小了。

车子终于到有恒路,梅瀛子降低了速率,像一个人蹑足一样,轻轻地蠕向前去,我的心加急地跳跃,忽然有一个声音在我的后面发生,一瞬间压住了我的心跳,我全身血液像凝结一般的使我一楞,但等我听清楚这是白苹的声音,我才恢复了急促的心跳,白苹用命令的口气,几乎是厉声地说:

"停住。"

车子突然打住,梅瀛子回过头去,白苹已经打开了车门,她说:"到前面一丈外等我吧。"说着就开始跨下车,梅瀛子抢着说:"白苹,当心……"

我一直楞着,一瞬间我想开口,但白苹已经用沉重的关门声打断了我的话语。她向着斜对面走去。

梅瀛子一声不响,又慢慢地开动车子;我望着白苹的人影,这时候我才知道天是这样的黯淡,地是这样的昏黑,街灯是这样的无光,白苹的人影是这样的孤寂!我慢慢看到她已经走上行人路,于是我看到房屋,房屋边的弄堂,弄堂上的标灯,灯下斑旧金色的"聚贤里"的字迹。我凝视着,回望着,而车子向前蠕动,我不能再见,但是我还望着白苹的人影,梅瀛子停下车子,她开始回望。她叫我到车子的后厢,我就跳下车子,我看见她移坐到我的位子来探视。但正当我打开后厢的车门预备进去的时候,我猛然看到一个白衣的女佣从弄内出来,我踏上车板,凭着打开的车窗望着她们,我无意识地用发汗的手握住了袋中的手枪,现在回想起来,我在接受手枪以后我的手始终在手枪上面,一直到我下车换座的当儿,我才放松了它,后来的接触当然不是偶然的。

我望见那面一黑一白的影子在交谈,一分钟一分钟的过去,似乎是客气,又似乎是退让,终于黑影好像要折回来,突然,一声响,一闪光,似乎从上面压下来似的,我听见白苹一声叫,啊,她倒下了。我奇怪那时我会这样镇定,没有害怕也没有悲哀,没有思想也没有情感,我反射地取出了枪,向着似乎正要折回的白影子打去,不错,我清楚地听见这白衣女佣的叫声,我清楚地看见她倒下……

"关车门!"梅瀛子命令地叫。

我自动地服从,梅瀛子已经直驶着车子前进,我被震倒在后座上,不一回,我就听见后面警笛的声音,于是有远处的警笛应呼着。

车子疾驰着,我分辨不出经过的路径,但两个转弯以后,前面似乎有探照灯的光射来,梅瀛子突然抬住车,车子骤然慢下来,她用简促的语调说:

"跳下去,在路旁等我。"

我没有一句话,打开车门,但这样的速度下,我还是不敢下跳,我说:

"再慢一点。"

梅瀛子果然又把车子放慢,我没有考虑,用童年时跳电车的经验,从车上滑下。

梅瀛子看我滑下了,她在加快率中也就跳了下来,这空车还在探照灯的光中前驶,大概不过是百步之遥,我听到轰然一声,这车子已经炸成了碎片,它并没有同外物相撞,似乎是梅瀛子在下车时拨动了炸药有以致此,但是当时我没有时机可问,梅瀛子赶到我旁边,拉我就走,那时候,我听到前面有警车的吼声,梅瀛子转入支路,我跟着她,在黑暗中她忽然放慢了脚步,拉着我的手臂,我一回顾,看到大路上我们的后面也有警车驶来,我们又转弯,但正想前走的时候,前面有小贩及工人模样的人奔过来,我用我身子阻碍着他们,似问非问地说:

"怎么啦?"

"又封锁了。"

封锁路区是当时日人在上海对付一切事变的手段,梅瀛子似乎早已猜到是这个,她又拉我从侧路过去。我神志恍惚地跟着她,最后我发现已经到了斐伦路河边,但前面又有几个人退下来。

梅瀛子一时竟也不知所措,她站住了,靠在墙上透一口气,我也靠在她的旁边;在这个区域里,在这个时间,很少的往来人中,不是赶早市的小贩,就是倒垃圾的工人,否则是露宿的苦力,要不就是辛苦的船户,而我们是唯一衣冠整齐的人,只要有日人过来,我们立刻就是被侦问的对象。梅瀛子望每一个过路的人,但并没有望我。我从她的目光中发现,她现在所问的是这些来往的人中是否有一间茅屋可以暂时让我们躲避。

退下来的人,有几个转到码头下去,我想这都是船户人家的孩子。就在这时候,不知是什么感觉提醒我,我忽然想到也许有船户可以让我们暂时躲一躲,我对梅瀛子说:

"你等我一回,我就来。"

梅瀛子似乎知道我的目的,她没有说什么,但拉着我的手臂与我一同穿过马路。那面就是苏州河,河的两面,都是大小的船只,只有河心中有一条小水路可以运行,这正如我写这篇东西时的重庆马路,为人群的拥挤,马路上两侧也变成行人道,真正作为车马往来的只有当中一条线了。

沿着河岸走,十步八步就是一个码头,我很想稍加选择,但无法选择,终于在似乎经过选择,似乎并不的随便从一个码头上下去。

前面就是密集的船,船头船尾靠在这码头至少有几十只,组叠拼接的竹蓬,缩在桅杆上的帆束,挂在船尾船头的补了又补的衣服,破烂的尿布,红色的女袄,绯色的肚兜,构成复杂的图案。远处是对岸货栈的轮廓,灰蓝的天空;那时东方似已稍稍发白,但下面还是靠着岸灯才可以看到一点东西,船只中有的点着灯,有的没有。我想寻找一只比较合适的船只去恳求一下,但附近的船只竟没有人,稍远的船户,似乎有人在咳嗽,蠕动,但我无法远叫;这时候我看到在五六只船以外,有人站出船头来,他四周一望,对我似并不注意,接着就站在船头上小便,我正想设法同他通话,但是他忽然咳嗽一声说:

"今天怕要下雨了。"说完了就又进去。

在零落的船火之中,我回顾,我看到我后面的梅瀛子,她站在最左角上的一只船旁。那只船不大,没有灯火,也没有声音;但就在我看到的一瞬间,忽然有一点火亮了起来。这像是迷路的灯似的,好像对我有点暗示,我无意识的走到梅瀛子旁边。果然,有一个人从那船里探头出来,是一个束着辫子的女子,似乎刚刚睡醒似的,手里提着一个水桶,梅瀛子真是一点不放松机会,她柔和地过去,低微地说:

"对不起,小姑娘。"

梅瀛子说这句话的时候,我才发现对方是一个二十岁以下的女子。她抬起头,茫然望着梅瀛子;梅瀛子这时打开皮包,她拿出几张钞票,一面说着一面递过去:

"岸上有坏人逼着我们,让我们在你那里躲一躲吧?"

对方似乎迷惚了,不知说什么好,她望望梅瀛子手中的钱,又望望梅瀛子的脸,露出疑问的笑容。

"Tche-San!"就在这时候,船内忽然有人叫了,是一女人的声音:"你怎么啦!……"

那位女孩子伸头进去的一瞬间,梅瀛子已经登上了船,我也跟着上去。一进舱,就看见一位蓬头的中年妇人,她似乎也刚刚起来,蓬着头发,一看见我们非常惊奇地注视我们。我让梅瀛子同她说话,我可注意身后的女孩子,我怕她上岸去告诉别人,我不知道在杀过人以后的手是这样灵敏,一到紧张的时候,就把握着枪;但那个女孩子对我们毫无恶意,她提了一桶水就站在我的旁边。

"对不起,"我听见梅瀛子说:"岸上有坏人逼我们,所以想在这里躲躲,请老婆婆救救我们。"

说着梅瀛子把手上的钞票放在旁边一只木箱的上面,又接着从皮夹里拿出一叠钞票出来,又放在上面,她说:

"以后我们一定再好好谢谢你,这请你先收下,为我们弄点饭菜。"

我很奇怪梅瀛子叫她老婆婆,但她倒不以为奇,她开始推下笑容,说:

"你们尽管在这里,不过这里实在太脏,啊,钱我可不能拿,我们虽然穷,但是……"

"这不用客气。"我说着走进去:"你救我们就是我们的恩人,这点钱并不能算我们报谢。"

里面有一张粗陋的板桌,桌边有二把竹椅,还有两只小竹凳在船边,我招呼梅瀛子在竹椅上坐下,她微唱了一声,靠在桌上,把脸就埋在手里,我先坐竹椅上。

那位女孩子在船头上拢火,她不时望望我们,那头的中年妇女就说:

"Tche-San,快先烧水,给客人沏茶。"

梅瀛子这时忽然抬起头来,望望我,我没有理会她,她只对那位中年妇人讲:

"轻一点,不要让外面的人听见了,知道有生客在这里。"

"怕什么,哪一家没有几个阔客人。"

"不要讲了。"我也叫她老婆婆了,我说:"老婆婆,坐下来,我们谈一谈。啊,还有,"我起来拿木箱上的钱递过去:"这钱无论如何请你先收下,还要请你相信我们决不是坏人。"

我把钱放在板桌上,那位老婆婆面露慈爱的笑容,拘束地用手理理头发,于是在舱铺下,摸出一个插在马口铁做的烛台上的烛头,凑在船尾的油灯上,点亮了,拿着过来。

梅瀛子凝望着我,这时候她忽然用英文说:

"刚才你没有注意吗?"

"什么?"我以为船外有什么骚动,吃惊地问。

"那个女孩子的名字。"梅瀛子说。

"Tche-San!你把我的小茶壶洗洗干净,替客人沏茶好了。"那位老婆婆说。

Tche-San,Tche-San,我猛然悟到这是一个熟识的名字,但我不知道曾经在哪里听见过,也想不起是哪一个熟友的名字,我望着梅瀛子,似问非问的说:

"很熟,但是……"

"不是你假装到乡下去,寄信来说起的那位姑娘?"

"……"我顿悟到我当时在信中创造的乡下姑娘慈珊,一时我惊异得似乎有许多话而又无法说出。

世上尽管有许多巧事,但在当我们复述之中,我们自己都不得不怀疑。那位姑娘也叫作慈珊,自然不见得是这样写法,但是在万千的字音之中,这二个声音又不是"翠""宝""珍"一类常用作女孩子名字的字眼,天涯地角,会有这样巧合!到现在回想起来,我还是禁不住有奇怪的感觉。我当时并没有问她们那个女孩子名字的写法,但在那时候起,一直到现在,甚至将来,我们一想到那个女孩子的名字,一想到那两个声音,唤起我们的联想就是"慈珊",因此,在这个记录上,我以后就叫她慈珊。

我开始与那位老婆婆谈话,我们叫她老婆婆,其实她并不老,我借着她拿来放在板桌上的烛光,看到她红黑色皮肤,有光的眼睛,微皱的前额,除了她疏薄的头发可以使我估计到她是上了五十岁的人外,她还是四十五岁以下的人。

她告诉我她是苏州河上游一个乡村里的人,本来是业渔的,但也兼营为人运点东西,好几次被日人征用,为他们服务。丈夫在二月前被日人拉去到浦东去做苦工,现在她们母女靠着这只船生活,幸亏她丈夫有一个弟弟也有一只船,可以照应她们一点。

我听她言下对日人蛮横颇恨,于是我告诉她我们去探朋友的急病,路上碰见日本醉兵要对那位小姐无礼,我就同他争吵起来,但是那个日兵拿出手枪,我们扭在一起,谁知手枪被我一夺,不知怎么,竟打中他的胸部……

"报应,报应!"老婆婆感动地说,但随着有点惊慌,她四面看看,忽然她吹灭了蜡烛,叫我们坐到她的铺上去,她说:

"让我们把船停开一点。"

于是她到船尾慈珊地方去,说了几句话,两个人就开始将船拨动。这是一件很困难的工作,因为所有的出路都已被其他的船只窒息,她们并不用桨,母亲用手攀推别人的船舷,女儿则用篙支撑着,我们的船就在别人的船缝里进去,挤着挤着,终于停止下来。我听见老婆婆说:

"就这样吧。"

这些船只远望起来似乎毫无秩序,挤得很紧,但实际上它们每只船头或船尾都还有点隙地,可以使人们接触到水,他们洗脸洗衣洗米洗菜,以及大小便等都在这小小的一点小隙中完成,虽然河底的水在流,但船与船之中浮在水面的许多污秽的东西都积住着,每次用时只将这些污秽打开,而结果这些污秽越来越厚。

我们坐在老婆婆的舱铺上,可以看到船头边小块的水窟,与隔着许多船的对岸,也可以看到一角青天。这时候慈珊拿茶给我们,她同梅瀛子有初次的交谈,天色已经透明,老婆婆吹灭了这盏在船壁的油灯,它就是指点我们迷途的灯,我望着这灯头的残火一直等它熄灭,我有许多感触。而天光使我看到慈珊的脸,是一个丰满结实少女的面庞,红黑的脸上少少有点冻块,前额的流海下垂,显得额角稍蹙,头发黑而厚,一条辫子很粗,眉目都很清秀,鼻子也很挺直,唯有鼻空稍露,似嫌美中不足,嘴唇很薄,与梅瀛子谈话有腼腆的羞涩,我不知这与我过去在信中的慈珊有什么不同,但我发现梅瀛子对她过份的亲切,这的确是这个名字引起她以往的想像。一个人的名字,或者一种态度,一个行动以及一点细微的表情,往往可以给另外一个人特殊的感觉。这感觉联系着那个人的联想,过去想像的回忆,生活经验中的记忆,以及电影戏剧或书本上人物的关连,而造成一种特殊的因缘,使他们一见如故,使他们终身成友,使他们有各种奇怪的结合。梅瀛子与慈珊的情形一瞬间就是这样肯定。以梅瀛子的装饰美貌谈吐聪敏,与任何人交友都具有特殊的魔力,自然它是更容易使慈珊这样朴素而天真的孩子倾倒了。

但这些竟都是命运之神的手法,是这样严密,是这样巧妙,在我们追念之中,竟觉得在一定的组合里,多少细小的因素,都不能有一笔缺少,否则其结果就将完全两样了。

五十二

在种种惊险波折困难之中,我心神一直未定,我没有回忆,也没有企念;没有思想,也没有计算;但这时候,当梅瀛子与慈珊对谈的时候,我忆及几点钟以前我们怎么样在白苹地方争论,从白苹地方出发,怎么样在汽车里直驶……手枪——白苹——车门——白影与黑影——枪声——叫声……一瞬间在我的脑中跳跃飞逝,我手在口袋里摸着枪发抖,我开始想到白苹,她死了!她死了?这真是一个疑问,我无法相信,但又不得不相信。她是否可以还活在银色的房内?她是否可以没有出来?一件事情做定了竟是定了,没有法子挽回,没有法子将时间倒退让我们从新做过……,但白苹可能不死,也许受伤,也许现在在敌人的手中惨叫,于是我看到史蒂芬,他的深紫的嘴唇,无神的眼光,僵直嶙瘦的身躯……我不觉手足发抖,面颊灼热,我要痛哭痛号,但我又抑住自己。我心中有说不出的火焰叫我震颤,我终于叫出:

"白苹!白苹!"一瞬间我热泪迸涌,我用手掩着脸,禁不住哀恸。

许久,梅瀛子忽然握着我的手臂,她摇动着说:

"坚强一点!"

但是这声音竟也是在呜咽之中,我似乎已经稍稍哭出胸中的蕴积,抬起头来,我看见梅瀛子的眼泪还挂在颊上。慈珊与她母亲在我们的两边,望着我们,似乎想劝慰又不敢劝慰。我开始振作自己,用手帕揩我的眼睛,但不知怎么,梅瀛子竟靠在船舷上,闭着眼睛,颦着眉,有眼泪潸然从她茸长睫毛中流下,她没有

一丝表情,也没有一丝声音。我无法劝慰,只说:

"梅瀛子,天已经大亮,我们该设想我们的出路了。"

梅瀛子不响,不知怎么,我忽然看到慈珊也在天真地啜泣,她母亲也用手帕在揩泪,人的心灵有时候竟可以有这样自然的呼应,可是有时候也竟可以麻木不仁。梅瀛子用手帕拭泪,但还是不动,仍旧闭着眼,她说:

"让我静一回儿。"

我于是问慈珊的母亲,她们的船是否要装东西或者要开到别处去。她告诉我她们昨天已经将货物下卸,本定今天随便找点生意开回去,现在可以完全听凭我们,我就请她暂时租给我们,一天要多少钱,我们都可以比常例还多一点给她们。这时候我发现桌上的钱还没有收去,我说:

"这钱为什么还不收起?"说着我递给她,交在她手里。那位老婆婆收着说:

"就算你租我们的船,也用不着这许多钱。"

"你收着,你收着。"我说:"回头先为我们买点东西来吃吃。"

"慈珊,"老婆婆说:"你先去烧稀饭,我去买点东西来。"

但梅瀛子这时候忽然振作起来,她说:

"慢一慢。"于是又对慈珊说:"你先为我们烧点稀饭也好,可是暂时不要买什么。"

慈珊点点头,但又望望她母亲。

梅瀛子站了起来,拉着慈珊的母亲坐在一起,她说:

"老婆婆,你待我们这样好,我们不会忘你的恩;但是如果你是存心救我们的,你必须什么都听我的话。"

"自然,自然。"慈珊的母亲说。

"真的?"

"我又不是东洋人,你又是那么好,那么……"

"谢谢你。"梅瀛子说:"那么你上岸去第一不要告诉人你有客人在这里;第二无论谁向你说话,无论同你说什么你只装不知;第三你去买菜蔬,还是同平常一样,不许多买什么特别的菜,这不是客气,你要知道,因为,你一多买,也许就有人要查问你;第四,你上去多走走,不要东问西问,最好自己去闯,是否有什么路没有封锁,最后,你去为我们买二套你们平常穿着的布棉袄,蓝布裤,一套男的他穿,一套女的我穿,你先看看我们的身材,还要两双布鞋。"说着她又打开皮包拿钱给她:"这是买衣裳的钱。"

慈珊的母亲接了钱,很豪爽的说:

"你放心,我什么都照你办,我已经懂得,你放心。"

于是慈珊的母亲提一只篮从船尾上去,我们目送她踏着邻船的船舷远去,梅瀛子开始又颓然了,她不响,一声不响,默默地坐着。这时四周早已有零乱的声音,船也不时有一点晃摇。我鸩溺在杂乱的感觉,回忆,计划,设想之中,千万种的情感绞在一起,悲哀,忧虑,隐恨,愤怒,……

一直到慈珊拿稀饭放在板桌上,叫我们去吃去,梅瀛子方才又振作起来,慈珊似乎不肯同我们一起吃,但梅瀛子强拉着她。

大碗的稀饭,小碗的萝卜干,我很奇怪梅瀛子,她似乎很习惯的吃了满满的一碗,我并不饿,但好像稀饭的热度,给我温暖与勇气,我吃了一碗半,慈珊也吃了一碗半。

饭后,我与梅瀛子开始有点精神,梅瀛子问慈珊要热水与剪刀,叫我为她剪去头发。

慈珊捧出一只百支装的大英牌烟盒,因为已经很旧,所以周围束着一根红绒绳,我发现这绒绳同她辫上所用的绒绳同一个颜色。里面是她的缝纫与洗梳用具,她打开后为我们拿出一面镜子与一把剪刀,镜子的架子是铁皮制成后面嵌着彩色的梅兰芳天女散花的剧照。梅瀛子接在手里看看,然后放在桌上,把剪刀交给我,于是在镜子里指挥我从哪里下刀。

我与梅瀛子交友以来,工作上友谊上我们都不算太疏远,但是像今天那样的情境则是第一次,我贴在她的身后,从镜里望见她美丽的面庞,慈珊的镜子不够平,在动摇中,时时有古怪的表情出来,我们意会地都笑了。我有一种奇怪的感觉从我心里浮起,似乎我与梅瀛子间的距离,在一瞬间缩短了许多。后来回想起来,觉得这原因还是在过去我们,难怕是两个人的场合中,无论是工作或是游乐,我们的心景从未有这样的一致,从未有这样清澈无埃的吻合,在过去,我们的思虑没有这样单纯,我们的目的也从未完全相同,我们对世界的反应,对人的关联,也并不完全在同一个立场;而当时,似乎我们在暂时之间已经与世界完全脱节,我们所经历的危难,所感受的苦痛惊惧与悲哀又完全相同,而现在所要求的怎么样得到安全的脱险又是一致,是这些使我们有一种我们的生命系在一起的感觉,这在我与梅瀛子之间就那么一次,唯一的一次,而以后也是不会有过的事。

我依照梅瀛子的指示,将她后面烫卷的头发剪去。她开始洗脸洗头,最后她梳理她的头发,望望慈珊的流海,她又用剪刀理自己的前额,于是我看到她垂下整齐的流海,同她美丽的眉毛有同一韵律。——梅瀛子始终是美丽的,我想。

后来不知怎么,她在慈珊的梳妆盒子里发现了一对镀金已褪的银耳环,她向慈珊借用,慈珊送赠了她,她就谢了一声,把穿针弄弯了夹在耳叶上,于是她叫我看,是否已经不是梅瀛子了。但尽管她洗去了脂粉,尽管她留上了流海,尽管她带上了耳环,她还是梅瀛子。我发现这银耳环头上是两个"寿"字,有一种预感或是迷信,或甚至是联想,使我很快的想到"幸运的耳环"这句话。

我马上记起白苹耳叶上碧绿的耳坠,与她黑衣上碧绿的镶边是多么调和,但在她一出现的时候,它就有点触目,使我想到说不出的不安。而现在梅瀛子的耳环与她衣服是多调和,但竟毫不触目,似乎她所做的正是我觉得应当的,而两个寿字,又满足我先天的要求好像它是免灾免殃的象征;世上有许多并非迷信的人,但一切不愿有不吉祥的事因,我想都是有同我一样的先天要求,这要求没有理由,只是一种对初次印象直觉的舒适。当时我很想叫出:"幸运的耳环"!但我一想白苹的语声,我终于咽下。我说:

"在我,梅瀛子,难怕你化成液体,幻作气体,我凭我感觉就会认出你总是梅瀛子。"

"那末。"梅瀛子露出她杏仁色的稚齿笑了,她说:"幸亏你不是我的敌人。"

已经过十点了,慈珊的母亲还没有回来,我们坐在她铺位上,用她的棉被裹住我们的脚与腿。在船蓬里,没有事情做,更觉得寒冷,而又深怕慈珊的母亲出事,衷心有万种的不安,使我们谈话的兴致也无法提起,偶而说一句话,也只是为想打破这可怕的寂寞,并没有什么特殊的意义。梅瀛子说到第五遍:"她怎么还没有回来",闭起眼睛在休息了。一夜来,她已经够疲倦,她应当有点休息才对,但是我相信她不能入睡,正如我自己一样。我模糊地想到白苹,在我的信仰中她竟会未死,她似乎仍旧活在银色的房间里,活在豪华富丽的交际场中,活在许多丑陋敌人的中心。我想我能够立刻去看她,我假如可以有一对翅膀,我就可以飞去,我想马上到她的家里,那么她的家是否已遭敌人搜查?阿美呢,掳去?拷问?那么马上我就会被他们注意,我在她家里住过,我又常常同她出入相偕,他们会立刻要我的人,我急于先要知道阿美的下落,我要去,要去……但是慈珊的母亲竟还没有来。

　　船首的船只有许多驶动,我恐怕外面的人注意到我们,我请慈珊将那面船蓬拉上一点。但并不挡住我外望的视线,天是那么阴沉,水是那么混浊,对岸是零乱参差的草棚,许多垢首污面衣衫褴褛的人群,在左右垃圾堆上来往。慈珊告诉我那些都是白面的吸食者,被毒化了的人群,他们已经完全等于废物,既不能劳力,也不能劳心,没有任何的欲望,多么污秽的地方他们不会觉得脏,多么可口的东西他们也觉得平常,但他们一天必须有八角钱,上午四角,下午四角,等待白面贩子的驾临。白面贩子每天来两次,时间总是一定的。偶而晚到一小时,一大群人就无法自持,他们天天像等待神明一样等待着白面贩子。白面贩子来的时候,袋里装满了四角一包的白面,那不过是大拇指那么大的一包,食毒者一见他来就蜂拥而上,只有这一瞬间他们还表现人的勇气,还表现人的生存,因为在整个的生命中,这是他唯一的欲望;吸食了这一包毒药,他们再无他生存的意义,他们不会是强盗,也不会是窃贼,他们最好不过是只有四角钱欲望的小偷,与八角钱欲望的乞丐。他们的生命只有现在,既没有过去,也没有将来;既没有记忆,也没有希望。他们偶而在垃圾堆上拾到两粒骰子,他们也赌,但目的无非为凑足四角钱的数额,四角钱以上的款子他们不知道处理,四角钱以下的款子他们视作废物,他们就这样天天活着!

在我的视线之内,现在,他们就在那面蠕动,一堆一簇,缩着手,弯着腰,驼着背,屈着腿;拖着破鞋,戴着小帽;有的躺着,有的坐着,有的站着,有的蹲着,有的在找香烟头,……但没有戏笑,没有言语,没有交接,……

而这也算是人生! 也算是人生!

十一点多,慈珊的母亲在我企念中到来。梅瀛子也马上振作起来。慈珊的母亲见梅瀛子化装后的样子,楞了一回,不觉笑了出来。梅瀛子问她封锁的情形,她告诉我们在通路上完全是铁丝网,一点办法没有,但在店面前则是绳栏,虽然有日兵看守,可是总有疏忽的时候,穿过绳栏,就可以借铺子的路,由他们的前门进去,从他们的后门走出。这是最妥的办法,但现在绝对不可能,因为出事不久,敌人戒严极严,据她的意思最好二三天以后,由她带道,恳求别人铺子通融。

"但是我们决不能等那么久。"梅瀛子说。

"可是马路上只有东洋兵,铁甲车来回的走,一去就会被他们看见查问的。"

"那么夜里呢?"

"夜里,铺子里的人都睡了,谁肯为我们开门?"

"那么,"梅瀛子想了一想说:"能不能相烦你老人家先找个铺子去接头,给他们一点钱,叫他们夜里虚掩着门呢?"

"我也没有熟的铺子。"慈珊的母亲迟疑了一下说:"而且这样去接头,反而被人怀疑,以为你们决不是普通的过客,而一定是犯人了。那么他们不用说怕惹事,说不定还要去告发,现在的人心真是不可靠呀！"

于是我们沉默了,我们默认慈珊的母亲的话是对的,我们只好慢慢来寻思。

但梅瀛子又开始颓然,我不知道她在想什么。

"我想还是在船上住几天。"慈珊的母亲说:"你放心,一切放心,我拚这条老命救你们就是。"

她的话很使我感动,但是没有恰当的话可以表示我的谢意。她又说:

"我可以天天去看,等他们放松一点时候我们就可以穿过去。"

这时候,慈珊早已接过了她母亲的竹篮与衣包。这衣包只用一张报纸裹着,并没有完全包住,外面捆着一条麻绳,慈珊正在将它解开,她将女人衣服取出,对梅瀛子说:

"还是把衣服穿穿看吧。"

我看梅瀛子有同意的表示,我就坐到那面竹凳上来,梅瀛子叫慈珊拿棉被挡着,我知道她在那面换衣服了。

我这时很想抽烟,自从昨夜离开白苹家里以后,我没有抽过烟,我不知道身边是否还带着烟,还好,袋中竟有四根。于是我吸起烟等着。

一直到我吸完了这支烟,慈珊才把被收起,那面出现了一个黑衣蓝裤的姑娘。裤脚稍稍嫌短,我发现她还穿着原来的丝袜。但她自己似亦早已觉得,她说:

"忘买了袜子。"于是慈珊热心地从自己衣包里找袜子给她,我看她坐在床侧外面换袜穿鞋———一双稍稍嫌大的黑布鞋。

终于她已经完全打扮好了。她过来站在我的面前,似乎自己也觉得非常新鲜,一瞬间她精神很焕发。但是她给我的印象是什

么呢？梅瀛子还是梅瀛子,世上的衣装似乎都是她的点缀。我说:

"太美了,任何的云彩都是衬托太阳的光亮呢!"

她微笑着,没有说什么,坐到竹椅上,拿椅上镜子来看,但是我看到她手腕上还带着白金的手表,我说:

"似乎还多一点,是什么吧?"

她好像自己也发觉了,微笑一下,赶紧把手表收起,纳入内衣的袋里,接着她就问我要烟,我递给她一支,我自己又吸一支,我说:

"现在还有一支,我不到必要时不吸了。"

五十三

我们吃饭已经一点多,饭后梅瀛子斜靠在舱铺上,我看她很乏,劝她睡一回,她就斜躺下来,不一回就入睡了。我拿出我最后一支烟卷,慈珊看我想吸又不吸者两三次,她说:

"回头我替你买去。"

我也觉得自己行动的可笑。我吸起纸烟,开始觉得非常凄凉与落寞。

就在那个时候,有一个垢首污面的人在船梢探头探脑,我不免有点惊慌,后来慈珊的母亲看见了,她对那个人说:

"又来了,干么?"

这个人一点不响,缩回身子,船有点晃动斜侧,他是沿着船舷走到船首,果然他在船首露面。他用卑鄙的眼光看看睡着的梅瀛子又看看我,最后偷窥着慈珊的母亲用极其可怜的声音说:

"二婶,再给我八角钱吧。"

"没有，没有。"慈珊的母亲说。

"只这一趟，二婶，下次再不来扰你了。"

"你为什么不问你三叔去要去呢？"

"我看不见他。"来人的声音几乎像是从窒息里发出来似的，他说："就给我四角也好，可怜可怜这一次。"

"没有，没有。"慈珊的母亲又说。

我一方面觉得这人可怜，又觉得他讨厌，想早点打发他走算了，于是从我皮夹里拿出三四元零票，折成一小块抛到船头空隙说：

"拿去，不要再闹了。"

"不用给他。"慈珊的母亲说。

当她这样说时，我看见那个人已经伸进腿来拾。他穿了一件油垢满身的蓝棉袍，下面的棉絮吐在外面，没有穿袜，乌黑的脚拖一只前后是洞的鞋子，人瘦得像一付骨骼，衣裳在他身上像是已凋的树叶。在他拾钱的时候，我看到他枯瘦的手上黄黑的指甲，最后，当他拾起钱的一瞬，我看到他脸，他的泪腊与涕腊以及浮在脸上的油垢，使我无法辨明他的眼鼻。

我想他一定是一个白面的吸食者，正想多看他一眼时，他已经拾起钱，头都不抬，斜着眼睛瞟一下跨出船栏，踏着船舷就走了。

"用不着给他。"慈珊的母亲说："给他也是去买白面。"

"这是谁？"我问。

"是大伯的一个儿子，叫做丙福。"慈珊的母亲坐下说："他本来是一个年强力壮的小伙子，家里也有几亩田。父亲死了，他就赌钱酗酒打架，他母亲不再要他，后来三叔帮他在这里找个搬运的事情，他还是不改过，现在做了瘪三，吃上白面，什么办法都没有了。"

"他母亲呢?"

"在乡下,很好,田上不够一点,我家同三叔有时接济接济她,儿子不学好真可怜,但是她决计不要这个儿子了。"

接着我问她一点乡下的情形,以及她田上船上的收入,我发现她心地的单纯与良善,完全是同她慈爱的面孔一致。最后,她才站起来忙她的杂务。

这时候,我方才发现慈珊在我们谈话时已经不在,她到哪里去了,我不知道。梅瀛子则在床上侧卧着,似乎睡得很熟,我看不见她脸,只看见她被我剪过的头发与曲着的身子,一瞬间我感到万种寂寞,我想抽烟,但烟已经没有,我感到冷,有倦意袭来,我打了一个呵欠。最后梅瀛子翻了一个身,又安详地睡去,我现在可以看到她脸很美,很美的。是的,她睡得很甜,像一个天真的孩子。这与她过去在汽车里,在白苹处,在立体咖啡馆,在槟纳饭店,在梅武官邸,在其他一切的地方是多么不同,这额前的流海,这耳叶上的银环,这乡下式黑色的衣裳蓝色的裤子,就使她有这许多改变么? 抑或还有其他的因素。忽然我想到白苹,白苹在杭州回来的火车上入睡,是多么美丽,我曾经为她画几张素描,有一张很像,我记得是夹在皮夹中的,后来住在她家里时,似乎拿出来过,是夹到什么书上去了还是怎,总之从此就没有再看到过,现在白苹呢? 涌泉般的悲哀在我心里涌出,我不能自禁,我想到昨夜梅瀛子对她的阻止,为什么我不坚持一点。也许,我真的坚持着,白苹也许会听我的话,我怨恚无以自对,我恨我自己! 我不知怎么才好。对于梅瀛子的睡态,我想马上找到为白苹画过的那张速写,明知道它早已不在皮夹里,但我还是拿了出来检点。没有,自然没有,自从我发现没有以来,我奇怪,我竟没有为白苹重画一张,也没有问白苹要过一张照相,但是照相,我忽然想到我在白苹的身边房内,自始至终都未看见过一张,有的,那时在她遇刺后的第二天报上,而那张相也许是她以前的,并不十分像她,如今她的音容在世上似乎完全消灭,活在我心里的是多么抽象,我竟没有她一张照相。而……我忽然又看梅瀛子,我已往也未见过她有过照相,如果她不在,我有什么可以凭借呢?我有像替白苹画像般的替她画一张速写的冲动,但是当初是什么样的心境?现在是什么样的心境?不要说情境完全不同,就是完全相同,我也找不到这份心绪,几个月来我已老了许多,以前,凡是过去的事情在回想之中常常觉得就在目前,而现在,当他回想到几个月以前的事,竟完全如同隔世一样。这是因为什么?因为什么?

就在我胡思乱想中,慈珊回来了。她手上拿着两包小大英,但我正要感谢她对我的厚意时候,我发现她面孔涨红,眼睛惊慌不定,口鼻喘着气,似乎想说话又似乎说不出话。我说:

"怎么啦,慈珊?"

她母亲就离她不远,也跑过来,突然她依着母亲哭了起来。

"怎么啦,慈珊?"

"什么事,不要怕,好好讲。"她母亲推开她望着她说。

于是慈珊嗫嚅着,用手背揉揉眼睛,她断断续续的说:

"我出去买烟回来,经过,经过那边,我看见丙福就在那面,他在同人说我们这里有一个穿西装的客人给他四块钱。于是我听见他们在说我们,我就在席篷后听了一回,当时我听见有一个人问:

'穿西装的人?'

"'别就是同今天封锁有关的犯人。'一个沙喉咙的人说。

"'丙福,'又有一个人叫:'你发财的机会来了,通知东洋人,你就有赏。'

"'别他妈啦。'另外一个叫:'通知得不好,自己倒挨打了。'

"'我有啦。'那个沙喉咙的人又说:'明天白面贩子来的时候,叫他带着去告发好啦。假如对,你就发财了,也许还有官做。'

"'…………'

"我听见这些话,我就很快的跑回来了。"

慈珊说完了又呜咽起来,我一时不知所措,慈珊的母亲看来也有点惊慌。

我过来叫醒梅瀛子。

"我竟睡糊涂了。"梅瀛子伸直腿,揉揉眼睛说。

我于是就把慈珊的话转告她,还补充对于丙福这个人的说明。梅瀛子听了只是缄默着,坚决的眼光望着蓬顶,一声不响。我也就楞在旁边,脑子很混乱,并没有冷静的考虑。但是有不得不说的冲动控制着我,我说:

"总之,我们还是早点预备走吧。"

"这使不得。"慈珊的母亲听见我这样说就走弄来,她似乎已经比较冷静了,她说:"我量他们现在也不敢去告,白面贩子明天才来,你们晚上走也来得及。"

"你知道白面贩子下午不会再来了吗?"我问。

"刚才这家伙来讨钱的时候,就是为赶紧去向白面贩子去买白面啊。"慈珊的母亲说:"他们吃饱了白面就用坏心思。你们且不要着急,我现叫慈珊去找她三叔商量。"

"她三叔？"我有点不安起来。

"你放心，他是一个好人，一定会帮你们忙的。"她说了叫："慈珊！"慈珊过来了，她又说："你去找找三叔，大概在过去石子码头上，你找他来也好，如果他船里没有别人，你就仔细告诉他也好，叫他赶快想个办法。"

"…………"我还是有点不安，我问梅瀛子："怎么样？"

"我想慈珊的母亲一定了解她三叔的。"梅瀛子说着用疑问的眼光望望慈珊的母亲。

"你放心，你放心。"慈珊的母亲说着又叮咛慈珊："如果他那面有别人，你替他看船，叫他赶快先来一趟。"

于是慈珊果敢地很快的上去了。我一直看她背影在船蓬缝里消失。

接着又是沉重沉重的寂寞。桌上是慈珊为我买来的烟，我拿来拆开，给梅瀛子也给我自己，我们吸起烟，大家没有话说，静候命运的摆布。

"你们放心，放心。"慈珊的母亲还是这样安慰我们。

半支烟以后，梅瀛子忽然看到了她身旁的衣服，她说：

"你为什么还不换？"

这句话提醒了我，我开始拿来更换。我把西装裤塞在袜子里，把蓝布裤罩在上面，于是我脱去大衣与西装，解去我的领带，穿上棉袄，最后我拿西装袋里的钥匙手绢，表，藏到西装裤袋里去，把皮夹装到衬衫袋里，于是我束好蓝布裤，我没有穿棉裤，因为它没有袋，而似乎很不便，等我装束好了以后，我发现我竟无法处置手枪，在慈珊的母亲不注意的时候，我偷偷地问梅瀛子。她说：

"看机会让它做河底的鱼吧。"

我把脱下的衣裳放在舱铺的角落,手枪还是在西装袋里,最后我拿出慈珊的镜子,我让我头发对分,斜垂在前面,我两天未刮的胡髭自然地给我很好的点缀。

我穿上布鞋,觉得袜子还是不合式,它虽然是黑的,但还太新齐,于是我向慈珊的母亲要点炉灰,随意摸在袜上,撒在鞋上,最后我用手摸我的脸。

一瞬间我已经不认识自己,我觉得这样很妥当。梅瀛子看着也不禁发笑,她霍然站起,也把剩余的炉灰弄在自己的身上头发上,也摸在自己的手与脸上;于是坐在桌子边,开始剪去她的指甲,又刮去她的蔻丹,她说:

"就这样,我们夜里一定要混过关去。"

等我们什么都弄好,心境又沉寂下来,我们挨着时间过去,但是慈珊竟还不来。我问慈珊的母亲:

"会不会找不到她三叔?"

"不会的。"她肯定的回答我。

"她三叔在那面下货么?"我无目的的问。

"他同我们一同装了货来,下了货,有人叫他帮忙打一次野鸡生意,渡运一点东西,他叫我们先回去。我想他不会离得很远的。"

无论她的话是否可信,我们总要等慈珊回来,就是我们要自由行动的话,现在时候也太早,于是我又恢复了沉默。

看表,已经五点钟了。梅瀛子坐得非常不安,我叫她还是靠在舱铺上面,我用棉被盖她的脚。我自己也感到冷,重新把大衣盖在膝上。于是静候时间悄悄过去。

这一瞬间,我猛然想到我同宫间美子的饭约,要是白苹听梅瀛子的话,她不会死,而我这时候正是去找宫间美子的时间,世界也就完全两样。现在,不用说我无法去赴约,就是可能的话,我也不能够去;当白苹被捕或被杀之时,我自然也就是他们欲得的罪犯。……

我这样想的时候,慈珊兴奋地回来了,她一上船就跑到梅瀛子的前面。大概因为是经过了一阵危难以后,也许还因为现在梅瀛子的装束在她觉得比较可亲,现在她已经毫无拘束,她说:

"三叔回头就来,他说他可以为你们设法的。"

这时候慈珊的母亲也已过来,她问:

"找到他了么?"

"自然。"慈珊笑着说:"他再渡运两趟就完了,完了就来。"

"你什么都同他谈了么?"她母亲又问。

"我大概告诉了他。"慈珊说:"他说他可以设法。"

"你告诉他的时候,旁边没有别人么?"我问。

"没有,自然没有,你放心。"慈珊笑着对梅瀛子说:"现在你可以放心,三叔一定有路可以带你出去的。"

"你怎么去了这么半天?"梅瀛子笑了:"我们等你好急。"

"我去的时候,找不到三叔,据小黑子说他在对面,我就等了他一回。"

现在我们开始用另外一个心境来等待了,这等待似乎比较光明也比较有望,但似乎也比较兴奋与焦急。慈珊买来的那两包烟,一包已经快被我们抽完,天色已经暗下来,阴沉的灰云一层一层在飘动,接着就有羊毛雨飘下,天气似乎比刚才更凄寒了。

天色暗下来,暗下来,对岸的灯火忽然亮了,油黑的水面也反照了点点的光芒,慈珊与她的母亲在忙饭。梅瀛子不断望船外,我则望水底跳动的灯火,它似乎逐渐逐渐在增加,偶一抬头,看到许多船也已亮了灯火。我在抽烟的当儿,也点起了那放在船边的残烛,拿到了桌上,就在这时候,有一只船,船首挂着灯驶近我们的船头,慢慢地靠了拢来,我有点着慌,但在靠拢的一刹那,船上的人忽然叫:"慈珊,慈珊。"

慈珊兴奋地奔过来,她说:

"三叔来了。"她说着到船头去迎来船,不久就跳了过去,不知在里面说几句什么,慈珊就过来叫我们到她三叔的船上去。那时候慈珊的母亲也走过,慈珊对她母亲说:

"三叔说他有办法,现在就可以送他们过去。"

"我已经烧好了饭。"慈珊的母亲说:"还是吃了饭去吧。"

"不了。"我说:"我们可以早点走还是早点走吧。"

梅瀛子那时已经站起来要过去,她说:

"再会了,老婆婆,你对我们的恩惠,我总有一天要报答你。"于是又对慈珊说:"你真好,希望我还可以见到你。"

慈珊那时正拉着她三叔船上的船缆,对面照呼的则是一个十五六岁的孩子,他三叔还在那面把着舵。梅瀛子拿着手皮包,就跳过去了,我拿着衣裳与大衣,我说:

"再会,老婆婆,慈珊,总有一天我会来看你们。"

"再会。"慈珊含羞带笑地说:"你一定要同那位小姐来看我们,地名你可以问三叔的。"

我于是也跳了过去,但这时候慈珊的母亲忽然追上来说:

"慢慢,慢慢,还有小姐的衣裳。"她说着就拿梅瀛子衣裳提给慈珊。梅瀛子看见衣裳。她说:

"这些我都不带了,慈珊,留你作纪念吧。"

那面船梢的三叔一直没有同我们答话。但这时候忽然严肃地说：

"慈珊,还是把这些都拿过来。"

他的老练严肃的声音,使我们不知道他究竟有什么用意,无法答言,慈珊已经把衣裳交给那位十五六岁的孩子,她母亲又把梅瀛子的皮鞋递过来,她又接过交给对面的孩子。

这样,我们就匆匆向慈珊母女道谢道别,慈珊也就放了缆束。

当我们走进船舱的时候,她三叔也已经走到里面,船有点晃动,慢慢荡到河心,船壁上有灯在跳动,且很昏暗,我从这昏暗的光亮中,看慈珊三叔的面容,他大概也有四十多岁,体格非常魁梧结实,眉毛很浓,眼睛很大,嘴唇紧闭着,一点没有笑容,他说：

"现在你们可以说完全平安了,我可以带你们到那面,过了四条桥就可以上岸,穿过马路是一家裁缝店的后门,那面有我的朋友,但是开出前门,就有东洋人封锁的绳缆,我可以陪你们到裁缝店,可以叫他们把二层楼让给你们,以后我就走了,你们可以在窗口探望,在没有东洋兵往来的时候,就开出门穿过去。"

"好极了,谢谢你救我们。"我说。

"可是,"对方还是冷静而坚定地说:"我想我可以直爽地讲,你们愿意出多少钱呢？"

"钱？"梅瀛子说着望望我,这意思我很明了,她上午曾把几百元交给慈珊的母亲,现在的皮包里钱已经不多了。

"如果是谈价钱的话。"我说:"朋友你说吧。"

"两万元。"

"不贵。"我说:"可是我身边只有六百几十块钱。除非,你要我衣服与东西。"我趁势把放在右面的西装拉到身边。

"这就不是生意经了。"他说。

"那么你预备打算把我们送给东洋人么?"我问时开始想到该用手枪自卫了。

"这你太小看我了。"对方还是冷静而坚定地说:"我是中国人,为什么要把你们出卖给敌人,在这里,老实说,你们的生命都在我的手里,用不着要敌人来害你们,如果只是为钱,我把你们交给敌人,也只不两万块钱,是不是?"忽然他露出讥刺的轻笑:"我们现在谈的只是生意。"

"但趁人危急的时候,一定要别人能力以外的报酬,那就是勒索。"我说。

"那么,请便,"他说:"你们自己上岸去。"

"这就等于送我们到敌人虎口去。"梅瀛子这时忽然振奋起来,严肃地说:"我想这样你还不如把我们绑起来,送到敌人那面,于我们是一样的死,于你倒可以发一笔财;在国家立场讲,这样也许比较值得,而我想你拿到钱还不会像你的侄子一样,把钱去买他们的毒药。"

梅瀛子声不高,但很确定,当她说的时候,我的手已经放进我身边的西装袋里,握到了我的手枪,可是梅瀛子的话声终时,对方似被她辞锋所挫,良久没有发言,梅瀛子一直用发光的眼睛,注视着他,但这时忽然闪电一般的射到我的身上,她双眉一竖,霍然站起,用命令的几乎厉声的口吻对我说:

"不许拿枪,我们让他绑去。既然这也是中国人民的意志,就让他去发财好了。"

我稍微有点慌张,但立刻镇静下来,不过我还是迟缓地把手枪拿出来,一面递过去,一面用低微的声音冷静地说:

"朋友,她没有错,因为在日方,我们的生命至少可以值二十万;但是你是慈珊的叔父,她救了我们的性命,我们还没有报答她;所以,如果你发了财,不要忘记这生命是慈珊救出来的,而你至少要分一半给她。"我终于把手枪放在他的前面,我说:"这就是证据,是我,我是五更时有恒路案件的主犯;是我,我是白苹的同党;是我,我杀死了他们的人……"

"你?你?……你?"对方的浓眉微蹙,大眼圆睁嘴角露着微笑,慢慢地站起来,伸出两只粗大的手,沉重地放在我的肩膀上,他说:"是你!那么我们是自己人了。"忽然他敏捷地回过头去叫:

"小黑子,快开船吧!"

原来小黑子这时早在船舵上把稳着舵,这时一声答应,船就慢慢地晃摇起来。

梅瀛子与我一时都楞了,慈珊的三叔又开始坐下说:

"请坐,请坐。"

一瞬间我不知是惊是喜,我被这事变震荡得迷糊不宁,我坐下,半响才恢复一点理智,我说:

"但我还不知道白苹是受伤被掳了呢?还是已经身死?"

"死了!确确实实是死了!"慈珊的三叔悲凉地说:"我们已经有人看见她的死尸!"

"你知道她家里的情形么?"

"不知道。"他说:"还没有消息,而且报上也没有说起。"他说着从衣怀拿出一张报纸,我与梅瀛子抢过来看,是××晚报,本埠新闻栏有七号字的标题:

《白苹死矣!》接着是头号字副题:

《美国间谍名舞女 有恒路拒捕身死》下面有这样的记载:

百乐门名舞女白苹,最近由日方探悉为美国海军雇用间谍,尾踪已久,今晨五时左右白苹赴有恒路工作被日方暗探侦悉,正欲拘捕,不料在远处白苹之同伙开枪,某探当时倒地殒命。其他暗探当时亦开枪,中白苹要害,亦即倒地殒命。一时警笛大鸣,白苹之同伙驾车飞遁,半途逃逸,其车自动爆炸,据说车号亦为伪造,且炸后模糊不清,来源无从查得,闻日方正进行侦查,出事地现已完全封锁,居民皆无法出入云。

这消息并不完全确实,也毫无提起白苹寓所的情形,这是敌人决不会放过的事。当时我与梅瀛子都没有发言,但是心灵中有同样的波动,白苹的死去又一次在我面前提证,说不出的悲哀在我心头激荡,我仰开身躯,深深地叹息,不禁轻轻地呼出:

"白苹真的死了!"

慈珊的三叔愀然望着我,他说:

"他们把白苹误作美方间谍也很可笑。"

"这一定是与她传混了。"我说,但梅瀛子在对我使眼色,我也就不说下去。

慈珊的三叔站起,似乎他也要去驾船了。我阻止了他,拿出我皮夹说:

"你先收我六百块钱,将来我再替你送来。"

"笑话。"他说:"我们自己人还谈这个吗,这是我的责任。"

"但这只表示我们私人的感谢。"

他还是不收,最后我说:

"那么,请你收起我的枪同我大衣与衣服。算是我的纪念。"

"不能够。"他说:"我决不能收受。"

"可是事实上,我也不能带,带着反而累赘。"

"那么我收着枪,"他说着用手取枪:"衣服,你告诉我地方,我一两天为你送去。"

"你想我现在还有固定的地方么?"我说:"这是不可能的。"

他收起了枪想了。忽然说:

"那么就存在我的地方。我的家在……,啊,我写一个地址给你,将来你可以来找我。"

"我正要知道你地址,"梅瀛子说:"将来我一定要去看慈珊。"

"但千万不要告诉她我的工作,"慈珊的三叔说:"她们都是不知道的。"他说着就拿出铅笔向船边找纸来写地址。

"我说将来,恐怕要在敌人打退以后,自然不会同她去说。不过我的衣服鞋子,原要送给慈珊的。你为什么一定要我带着。"

"我替你带去就是,"慈珊的三叔说:"放在她们的船上很危险,我想如果明天有人告密,敌人一定会去查的。"

这句话很使我惊奇,我相信他在工作上一定是精细而灵敏的人,当时梅瀛子也在惊奇,因为她在夸赞他:

"你委实太好了。以后希望我们永远是朋友。"说着她拿出皮包里的不多的钱钞,把皮包抛在衣服一起又说:"这也请你带给慈珊。"于是她接过对方的地址,我争着来看,他字虽并不纯悉,但很清楚。他把地址交给梅瀛子后,就站起到船梢驾船去了。

五十四

经过了四个桥门,船慢慢地靠近别的船只,慈珊的三叔吩咐小黑子看好船,他自己跳出去,从蓬外船舷走到船尾,伸进头来对我们说:

"跟我上岸吧。"

我于是招呼梅瀛子跟着过去,慈珊的三叔拾起船缆,踏着旁边的船只前走,我们就跟在后面,越过三只船就到码头,上了石级就是马路。

这马路很阔,但非常黝暗,行人也很稀少,慈珊的三叔就穿马路过去,靠着对面房屋又往前走,我让梅瀛子在前面,我自己在后面跟着。我发觉在服装上我们这样走着,是决没有人会猜疑我们关系是离奇的。

这一排房子很旧,但还是中产家庭的住宅,顺着房子,走过一个一个的垃圾桶,走过一家一家的后门与厨房的后窗,有的关着,有的开着,那时正是吃饭的时节,窗里的电灯亮着,油菜响着,热饭香着,时时有笑语声都好像很熟识,这引起我萧然家庭的恋念,与不能压抑的食欲,一瞬间我感到无限的凄切与阴凉,我加紧脚步走到梅瀛子的旁边,但前面慈珊的三叔,已在一个后门口站住,他在敲门。

"啥人?"里面有上海口音的人问了。

"是我。"慈珊的三叔还是用扬州气的国语说。

门于是开了,他回头叫我们进去。里面是一个小院,旁边就是厨房,但我们没有进去,一直从小院到里面,走进就是楼梯,前面电灯正亮着,那是一个裁缝作坊,他意会地叫我们在楼梯边暂候,自己到前面去了,接着就同一个人出来。后来我听到别人是叫他老板的。他很矮,皮肤皙白,人略胖,好像始终是带着笑容。他一出来就叫我们上楼,楼梯很黑,他走在前面,梅瀛子与我跟着,慈珊的三叔则在我后面。老板上去了,就开亭子间的门叫我们进去,我们进去后,他就关上门,他在门外似乎同慈珊的三叔在说话。

亭子间地方很小,一张床则占去一半,此外一张桌子同两把椅子,桌上有旧式的钟,那时正指着七点三十二分。我就同梅瀛子坐在旁边,大家沉默着听钟声的滴搭。大概隔了十分钟的时候,门忽然开了,老板招呼我们到前楼去。

前楼比较空旷,但东西堆得非常杂乱,靠窗有一张方桌,三面是椅子,我们就在椅上坐下,但老板没有跟进来,慈珊的叔父也站在门口,这时有一个癞头的学徒拿上两杯茶来,老板说:

"要什么,叫他去买好了。"

接着老板就下楼了,他始终没有同我们谈话,于是慈珊的三叔进来,他说:

"吃点什么吧?叫他买去。"

那学徒等在旁边,我开始问梅瀛子,梅瀛子说:

"随便好啦。"我想最简单还是面,于是拿出五块钱交给那个学徒,叫他买两碗面来。

那个学徒走后,慈珊的三叔关上门说:

"下面的伙计们饭后就散了,那时候老板看好机会会来叫你们的,穿过这前面封锁的绳缆就不是封锁区了。"他歇一口气,想想没有什么话的时候,他说:"现在我去了,再会。"

"谢谢你,"我说着过去拉他的手:"再会。"

对这只粗大的手,我现在还可以感觉到他那时唤起的我说不出的情感,我几乎有泪要夺眶而出,因为在我前面是一个这样高大壮健的人,浓眉大眼中竟透露着最温柔的情感,他像慈母一般的对我们恋恋不舍,似乎有话也似乎没有话,梅瀛子这时候也过来,我看她也已经被感动了,她站在他的面前垂着头,拉着他垂着的左手的小指低声地说:

"再会,告诉慈珊,我将来一定要去看她。"

他点点头,但没有说话。

"我们一定还会相会。再会!"我说:"我永远记着你给我们的帮忙恩惠与友情。"

于是他那只厚重的手在我的手掌中滑出,悄悄地转身,迟缓地走到门口,迟缓地拉开门,于是回过头来,从梅瀛子望到我,亲切地说:

"再会。"但他可凝视我半天说:"路上当心。"于是很重的关上门,接着我听见他沉重的脚步下楼梯的声音。……

这是我第一次经验到这陌生的感情,这感情除了我们亲身经历以外,无法可以想像,也无法可以说明,如果要用另外一种的经验来比较的话,我想只有在离乡很远,陌生的困难的旅途之中,遇到一个热心的给你援助的同乡,而随即又要分道的离情一样。谁知道天涯地角是否还有重逢的时候?谁知道是什么样的因缘把人们碰在一起?我有渺茫的感觉使我感伤!

现在,我们又要耐心地等候时间的过去了。我在沉默中开始感到不安,我走到窗口,想开窗外望,但被梅瀛子阻止了,于是我就隔着污黄的玻璃外探,马路上行人极少,对面只有几家小店开着门,右首斜对面就有路转湾,我认不出那条路也想不起路名,但是我心里估计,我们出去后一定要往那条路转出去的。忽然我想到我们出去的目的,我退身坐下,我说:

"我们出去,先去白苹的家里么?"

梅瀛子希奇地看我,笑了,她说:

"这不是自投罗网吗?"

我也觉得自己的幼稚可笑,但是我说:

"那么?……"

梅瀛子没有回答我,她在想。

"史蒂芬太太地方吧。"

她摇摇头。

"我想或者海伦地方也好。"

"还是先找一个偏僻一点的旅馆吧。"她忽然说:"等明天我去打听后再定办法。"

"也是道理。"我说。

"你想那一个旅馆合式呢?"她说:"要绝对不会碰见熟人的地方。"

我想了一回,我说:

"或者法大马路那面,那面小旅馆很多。"

"好的,就这样。"

这件事情决定后,我们又开始相对无言,下面的笑语声很清楚的传来,也听到桌椅的声音,碗筷的声音。就在这个时候,刚才的那个学徒为我们端面上来。我与梅瀛子就对坐吃面,这碗面不但充实我们的肚子,也充实了我们的心灵与生活。吃完了我似乎还不够饱,很后悔刚才不叫他多买一点,梅瀛子似乎也嫌少,很快的吃完,但并不想再要,所以我也没有叫人再买。

我拿烟给梅瀛子,她笑了说:

"你连别人买给你的烟都带来了。"

"因为我想到我会需要它的。"我说:"我在临走时还留下五百元在慈珊叔父船上,我也想他会需要它的。除了需要以外,我们留什么都没有意义了。"

"这是你新近发现的哲学思想吗?"

"这只是感觉!"我说。

梅瀛子又沉默了。下面开始有凳子移动声,有哼京戏声,有倒水声,有笑骂声,接着是嘈杂的脚步声,后门一次一次关门的声音,最后,声音微弱下来,我听到遥远遥远的狗叫与车声。

"是一个多么萧杀的夜呢!"我说。

"但很值得我们用一夜的生命来体验。"梅瀛子说。

我没有回答,因为我的视线被我前面的两件东西胶住了。自从我走进这间房间以来,我的意念完全在前面的窗外,我的注意力始终在房间的前部,但这时我视线偶然在后面掠过,那面是一张床,床上堆着二三个杂乱的铺盖,床的右首叠着一叠箱子,箱子上面也是两个铺盖。这箱子第一只小白皮箱,底下两只是红黑色的大箱子,而在二者之间则正是吸住我视线的东西,那是两只黄灰的提箱,装得饱饱的像是吃得太饱小孩子的肚皮,开始是使我感到似曾相识,后来我猛然想到这就是白苹存在套间里的箱子,我住在白苹家里时,存在套间里;当我去窃偷文件时也存在套间里,而如今,怎么会在这里呢?我不觉走过去细认,啊,不错,箱提上还系着已变灰色的白布,白布上就是"陶宅寄存"的字眼。梅瀛子看我这样,不禁问我:

"怎么回事？"

"这不是白苹地方的箱子么？"

"真的吗？"梅瀛子走过来问。

"不错，决不会错。"我说："它怎么会在这里呢？"梅瀛子刚要俯身检看时，楼梯有人响了，接着就是敲门。

"进来。"我说。

进来的是老板，他始终安详地露着白皙的笑容，从容自然的说：

"可以走了吧？"

我很想问箱子的事实，但竟没有机会，因为他忽然递给我一叠钞票，他说：

"这是小黑子送来的，他说你忘在他们那边的。"

"啊，"我说："但是我是送给他的。现在，那么请你暂时保留着，有机会请你转交他，我想他会需要的。"

"好的。"老板说着对梅瀛子："走吧。"

梅瀛子第一个下楼，我跟她，灯光很暗，老板在后面只招呼：

"走好，走好。"

走下楼梯，梅瀛子伫立一回，老板就转到前面，我们跟着他走到前面裁缝的工作场，有四个学徒在搭工作板，似预备睡觉的样子，只是看看我们，没有说话。前面的排门似一直上着，老板走上去，一点没有慌忙忧惧的样子，但轻轻的拉开门，在门缝里张望了一下，于是开大一点又张望一下，他从容地笑着说：

"不碍事。"接着就更开大一点，自己站在旁边让我们走。

"谢谢你。"梅瀛子说着就出去了，我跟着出去，一面说：

"再会，谢谢你。"

跨出外面是行人路，很暗，沿着行人路是绳索，我们两面一望没有人,就从绳索下钻过去了,我拉着梅瀛子很快的穿过马路,于是把脚步放慢。在这些过程中我的心一直跳着,到转湾的地方我才放松一点。

那条马路比较热闹,但没有车子,我们沉默地走着,又穿过一条马路,才有洋车可雇,我叫了洋车就一直到法大马路。

我们假作乡下来买东西的兄妹,但也许已被看作汽车夫与女佣人的幽会,我们在一家叫做六安旅社的开好房间。

为谈话的方便,所以房间只开一个,但有两只铺,可是被铺很脏,我们只得和衣睡下。人的确已经很疲倦了。

这是一个法大马路上很普通的小旅馆,很乱很闹,牌桌的叫哨,卖淫女的谑浪,唱歌叫闹,什么都有,我看见梅瀛子似乎很快的睡着了,但我则辗转在床上失眠,我想到白苹,想到史蒂芬,想到从开始同他们交友时起,怎么样从赌窟到教堂,怎么样参加史蒂芬太太的生日舞会,怎么样到杭州,怎么样我住到白苹家去,怎么样白苹遇刺,怎么样我搬出,我参加梅瀛子的工作,我去偷文件,我被白苹枪伤,我在医院里,我在有田的家中,在梅武的舞会中,我会见宫间美子,我……零乱无序的过去碎片像枪弹一样一块块打着我的脑,我的心,我的每一个神经的末梢,我周身发热,不能自禁。我灭了灯,但廊中,窗外,隔壁的灯光还把我们的房间照得透亮。于是我想到在白苹杭州回来病倒的那一天,我为她灭了灯,从银色房间中出来,我怎么样感觉到那银色被铺中的银色姑娘的银色哀愁,而如今她躺在什么地方?我又想到高朗医院里史蒂芬的僵卧,紫色的嘴唇,无神的目光,峻瘦的骨骼,如今他生存在哪里了?而我,我现在躺在阴凄的房中,陌生的床铺上面,竟无法与他们有一灵相感,一脉相关,那么当初无日不在一起的日子给我们的联系是什么？

有呜咽的哭声,我轻叫：

"梅瀛子！"

"唉！"她叹了一口气。

"不要苦恼,早点睡吧！"我说着泪已经从我眼角流到我的耳叶了。

这是人生,这都是人生！

五十五

早晨六点半。

梅瀛子先去打了一个电话。回来她告诉我,她先出去探听,回头有固定地方再打电话来叫我。她又分我她不多的钱钞,备我临走付账之用,于是她就匆匆的走了。

现在只剩我一个人,房中非常静寂,房外则吵杂无比,有卖花的姑娘,与卖报的童子在门外叫过,我叫来买了好些份。

各报都有关于白苹的消息,大同小异,大致与昨天晚报相同,不过今天有几份报上则有关于白苹寓所被抄查的情形。

……白苹寓姚主教路,日军会同捕房当局于昨晨十一时抄查一过,但并无所获；女仆亦被提审,尚在羁押中云。

虽然并不详尽,但终算也告诉我阿美的下落,我一面想阿美一定不是同伙,没有什么可以供称,一面又觉得也许阿美稍稍知道些什么,一被认为同伙,那么一定也不能生还了。我心里又浮起更新的不安。

心里担着这份不安,我无聊地读我所买的报纸,这时天气似已放晴,有阳光往窗口映照进来,我想看看窗外的景色,所以就把小窗推开,原来下面是一个小院,对面是一所高楼,刚才映照进来的阳光则是由于高楼的反射。这小院潮湿阴黑,似乎终生无法获到日光的普照,有人就在那小院里小便。隔壁也是小院,但有墙挡着,看不见里面的底细,此外就是小块的天,蓝白的云彩闪着金色的光芒一朵一朵在上面驶过。这样的外景自然不能对我有所振奋,一瞬间我有迫切的欲望到广大的原野去漫步,那面的天空是多么广阔,阳光是多么慷慨?但是我不能享受,我必须守在这斗室之中。于是我又躺在床上,我再看报,我读遍每一个电报,每一只新闻,还读遍附张与广告,广告上有许多结婚启事,我好像有意想看看是否有熟识的人在最近结婚,一条一条的看,忽然,一条触目的字眼令我吃惊了:

史蒂芬　白苹　结婚启事

我俩谨詹于四月十日上午十时在上海徐家汇天主教堂结婚,亲友不另束约。鸿仪敬谢。

我总以为我自己看错了,我揉揉眼睛,一连读了五六次,白纸黑字清清楚楚在我面前。我想今天该就是四月十日,那么我应该赶快去参观婚礼,向他们道贺。但忽然想到史蒂芬不是有太太吗?而他太太是多么高贵与文雅。史蒂芬怎么这样荒谬?白苹也奇怪,她明明认识史蒂芬太太,也不事先同我商量,就这样登报结婚了。但是我总要去参观婚礼才对。我正想起来,忽然一阵笑声,我吃了一惊,转过身一看,沙发上坐的是史蒂芬太太,我奇怪了,我跳下床说:

"是你,你什么时候来的?"

"我刚来。"

我看她穿一件黑色的大衣,领间露着雪白的围巾,围巾上一只别针,中间一个圆的,像……像是慈珊送给梅瀛子的耳环。不错,也许就是拿它来重镶过的,但重镶过的话,褪色的镀金也该重镀一镀,而它还是照旧。上面一个"寿"字倒仍是很清楚,我想问但不敢问。不知怎么,忽然间我觉得她也许还不知道史蒂芬与白苹结婚的事情,我不该,至少现在不该让她知道,而床上的报纸……我怕她看见,我假装收拾报纸似的把它折起来,但是——

"是今天的报纸么?"她问了。

"我想,我想是的。"

"你有没有看见他们结婚的消息?"

"他们?谁?"

"史蒂芬与白苹。"

"真的吗?"我说:"他们要结婚?"

"不很好吗?"她笑着说:"那天在我家里,我就看史蒂芬很喜欢白苹。"

我看她一点没有妒忌与难过,我觉得很奇怪,说:

"结婚!唉!这怎么可能呢?"

"怎么?"

"他不还是你的丈夫吗?"

"我们,我们本来就是演戏,"她笑得有点渺茫,似乎觉得很空虚似的:"战争时候来扮演扮演就是。"

"可是……"

"现在战争结束了,我们自然下台了。"

"战争结束了?"

"敌人无条件投降,你不知道?"

"这些报纸,你看,"我说:"专登结婚启事,连这样大的新闻都没有!"

"你到底睡了几天? 不瞒你说,这已经不是报纸的材料了。也许历史教科书里倒已经有了。"

"我不懂!"我说着,心想难道在慈珊的船里耽一天,世界竟会隔膜到如此么?

"你不懂?"她笑了:"战争结束,世界太平,大家结婚的结婚,回家的回家。你呢? 还是独身主义么?"

"独身,但无所谓主义,"我说:"啊,你是不是也去参观他们的婚礼?"

"太晚了,"她说:"我想,新郎新娘也快回来了。"

"新郎新娘来了!"忽然外面有人在喊,接着,笙箫鼓笛,一齐响起来。

"新郎新娘来了!"外面有人在喊。

我醒来,外面还是有人在叫:

"新郎新娘来了!"

门外是音乐声,脚步声,人声……,房内,哪里有史蒂芬太太? 哪里有沙发? 报纸,在我的身边,哪里有史蒂芬白苹的结婚启事?

"二百另三号电话。"有人在叫。

接着有人敲门:

"二百另三号电话。"

我知道这是梅瀛子打来的电话,我匆忙冲下去,拿起电话,我说:

"谁?"

"我是三妹,"梅瀛子的声音:"我已经在费利普医师处挂了号,你马上来吧。"

音乐很噪,人声很杂,好在我也不必多说,我挂上电话,那时还有人在叫:

"新郎新娘来了。"

门口厅旁都挤满了人,我也过去,在人丛中,我看见新郎新娘进来。

新郎是一个很瘦长的青年,背有点驼,穿一套蓝袍黑褂,面目不俗,新娘是一个丰满的少女,脸是圆的,眼睛是圆的,身材中等,可是腰部过肥,一套礼服不美,更显得她有点臃肿。

"假如那是史蒂芬与白苹……假如那是史蒂芬与白苹……"我这样想着就离开人丛,叫茶房算账,自己径奔到楼上,我坐倒在梦中史蒂芬太太坐的位置,(那里不是沙发,是一把板椅,)我心里浮起说不出的感伤,我希望灵魂不灭,希望阴间正如阳间,我要迷信,我要知道我梦里的消息都是真的,让我的幻觉看到潇洒活泼健康的史蒂芬同苗条美丽爱娇的白苹在云端结合,我要为他们祈祷。……

茶房进来,我付了账,像逃难似的,匆匆下楼,挤过下面喜事的场面,我头也不抬就走出门外。到马路上,我看到阳光,看到来往的电车,车内的人,看到铺子,铺子里的货物,熙熙攘攘的世界依旧在进行,而我好像是曾在那里脱节过,好像隔世一样,觉得一切都是新鲜,我跳上洋车,左顾右盼,我不禁自问,白苹的死亡于这世界竟毫无影响吗?

洋车到新世界,我坐三等电车到戈登路,于是我走到费利普诊所,这是我第三次的过访。

我走上楼,看到电梯上的钟正是十一时十分,我知道上午是费利普出诊的时间,门诊在下午两点开始,那么一定是没有外人的,我在他门口轻轻敲门,门开了,是梅瀛子。

"梅瀛子!"我不觉惊异地叫出,好像我在另外一个世界里见到她一样。

这因为她已经完全改了装,一件灰银色阴藏着蓝红方格的旗袍,闪出点点的亮光,蝉翼的丝袜配着灰色麂皮的胶底鞋,头发烫成螺式,刘海鬈在额前,但耳叶上还戴着慈珊的耳环,这褪金的银环,也被配衬非常华贵与调和了。一阵旧识的香味袭击我。她在我进去后就关上门,于是透露着我似乎已生疏的笑容说:

"又是一段人生!"

她挽着我的臂膊进去,费利普医师在里面,他迎着我,庄严而诚恳的同我握手,梅瀛子说:

"你也换换衣裳吧,都为你预备在里面。"

"但是不要刮脸。"费利普说。

我走进去,穿过诊病室,手术室,我看到椅子上放着叠得很整齐的几件中装。在手术室旁边有浴室,我自动的在里面洗面,但不敢刮脸。于是我开始脱去黑袄与蓝裤,也脱去衬衫,但还保留我原来的西装裤子,于是我换上放在椅子上的衣服,我先穿一件灰色绒质的小衫,又穿上我本来穿着的毛背心,最后我穿那件常青绸质的夹袍,除袖子稍长以外都很合式。我穿好出来,在诊

病室里,费利普指指写字台上两只还未去束的鞋匣,他说:

"不合式,我再打电话叫他送来。"

我打开匣子,看看号码,我说:

"这双就是我的尺寸。"

于是我就在那里换上黑皮的皮鞋。最后我从脱下的衣服袋里拿我零星的用品。

梅瀛子也进来了,我们就在诊病室里坐下,费利普递了一杯酒给我们,为我们祝福。但是他马上就走到候诊室去了,我急于问梅瀛子:

"一切都没有问题么?"

"你可是有问题。"

"我?"

"你同白苹关系太深了。"

"你呢?"我问。

"我很好,"她似乎惭愧又似乎胜利的笑:"否则,我就不能再以梅瀛子的姿态在社会出现了。也不能再换这个衣服。"

"我想你也该留心一点。"我说。

"我比以前反而好了。"她笑着说:"因为他们以为白苹……啊,所有对我的疑虑都在白苹身上解决了。白苹竟替我负担了罪衣。"

梅瀛子的态度很漂亮而轻松,但是我则觉得非常冷酷,她对于白苹的死竟并无我设想的同情。

我沉默了,眼睛看在我自己的手上。

"这就是说,"梅瀛子说:"我反而有更大的自由来工作。"

"很好,"我露着讽刺的笑容说:"最后还是我们的白苹背去十字架而让皇冠戴在你的头上。"

"但是,"梅瀛子忽然庄严了:"你现在已经无法露面,白苹的血债将由我一个人来讨了。"

"梅瀛子!"我有点惊异。

"不要侮辱我。"她说:"我告诉你,我比你还更爱白苹!"

她站起来,倒满我们面前的酒杯,说:

"你现在应当到中国的后方去,但是,相信我!同我干了这杯。"

她举起杯子,同我碰着,我带着虔诚的战栗干了杯。我说:

"我不能再同你一同工作了么?我想,至少,也要做一件安慰白苹灵魂的事情。"

"你不可能了,你不可能再露面,也不能回家;你的寓所我也替你结束了,"她指指旁边的提箱说:"这是你放在那面的东西。你还是到海伦家里去住几天,赶紧设法到后方去,这里已经没有你的世界。"

"那么我们就不能见面了。"

"以后,也许……"梅瀛子低下头,茸长的睫毛掩去了她的视线:"但是,相信我,梅瀛子不会让她所看得起的朋友失望的。"

"生离!死别!"我自语地微喟,忽然,我觉悟似的说:"相信你,是的,梅瀛子,我应当相信你!"我站起来,把手交给她。

她用非常诚挚的态度同我握手,忽然看看手表说:

"你该让费利普替你化装了。"

于是她悄然走到候诊室去,费利普医师庄严地进来了。他坐在他平常诊病的位子,叫我坐在病人坐的地方,于是他两只手按着我额角,轻轻地左右转动我的头部,用他闪烁的眼睛望着我,接着他看我的眼睛,又用对面镜子里的验目表测验我的目力,于是从抽屉里拿出验目器看我的眼球,他又拉出一只藏镜片的小箱子,用架子更换着叫我看验目表上的字,终于他选定了两片,后来又从抽屉里拿出镜架,为我试了好几个,最后他选定一架黑色的粗脚细边的,于是为我装好,替我戴上,但他看了看就把它取下了。随着,他收起这些东西,站起来,到药橱里拿了两瓶药水与棉花,还拿一个碟子,里面装着好几把小钳子,于是他回来,又坐在我的对面,他用棉花在瓶里沾药水抹在我的眉毛上,接着用钳子拔我的眉毛,拔了一回,看一看,又修改一次,看了看又修改一次,末了,他用棉花在另外一个瓶里沾药水抹在我的眉上。于是,他给我一面镜子,我正在注意我眉毛狭了许多淡了许多的时候,他说:

"现在你去刮脸,可以留这样的胡髭。"一面用铅笔在我的脸上指点我。

我自始至终没有说一句话,是心里只在体验着潜在的忧郁与淡淡的哀愁以及生离与死别的滋味,我一切听凭费利普的摆布。这时我站起,到里面依照他的指点去刮脸,我的确发现我已经不是我自己了。出来的时候,梅瀛子也在里面了,写字台上是我的眼镜同一只讲究的克罗咪的眼镜匣子,我正想把眼镜装进去,梅瀛子说:

"今天起,你该永远戴着眼镜了。"

我没有回答,只是服从着戴起眼镜,费利普医师对我望了望说:

"很好,很好。"说着他又出去了,我收起眼镜匣子,梅瀛子递给我二张本票,二张支票,她说:

"这是十万元,你到海伦地方就去置备行装,早点到内地去吧。"

我没有回答。

"家里的东西什么都不要去拿了。"她又说:"你可以写一封信,我会设法替你送去的。"

她为我在中间抽屉里找无字的白纸与信封,于是我就写了一封简单的信给我叔叔,我告诉他我马上动身到内地去了。

梅瀛子一直坐在房内,等我写好,封上,写好封皮,她才过来收起。于是说:

"我们也无法一同吃饭了。"

"你是说我应当走了么?"

"是的。"她说:"你到海伦地方去,但不要同她一道出来,也不要同过去的熟人在一起,也不要到舞场饭馆咖啡馆以及以前一切常去的地方,路上见了熟人一个不要招呼,因为这些于你都是危险的。"

"我们就不能常常相见了么?"

"也许,在夜里,我有空会到海伦地方来看你的。"她说:"再会了,朋友,我祝福你。"

我懒漾漾地收起票据,梅瀛子水仙般的手已经伸在我的面前,我拉她的手指,俯去吻她的手背,但在我抬头的时候,我眼睛已经模糊,模糊地看见梅瀛子美丽的身躯靠在桌边,左手支在桌角,眼睛闭着,我说:

"再会了,梅瀛子,我永远要为你祈祷。"

她没有动,也没有作声,我提起旁边的提箱,悄然到了外面。

费利普医师送我到候诊室,我低着头同他握别,就匆匆的走出来,在门口,我笨重地关上门。我无法支持自己,把提箱放在地上,我靠在门上,用手帕揩我的眼泪,一时我已经失了知觉。

五十六

她一时竟认不出我了,我说:

"阿美,你怎么会在这里呢?"

阿美伏在我臂上哭了。

海伦从里面出来,她穿一件蓝纹绉绸的衣裳,腰间束着漆皮的带子,修长的头发上扎着紫结,同我上次看见她时的印象一样,她没有一点脂粉的装饰,她看见了我楞了一回,于是透露了笑容,飘然过来,我看见她今天穿着一双软木高底的鞋子,所以人似乎高了许多,她伸手同我握着,但随即帮我扶住阿美,我看见她面上的笑容早已收敛,再也不正眼来看我了。

我们扶着阿美到她的客室,阿美坐在那里一时竟收不住她的呜咽,海伦告诉我,阿美是今天早晨来的。

"那么是他们放你了?"

"是的。"海伦说。

"他们问你什么没有?"

"我都说不知道。"阿美嗫嚅着说。

"也问起我?"

"是的,但我说你只是到我们那里来过,而来的男客常常很多,我怎么会知道你的究竟。"阿美说着揩揩眼泪。

"这样他们就放你了?"

"他们先带我到巡捕房,昨夜又提到虹口司令部,他们逼我,恐吓我,打我,但是我始终没有话说,今天早晨又送我到巡捕房,放我走了。"

于是她慢慢地告诉我日军去抄查与她被捕的情形,她说那是上午十一点钟模样,但没有抄出什么。

"啊,那两只放在套间里的箱子?……"我忽然想到裁缝店楼上的箱子问。

"是的,那是头几天就有人来取去了。"阿美说:"难道那里面?……"

"我也不知道。"我抢着说:"抽屉里什么也没有抄去么?"

"只抄去柜子里几件首饰。"

我点点头,一时沉默无言,海伦也愀然默坐。这时我忽然看见椅子下的猫,是吉迷,它正睁着眼睛,似乎一时认不清我似的望着我,我叫它:

"吉迷。"

吉迷就很快的过来,它叫着,用它柔软的身子蛇一般在我腿边缠绕,接着就跳到我膝上。

阿美忽然又哭出来,她问:

"白苹小姐真的死了?"

有悲哀阻塞我的胸口,鼻子浮起辛酸,眼眶感到沉重,我说不出一句话,点点头,我看到海伦的脸已经埋在手里,阿美又哭得不成声了。

沉寂,沉寂中只有呜咽唏嘘。等空气已经柔和一点,我抚着我膝上吉迷,开始想到阿美既是从捕房出来的,那么它是怎么来的呢?于是我问:

"吉迷是什么时候带来的呢?"

"那还是,"阿美啜嚅着用手帕抑着眼泪说:"你们走的时候,白苹小姐就关照我,说如果她六点钟不回来,就把几样东西,马上送到这里来。"

"吉迷？……"

"还有那只钻戒。"阿美说。

"还有她的日记。"海伦说。

"她说吉迷送给曼斐儿太太，钻戒给海伦小姐。日记留给梅瀛子小姐……"阿美说。

"还有，"海伦说着站起来，走到桌子边，从抽屉里拿出一只信封，她说："一张画像是给你的。"

"画像。"我推开吉迷过去抢了过来，不错，里面是一张画像，是我在从杭州回来的车子上，当她倦睡的时候为她画的。原来这张像她一直保存着。我注视半天，希望反面有几句话吧，但是没有。

这时海伦从抽屉里拿出一只戒指来，她递给我说：

"这就是她给我的。"

我的心不觉沸一般跳起来了，这钻戒就是我当初送她的，不，是同她交换的一只。难道这里面白苹还有用意么？我把玩许久，最后我递还海伦，我看她随即就带在指上，但我还在注意我手中的画像，我想到难道白苹预知她自己要死么？不，这也许就是她在我到梅武官邸去工作时，她叫我写遗书同样的意义，而如今，她的确什么都用到了！我们谁都没有话，我心头阵阵作痛，最后，我把画像放在琴架上，我问：

"那么日记呢？"

"梅瀛子已经拿去了。"海伦幽凄地说。

"她来过了？"

"八点半的时候，"她说："她告诉我一切，还告诉我你现在的处境,我们已经把房间为你收拾好了。"

"这是说,我连她日记都不能看了。"

"她是专给梅瀛子的。"海伦说。

我们间已无话可说,沉重的空气榨着沉重的心!我像是失去了一切的幽灵,我再想不到世界同我还有什么联系!

"去休息一回吧。"海伦说,接着她把白苹的画像装在钢琴上自己的相架里。又说:

"到那面去休息一回吧。"她带着相架先走,我就跟她出来,吉迷跟在我后面,原来海伦自己搬到母亲一起,而把她的房间让给我了。她先进去,把相架放在我床边,为我拉上窗帘。

"好好休息一回吧。"她说着就出去,轻轻地带上了房门。房中现在只有吉迷与我了,还有是床边镜框里的白苹画像。画像很小,就夹在海伦自己照相的上面,好像白苹是睡在海伦的怀里一样,海伦的笑容似乎在安慰白苹的睡眠。

我倒在床上,放情地哭了起来,一直到我所有两天来的哀怨,紧张,痛苦,悲哀都变成了疲乏,我才幽幽地入睡了。

醒来的时候,曼斐儿太太已经回来,她是早晨会过梅瀛子的,所以对于我的来并不惊奇;她殷勤招待我,安慰我,并且叮咛我少出门,需要什么她都可以为我代买。

这样我就在她们家里住下,曼斐儿太太早出夜归,我则整天同海伦阿美在一起,除谈到白苹互相唏嘘,与有时候很期望梅瀛子来看我以外,生活都是平静甜美的。

我一面已经在置办行装,许多东西,我都托曼斐儿太太代买,我自己也偶而出去,我必需去买点衣料,到裁缝店去做些中装。以后也叫裁缝到我地方来拿衣料。一面我还在打防疫针,等衣裳做好,针打好后,我就可以办通行证动身。

但有一天下午,裁缝送衣裳来,我一看是两套女子小衣与三件旗袍,我很奇怪,但海伦抢着说:"我已经是中国女孩子了。"

这是一件黄底棕方格的旗袍,同她金黄色头发非常调和,样子也做得很好,阿美在旁边说:"好极了。"

我也不断地称赞,弄得旁边的裁缝也非常得意,裁缝走时,海伦又交给他几块衣料。

从那天起,海伦每天就穿中国的旗袍了。她母亲对这件事也很喜欢。

但是隔了两三天。是星期六的夜晚,那天曼斐儿太太回来较早,预备了很好的饭菜让大家享受,饭后大家很高兴,连阿美在内。吃了咖啡与水果,闲谈着听无线电里美丽的音乐,一直到十一点钟才大家去睡去。我的习惯是睡得很晚,早睡了,总是在床上看书,大概十二点钟的时候,我忽然听到幽幽的哭声。这哭声来自曼斐儿太太的屋子,起初似乎是海伦的声音,时而有曼斐儿太太的语声,接着曼斐儿太太也哭了。我先想起来去叫阿美,阿美是睡在她们客厅里的;后来又觉得不好去惊动她们,所以只是不安地睡在床上,一直到两点钟,我才听见她们静下来。

第二天她们母女的神情都有点不自然,平常星期天是她们最快活的日子,一早就去教堂的,但是那天起来很晚,大家没有多说话。我极力要打破这个空气,但一点没有效力,夜里不到九点钟,她们就去睡了。

可是十一点钟的时候,忽然有人来敲我房门。

"谁?"我问。

"是我。"曼斐儿太太的声音。

"请稍微等一回。"我说着披起那件我被白苹枪伤时穿的晨衣起来为她开门。

曼斐儿太太进来了,她随手关上门,轻轻地说:

"对不起!我可以同你谈一回么?"

"自然。"我说。

于是她就在单人沙发上坐下,用严肃的神情看着我和婉地说:

"青年人,我一直是很喜欢你,并且很看重你的。而在我们的往来中,你多次都给我们最高贵的帮忙。"她这些话似乎是准备了许久,所以说得像演说一样:"而且,我也很了解年青人的情感,"她歇了一回,忽然声音变成非常纤弱:"我也很相信你会同海伦很好,不过,我现在只有一个女儿,且不说我对于她有音乐上期望的话,叫她抛下我到另外一个世界去,这,这……"她忽然不说下去了。

"这是那里来的话?"我想她所说的也许就是指海伦到北京去的计划,于是我劝慰她说:"她去不就是为音乐吗?那面有好的环境,好的教授,而且两地往来也很便当,哪一天她为你找好一个职业,你们不又是在一起了么?"

"但是你现在不同她去了。"

"这是无法可想的事,"我说:"我在这里不是连露面都不可能吗?"

"而你要带她去内地了。"

"这是从那里说起的呢?"

"那么是她要跟你去。"

"我也没有听说。"

"但是她已经做好了中国衣服,又打好了防疫针。"

"我不知道她打针;中国衣服,我总以为她是因为爱好做的。"

"那么你真不知道她要跟你走吗?"

"我真不知道。"

"你没有预备带她走么?"

"我连知道都不知道。"

"但是你现在总知道了。"

"但是,我决不会带她走,你放心。"

"假如她真是这样爱着你呢?"

"你放心,曼斐儿太太,"我说:"你怕我爱她比她爱我还深。"

"你没有骗我?"她忽然用忍泪的声音说:"假如你们是相爱的,你将来回来可以同她结婚,我决不反对。我想胜利也不远了。"

"我不骗你,自然不会骗你。我也有母亲,我怎么会瞒着你带走你的女儿。"我说:"而且我还是一个独身主义者。"

"那么你愿意为我劝她么?"

"自然,我一定要劝她,我要劝她一个人先到北平去,再接你去。不单为你,也为她的天赋与音乐。"

"真的?"

"自然。"

"那么你太好了!"她带着泪过来,轻轻吻我前额,她说:"谢谢你!"

"一切都该是我感谢你。"我说着,有说不出的抑郁绞着我。曼斐儿太太已经预备出去,我说:

"晚安。"

"晚安。"她在门口含泪甜笑,轻轻地带上了门。一个温柔的慈母的面孔在门上消失,这一个印象到现在还留在我的心中,而且将永远留在我的心中。它是代表全世界全人类母亲的圣爱。

第二天,当曼斐儿太太出门,阿美不在的时候,我开始对海伦说:

"现在,我已预备差不多了。但是我希望你比我早走。"

"我?"

"北平!那面的天是蓝的,空气是沉静的,人是质朴的,花是永生的,……可惜我是没有福气去了。"

"你说我一个人去北平吗?"

"自然,海伦。那面有你所喜欢的环境,有期望你的教授。你可以学习作曲,你可以启发许多学生的天赋,你可以在她们身上创造歌喉,这歌喉将是全世界自由和平的号角,将是我们胜利的前奏。"

"但是你不同我去了。"

"自然,海伦,一切事情的变化,都不是你我所能想像的。"我说:"除非等胜利到了,我再没有这个可能。"

"因此,不瞒你说,"海伦说:"我不去北平,我决定同你去内地了。"

"但是,这怎么可能呢?"我说:"你的音乐,你的母亲,你灿烂的前途。"

"因为,"她垂下头说:"我,我需要你在我旁边。"

"不可能的,海伦。"我说:"那只是毁灭你的前途。"

"我的前途?"海伦怒了,她闪动她金黄的长发,用锋利无比的声音说:"我的前途是爱,我的生命是爱。我爱音乐,并不以音乐为我的事业,这因为是我在爱;我爱哲学,并不想研究哲学,也因为是我在爱,即使我爱浮华,也只因是我在爱,这'爱'才是我的目的,是我的前途,我的生命。"

"但是,爱情是奉献,"我说:"等待你奉献的是音乐。"

"一切我所有的可有的,我只奉献给我自己的爱。"

"那么这是一种多么自私的哲学呢?"

"也许,但是我只能这样解释!"

"但是你本来不是已经决定去北平了么?"

"你也是。"

"是的,但是我现在不可能,你是知道的。"

"我的不可能同你没有两样。"

"但这只是因为我不能去么?"

"在我,"海伦忽然颓伤了:"没有你叫我生活,就等于没有琴叫我学钢琴。"

"我不值得什么,"我说:"假如我在你是这样重要的话,在我是光荣的;但是在内地,我不是能有安安静静的环境去研究哲学,你自然没有环境研究音乐。我们将是奔波冒险,做我一切我能做的工作。"

"这一切都是空话。"她说:"问题只在你是否爱着我。"

"是的!"我肯定地说:"但是一个独身主义的爱情是你所谓爱情吗？——他永远是精神的,也永远是不专一的。"

"这是最坦白的话了。"她说:"但是你可误会我是想同你结婚了,这是错的,我现在要生命,要灵魂,要音乐,要世界,所以我需要你这样的爱,如果我要结婚的话,那就是我要埋葬,不要生命,不要灵魂,不要音乐,不要世界,我只要一个丈夫,住较好的房子,吃较好的菜,过较阔绰的生活。那么,这不是你。"

好久没有同海伦作较深谈话了,她对于人生与世界的看法完全在我的意料以外,我已经没有话说,半晌,我说:

"但是最爱你的是你母亲。"

"但是生命是我自己的。"

"还有你的天赋。"

"而天赋是属于我的,不是我属于它。"

就在我词穷意尽无话可对的当儿,我看见信箱缝里送进来早报,我就出去拾去,我无意识地翻开报纸,一面看一面走到沙发边,但是我被震动了!

下面就是当天的新闻:

宫间美子被毒身死
原因无从探悉
凶手在侦查中

本报特讯:日籍闺秀宫间美子,为军部报道部长之侄女,因新从东京来此,应酬频繁;昨夜赴皇宫饭店宴会,回后毒发身亡,皇宫饭店管事,厨子及侍役皆被传审。一时传说纷纭,或谓与有恒路血案有关云。

五十七

我的心怦怦的跳起来,立刻意识到梅瀛子。但是我没有作声,我翻到第一版,掩去我发热的面孔,最后我站起,我点起一支烟。我想继续对海伦谈论刚才的问题,但是无心再谈,我关念梅瀛子,我希望她来看我,或者她给我一个约会,再或者有一封信来告诉我她成功的经过与她现在的处境,我为她担忧,我为她焦急,但最重要是我要为她祝福,我要向她致敬,我还惭愧在费利普诊所我对于她轻视的讽刺,我要向她倾诉我的内疚,但是冗长日子都没有她的音讯,我渴念晚报,而晚报上的消息同日报无异,于是我又期望夜晚……。夜里,我一个人在自己的房内,我不睡,坐在沙发上抽烟静候,我似乎有一种异样的感觉,好像梅瀛子今晚不来,就不会再来,而又好像她一定会在今晚来似的,所以心中分外焦急。

果然,十一点半的时候,有人敲门了。我自然直觉地想到梅瀛子,我以为阿美为她开了外门,她一直就进来了。

"请进。"我说。

门轻轻地开了。

"还没有睡?"

是曼斐儿太太,我立刻知道她是为听取海伦的答案而来,我说:

"请坐!"

"她已经听从你的劝告了么?"曼斐儿太太张着期望的眼光问我。

"还没有,"我说:"我想隔天再同她谈。"

"你以为可能么?"

"这很难说了,"我说:"但是今天我的心绪不好,我没有说下去。"

我想是因为我态度上,为心头对于梅瀛子事情的不安,没有像那天晚上诚恳的缘故,不知怎么触动了曼斐儿太太,她一言不发,忽然呜咽地哭了起来。

这事情真使我手足无措,我安慰她说:

"曼斐儿太太,我一定努力,你放心。"我说:"好在现在时候还早,我有很多的时间可以劝她。"

她还是哭着,一言不发。

"你放心,曼斐儿太太。"我说:"就是要悲伤这也还早,现在你先去睡去,明天我找机会再说。"

"但是,你……"她又哭了。

"我怎么?我还是同上次同你说的一样。"我极力想校正我刚才态度的冷淡。

"我不是不相信你,"她凄凄地说:"不过我觉得你多劝她一次,反而多一次被她所劝了。"

这句话似乎把我意识下的隐衷揭出,使我意识到我今天态度上的冷淡,倒不完全为梅瀛子的事情,而是我在无意之中反射了海伦的暗示。我感到惭愧与内疚,但是我说:

"相信我,我决不做要使你痛苦的事,因为我尊敬你伟大的母爱,而我也是有同样的母亲的。"

她似乎稍稍信我,她用泪眼望着我说:

"那么你明天劝她,我夜里再来听你回音。"

"好,就这样,"我说:"我明天再好好劝她。"

于是曼斐儿太太悄悄地走了,她面上已不是昨夜含泪的笑容,而是阴沉肃杀的空气,她让她胖脸上的皮肉下垂着,对我道声"晚安"就出去了。

是多么可怜与苦心的母亲,一瞬间我觉得我必须为她克服我自己。

我自己,是的,当曼斐儿太太出门以后,我埋在沙发里第一就想到曼斐儿太太的话:"……你多劝她一次,反而多一次被她所劝了。"我开始发抖。我觉得今天与海伦谈话,一开始,在感情方面我已经被她折服,于是我退到理智的范围内极力寻找理由,但是也马上被她击破,这样我变成束手待缚的俘虏,再无能力可以反攻了。那么,明天,明天我的话从哪里开始呢?

我没有法子回答,许久许久没有法子回答;一个人在这样被自己的问题所困的时候,很自然的解脱就是躲避,不自觉的我又想到梅瀛子。已经十二点多,梅瀛子大概不会来了,不知是什么力量,也许是种种郁闷所燃烧的热力,一瞬间提醒我,我应当去找梅瀛子去。

但是到那里去找呢?

我马上想到了"Standford"。

一时我再无其他的考虑,我拿了围巾帽子出门。

我有几天没有注意,街上梧桐的绿芽已经变成嫩叶,路灯下更显得青翠碧绿,微风吹来,它轻轻颠动,地下的影子如舞。街上没有一个行人,我踏着叶影走着,很清楚的听到自己的步声,一瞬间似乎逃出了刚才的困境了。

我走过了三条马路,才碰到洋车,我以重价请他拉到哥伦比亚路。

在这相当远的路程中,我感到寒冷,也感到寂寞,最后有顾虑与恐惧在我心头跳跃,好几次我想下车,好几次我想折回,更有好几次我想在宵夜店停下,但我都没有说出。

"我难道是这样懦怯么?"我心里自问。

"不!"我自己回答,而且我马上想到,无论中途怎么变更,变更了我一定又要后悔。

到哥伦比亚路,我心怦怦的跳跃,我指挥车夫从竹篱弄里进去,一瞬间我是紧张兴奋与恐惧。但在看到辉煌的灯光与Standford的霓虹灯时,我整个的心灵只有一个紧张了。

冒险就是刺激,而刺激才能忘我。

于是我跳下车,走进铁门,穿过红绿灯火的院落,走上阶沿,我从为我启开的门中进去,我听见音乐,看见色,看见光,还闻到一阵阵的香气。我存放了帽子与围巾,从深垂的幔帐中进去。一瞬间,我感到解放,我心头的紧张已经松弛。

这世界还在继续:暗色的灯光,华丽的布置,人,人,都是人,人的笑声,人的歌声,人的谈话声,似乎有史以来未曾厌倦过!

我坐在最幽暗而偏僻的角落。

我没有下舞,很安详地坐着,我四周观望,希望找到米可的影子。

大概隔了三只舞曲,音乐台上电灯亮了,有人报告米可小姐第三次的节目,于是掌声雷动,我看见米可从右面上来。

就在那时候,我写了一张条子,叫侍役送去!

"《黄浦江头的落日吗?》"我这样写着:"六十三号台子上可以敬你一杯酒吗,美丽的小姐?"

我望着侍役送去,望着米可接在手里;那时她正在唱一只日文歌,在歌毕掌声噪动之时,我看她读这个字条,忽然间面上浮起惊奇的疑问,用飘浮的眼光向我坐着的方向一瞟,接着她很自然的在扩音机里说:

"有人要求我一只中国歌《卖花声里的秋绿》,我现在先唱。"

于是她唱歌,后来又唱一支英文歌,接着,在灯暗人舞的时候,她悄悄地来到我的面前。

她已经换了衣裳,穿一件很朴素的旗袍,侧着头坐在我的旁边,她说:

"你怎么回来?"

"梅……呢?我要见她。"

"她不在了,她不来了。"

"那里去了?"

"不知道,"她说:"听说许多人在注意她,她必须暂时避开。"

"谁知道她的地方么? ——史蒂芬太太?费利普医师?"

"知道也不会告诉你的,她们也不希望见你了。你不是已经脱离工作了么?我还以为你已经离开上海了。啊,你也该早些离开。"

米可说到这里就走了,我也就马上付账。穿过色,穿过香,穿过音乐与笑声;我挨柔软的丝绒幔帐出来,拿了帽子,从阶沿到红绿灯光的小院,我看到对面一列发亮的汽车。

这是我最后一次向 Standford 道别,这是我最后一次向米可道别。

我马上流落在黑暗的胡同里了。

我有死一般沉寂的心境坐着缓慢的洋车回到姚主教路。

到曼斐儿家门口,已经四点四十分,阿美为我开门,她非常惊奇的问:

"你那里去了?"

"没有什么,"我颓伤地说:"她们不知道,请你不要说起。"

阿美用非常同情的眼光望我,我蹒跚地闯进我的卧室。

史蒂芬白苹早已死别定了,现在,史蒂芬太太梅瀛子也生离定了。为工作,为梦,为爱,为各人的立场与使命,悲欢离合,世上无不谢的花与不散的筵席,我为何尚恋恋于人间的法相?

在这种无执的境界我入睡,醒来已是十点钟,我知道曼斐儿太太早已上班去了,我准备了勇气与辞令预备在见海伦的时候,就给她最坚强的劝告。

但是我的心在跳,我从盥洗室走到客室,就听见海伦钢琴的声音。

"起晚了。"海伦一听见我进去,就从钢琴座位上站起,回过头来说。

"是的,"我说:"昨夜失眠。"

一瞬间我看见了海伦,她又是穿那件黄色棕格的旗袍,松柔的金发托着精神饱满的笑容,眼睛的光芒闪烁,像是已经看透我刚才的心思。我低头,我感到头晕,所有刚才的勇气与辞令已完全消失。

"……多一次劝她,反而多一次被她所劝!"我马上想到这句话,我不但不敢向她提起这个问题,我还时时在怕她向我提起。

这时候,吸引我眼睛的是她的手上的钻戒,那只白苹专门为她送来的钻戒。我说:

"你愿意为我继续奏琴么?"

在琴声中,我深深地感到,在死别的死别,生离的生离以后,我像一个无依的幽灵,黑夜的迷魂,沙漠的落魄,我像一个被弃的婴儿,寒冷的抖索,饥饿的啼号,我需要依靠,我需要支持,而海伦是我唯一的光芒。

但是,也在这琴声中,我产生了更坚决的打算。

五十八

夜。

曼斐儿太太坐在我的对面,我说:

"诚如你所说:'多一次劝她,反而多一次被她所劝。'所以今天我没有劝她,而且也预备不再劝她了。"

"这是说,你要把她带走了?"

"不。"我说:"下午我已办好还乡证,明天我一早送行李去,后天我就走了。我要提早动身,不让海伦知道。尚未送来的衣服,我也不想带走了。"

"但是,行期的提早与不让海伦知道有什么关系呢?"

"因为多见她一面,也就多一层被她束缚了。"

曼斐儿太太用无限怜悯的眼光望着我,半晌,她说:

"可怜的孩子!我永远感谢你。"

我沉默着。曼斐儿太太,似想走未走想说未说地望着我,最后,她又靠倒在沙发背上,诚挚地说:

"青年人,从爱情尝到苦的,也会尝到爱情的幸福,胜利不就在面前吗?这里的门永远为你开着。"

于是她站起,走到我的面前,用手抚弄我的头发,良久不发一言,最后,她轻轻地微喟一声,悄悄地走出去了。

"早点睡吧,晚安。"她温柔地说,轻轻地关上门,我满心的泪水就在这门声中泉涌出来。

我不能睡,万种的哀怨扰乱着我,我开始理我简单的行装,把新治的衣装同从费利普医师地方带来的提箱理在一起。那提箱里只有两套西装,几件内衣,五六本书,几页在医院时摘抄下来的白苹的日记与以前海伦给我的信,还有就是梅瀛子送我,被白苹枪弹打穿,染过我许多血渍的那件晨衣,此外就是无关重要信件纸片。除了五六本书籍及一些不要的信件以外,多数是我生命中最宝贵的纪念。我把白苹的画像从镜框取出,同那几页日记的抄本以及海伦的信札,我还拿出了镜框中那张海伦的照相,一同放到秘密的箱层里,那箱子是我前天定做来的,最后我把新治的衣装用品及提箱底的东西都理了过来。这是我唯一的箱子,此外就是一个简单的行李袋,所有新购的被铺,一直放在里面,我盖用的都是曼斐儿家的东西。

理好行装,我有无限的话要向海伦倾诉,于是我决计在临行时留一封信给她,我找出纸笔,开始坐到桌上写信,但是我的话竟无从说起,我写了一张扯去,又写了一张扯去,在七八张以后,我终于勉强写了下去。

那封信很长,现在想起来大概是这样写的:

海伦:

你说:"……我现在要生命,要灵魂,要音乐,要世界。所以我需要你这样的爱……"需要一个独身主义者的爱吗?它属于精神,而不专一;它抽象,而空虚;它永远是赠与而不计算收受,它属于整个的人类与历史,它与大自然合而为一,与上帝的胸怀相等。

这当然只是我的理想,我的解释,我自然没有做到,也许永远做不到,但是在最近以前我总在努力。

人类的可贵就因为有理想,而理想属于上帝,向着理想努力,那就是在接近真接近美与接近善。

但是人类从未达到理想,也不能允许达到理想,多少代人类的努力,理想离我们没有近过。那么我所谓独身主义者的爱是多么空虚而渺茫呢?

这因为我是人,我是母亲所生的人,我有人类所有的一切缺点。我无法使我的胸怀与上帝相等。

在我骄傲地不断赠予之中,我竟忘乎了始终在不断地收受,当一旦这些收受完全断绝之后,我才发现我并不能在这绝对赠予之中生存。

当我在鼓励人抚慰人的时候,我们都是时时在靠别人的鼓励与抚慰,而我竟一直不知道这个,不知道这个,就不能算知道人世的温暖与意义。

当我知道,而且死心塌地做一个凡人的时候,我发觉我是多么需要人间的爱!……

写到那里我就无法再写,我把信收起,睡在床上,大概只有二小时的迷惚,我就起来。

七点钟我把已空的镜框放在抽屉里,偷偷地拿了行李出去。我把行李送到旅行社,过了磅,付了钱,我一个人到面馆去吃点心。

一时间乎离情别绪已经堆满我心头,所有生离死别的滋味我又重新温起,我想到史蒂芬,想到白苹,想到梅瀛子,想到海伦,最后我想到史蒂芬太太,忽然我觉得我有看她一次的必要,一切其他的亲友,我们将来一定可以会面,而她,则很可能就此永别,谁知道她的结果不是同史蒂芬白苹或梅瀛子一样呢?

这样想的时候,我从面馆出来,就搭上电车到辣斐德路去看史蒂芬太太。

史蒂芬太太的家园还是很平静,迎春花与美人蕉都开着。我按铃。

开门的是一个我不认识的佣人,我问:

"史蒂芬太太在家么?"

"你贵姓?"

我给她一张片子。她拿去了。回来时她说:

"她刚起来,请你到客厅里等一回。"

我走进客厅,坐在沙发上,一种光亮与舒适,使我浮起过去的感觉。

是这里,我第一次会到光芒万丈的梅瀛子;是这里,我第一次会见曼斐儿的母亲;是这里,我听海伦两次完全不同的歌唱;是这里,我闯进了最陌生的社会,担任了最神秘的工作;是这里……

门开了,两只英国种红狗进来,它们过来吻我的衣履,于是修长文雅娴静高贵的史蒂芬太太进来了,露出欢迎的笑容说:

"早。"

"早。"我说。

"还没有动身么?"她坐在我对面说。

"明天早晨。"

"海伦呢?"她问:"什么时候去北平?"

"她说不去了。"

"不去了?"这在她是意外的事情,但稍一凝神随即露出俏皮的笑容说:"是不是因为你不去了呢?"

"她也想同我去内地。"

"这不是同独身主义挑战么?"她笑。

"当我感到独身主义者也必须以朋友社会人间的情感来维持他情感的均衡时,我觉得这独身主义也就非常渺茫而空虚了。"

"那么你已经投降了,很好。"她说:"那么你是预备带她去内地了。"

"可是不,"我说:"当我被生离死别所弃,成了孑然一身的时候,一切爱护我的女性都像是母亲。"

"所有的女子本来就都是母性。"

"假如应当尊重的是这母性,我更应当重视曼斐儿太太的感情了。"我说:"而且,你知道我内行的生命同她应发展的生命是多么不同呢?"

"你是对的,"史蒂芬太太说:"她还年青,我们应珍贵她的天赋。"

"因此,我明天将偷偷地对她不告而别了。"我说:"我还希望你肯给她帮忙鼓励与安慰。"

"这样也好,"她说:"我希望等我们的工作完成时,你们就可以完成了配偶。我将一直为你们的祈祷。"

"我没有想到这层。"我说:"对于将来,我现在再不敢想。史蒂芬死了,白苹死了,都是我意想以外的事情。"

"但都活在我们的心中。"

"比方说梅瀛子,你,我们都还有重会的时候吗?"

"世界是整个的,人类只有一个脉搏,我们只有一个心灵,多远的距离我们还是在一起。"

"你以为这就可以安慰自己了么?"

"但除了这，"她说："我们还有什么可以自慰呢？"

我伤感地沉默了。

电话铃响，我起身告辞。史蒂芬太太交给我手，她说：

"我们的友谊将永远温暖我最孤凄苦寂寞的心境。"

佣人在接电话，她同我握手，说：

"你叫海伦来看我。"

"再会了。"我说。

"再会，我们永远在一起。"她说着去接电话，用恋别的眼光望我。

我忽然想到梅瀛子，我说：

"我不能再看一次梅瀛子么？"

她刚拿起电话，又用手扪住了电话筒，轻轻的说：

"还没有人知道她的地方呢。你应当坚强一点。"

我没有话说，匆匆道别出来，回到姚主教路，我告诉海伦我在拜访史蒂芬太太，并且告诉她，史蒂芬太太很希望她去。

那天从那时起，我就一直在海伦的旁边，我心里有许多话都无从说起，也不能说起，我尽力勉强地找许多抽象与空泛的话来谈，每当她要接近现实的问题的时候，我总是支吾开去，但最后，她抓住了一个机会，直截了当的说：

"我们似乎还应当谈谈那天没有结果的话。"

"这不是已经解决了么？"

"这是说……？"

"我们什么都一致，问题只是你母亲，我不愿意伤她的心。"我说："我希望你能够得她同意。"

"假如她不同意呢？"

"我们明后天找个机会劝她。"

"那么我们什么时候去呢?"

"我想后天,我还有几件衣裳可以送来。"我说:"接着就可以预备动身了。"

她沉默了,于是我又把话语支开去了。

夜里,我推说要写几封信,就到我自己的房里,我继续写预备留给海伦的信:

> ……当我觉得自己不配谈独身主义的爱时候,我觉得你对我的爱倒是独身者(虽然不是独身主义)的爱了,为你要生命要灵魂要音乐要世界,所以你爱我,这句话是多么离奇呢?
>
> 假如我们的爱是属于精神的,属于理想的,属于我所说的独身主义的,那么,(我当时就用史蒂芬太太的话说)世界是整个的,人类只有一个脉搏,我们只有一个心灵,多远的距离我们还是在一起。
>
> 假如说我们必须在一起的话,那么似乎人类除了所谓结婚的意义与方式以外,也没有别种意义,也没有别种方式了,但是,这是最人间,也是最本能的爱。
>
> 假如我们意识到我们只是这样本能的相爱,我们不是很早就应有这样的感觉了吗?而你现在的感觉似乎也不是如此。至于我,我也还不能够相信我的爱就是这个。现在无法来辨别,但是我在你身边所感到的异样的慰藉与温暖,则完全是在白苹死后,梅瀛子散后,紧张的松懈,团结的涣散,热闹的冷落,凝固的崩溃

之下的一种疲乏孤单与凄凉之故,这等于被弃的婴孩在人人怀中都会觉得是母亲一样。……

写到这里,忽然有人敲门了。

"谁?"我说着把信收了起来。

"裁缝送衣裳来了。"阿美的声音。

我出去,看见一个捧着一个白包的人,立在客室的门外,在里面的灯光侧面照射之中,我的心,突然狂跳起来。

怎么会是他呢? 我想。

但再看的时候,竟是他。

他不是最近为我做衣裳的裁缝,而是慈珊的三叔带我们去的那个裁缝店老板。——矮矮的身材,皙白的皮肤,胖胖的脸孔带着笑容。

"到这边来。"我镇静地说。

他从容地过来,很自然地走进我的房间,露着笑容,没有说一句话,他打开白包。

啊,原来是我留在慈珊三叔船上的大衣与上身。

他把衣裳放在床上。于是从他极内的衣怀里拿出一封信来,信封外面没有字,里面似还装着东西。于是他说:

"就这样了。"

"没有别的话吗?"我轻轻地问。

"再会。"他笑容加浓了说。

我送他到外门口,同他致谢道别。

我回来急急拆信。原来里面是一只红钻方框白钻十字架的戒指。信没有署名,但当然是梅瀛子写的。她这样写着:

我的电话同你的脚步前后在我们初会的客厅里错过,人生一切都像注定似的,是不?其实碰到了也无话可说,所以我也不叫他们来追你了。好在,一切未说的我们心里都明白,一切要说的也已都说完了。

现在,美丽,高贵,忠实,虔诚……任何的冠冕加在我们友谊上,我都不觉得惭愧了。一切生离死别都未分开也永不会分开我们一同的笑,一同的哭与一同的叹息与战栗。

别后,每天都想来看你,但一点没有空,你很容易想像得到的。现在,一时恐怕没有会面的机缘了。

大家求归宿吧,我将以慈珊三婶的资格在世上出面了。

我总觉得人所制造的东西,再不会比我这只戒指美丽了,所以我送给你,你一定会喜欢它的,你将永不会忘我了,我想。

我读了两遍,默然在沙发上楞了许久。

后来我想到该是曼斐儿母女睡觉时候了,我想过去同她们见最后一面。

我悄悄的走进客室,海伦在看书,她母亲在理东西。海伦说:"信写好了?"

"是的,"我说:"你们还不预备睡?"

"正等你来一同喝点茶。"曼斐儿太太说着,就出去拿茶了。

海伦放下书,看着我,她说:

"今天你的面色很特别。"

"大概是累了。"我说。忽然她露着笑说:

"刚才母亲好像不那么坚持了。"

"关于……。"

"关于我同你去内地的事情。"

我表示着欣慰的意思点点头,其实我心里想那只是你母亲知道我明天就走不需要同你坚持罢了。忽然我对于海伦之被骗感到非常同情,我觉得惭愧,也感到难过,但是我不能有什么表示,我想到史蒂芬太太的话,觉得她一定会对她解释与给她鼓励的,于是我说:

"明后天你也该去看看史蒂芬太太,她很想你。"

阿美同曼斐儿太太拿茶进来,打断了海伦的答辞。在茶座上,我发现海伦几次三番要提到内行的事。我觉得提起来总是要我多说几句欺骗的话,这在我是一种痛苦,在好几次被我支开以后,我请求她为我奏一曲钢琴,她没有拒绝,是一首意大利的 serenade 吧,幽怨凄切,使我感到那正是离别的哀音,曲终的时候,我已经抑不住悲哀,勉强支持着说:

"不早了,很乏。"说着我就起身。

"晚安。"曼斐儿太太说。

"晚安。"我说:"晚安,海伦。"

我回到房间里,我歇了一回,又继续写那封留给海伦的信:

> ……如果是这样的话,那么我的爱,还有什么价值?鉴于你母亲对你的爱,我是多么自形惭愧呢?为我这种的需要,就使母亲失去更高贵而神圣的需要么?

所以说可以一同去北平的话，那只是我们同样有换那面环境的需要，或者说是同路。现在，我在事实上必须去内地，暂时我也不想做我研究的工作，那么我们已经是分途了。

现在，我如果跟你去北平，我牺牲的是肉体的生命，而你如果是跟我去内地，你牺牲的将是精神的生命。

……

现在，当你看到这封信的时候，我已经走了。

以后，大家好好体验我们的爱究竟是那一种爱吧。

我不懂你所说的独身者的爱，我觉得世上的爱只有两种：

属于理想的精神的，那么我们无所不在无处不存，世界是整个的，我们的心灵只有一个，我始终会存在你歌唱与琴音之中，正如白苹存在我的任何谈话之中一样。

如果是属于人间的本能的，那么在我们之间，既不是母子兄妹，似乎是只有一个方式，那就是夫妇。

现在我去内地的工作是属于战争的民族的。而你的工作是属于和平的人世。但我的是暂时，而你的是永久的，当我暂时的工作完成以后，如果我们大家觉得我们的爱是属于后者，那么我们才可以在一起了。

而现在，我们还应当体验反省。常常在我们工作之中，会发现我们爱情的升华，有时候会觉得有上帝同一胸怀，在艺术里，我们也可以有同样的感到，但这与我们本能的人间的爱情，在矛盾之中还是和谐的。

总之,我同你意见恰恰相反,如果是不结婚的话,我们没有理由在一起,那么这封信反而是在向你求婚了。

我带走你的照相,无论聚散离合,总是一个纪念,想你可以允许我的。

决定到北平去吧,史蒂芬太太会给你任何的援助。

这封信大概就是这样辞不达意,语无伦次,但是当时我的确再也不能写得更好,反正这零乱与无序,也算是表示我临别的心境,我封好,写了海伦的名字。我将梅瀛子送来的戒指戴在手上,我开始预备就寝。

忽然,又有人敲门了。

"谁?"

"我。"

"请进来。"

进来的是曼斐儿太太,我满以为她来作最后的道别,但是她关上了门,轻轻地到我面前,用兴奋而真挚的语气说:

"我现在决定让海伦同你一同到内地去。你明天不用走了。"

"这是什么意思呢?"我吃惊了。

"为你与海伦的幸福。"

"但是你呢?"

"只要她幸福,我不会痛苦的。"

"不,曼斐儿太太,你请坐。"我等她坐下后又说:"幸福不是在假定之下可以得到,幸福需要创造,需要努力,多一份创造与努力,我们幸福也多一种基础与保障。"

"这是说你还是要一个人走的。"

"是的,"我说:"我已经决定了。"

出我意外的,曼斐儿太太忽然又啜泣起来。

于是我劝她,我形容她一个人住在这样的上海而没有海伦的苦处,又形容内行旅途上的危险。我说她将来一定要后悔,又说海伦也许在旅途中会病倒,那时候想挽回就来不及了。诚如她所说,我说,战争总是暂时的,胜利和平就在面前,那时候如果海伦爱我的话,我自然马上会回来。

这才把她说动,她临走时露出非常感激与恋恋不舍的表情,含着泪频频为我祝福。我的心完全被她融化了。

她走后,我一个人呆坐许久,我感到她今天的变化与对我的挽留,决不是因海伦的要求,而完全是对我惜别的情感。

于是我在留给海伦信的信封上面写:

我永远在为你最高贵最纯洁的母亲祈祷。

最后我想到阿美,我留了两千块钱在桌上,又在信封写:

两千元给阿美,为我对她致谢。

我有三个钟头的休息。

五点钟的时候,我穿着袍子,夹着那件永远带着笑容的老板为我送来的西装大衣,(我留下了那件上身)在苍茫的天色下,踏上了征途。

有风,我看见白云与灰云在东方飞扬。

后　记

《风萧萧》是一九四四年初春脱稿的小说,当时就同出版家签订合同预备很快就出版的,我于一九四四年三月十一日下午在重庆新开寺曾经写了一篇后记,后记的副题有"给雨儿"的字样,后记里写着这样的话:

你说:"你总要在行前把《风萧萧》写好。"我说:"我也这样想,但现在似乎不可能了,你知道我过着多么零乱与不安的生活?"

后来,我说:"我只好把它带到旅途中来赶完它了。"你说:"为你的健康也好。但是我很难相信在栗碌不安的旅途中,可以有使你赶写《风萧萧》的情境。"

于是我终于在三月六日的早晨来到新开寺,十日夜半十二时把久搁的最后六万字一气写好,我不知道在风格与意念上是否与以前完全和谐?

这书第一个字是去年三月一日在渝市内一个小旅馆写的,到现在最末一个字,足足写了一年还多,其中有无数次的剪断与搁浅,在这些剪断与搁浅的时日中,我不知道忙的是什么,想的是什么,我现在再也记忆不起。

大概写到二十几万字的时候,我开始应万梅子陆晶清杨彦岐三位先生之约,在重庆《扫荡报》上发表,此后就有许多亲疏的朋友,在口头在信札上同我谈起,他们都曾经给我莫大的鼓励。但好像因此我很想更努力更谨慎来写我未写的部份,有这个存心,反而使我临笔踌躇,一遇到精神稍差,或稍稍有点困难的地方,我就搁起,最后我甚至怕拿起来了。一直到我决心要将它在我临行前赶完为止。

你说:"为什么不到我所住的乡下来写呢?"我说:"这因为除了我将最纯粹最虔诚最专一的心情献给创作的时候,我就跨不进创作的境界。"这所以我终于到了一个不必同任何人来往的乡下。

在许多谈到这书的人中,似乎都喜欢问我这故事是否事实,或者是部份的事实,再或者是事实的影子,我想这恐怕是人类共有的理智的欲求,而我对此并不能予人满足。长夜独自搜索我经验中生活中的事实,几乎没有一件可以与这里的故事调和,更不用说是吻合。还有许多朋友爱在我现在生活的周围寻我这书里人物的模特儿,这也很使我奇怪的事情,我想我或许可能将生活中经验中的一些思想与情感在书中人物里出现,但实际上,在我写作过程里,似乎只有完全不想到见到过或听到过的实在人物,我书中的人物方才可以在我脑中出现,如果我一想到一个我所认得的或认识的人,书中的人物就马上隐去,那就必须用很多时间与努力排除我记忆或回忆中的人物,才能唤出我想像中的人物。的确觉得许多先人的理论没有错,文学不是记忆或回忆而是想像。但最可爱的与可怕的还是人们爱从这书里第一人称的思想见解与情感,来批评我的思想见解与情感,这虽不是把我当作这书里的第一人称,但至少以为我在第一人称里表现了自己的思想见解与情感。我想,在这里,我用 Robert Stevenson 的话来回答最好,他大意是说:"作者似乎毫无权力来支配人物的思想与行动,人物在某一阶段,他自己走自己的路,想自己所想,再不听作者的意思了。"这等于我们亲生的孩子一样,虽是我们所生,但他有自己的人格思想与情感,一切不是我们可以预定的。但既然是我们的孩子,他一定会有也可有我们的成分在里面的。因此,我想一个作者如果要完全不让自己在所创造的人物存在,这是不可能的,除非是最客观的纪实,但那里就谈不到有人物;同时,一个作者如果完全让自己在他所创造的人物中生存,这也是不可能的,即使是最老实的自传,要是自传里的自己真是完完全全是他的自己,那么他一定不会是我们艺术上所说的"人物",他所传的只是自己经历到与遇到的"事件"而已。

倘要真正在作品里寻到作者的东西的话,那么自然是作品的主题,但主题里也并不一定就有作者的思想与见解,很可能只是一种体验或一种感觉。

而作者很可能以多种的思想与见解来衬托一种思想与见解,自然也更可能以多种的思想与见解来衬托一种主要的思想与见解,或以多种的体验与感觉来衬托一种主要的体验与感觉。

在这些场合中,一切作为陪衬烘托点缀的副题,是时时可能被读者当作主题来理解猜度与批评。也竟还有人就站在你作品里主题的立场上,来攻击你作为陪衬的副题。这是多么可笑呢?

你说:"《风萧萧》有你其他作品所不及的地方,那是随处都留有你特殊敏灵的感觉。"我曾经把你这句话作多次思索,觉得:假如你的话是对的,而结果这些副题上敏灵的感觉所陪衬的主题只是一种平凡的体验或浮浅的见解,那么这也只是第三流作品。那么,似乎用一种主流的感觉来做主题,在这本书里,比较容易有较高的收获了。也许,但因为这不是一个短篇,单纯的感觉并不能全部贯通,所以不得不在主流里融和了许多复杂的内容。

自然,故事与人物的健全与活跃,还是小说艺术里最基本的条件,我是不敢有疏忽的。但是在我习惯上,总是等全稿完全写好了,再重新修改一次,而许多小节常常在那时增删,但现在一面在发表,一面在抄写,稿子都不在我的手头,而我又就要离开重庆,在出版的当儿,我怕已经在遥遥远远白云下的土地上了。那么在你读到了这里时,我恐怕连封面都还没有看到呢。

可是,"世界是整个的,人类只有一个脉搏,我们只有一个心灵,"而"胜利与和平就在目前",我就会同你相会,我也就会看到这书。那时,也许是再版,也许是三版,我要重新细细的来把它校阅。

但是如今是两年半以后了,这本书竟始终没有出版。我离开了重庆,到了"遥远遥远白云下的土地",又回到"遥远遥远的家园"。这后记竟比我先到上海来迎我,我还是"连封面都没有看到"。

没有一本书,我不想重新增删,也没有一段人生,我不想重新生活;这本书之所以迟迟不出版,一半的原因是我想好好的增删与改写,而现在,当我可以增删与改写时,我竟因相隔太久而无法找过去心情来做这件工作。这无法改写,我现在相信,竟如我无法增删我已逝的两年人生一样。是一个时间的悲剧。

我是一个企慕于美,企慕于真,企慕于善的人,在艺术与人生上,我有同样的企慕;但是在工作与生活上,我能有的并不能如我所想有,我想有的并不能如我所能有。限于时,限于地,限于环境与对象,我寂寞,我孤独,在黑暗里摸索,把蛇睛当作星光,把瘴雾当作云彩,把地下霜当作天上月,我勇敢过,大胆过,暗弹痛苦的泪,用带锈的小刀,割去我身上的疮毒与腐肉。于是我露着傲慢的笑,走过通衢大道,我悯怜万千以臃肿为肥胖的人,踏进黯淡的墓地,致祭于因我同样的疮毒而伤生的青年。我想到她们流于颠沛呻吟于黑暗中,颓废消沉,为人人所不齿,而无人知道其心中与脑中的烙刑,这烙刑,可以来自一个谄媚的妓女,一场激烈的战役,一个微小的失望。

每个人有他的理想与梦,这梦可以加于事,可以加于人,也可以加于一个世界。我们视作可笑的幼稚的梦幻,在别人往往等于她的生命。没有一个自杀者的理由,可以成为自杀的理由,但仍管人人看轻一个无能的自杀者,而我可尊敬而可怜他的行为与心理。

从后记到后记的两年半中,我没有写过什么,我阅历着各种的人生,看到许多人与事,与各式各样不同的面孔。

我从许多在赴内地路上盘问我检查我的日本宪兵的脸孔,到联合国安全理事会席上的各国代表面孔,中间我看到了无数无数达官富商,贩夫走卒的面孔。有阴毒的蛇舌上包着谄媚的笑容,有存心出卖伙伴而挂着宗教招牌的媚脸;有阴藏着贪婪的伪善者面孔;有存金如山,假作贫穷,到处说漂亮话的自鸣得意的面孔;有心怀毒计口挂正义嘴角上仍挂着媚笑的面孔;当然,最多的还是无奇的疲乏的痛苦的悲哀的干瘦无血的面孔。

对那些面孔我心中永远有话,有梦,有感觉,但始终没有一个环境与心境合适于我的写作。是不是因为这本书尚未出版而使我心境不宜于写其他的计划呢?我不能回答。但这样的假定,也许可以使我这本书出版后,我再拿起笔来。可是预期预约的话,其实都还是自己的梦,读读两年半前的后记,觉得我并无力量来预定任何理想的。

"给雨儿"的雨儿是死了,它在遥远遥远的黄土下面,当初以为它看到后记,我连封面还不能看到,如今我于出版后读到这里,它竟无法看到封面。而我以为要看到再版本的日子,竟还是出版家要我写后记的日子。那么时间的移动似乎还是我自己的幻影,这好像我们不觉得船动而只觉得岸景移动一样。

但岸景给我的是更多更深的哀怨愤恨与惆怅,美丽的憧憬都成丑恶,伪作的真诚不过是虚伪,毒心的良善加增其罪恶。可是我是一个不进步的孩子,多少的风尘未减我热情,苍老未加我世故。我还是有爱有梦有幻想,世界与人类还是不断的在演进,死的已经死了,但生的还在不断的生长,基督教的信条是信是望是爱,我不喜欢基督教,但我爱这个信条。

这本书的故事是虚构的,人物更是想像的;历史的事件与地理的事实的吻合只是每部小说上普通的要求。如果有人把他所知道的事或认识的人,附会于这书里的故事与人物,那完全是神经过敏。书中所表现的其实只是几个你我一样灵魂在不同环境里挣扎奋斗——为理想,为梦,为信仰,为爱,以及为大我与小我的自由与生存而已。

这本书出版匆匆,校对上难免有疏忽之处。主要原因是排印这本书,所根据的是上海《和平日报》的剪报,上海《和平日报》是根据南京《和平日报》的剪报而来,南京《和平日报》是根据重庆《扫荡报》的剪报而来。我远在国外,转战时,我没有知道也无法校对,所以校对时很费力气,而印刷所又不将你所校的好好改正,同时书店方面急于要出书,所以不允许我多校一二次。因此我要向读者致歉,并希望再版时可以校净一切的错误。

在出版业这样困难的年代,这本书得于我回国后即可付印,我不得不感谢万梅子先生与刘同缜先生。但出版后可以使我写出更多更好的作品的,则唯有期望读者给我不断的指教批评与领导了。

一九四六,九,一三。上海。

附录

重读徐訏的《风萧萧》

王 蒙

在我上中学的时候曾经受到徐訏的小说的诱惑。我读起《鬼恋》《吉卜赛的诱惑》等就放不下。我所以说是诱惑,是因为当时我从政治上意识形态上与文学观念上否定徐的作品。我当时一心革命,一心批判现实主义和社会主义现实主义。后来在拙作《青春万岁》里,"资产阶级"出身的苏宁因为读徐訏的作品还受到杨蔷云的批评。

但同时我又放不下徐的小说,哪怕是读完了心里不满意,咕咕哝哝地将他在心里"批判一回"。

然而徐訏是非常会写小说的人,小说喜欢的东西,也就是人们小说中读到的东西,他用得得心应手。

小说喜欢什么呢?小说喜欢悬念,小说喜欢情节里套着情节,故事后面还有故事。小说喜欢爱情,特别是三角、四角、多角的爱情,如果不是爱情便是准爱情反爱情(比如宋太祖当年"千里送京娘"的故事,便是利用人们的喜欢爱情的心理构筑的反爱情故事)。小说喜欢真真假假,真假莫辨,读者急于找出答案,作者就是不痛痛快快地给你答案。小说喜欢人的突出的有时候是反常的性格,如侠义、勇敢、忠诚、多情、慈善、决断或者恰恰相反的自私、懦弱、狡诈、冷酷、狠毒……小说喜欢功败垂成或者九九八十一难后方才成功。小说又喜欢人们熟悉的生活经验的展示或者一般人们不可能有的生活经验的卖弄。

《风萧萧》这本书符合一切小说的要求,小说的喜爱。舞厅、赌场、舞女、外国军官、外科医生、间谍、爱国者、美女(不是一个美女而是一个又一个的美女)、侵略者、假面舞会、宴会、爱情与准爱情、枪击、冒险、牺牲、突然改变……这些都有了。一上来你也许以为它是一本写十里洋场的灯红酒绿、纸醉金迷的享乐生活的作品。这时,另一根强大的弦拨响了:太平洋战争,抗日战争,中国之抗战,盟国之抵抗,日本侵华军人与川岛芳子……然后高雅的爱情与准爱情里出现了敌敌友友,真真假假,生死考验,争功与人性其他弱点,侠义风尘女,纯洁天使女郎,心如铁石的铁美人……前者像是抒情的小提琴旋律,后者像是铙钹齐鸣的打击乐器合奏,二者的交替出现与互相缠绕、互相冲击构成了天造地就的小说。而不管写什么,都有一种其实是幻想的、徐訏式的当时应该叫作小资产阶级,现在应该叫作中产阶级的梦游情调。他写得又俗又雅:俗的是这种情调颇具诱惑力,雅的是都是那么高等的华人。这当然是真正的小说,与现实拉开了距离的小说,又是从现实中找到了小说的无限契机的小说。

现在读起来,仍然令你爱不释手。徐訏的小说功力,值得借鉴,当然,他的此书,也有叙述拖沓、人物靠色等缺点。

无论如何,在好久不大讲小说技巧以后,在给小说套上了过重的负荷之后,读读好读的徐訏的小说,也许是一件很有兴趣的事。

(原载二〇〇八年人民文学出版社版《风萧萧》序言)

图书在版编目(CIP)数据

风萧萧/徐訏著. -北京:北京燕山出版社,2017.10
ISBN 978-7-5402-4726-3

Ⅰ.①风… Ⅱ.①徐… Ⅲ.①长篇小说-中国-现代 Ⅳ.①I246.5

中国版本图书馆 CIP 数据核字(2017)第 257133 号

本书中文简体版权经由秀威资讯股份有限公司授予

风萧萧

徐訏 著
丛书主编/陈子善
策　　划/赵东明
责任编辑/尚燕彬　金　东
装帧设计/小　贾　张　佳

北京燕山出版社出版发行
北京市丰台区东铁营苇子坑路138号嘉城商务中心C座　邮编100079
全国新华书店经销
北京市松源印刷有限公司印刷

开本 787×1092　1/32　印张 17　插页 4　字数 365,000
2018 年 10 月第 1 版　2018 年 10 月第 1 次印刷

定价:55.00 元

版权所有　盗版必究